莎士比亚全集

The COMPLETE WORKS of
WILLIAM SHAKESPEARE

2

·第二卷·

[英] 威廉·莎士比亚 ◆ 著

梁实秋 ◆ 译

湖南文艺出版社
HUNAN LITERATURE AND ART PUBLISHING HOUSE

博集天卷
CS-BOOKY

·长沙·

目　录

仲夏夜梦

A Midsummer-Night's Dream

Midsummer Nights Dream.

序

一 《仲夏夜梦》之标题

这出戏为什么取名《仲夏夜梦》呢？在英国，仲夏日为六月二十四日，即圣约翰节，习俗于是日演剧作乐。而剧情发生于四月二十九至五月一日之间。约翰孙博士首先提出这个问题说："余不知莎士比亚何以为此剧命名为《仲夏夜梦》。"批评家提供几种不同的答案。Farmer 博士谓："此剧之标题似是根本未有指陈剧情发生时间之用意，犹如《冬天的故事》，其剧情发生于剪取羊毛之季节。"Malone 有进一步之解释云："余以为此标题系由上演日期而得，其时盖当仲夏，其义为'作为仲夏夜娱乐之一梦'，《第十二夜》及《冬天的故事》之标题或亦由于同样之情形。

一般英国民众均熟知与仲夏夜有关之各种神异传说，此标题本身颇富于诱惑力量，在此标题之下所包含之各种幻境都是奇丽可喜的，故只觉其虚幻，而不注意到问题之所在。据 Chamber 的 *Book of Days* 云："与圣约翰夜有关之一些迷信见解颇富幻想性质。在英国，其他国家或亦同然，一般相信如终夜斋戒坐于教堂门口，则可望见此教区内于此后一年间行将死亡者之鬼魂。……Grose 所提及之情形可支持吾人之揣测 —— 一般认为于圣约翰夜之睡眠中灵魂可以出游，而守夜不睡者似能望见睡者之游魂，……一般习惯于此夜采取某种植物，认为具有某种神秘之力量。"此剧剧情，颇涉怪诞，故名为《仲夏夜梦》，暗示其虚无缥缈之境界，实无异于仲夏日之梦。

但是最好的解释恐怕还是佛奈斯博士（Dr. Furness）在他的新集注本《仲夏夜梦》序里说的："余以为约翰孙博士所注意到之矛盾，未尝不可解释，只需忆及在英国五月节之庆祝仪式与六月二十四之庆祝仪式大体上显有不同：前者于昼间举行，后者则于夜间举行。提西阿斯之新婚娱乐，有猎犬号角及插剧等等，均于昼间举行，故五月节乃适宜之节季；至于情人等之错综情节系于睡眠中得神仙符咒而获得解决，故又不得不选定夜间，昼夜交织，混为上体，一股强有力之魔力在仲夏夜梦的幻境当中笼罩一切。"

二　版本历史

《仲夏夜梦》有两个四开本刊于一六〇〇年。其中有一本曾于是年十月八日在书业公会登记，是为"第一四开本"，因登记者名 Thomas Fisher，故又称"Fisher 四开本"。另一本未曾登记，是为"第二四开本"，因印行者名 James Robert，故又称"Robert 四开本"。两个本子孰前孰后，尚不无疑问。照普通情形，未登记之版本殊无先行问世之理。如已先有印本行世，当然无再缴费登记之必要。故第一四开本应在先，第二四开本应是重印本。第二四开本排印较精，但内容较劣，故 Halliwell 以为第一四开本刊行在后。

Fleay 以为第一四开本亦系 Robert 所印行，但未署名，此本销售甚速，第二版始署名云。此近臆测，殊不可凭。

第一四开本拼音法较旧，第二四开本则拼音几与现代英文无异。两种四开本都有许多误植，误植的来源却是很有趣的。十六七世纪时，排字工人并不看着底稿排字，排字房里雇有专人诵读底稿（有时同时可以诵读三四种底稿），工人凭听觉而排字，如工人程度较低，则误植自然较多（佛奈斯引 T. L. De Vinne, *The Invention of Printing*, p. 524）。《仲夏夜梦》四开本中之错字殆皆由此而生。

第一版对折本刊于一六二三年，这是莎士比亚的全集，据编者序言，是根据莎士比亚的手稿编印的，事实上当不如此。这对折本的《仲夏夜梦》很显然地是根据第二四开本印的。不但标点同，甚至错字亦相同。有些地方对折本显露出编者删改之痕。在舞台指导（stage directions）方面，第一四开本的有五十六处，第二四开本则约有七十四处，第一对折本增至九十七处，这也是对折本的进步处。

对折本根据的是四开本，四开本则的确是莎士比亚的舞台本（stage-copy），即演员实际使用的脚本。关于此点，有一有趣的铁证。在第一景，提西阿斯命令宫廷宴乐总管菲娄斯特雷特去"鼓舞雅典青年去作乐"，菲娄斯特雷特下，紧跟着义济阿斯上，在全剧中除最后一景外，菲娄斯特雷特与义济阿斯从不同时在台上出现，故演员一人即可兼扮此二角色。兼扮的办法，在环球剧院里是常用的。可是在最后一景里，菲娄斯特雷特要呈进娱乐节目，非上台不可，而义济阿斯也非上台不可，一人兼扮既不可能，两个角色就非去其一不可。当然是那个不重要的菲娄斯特雷特被去掉，由义济阿斯来权充宴乐总管。剧本如果是为阅读用的，当不必如此改动；如果是舞台上用的，则台词前面的角色名字自然要改，菲娄斯特雷特的名字要涂去，代以义济阿斯的名字。对折本所根据的四开本无疑地是经过这样改动的，但是改动之际却有了疏忽，第五幕第一景第八十四行忘却改了，仍保留了菲娄斯特雷特的名字。这足以证明对折本所根据的是舞台本。

三　著作年代

《仲夏夜梦》初刊于一六〇〇年，著作年代却不能确定。

密尔斯的《智慧宝库》（Meres's *Palladis Tamia*）刊于一五九八年，书中提到莎士比亚的《仲夏夜梦》，这可以证明《仲夏夜梦》之写作是在一五九八年以前。

第二幕第一景九十四至一二〇行铁达尼亚所说的天时变异，夏行冬令，风雾为灾，有人认为是指一五九四年英格兰的夏天而言。关于那一年，Forman 的日记载着这样的话："六月七月天气很湿，冷得出奇，俨如冬日，七月十日犹拥炉而坐，其寒有如此者；五月六月亦然，几无两日连续放晴，每日多少下点雨。"他家亦有同样记载。如果铁达尼亚所说确系指一五九四年的天气而言，则此剧之作当不致晚于一五九四年过久之时，因只有在观众记忆尚新之时此种暗指方有意义可言。

第五幕第一景五十九行提到的"九位文艺女神哀悼一位学人最近贫困乞讨中之死"，很可能这是有所指的。（一）诗人斯宾塞作《文艺女神之泪》（Spenser's *Tears of the Muses*）刊于一五九一年，Warburton 首先发现这也许就是赞美斯宾塞之意，因斯宾塞有类似之作。这猜想如果不错,《仲夏夜梦》之作当移到距一五九一年较近之一年。(二)"斯宾塞于一五九八年饿死在都伯林,此处或是暗讽那些坐视诗人饿死不救之人",这是 Steevens 的看法。斯宾塞死于一五九九年,不是一五九八年。《仲夏夜梦》据密尔斯记载于一五九八年既已存在,则其写作当然是在斯宾塞死前无疑,焉能预先讽刺斯宾塞之死?但是 Malone 又有解说,他以为这可能是在斯宾塞死后《仲夏夜梦》刊印之前补插进去的一笔。(三)Knight 又有新的解释,他以为这是指戏剧诗人格林(Greene)之死,他死于一五九二年,而且是在极度贫困中死的。他对莎士比亚固不友善,但是莎士比亚不无慷慨地称赞他。

在《仲夏夜梦》里,结婚的空气很浓厚,好几对情人都圆满地结婚了,在最后一景里还有众仙来祝贺,这使我们不能不想到此剧也许是为了什么贵族结婚大典而写的。但在这几年间有什么贵族举行婚礼以至劳动莎士比亚的大笔了呢? Gerald Massey 随着德国的 Tieck 的指示以为是为了骚赞伯顿伯爵与伊利沙白·凡尔农(Earl of Southampton and Elizabeth Vernon)的结婚,那是在一五九八年。Elze 教授认为应该是为了哀塞克斯伯爵(Earl of Essex)的结婚,那是在一五九〇年。两种学说都有困难在。这两段婚事不都是在秘密中举行的吗?不都是没得到伊利沙白女王的允许吗?剧中有恭维女王的话(第二幕第一景一六四行),很显然地暗示此剧初演是在女王面前演奏的。但是这几年间有什么贵族结婚而又有女王亲临观礼了呢?这都是不能解决的问题。并且,如 Ulrici 所指陈,《仲夏夜梦》的情节是如此轻佻滑稽,把爱情处理得如此之离奇可笑,怎么能成为一个贵族结婚时的祝贺节目呢? Fleay 在他的《莎士比亚的生平与作品》里又提供了一个新的揣测:一五九五年正月廿六日

Wiliam Stanley、Earl of Derby 举行婚礼于格林尼治宫，又一五九四年十二月十二日 Lucy Harington 与 Third Earl of Bedford 结婚，当时都曾大张盛筵，很可能演出了《仲夏夜梦》。但这都不能算是确证。

从全剧的作风以及诗的韵法看，《仲夏夜梦》当然是莎士比亚的早年作品。剧情的结构是有定型的，无韵诗也写得相当齐整，词藻也相当华丽，这都是诗人早年作品的象征。

总括地说，《仲夏夜梦》的著作大概是在一五九四——一五九五年之间。

四　故事来源

《仲夏夜梦》有三个故事：主要的是提西阿斯与两对雅典情人的故事，附带着有一套神仙的故事，和一群丑角扮演皮拉摩斯与提斯璧插剧的故事，莎士比亚很巧妙地把三个故事编织在一起了。在他的所有剧本中，《仲夏夜梦》是少数的比较富独创性的一个。

巢塞的《坎特堡来故事集》的《骑士的故事》(Chaucer's *The Knight's Tale*) 可能给了莎士比亚相当的暗示，普鲁塔克的《传记》(North's translation of Plutarch's *Lives*) 也必定给了莎士比亚关于提西阿斯的资料。但我们要看出，这其间的关系并不密切。莎士比亚从《骑士的故事》和普鲁塔克《传记》里所得的不过是几个人名和几点描写。主要的故事是莎士比亚自己的。

皮拉摩斯与提斯璧的故事，见奥维德《变形记》(Ovid's *Metamorphoses*, Bk IV)，此书之英译本 (Goding's translation) 第四

卷刊于一五六七年，对于莎士比亚是很熟悉的。最初巢塞《坎特堡来故事集》也讲过这故事。在《变形记》译本刊行之后，《仲夏夜梦》刊行之前，英国文人利用这个故事而加以编写的，更不一而足。一五六二——一五六三年书业公会登记簿记载着"一本书名《皮拉摩斯与提斯璧》"。一五八四年又有皮拉摩斯与提斯璧之新歌，收在 Robinson 的 *A Handful of Pleasant Delites* 里面。佛奈斯博士说得对，除了奥维德之外，如果我们一定要指定某一作品为莎士比亚的这个故事的来源，那实在是太孩子气了。这个故事是一个极普通流行的故事，从巴比伦起，经希腊罗马，而中古，而近代各国，一直在流传，早已成为古老的国际的民间传说了。（看 Dr. George Hast，*Die Pyramus & Thisbe Sage*，1889）

神仙故事的来源比较复杂。众小仙而拥有王后，这思想来自巢塞《商人的故事》。"奥伯龙"的名字，原是德国的，经过法国，传到英国，德文是 Alberich，意为"仙王"。十三世纪时在一部《查尔曼传奇》里作 Auberon，这部传奇在十六世纪（大约是一五三四年刊）里被译成英文，Oberon 的名字首次出现。莎士比亚很可能是看过这译本。在莎士比亚之前，格林写过一出《哲姆斯四世》，里面也插进了奥伯龙的故事，但对莎士比亚没有多大关系。斯宾塞的《仙后》（一五九○年）第二卷第十节也提到奥伯龙。仙后"铁达尼亚"的名字，是莎士比亚自己创用的，至于"扑克"，那个淘气的好恶作剧的小鬼，莎士比亚也许从 Scott 的《巫术的揭发》里得到一些资料，但是主要的来源应该是民间传说。

五　舞台历史

《仲夏夜梦》在当时舞台上是受欢迎的。两个"四开本"标题页上都写着"曾经多次公演",同一年内印了两个本子,可以证明这戏在当时是受欢迎的。演这戏的是"张伯伦爵士的仆人",即是莎士比亚自己所隶属的那个剧团。

这出戏最受欢迎的两点是神仙故事和群丑的插剧,所以不久就有人模仿了。一六○二年牛津圣约翰学院的学生演 Narcissus,其中就用一个人来代表一口井,这是仿效皮拉摩斯与提斯璧的那堵墙的办法。一六一一年班章孙演出了 *The Masque of Oberon the Fairy Prince* 并于二十三年后,在他的 *Love's Welcome* 里穿插了一段"匠人跳舞"。

但是《仲夏夜梦》也有它的噩运。英国的清教徒是反对戏剧的。在一六三一年九月二十七日,林肯主教约翰·威廉斯博士家里演戏,演的大约即是《仲夏夜梦》。和威廉斯有隙的人以为有机可乘了,主教代表(Commissary General)斯宾塞先生(John Spencer)立刻采取行动,据说除了致函警告一位参加观剧的女客以外,还颁布了这样的一道命令:

本庭据主教代表报告,林肯主教家中九月二十七日发生重大失检行为,居然延致若干男宾女宾其他家属仆役人等,同观一剧或悲剧,查此日为礼拜日,此剧约于晚间十时上演,直至清晨二三时始毕。兹特颁布命令,林肯主教犯有过失,着即责令于伊顿或大斯陶顿建一官费学校,永久每年捐赠二十镑,作为维持该校教师之用……

兹再颁布命令，威尔孙先生对于此次事件因系一手负责，并曾以如此下流之姿态顶套驴头参加扮演，着于下星期二日早六时至晚六时，罚在主教公馆门房中枷脚，并戴驴头，面前置稻草一束，胸前悬挂招牌：

"好人们，我扮过畜牲，

做了坏的事体。

我本是人，

现在变成一条蠢驴。"

这段事的真实性也许可疑，因为只见于 Collier 的记载，而且所谈到的剧是否即莎士比亚的《仲夏夜梦》，亦不能确定。也许是威尔孙先生自己或他人所编制的另一出类似的戏呢？无论如何，有一桩事我们是确知的，在清教革命期间，《仲夏夜梦》连同其他的戏剧都不能上演了。一六四二年至一六六○年是戏剧中断的时期。在此期间，"公共剧院被封闭了，演员们禁演悲剧，因为真的悲剧已经够多了，又禁演喜剧，因为当时的罪恶表现得太彰明较著了；吾人所能有之娱乐仅为一些滑稽短剧，借一个荒诞可笑的蠢材为名，例如《织工线团》《铁匠呆瓜》《扫夫约翰》之类，这还要偷着举行，或冒充绳技之类的杂耍。"（见 Francis Kirkman, *The Wits*, *1673*）这《织工线团》当然就是《仲夏夜梦》的一脔。这具体而微的《织工线团》还流传到了德国，变名为 *Peter Squenz*，作者为 Andreas Gryphius，刊于一六六三年，其中保留着译自英文的痕迹，字句间也有与莎士比亚原文相符之处。

一六六○年复辟以后，一般的戏剧趣味变了。《仲夏夜梦》按照本来面目上了舞台，皮泊斯（Pepys）在他的著名的日记里有这样的记载:"赴皇家剧院观《仲夏夜梦》,此剧前所未见,以后亦不欲再见,此乃余毕生所见最浅薄无聊之一剧也。吾承认吾见有一些良好的舞蹈与若干美貌女人,吾所得之快乐,仅此而已。"(一六六二年九月二十九日)为了适应当时的趣味,《仲夏夜梦》改编为歌剧,于一六九二年在伦敦上演,改名为《仙后》,有 Purcell 的音乐和 Priest 的舞蹈。据说"朝野都认为非常满意,但开支过大,剧团获利甚少。"(Downes)据 Genest 记载,第五幕中鸠诺(Juno)凌空而降,还有孔雀开屏,充满了剧场中部;随后布景变为中国花园,其中有一中国男子一中国女子歌唱,六只猴子跳舞!这种改编的风气一直延长到十八世纪,唱歌大量地羼入。据说加立克(Garrick)曾演出此剧,把"粗野的匠人"完全删去,加进二十多只流行的曲子。自一七六三年至一七七七年间还有一个改编本一直在占据着舞台,性质改变为趣剧,在广告中特别声明"提西阿斯及一切严重角色"概行删去!一八一六年一月十七日 Reynolds 的改编本上演,把全剧缩成三幕,有十六支歌,广告上说"此剧五十年未曾上演"。《仲夏夜梦》之被肢解,这大概是最后一次了。

本来面目的《仲夏夜梦》之复活,是随着浪漫运动以俱来的。在浪漫的气氛里,《仲夏夜梦》的诗一般的幻想的美才又开始被人欣赏。复活的地点是在德国,时在一八二七年,主持的人是诗人提克(Tieck),其经过是很有趣的——

提克住在德来斯顿全盛时代,很热心地鼓吹排演《仲夏夜梦》。但是演员经理及一般看戏的人士都摇头。

"这东西是不可能的,"自作聪明的人们说,"这是一场噩梦——仙后的幻梦——永远不能实现的。"

　　提克怒冲冲地往椅上一靠，不作声了。

　　许多年过去。

　　提克终于被召赴柏林，在威廉四世宫内诵读诗篇，其中一部即莎士比亚之《仲夏夜梦》。在座贵宾均至感愉快，读毕国王问道："这戏可是真的不能在台上演出吗？"提克以后曾幽默地叙说，当时如闻霹雳。他觉得心跳到舌端了，足有一分钟说不出话。二十多年来，几乎是一生，他的一点热望总是遭遇冷酷的反对，肤浅的驳难，或同情的耸肩。如今，一位国王，有智识又有权威，居然来问这戏能否上演！提克的头晕了，在他眼前泛起了毕生渴望最切的事情终于实现的景象。"陛下哟！"他终于喊出，"陛下哟！只要我得到允许与便利，这戏能成为世上最美妙的表演呀！""好，那么，立刻动手，鲁得维支先生，"威廉愉快而取笑地说，"我给你全权，并令 Kuestner（当时皇家戏院的总管）把戏院演员都由你支配。"这是鲁得维支·提克一生最乐的一天！这位年老的诗人，患风湿病而跛着腿，回到家里，被快乐所陶醉了。整夜地他在想，凝思，盘算，换景。第二天，他把这喜剧整理好了，对参加的演员读了一遍，和 Mendelssohn 商讨了必需的音乐。老年的鲁得维支先生回复了青春；年纪消失了，他驱车东跑西跑——全部心力都用在他现在就要使之复活的作品上面。最后那一天来到，要把作品在那怀疑而又惊讶的观众面前表演了。是什么样的一些观众啊！柏林所有的知名之士，无论是科学、艺术、学术上的；已成名及未成名的作家、有技艺的、有天才的、有美貌的、有声誉的——全都被请到了波次坦皇宫，第一次公演即在那里举行！笔者很荣幸地也是被邀的一个，永远不能忘记当时所得的印象。舞台是尽量按照古旧英国式样布置的，只是在装饰方面当然是用最美最雅的方法。Mendelssohn

立在乐队中间，满面得意之色，提克在他后面，容颜焕发，风度翩翩，如神仙中人。四围聚集的是辉煌的朝中要人，后面是一层比一层高的宾客。何等的一个集会哟！在座的有伟大的宏堡特，博学的波哀克，巴赫曼，历史家劳默，兰克，大学的全体教授，诗人考皮施，枯格勒，贝丁那阿宁，培尔索……和无数的其他的宾客。这是全世界都对威廉四世热烈属望的时候。他的演说的天才，他的机智，他对艺术的爱好与了解，诱惑了各阶层的人，使他们充满了希望。他愉快地微笑着进来，在客座中就位的时候所有的人都掬诚相迎。真是的，我们好像是置身于诸路易的凡尔赛宫。这是全国狂欢的一天，比历史中任何一天都更精彩。所有的面孔上照耀着何等的愉快，何等的期望，何等的悬念哟！国王入座是件大事，容颜焕发的提克向他的乐队里的那位快乐的朋友点首示意，音乐便开始了，那优美的独创的诱人的音乐和诗的内涵的意义与提克的示意是非常吻合的。结婚进行曲成了风行的不朽的作品；其他部分又是多么可爱，多么优美，多么精妙，其间又布满多少欢乐！Mendelssohn 是一代巨匠，他的魔力真令人赞美不置，他用不断的一声音调来表达精灵的耳语，月夜的摩挲动荡，爱的一切魔幻，匠人的蠢闹，疯扑克的呼啸叫嚣。这如何地抓住了这一群优秀观众的想象啊！他们静听，他们惊异，他们是在梦中了！最后这戏开始，全体又多么像是有天神祝福，没有一个人动弹，没有一个人移动，全像中了魔似的一直坐到最后，然后一股不可形容的热狂迸发了，每个人，从国王以至最小的作者，喝彩鼓掌，再鼓掌。整个地看，这一天是永不能令人忘的，这一天是当着一位爱好艺术的国王面前一位诗人表现一个演奏的奇迹，并且巧妙地证明了对于忠于艺术的人这不是不可能的。在这仲夏夜梦里，精灵的世界像是复活了；许多精灵从地下、从空中、从树林里、从花丛里，涌现出来了！他们在月色中翻飞！光明，阴影，声音，回响，花与叶，太息与歌唱，喜悦的欢呼！一切帮助使这奇异现象变成真实而且生动！同样的不能再见到第二次。这是威廉四世一代的最高峰。谁能梦想到在这富有诗意的灿烂的戏剧之后，就有黑暗的残酷的革命和命定的死呢？然而事实却正如此……（引佛奈斯本，页三二九——三三〇）

　　莎士比亚的《仲夏夜梦》加上曼德松的音乐，真是珠联璧合。英国的舞台直到一八五六年才有 Charles Kean 导演的《仲夏夜梦》以崭新的姿态出现。他采用了曼德松的音乐，演"扑克"的是一个十岁左右的小女孩，淡黄头发的淘气孩子，穿赭红色服装，镶着血红的苔藓花边，坐着一棵毒菌从地下涌上，这孩子便是后来有名的女演员 Miss Ellen Terry，她的名字和十九世纪中好几个最著名的莎士比亚戏剧的复活成为不可分离的。以后著名的演出有 Phelps 在 Sadler' s Wells 的公演，Charles Calvert 在曼柴斯特的公演，Benson 在伦敦环球剧院的公演。煤气灯开始被采用。第一幕以后舞台上罩一层薄薄的蓝色纱幕，代表梦雾。

　　《仲夏夜梦》是莎士比亚青春时代最后的也是最成熟的一出喜剧，里面充满了幻想和丰富的生活力，有一股天真无邪的趣味。Campbell 有一段批评：

　　在他的所有的作品里，《仲夏夜梦》在我心上留下最深的印象，使我感觉到在这悲苦的世界里至少有一次曾有一个快乐的人。诗的较为庄严的妙处是从苦痛的情绪中淘滤而来，而此剧则隽永得如此纯粹，绝少杂有苦痛的情绪，欢乐的心情如此之洋溢，如此温柔，又如此恣肆，所以我不能不想莎士比亚在编写此剧的时候，灵感迸发，其心境必是一片极康健的快乐。不过我曾听说有一位冷酷的老批评家提出反对的意见，他以为莎士比亚自己一定也预料到这戏永远不能成为一出好的上演的戏，因为你从哪里去找能躺在花朵里的小演员呢？是的！我相信剧团经理没有那样好运气去在仙境招到演员，但是我曾听说大约二十年前《仲夏夜梦》于 Covent Garden 上演，剧本是 Reynolds 改编过的，不见得改得好多少，可是也连演了十八夜，尚受欢迎。即使此剧永不能上演，我要更感谢莎士比亚，因为他是以诗人身份而不是以戏剧家身份来写作的。一部想象的产物，无论合于舞台与否，诗人自己能不感觉到它的价值吗？一个母亲对于她自己的孩子的美能是盲目的吗？不！莎士比亚不会不晓得后世将钟爱这部作品，这是他的最可爱的作品之一。他写到把驴头放在线团肩上的时候，他一定是咯咯地笑个不住哩！关于铁达尼亚之钟爱那变形的织工，以及织工之要豆子做点心，后世多少代人都感觉到可乐，这乐趣莎士比亚一定是预先尝过了。当他写到提西阿斯描写的吠声调和的猎犬以及行猎的盛况，我想他的旺盛的血气一定和那猎人的快乐一齐在跳荡。他描写快乐的小仙，那时候他自己一定也和扑克一般愉快，他一定始终自信他的天才"要给地球围上腰带"，尚未生存的人类将要享受他的幻想的狂欢。（引佛奈斯本，页三〇一）

　　《仲夏夜梦》是想象的一场狂欢，我们应该以快乐的心情去欣赏他，我们若是想从这戏里寻求什么意义，发掘什么"意识""思想"，我们不免要受线团的那句奚落："如果有人想解释这个梦，他便是个蠢驴。"

剧 中 人 物

提西阿斯（Theseus），雅典的公爵。

义济阿斯（Egeus），荷米亚的父亲。

赖桑德（Lysander）

地美特利阿斯（Demetrius）⎤ 恋爱着荷米亚。

菲娄斯特雷特（Philostrate），提西阿斯的宴乐总管。

木楔（Quince），木匠[1]。

简洁（Snug），细木匠。

线团（Bottom），织工。

笛子（Flute），修风箱匠。

壶嘴（Snout），补锅匠。

瘦鬼（Starveling），裁缝匠。

希波利塔（Hippolyta），阿马松女王，与提西阿斯已订婚。

荷米亚（Hermia），义济阿斯的女儿，恋爱着赖桑德。

海伦娜（Helena），恋爱着地美特利阿斯。

奥伯龙（Oberon），仙王。

铁达尼亚（Titania），仙后。

扑克（Puck），促狭鬼[2]。

豌豆花（Pease-blossom）

蜘蛛网（Cobweb）

蛾子（Moth） ⎤ 小仙。

芥子（Mustard-seed）

其他随侍仙王仙后的小仙。

提西阿斯与希波利塔的随从。

地 点

雅典及附近之森林。

注 释

[1] 六个匠人的名字都是与其职业有关的。Quince 即 quoins，意为木楔。
线团原文 Bottom，此字在十六世纪时有"线团"之意，故织工命名或
即以此。Snout 即 spout。俗语 It takes nine tailors to make a man，故以
鬼名裁缝。

[2] 扑克原文 Puck，应读作 pook，在莎士比亚当时是如此读法。美国
土语称鬼为 spook 乃荷兰语之遗迹。扑克本非专名，乃是一种小鬼之类
名，又称罗宾好人（Robin Goodfellow），此类小鬼常见于北方民间传
说，《波西古诗拾零》（Percy : Reliques）载歌谣一首专记其事，据一般
传说，此鬼并不加害于人，且常于夜间为人服役，借博牛奶一盂。此
处之扑克殆亦有此习性，但好作弄人，故译为"促狭鬼"云。

第 一 幕

第一景：雅典。提西阿斯的宫殿

提西阿斯、希波利塔、菲娄斯特雷特及随从上。

提西阿斯　　　现在，美丽的希波利塔，我们的喜期可快要到了：再
　　　　　　过快乐的四天便可以又看见一弯新月。但是，唉！
　　　　　　我觉得这一只旧月消瘦得多么慢，她拖延着我的愿
　　　　　　望，好像是一位后母或是一位富足的寡妇长久地消
　　　　　　耗着一个青年的财产。

希波利塔　　　四个白昼将很快地浸消在黑夜里，四个黑夜也将很
　　　　　　快地在梦里消磨，然后那只月亮，像是天上一张新
　　　　　　弯的银弓，便要来照临我们的结婚大典。

提西阿斯　　　去，菲娄斯特雷特，鼓舞雅典青年去作乐吧！去唤
　　　　　　起活泼泼的欢乐精神，打发愁苦去送殡，那苍白的
　　　　　　家伙不适于参加我们的婚礼。〔菲娄斯特雷特下〕
　　　　　　希波利塔，我是提着剑向你求婚的，因为要伤害你

反而获得你的爱情。但是我要在另一种情调下和你结婚，要游行，要化装舞[1]，要张盛宴。

义济阿斯、荷米亚、赖桑德、地美特利阿斯上。

义济阿斯　敬祝提西阿斯快乐，我们的有名的公爵！

提西阿斯　多谢，好义济阿斯，你有什么事情吗？

义济阿斯　我带了满心烦恼而来，我要控诉我的女儿荷米亚。走过来，地美特利阿斯。我尊贵的主上，这个人是得到我的允许和她结婚的。走过来，赖桑德。我的恩主，这个人迷惑了我的孩子的心。你，你，赖桑德，你投情诗给她，你和我的孩子交换定情的信物。你乘月夜到她的窗下，用虚伪的声调，唱些假情假义的歌儿。你偷偷摸摸地在她的心上留下了印象，因为你送给她用你头发编的手钏、戒指、小玩意儿、装饰品、小巧的东西、不值钱的物事、花球、糖果，这对于没变老成的少女都是很有力量的手段。你是用欺诈偷去了我的女儿的心，你把她对我应有的服从变成了顽强的忤逆。我的恩主，如果她不当着大人面前答应嫁给地美特利阿斯，我请求引用雅典的古有的特权。她既属于我，我可以随意处置她。她或是嫁给这位先生，或是去死，按照我们的法律是这样明白规定的[2]。

提西阿斯　荷米亚，你有什么话说？要放明白些，美丽的姑娘，你的父亲对于你应该像是神明。是他赋予你美貌，真是的，你对于他只好像是一具蜡质的人形，由着

　　　　　　他来捏制，他可以保留它，但也有权把它捣烂。地
　　　　　　美特利阿斯也是个体面的人。

荷米亚　　赖桑德也是呀。

提西阿斯　他本身当然也是，但是就这事而论，他没有得到你
　　　　　　父亲的承认，所以一定要承认那一位是更体面些。

荷米亚　　我但愿我的父亲能用我的眼睛去看。

提西阿斯　还不如说你的眼睛要依照他的判断去看。

荷米亚　　我请求大人宽恕我。我不知是什么力量使我如此大
　　　　　　胆，也顾不得是否合于贞淑的妇德，竟在这个场所
　　　　　　申述我的衷情。但是我要请问大人，如果我拒绝嫁
　　　　　　给地美特利阿斯，我愿知道有什么最恶劣的结果要
　　　　　　降在我的头上。

提西阿斯　或受死刑，或永远禁绝与男子往还。所以，美丽的
　　　　　　荷米亚，询问你的欲望。要顾到你的青春，要好好
　　　　　　检讨你的情感，如果你不顺从你父亲的选择，那么，
　　　　　　披起尼姑的道袍，永远被关闭在阴森的庵院里，终
　　　　　　身做一个独身的尼姑，对着冷若冰霜的明月唱着冷
　　　　　　漠的赞歌[3]，这生活你可受得住吗？能这样压抑她
　　　　　　们的情感，忍受贞女的生涯，那固然是无量福缘。
　　　　　　但是一朵被提炼过的玫瑰，究竟比孤芳自赏的自生
　　　　　　自灭地萎在处女枝头的花儿，更多些人间的乐趣。

荷米亚　　大人，我宁肯这样地自生自灭，我也不愿把我的处
　　　　　　女的身份断送给这位先生，我的灵魂不允许我甘心
　　　　　　接受他的强迫的婚配。

提西阿斯　慢慢地去想吧，下次新月出现的时候——也就是我

与我的爱人缔结良缘的时候——到那一天，你或是因为不服从你父亲的意志而准备受死，或是按照他的愿望而嫁给地美特利阿斯。再不然就到戴安娜的祭坛上面发誓，永远过严肃孤独的生活。

地美特利阿斯　你反悔吧，亲爱的荷米亚。赖桑德，你的不合法的要求对于我的正当的权益让步些吧。

赖桑德　地美特利阿斯，你得到了她父亲的爱，让我取得荷米亚的爱，你娶他好了。

义济阿斯　刻薄的赖桑德！不错，他得到了我的爱，我的爱便可以把属于我的东西送给他。她是属于我的，我对于她的一切权益我全授给了地美特利阿斯。

赖桑德　大人，我的门第与他一般高贵，家世与他一般富足，我的爱情比他的多，我的境遇在各方面都可以和地美特利阿斯并驾齐驱。如果不能超过他，并且还有比这些夸耀更重要的一点，美丽的荷米亚爱的是我。那么为什么我不能诉求我的权利呢？地美特利阿斯，我可以当他面说，曾向奈达的女儿海伦娜求爱，并且得到了她的心。她，一位姣好的小姐，竟爱上了他，热烈地爱，像崇拜偶像般地爱，爱上这么一个邪恶薄幸的人。

提西阿斯　我必得承认我也颇有所闻，本想和地美特利阿斯谈谈这事，但因我私事太忙，竟忘记提了。但是，地美特利阿斯，来；义济阿斯，你也来。你们和我一道走，我对你们两造还有一番私人劝诫。至于你呢，美丽的荷米亚，你要准备把你的心情迁就你父亲的

	意志，否则雅典的法律不是我所能轻减的，便只好判你死，或是发誓独身。来呀，我的希波利塔，你好吗，我的爱？地美特利阿斯和义济阿斯，一道来，关于我的婚事我有事要派你们做，并且还要和你们谈谈与你们自己有关的事。
义济阿斯	敢不从命。〔提西阿斯、希波利塔、义济阿斯、地美特利阿斯及随从等下〕
赖桑德	怎么样，我的爱！为什么你的脸这样苍白？上面的玫瑰如何谢得这般快？
荷米亚	也许是缺乏雨水，其实我眼里的泪浪滔滔也可以够灌溉的了。
赖桑德	唉！我所曾读到的听到的一切故事与史实里面，真正的爱情的道路从来没有平坦过，不是门第不相当——
荷米亚	啊呸！太高贵不能屈就低贱的人。
赖桑德	再不就是年龄不适宜——
荷米亚	啊呸！年纪太大不能匹配青春。
赖桑德	再不就是因为靠了朋友的选择——
荷米亚	啊呸！用别人的眼睛来挑选爱人。
赖桑德	再不然，如果姻缘美满，战争、死亡、疾病，便要来围攻，使得这一段姻缘如声音一般地暂，如影子一般地快，如任何梦一般地短，又如黑夜中电闪一般地急，突然间，展露了整个的天地，在人还来不及说"看呀！"的时候，黑暗的巨口早已把它吞没了，璀璨的东西是这样快地趋于灭毁。

荷米亚	那么，如果真正的情人永远是遭受折磨，那也是命中注定的事了：我们该鼓起耐心来受苦难，因为那是情场中不能免的常有的折磨，恰似愁思、梦想、叹息、愿望与眼泪，都总是随着爱情以俱来的东西。
赖桑德	很好的见解，所以，你听我说，荷米亚。我有一位孀居姑母，是一位很有钱的寡妇，她没有孩子：她住家离雅典有七里[4]；她把我当作她的独子。亲爱的荷米亚，我在那个地方可以和你成婚，严峻的雅典法律不能追到我们那里。如果你真是爱我，明天夜里从你父亲家里逃出去，我在离城一里的那座树林等你，就是有一回我遇见你和海伦娜在那里过五朔节[5]的那座树林。
荷米亚	我的好赖桑德！我敢发誓：我凭着邱比得[6]的那张最强劲的弓，我凭着他的镶金镞的那支最好的箭， 我凭着维娜斯[7]的那群鸽子的淳朴， 我凭着那联系心灵助长爱情的宝物， 我凭着迦太基女王的那一腔失意[8]， 当她看见那薄情的脱爱人扬帆而去， 我凭着男人们破坏过的一切誓语—— 在数目上超过了女人们所曾说的—— 我发誓，就在你指给我的那地点， 我明天一定和你来相见。
赖桑德	要守约啊，爱。看，海伦娜来了。

海伦娜上。

荷米亚	上帝保佑^[9]美丽的海伦娜！你到哪里去？

荷米亚　上帝保佑[9]美丽的海伦娜！你到哪里去？

海伦娜　你说我美丽吗？快收回那一声美丽。
地美特利阿斯爱你的美，啊幸运的美貌！
你的眼睛是引路的北斗！你唱的歌调，
比牧童听的百灵鸟还要更和谐，
在那麦子绿了山楂吐蕾的时节。
疾病是传染的，啊如果相貌也传染，
美丽的荷米亚，我愿换上你的一副脸，
我的耳朵沾染你的声音[10]，我的眼仿佛你的眼，
你的曼妙的声音传上我的舌端。
如果世界属于我，地美特利阿斯除外，
我愿完全放弃，只要能变成你的姿态。
啊！教我你如何睇视，你用什么手段
能操纵地美特利阿斯心弦的动颤。

荷米亚　我对他皱眉，但是他爱我如故。

海伦娜　愿我的微笑能学得你的皱眉的技术。

荷米亚　我给他的是咒骂，但他报我以爱情。

海伦娜　愿我的祈祷也能这样打动他的心。

荷米亚　我越厌恶他，他越追随我得紧。

海伦娜　我越爱恋他，他越厌恶我得狠。

荷米亚　是他发痴，海伦娜，错误不在我。

海伦娜　你没错，是你的美貌错，但愿那错属于我！

荷米亚　你放心，他将永远不再见我的面了，
赖桑德和我就要从这地方逃跑。
当初在我见到赖桑德以前，

我觉得雅典有如天堂一般。

啊！不知我的爱人有什么魔力，

竟把一座天堂变成了地狱 [11]！

赖桑德　　海伦，我们要把心腹事告诉你。

明天夜里，等菲比 [12] 在水镜里

照见了她的银色的颜面，

用露珠来装点青草的叶片——

这正是掩护情人们私奔的时候——

我们打算从雅典的城门偷偷逃走。

荷米亚　　就在那树林里，时常你和我

在暗淡的樱草地上躺着，

互相倾吐着我们的衷肠，

那就是赖桑德和我相会的地方；

从那里我们便远离开雅典，

去寻新的朋友，新的侣伴。

再见，我的好友，请为我们祷告，

愿幸运准你把地美特利阿斯得到！

要守约，赖桑德，明天深夜以前，

我们要饿着我们的眼，硬是不得见。

赖桑德　　我一定，我的荷米亚。〔荷米亚下〕

再见，海伦娜：

地美特利阿斯对你像你对他一般钟情吧！〔下〕

海伦娜　　有些人是多么比另外一些人如意！

遍雅典都承认我和她是一般美丽。

但有什么用？地美特利阿斯不承认，

他不管除他以外的一般人的公论。

他错了，痴爱着荷米亚的双眼。

我也错了，竟爱慕着他的优点。

许多卑贱的东西，本身并不好，

爱情把它变成堂皇得不得了。

爱情不用眼睛看，是用那颗心，

所以插翅的邱比得被画成瞎了眼睛。

爱情的心也没有什么判断，

有翅膀，没眼睛，正象征那份忙乱。

所以爱情总被认为是个孩童，

在选择的时候常常受人欺蒙。

顽皮的孩子们常闹着好玩而说谎，

所以爱情这孩子也就到处上当。

地美特利阿斯没见荷米亚的眼睛，

下雹一般地发誓说他只是我的人。

等到这阵雹被荷米亚的热力一烤，

他化了，那一阵誓言也都融解了。

我去告诉他荷米亚逃走的消息，

明天夜晚他一定要到树林追她去。

如果我通风报信能得他的感激，

我所付的代价也就很巨。

我这样做是有意增加我的苦痛，

到那里去见他一面，归来仍是孤苦伶仃。〔下〕

第二景：同前。木楔家中一室

木楔、简洁、线团、笛子、壶嘴和瘦鬼上。

木楔　　　　我们全班的人都在这里吗？

线团　　　　你最好是整个地点名[13]，按照名单一个个地来点。

木楔　　　　每人的名字都在这张单子上，全雅典都承认，这班
　　　　　　人配在公爵和公爵夫人面前在他结婚之夕演献一出
　　　　　　小戏。

线团　　　　彼得木楔，你先说说这出戏演的是些什么，然后读
　　　　　　一遍演员的名字，然后言归正传[14]。

木楔　　　　对，我们的戏是"皮拉摩斯与提斯璧之最残酷的死，
　　　　　　一出最悲苦的喜剧[15]。"

线团　　　　很好的一部作品，我敢说，满有趣的。好，彼得木
　　　　　　楔，按照名单点演员的名吧。诸位，站开。

木楔　　　　我喊到你们就答到。织工尼克线团。

线团　　　　到。说明我扮演什么角色，然后点下去。

木楔　　　　你，尼克线团，派定演皮拉摩斯。

线团　　　　皮拉摩斯是何角色？是个情人，还是暴君？

木楔　　　　是个情人，顶英勇地为了爱情而自杀。

线团　　　　如果演得逼真，会要令人落泪哩！若是我来演，观
　　　　　　众当心他们的眼睛，我会惹得他们泪如雨下，我要
　　　　　　做伤感的样子[16]，点下去吧，但是我主要的性格却
　　　　　　宜于是暴君。我扮演赫鸠里斯非常拿手，或是一个
　　　　　　鲁莽咆哮的角色[17]。

> 猖獗的石块
>
> 抖颤的惊骇
>
> 会要打坏
>
> 狱门上的锁;
>
> 太阳的车轮
>
> 远远地照临
>
> 又创造又破坏
>
> 糊涂的命运之神[18]。
>
> 这真是高超!现在喊别的演员吧。这是赫鸠里斯情调,一个暴君的情调,一个情人就要较为伤感些了。

木楔　修风箱匠法兰西斯笛子。

笛子　到,彼得木楔。

木楔　你一定要扮作提斯璧。

笛子　提斯璧是什么角色?是一个游侠骑士?

木楔　就是皮拉摩斯爱的那个女人。

笛子　啊,不,别叫我扮女人吧,我的胡子都要长出来了。

木楔　那没有关系,你演的时候要戴上面具,你可以尽力地把嗓音弄细些。

线团　如果我也可以遮上脸,让我也来演提斯璧吧。我的嗓音可以细得出奇,"提斯妮[19],提斯妮!""啊,皮拉摩斯,我的亲爱的情人,我是你的亲爱的提斯璧,亲爱的女人!"

木楔　不,不,你一定要演皮拉摩斯。笛子,你演提斯璧。

线团　好吧,点下去。

木楔　裁缝匠罗宾瘦鬼。

瘦鬼	到，彼得木楔。
木楔	罗宾瘦鬼，你一定要演提斯璧的母亲。补锅匠壶嘴。
壶嘴	到，彼得木楔。
木楔	你，皮拉摩斯的父亲；我自己，提斯璧的父亲；细木匠简洁，你扮那头狮子。我想这戏就算是分配好了。
简洁	狮子的台词你可写出了吗？如果写出了，请你就交给我，因为我背诵得慢。
木楔	你可以临时编，因为只是吼叫几声罢了。
线团	让我也演那头狮子吧。我会吼，我能使听的人心里舒服。我会吼，我会使得公爵，"叫他再吼一声，叫他再吼一声。"
木楔	如果你吼得太凶，你会惊吓了公爵夫人和女客们，她们要锐声大叫的，那就足够把我们全都送上断头台。
众	那会送我们上断头台，我们这一群娘养的儿子。
线团	朋友们，我承认，如果你把女客们给吓坏了，她们一切不顾，会把我们绞死。但是我会加重[20]我的声音，吼得像一只乳鸽[21]，像一只夜莺。
木楔	你除了皮拉摩斯以外什么都不能演。皮拉摩斯是个相貌和善的人，是我们在夏天可以看见的一个漂亮人，一个顶可爱的绅士气派的人。所以，一定要你演皮拉摩斯。
线团	好，我担任这个角色。我挂什么颜色的胡子最好呢？
木楔	唉，随你的便。

线团	我就挂你的稻草色的胡子吧，或是橘黄色的，或是胭脂虫红色的[22]，或是法国金币色的[23]，就是黄澄澄的那一副。
木楔	法国人有些头上根本没有毛发，你就光着脑壳上台吧。诸位，这是你们的台词，我请求你们，我悬求你们，我要求你们，在明天晚上要背诵得出，乘着月色到离城一里的宫廷森林里去会我，我们在那里演习。因为我们若是在城里聚会，一定有很多人跟随着我们，我们的计划也就泄露了。现在我要去开一张这出戏所需要的道具清单，我请你们可别失信。
线团	我们必定如约，在那里我们可以更放肆[24]更大胆地排演。大家努力，要十分纯熟，再见吧。
木楔	我们在公爵橡树[25]下面相见。
线团	够了，无论如何要准时到[26]。〔同下〕

注释

[1] 原文 pomp 按照希腊意义是"游行"。原文 triumph 在十六世纪英文等于是 mask，故译为"化装舞"。

[2] Solon 曾实施这样的法律。

[3] "冷漠的赞歌"原文 faint hymns。按 Rolfe 注 faint 即"无热情"之意，但尼姑唱赞歌何以缺乏热情，提西阿斯于正颜规劝之中自无嘲弄尼姑之意，故佛奈斯提出疑问，不无见地。惟佛奈斯所加解释，谓冷漠乃

尼庵墙外之人所得之感觉，似觉牵强。译者之意，莎士比亚是热情奔放之人，对于尼姑生涯自然感觉其为冷漠，行文之间自然流露其主观之见解耳。径如此译，不必更下转语。

[4] 莎士比亚用 league 一字显然与 mile 无别。因下一景所提到之树林为"离城一 mile"，此处则谓"离城一 league"也。

[5] "五朔节"原文 a morn of May。英国古俗，五月一日春光明媚之际，乡间举行庆祝，盖迎春之意，有采花，有游戏，有"五月柱"之跳舞，等等。

[6] 邱比得原文 Cupid，爱神。据奥维德《变形记》邱比得有箭二，一金一铅，前者鼓起情爱，后者消灭情爱。

[7] 维娜斯原文 Venus，爱神。其坐车以群鸽曳之。下句所谓"宝物"，或系指"合欢带"cestus 而言，即维娜斯之带，能使佩者情感炽盛云。

[8] 指迦太基女王 Dido 与特洛亚人 Aeneas 的失恋故事而言。

[9] 原文 God speed，按 speed 在古英文中系"使成功""使顺遂"之意，故译为"保佑"。

[10] 原文"my ear should catch your voice..."不可解。因海伦娜愿其眼与舌均如荷米亚之美，此处乃谓愿耳能如其音，毋乃不伦？历来编者有拟改 ear 为 hair 者，亦有拟改 ear 为 fair 者，其理由为二字写法相近或系误植误记。但 voice 一字将如何改耶？译者之意以为改动为不必要，故照译如此。海伦娜如欲沾染荷米亚之声音，当然需先用耳接受，然后用舌模仿。如此解释不审过于牵强否耳。

[11] 原文意义欠明显，Deighton 注释为："我的爱人的魔力是何等强大哟，竟使得雅典变成为令我受折磨的地方：因她住居于此即绝不能与赖桑德成其好事也。"此说近是，从之。

[12] 原文 Phoebe，月神。

[13]"整个地"原文 generally。按点名当然逐个分别点唱，但线团为一滑稽角色，喜作不通之语。

[14]原文 grow to a point 有二义:（一）完结;（二）归到正题。此处所云，用第二义似较合理，因此一群演员之任务乃准备排戏，点名之后当然开始工作，故译为"言归正传"。线团之语常在可解不可解之间，亦无须细辨也。

[15]此剧情节如下：提斯璧者，巴比伦一美丽少女也。为皮拉摩斯所爱恋，因父母反对，好事难谐，遂不得不私行幽会，某日约于耐奴斯墓园相见。提斯璧先至，见一雌狮方咬碎一牛，乃惊惶逸去，匆匆遗一外衣。狮攫取之，并使染有血迹。皮拉摩斯旋发现此衣，以为提斯璧已遭不测，遂情急自刎。提斯璧返时见皮拉摩斯之尸身，亦自杀焉。（见奥维德《变形记》）

[16]"伤感"原文 condole。据 Wright 云："线团当然是用了错字，但他本想要用何字，却不易猜想。"译者之意，此字在十六世纪英文中作为"哀恸"lament 解本是常事，故径译为"伤感"，与上半句语意亦合，不必另生枝节矣。

[17]"一个鲁莽咆哮的角色"原文"a part to tear a cat in, to make all split"，所谓撕碎一只猫，或系讥嘲赫鸠里斯（Hercules）之杀虎，但"撕碎一只猫"一语在莎士比亚时代戏剧中曾数见不鲜，实乃习语，即"狂暴"之意，并无典实。all split 一语乃水手惯用者，有"咆哮"之意。故译为"鲁莽咆哮"，译意而已。按赫鸠里斯（希腊神话中之大力士）在舞台上向为一粗狂叫嚣之角色。

[18]此曲或系录自旧戏，词句不通，不可解也。

[19]"提斯妮"当然是"提斯璧"之误。何以有此误？何以下一行之"提斯璧"即不误？ Verity 之解释较佳：线团故作细嗓，口齿不清，故

误，下一句努力纠正，故又不误。

[20] 原文 aggravate 系"加重"之义，线团又误用，其本意应说"减轻"。

[21] "乳鸽"（sucking dove），严格讲亦误用词，因鸽不哺乳也。

[22] 原文 purple-in-grain ，按 grain 字源于拉丁文 granum，原义"种子"，胭脂虫粉可做染料，虫之形态似一种子，故此染料亦径称为 grain。

[23] "法国金币"原文 French crown。此处当然系指金币之澄黄色而言，但下文木楔所谓之 crown 系指头盖而言，故有双关之义。据佛奈斯注："木楔的答语中有暗指秃顶症之意，此种症候在法国较他处实更为普遍。"亦可能指梅毒能使发脱落之意。花柳病亦称"法国病"。

[24] 原文 obscenely 意为"猥亵地"，据一般注者均以为此系线团误用文字又一例，或以为是 obscurely 之误，或以为是 seemly 之误，或以为是 unseen 之误。译者之意以为莎氏时代剧本多猥亵词句，即莎氏亦不能免，剧本如是，排演时当更有甚者。故窃疑此字无误，译为"放肆"。

[25] 树林为"宫廷森林"，其中某一橡树定名为"公爵橡树"，英俗如此。

[26] 原文 hold, or cut bow-strings 直译应为"保持诺言或割断弓弦"。（注意：四开本对折本于 hold 后并无标点）意义颇晦。Capell 注云："于射靶场上约会，于叮咛赴会时常作此语。其意为彼将'保持'其诺言，否则彼等可'割断其弓弦'，使之不复成为射手矣。"Malone 注云："无论弓弦完成好或已割断，均须到会，意即在任何情形之下均须到会也。"二说孰是，未敢断定，译文姑从后说。

第 二 幕

第一景：雅典附近森林

一小仙自一边上，扑克自另一边上。

扑克　　　怎么样，小仙！你到哪里去？

小仙　　　翻山冈，蹚原野，

披丛林，斩荆棘，

过游苑，越栅界，

涉水来，投火去。

我是到处云游，

迅速赛过月球[1]。

我专为仙后服务，

在草地仙环上洒甘露[2]。

高高的樱草是她的侍卫，

金袍上面有斑斓的点缀[3]。

那些是红玉，是小仙们的馈赠，

那些斑点是她们的爱的象征。

在这里我要找些甘露，

给每株樱草挂上一颗珍珠。

再会，小仙中的蠢材，我去了。

仙后和众小仙都就要来到。

扑克　　仙王今夜在此欢宴，

仙后可别被他发现。

奥伯龙近来脾气暴躁，

因为她从印度王那里偷到

一个美丽的孩子做她的侍者，

这样美的孩子她从未偷到过。

嫉妒的奥伯龙一定要这小孩，

做他的随从，跟他在丛林里徘徊；

但她偏要保留那可爱的孩童，

给他戴上花冠，作为她的爱宠。

他们不见便罢，无论是森林或青草地，

清澈的泉边，或星光灿烂的黑夜里，

见面就是争吵，小仙都吓得发慌，

爬进橡子壳里面去躲藏。

小仙　　除非是我看错了你的体形，

否则你必是那顽皮的幽灵，

名叫罗宾好人。那是不是你，

惊吓了村中的少女；

　　　　　撒去乳皮，有时又把小磨推动，

　　　　　害得气喘的村妇搅乳不成；

　　　　　有时候又使得酒上不起泡，

　　　　　引夜行人走错路，你哈哈大笑？

　　　　　有人喊你亲爱的扑克或亲爱的妖精，

　　　　　你便给他们好运，替他们做工。

　　　　　那是不是你？

扑克　　　小仙你说的不错；

　　　　　我就是那快乐的夜间流浪者。

　　　　　我是奥伯龙的弄臣，我使他笑。

　　　　　有一回我变成一匹马，浑身肥膘，

　　　　　一声嘶叫活像是一匹小驹：

　　　　　有时候我藏在饶舌妇人的酒杯里 [4]，

　　　　　变成烤山楂一般模样，

　　　　　她喝的时候，我向她嘴上一撞，

　　　　　水酒往她干瘪的颈皮上面泼；

　　　　　还有爱讲庄严故事的老太婆，

　　　　　把我当作一只三脚凳来坐了，

　　　　　我从她屁股下一溜，她就跌倒，

　　　　　喊一声"裁缝"，咳嗽成一团 [5]，

　　　　　全屋的人捧腹大笑俱欢颜。

　　　　　乐得忘形，打过喷嚏又赌咒，

　　　　　从没有度过更快乐的时候。

　　　　　但是，让开，小仙！奥伯龙来了。

小仙　　　我们的仙后也来了。但愿他走开才好！

奥伯龙及随从等自一边上，铁达尼亚及随从自另一边上。

奥伯龙　　　骄傲的铁达尼亚，不幸又在月光里相遇。

铁达尼亚　　什么！嫉妒的奥伯龙。小仙们，走开去，我已发誓不上他的床，不和他做伴。

奥伯龙　　　你且慢，泼妇！难道我不是你的丈夫？

铁达尼亚　　那么，我一定是你的娘子了。但是我知道你偷偷从仙境逃走，化身作珂林的形状，整天坐在那里，吹着芦笛，唱着情歌，向多情的菲利达求爱[6]。你为什么又到这里来，从远远的印度草原来？一定是，那位雄壮的阿马松女王、你的穿靴的情妇、你的英武的爱人，她要嫁给提西阿斯了，你来是为给他们床上送些欢乐和繁昌。

奥伯龙　　　你怎能这样无耻，铁达尼亚？竟敢怀疑到我对希波利塔的名誉，你何曾不明白你对提西阿斯的爱？你不曾在朦胧夜色里引他离开他才蹂躏过的帕立宫娜？你不曾使他对伊格耳、对阿利阿德尼、对安提欧帕，都背了信[7]？

铁达尼亚　　这都是嫉妒在造谣。自从仲夏开始以来，无论在山上、在谷里、森林间，或草地上、石砌的泉边，或生满芦苇的溪畔，或在海岸沙滩上，我们对着呼啸的和风舞动着我们的鬢发，你总是来吵闹扰乱我们的游戏。所以和风对我们白白吹奏了一场，好像要报复似的，从海里吸摄了毒雾。雾降在陆上，使每条激荡的[8]河流都骄大起来，泛滥到岸上面。所以耕牛也徒然曳了轭木，农夫枉自淌了汗水，青青的谷类还没有生一根须就腐烂了。淹没的田间的羊栏也是空的，乌鸦都被瘟死的羊群给喂肥了。"九联棋" [9] 的场子都填满了泥，乱草地上的奇异的迷宫 [10] 因为无人践踏变成模糊不清。一般人类都盼望冬天来到，如今是没有一晚能听见欢乐的歌声。所以管制海洋的女神月亮，也愤怒得面色惨白，照得各处如洗，以致湿瘴的症候到处都是。因这一场愤怒 [11]，四季都变了色：白头的严霜降在鲜红的玫瑰的怀里，在冬日老人的薄冰冠上镶着一串夏天的芬芳的鲜花，好像是在嘲笑一般。春、夏、果实累累的秋、严的冬，都改变了他们的平常的服装，骇坏了的人类看了各季的生产竟分辨不出那是什么时令。这恶果是来自我们的争执，来自我们的反目，我们是这场祸患的根源。

奥伯龙　那么你就悔过吧，这全在于你。铁达尼亚为什么要顶撞她的奥伯龙？我只是要你的那个偷来的孩子，来做我的随从。

铁达尼亚　你死了心吧，用整个的仙境也买不去我的这个孩子。他的母亲是我的一个信徒，在印度夜间芳馥的气氛里，她常在我的身边密谈，并且在海边黄沙滩上陪我坐着，数着海上饱载的商船。我们笑着看那船帆怀孕，被狂风吹鼓了肚皮。她那时肚里已经怀着我的这个小侍者，迈着娇小轻盈的步伐，模仿那帆船的样子，在陆上航驶起来，给我取些什物，再走回来，好像是带着货物航海归来一般。但她究竟是个凡人，因生产这孩子而死。为了她我抚养这个孩子，为了她我不能舍弃他。

奥伯龙　　你在这森林里预备停留多久？

铁达尼亚　也许等到提西阿斯结婚以后。如果你肯耐心参加我们的对舞，看我们在月下作乐，就和我们一同去。否则，你躲开我，我也不去打扰你。

奥伯龙　　把孩子给我，我就跟你去。

铁达尼亚　把你的仙国给我，我都不换。

　　　　　走吧小仙，再停留又要起争端。〔铁达尼亚及随从等下〕

奥伯龙　　好，走你的。你这样侮辱我，在你离开这树林之前我要教你吃点苦头。我的乖扑克[12]，你走过来。你可记得，有一次我坐在一个海岬上，听见一个鲛人骑在海豚背上发出曼妙和谐的歌声，汹涌的海都变得风平浪静，有几颗星像疯了似的脱离了星座来听这海上女郎的音乐。

扑克　　　我记得。

奥伯龙　　就在那个时候，你看不见，可是我看见了。在那清凉的月亮和地球之间，邱比得全副武装地飞着。他向着西方宝座上的一位美丽的处女瞄准，用劲地射出了他的爱箭，好像是要射穿千万颗心似的。但我看见这小邱比得的烈火般的箭在水似的皎洁的月光里面被浇熄了，那位尊严的信女行若无事，仍做处女的沉思，无所动于衷。但是我看见了邱比得的箭落在什么地方：它落在西方一朵小花上，原是乳一般地白，现在爱的创伤使它变成紫红，女郎们唤它作"三色堇"。去给我摘来那朵花，就是我指给你看过的那一株草。从那花里提出的汁浆，若是点在睡着的人的眼皮上，无论是男是女，睁开眼就会疯狂地爱上他所看见的第一个人。把那株草给我摘来，在巨鲸没有泳去半里以前你就要回来。

扑克　　　我在四十分钟以内可以给地球绕上一条带。〔下〕

奥伯龙　　我一得到这汁浆，便要守候着铁达尼亚，等她睡了把汁浆滴在她的眼上。她醒来看见的第一个东西，无论是狮、熊、狼、牛，或是顽皮的猴子，或是慌忙的猩猩，她都要衷心爱恋地去追求。我另有一种药草可以解除她的魔祟，但是我要让她先把小僮给我。谁来了？我是肉眼看不见的，我来偷听他们的谈话。

地美特利阿斯上，海伦娜随上。

地美特利阿斯　我不爱你，所以别追着我。赖桑德和美丽的荷米亚在哪里？一个是我要杀死的，一个可害死了我。你告诉我说他们逃到这树林里来了，所以我来了，在树林里面急得发狂，因为我遇不见我的荷米亚。去，你走开，不要再追着我。

海伦娜　　是你吸引我，你这铁石心肠。但是你吸的还不是铁，因为我的心是钢一般地坚。你放弃你的吸引力，我就无力再追你。

地美特利阿斯　我引诱你吗？我对你说话有礼貌吗？不，我不是顶
　　　　　　　爽快地告诉你说我不能爱你吗？

海伦娜　　　　唯因如此我更爱你。我是你的一条狗，地美特利阿
　　　　　　　斯，你越打我，我越向你摇尾乞怜。你把我当作你
　　　　　　　的狗待吧，踢我、打我、忘掉我，只要你准许我跟
　　　　　　　随你，虽然我实在不配。把我当作你的狗待，在你
　　　　　　　的爱情当中我还能要求一个什么更为卑贱的位置，
　　　　　　　而在我看来还是顶体面的呢？

地美特利阿斯　别过于招惹我的恼恨，因为我看着你就难过。

海伦娜　　　　我不看见你我就难过。

地美特利阿斯　你实在太不顾羞耻了，逃开城市，把自己交给一个
　　　　　　　并不爱你的人的手里。你的贞操何等宝贵，竟听凭
　　　　　　　黑夜和荒凉的地方来诱惑。

海伦娜　　　　你的德行就是我的保障。因为我看见你的脸的时候，
　　　　　　　那就不是夜，所以我不觉得我是在夜里。这树林里
　　　　　　　也不缺乏人来陪伴我，因为我觉得你就是全世界的
　　　　　　　人。全世界的人都在这里望着我，怎能说我是独自
　　　　　　　一个人呢？

地美特利阿斯　我可要逃开你了，我藏在丛林里去，让野兽来处
　　　　　　　置你。

海伦娜　　　　最凶狠的野兽也没有你这样狠的心肠。你要逃就逃
　　　　　　　吧，那就另是一种故事了：阿波罗在逃，达芙妮在
　　　　　　　追[13]；鸽子追怪鹰，驯鹿捉老虎；怯懦的在追，勇
　　　　　　　敢的在逃。快快地逃又有什么用。

地美特利阿斯　我不听你那套话，让我走吧！如果你再追着我，不

要以为我不会在树林里面欺负你。

海伦娜　是的，在庙堂、在城市、在四野，你都欺负我。呸，
　　　　地美特利阿斯！你的轻薄简直是侮辱女性。
　　　　我们不能像男人似的为爱情而斗争，
　　　　我们是被追求的，不能去追求爱情。〔地美特利阿
　　　　斯下〕
　　　　我要追你去，把天堂变成地狱，
　　　　死在我所钟爱的那个人的手里。〔下〕
奥伯龙　再会，姑娘，在他离开树林以前，
　　　　你会逃避他，他会要来把你缠。

扑克又上。

　　　　你在那里找到花了吗？你辛苦了，流浪人。
扑克　　是的，就在那里。
奥伯龙　请你给我吧。
　　　　我知道有个坡上生满了野麝香草，
　　　　还有莲馨和摇摆的萝兰也开遍了。
　　　　上面遮覆着的是茂盛的忍冬，
　　　　还有芬芳的白玫瑰，野的蔷薇丛。
　　　　铁达尼亚有时夜里就睡在那边，
　　　　在花丛间被舞蹈欢忻引入睡眠。
　　　　花蛇在那里蜕下它的斑斓的皮，
　　　　可把小仙来包起，像件肥大衣。
　　　　我要把这汁浆洒上她的眼睛，
　　　　令她心中充满了可厌的爱情。

　　　　　　你拿一点去，在树林里去寻找，

　　　　　　有一位美丽的雅典女郎，她恋爱了

　　　　　　一个轻视她的少年，涂抹他的眼睛。

　　　　　　要注意的是，等到他把眼来睁，

　　　　　　就看见那女郎。你容易认出这个人，

　　　　　　因为他有雅典的服装穿在身。

　　　　　　你要小心去做，使他对那女郎

　　　　　　比那女郎对他更为爱得疯狂。

　　　　　　在第一声鸡叫之前要前来会我。

扑克　　　　主人莫担心，仆人一定这样做。〔同下〕

第二景：森林之另一部分

　　　　　　铁达尼亚及随从等上。

铁达尼亚　　来，跳个环舞，唱首仙歌。然后，在一分钟三分之
　　　　　　一的时间内，全部走开。有些个去杀白玫瑰花苞里
　　　　　　的蛀虫，有些个去和蝙蝠厮杀，割下它们的皮翅膀
　　　　　　给我的小仙们做衣裳，有些个去抵御那叫嚣的猫头
　　　　　　鹰，它夜夜地叫，呆看着我们这群玲珑的小仙。现
　　　　　　在把我唱睡着了吧，然后各自做你们的事，让我安
　　　　　　眠。〔小仙唱〕

一

双舌尖的花斑蛇，

披箭的刺猬，不要出现。

水蜥，蛇蜥，别作恶，

不要走近仙后的身畔。

夜莺，曼妙地

陪我们合唱催眠曲：

睡呀，睡呀，睡眠去；睡呀，睡眠去。

永远没有伤害，

没有魔，没有怪，

走近女王的身畔。

好好睡吧，再见。

二

织网的蜘蛛莫要来，

去，长腿的织工，去！

黑甲虫，你也莫要来。

蠕虫蜗牛，不要惹气。

夜莺，曼妙地……（略）

小仙　　　众仙走吧，走吧！一切完成。

　　　　　留一个远远地站着做卫兵。〔众仙下，铁达尼亚睡〕

　　　　　奥伯龙上，挤花浆滴在铁达尼亚眼上。

奥伯龙　　你醒来看见的任何对象，

都要当作你的爱人一样，

为他憔悴，为他心花怒放。

不管他是狸、是熊、是猫、

是豹，或是带硬鬃的野猪一条，

你醒的时候只要一眼看清，

那东西便是你的情人。

醒吧，等一些下流的东西走近。〔下〕

赖桑德与荷米亚上。

赖桑德　　　爱，你在树林里走得很疲敝，

说实话，我已经迷失了路途。

休息一下，荷米亚，如果你愿意，

等待着白昼带来的舒服。

荷米亚　　　就这样，赖桑德，你去自寻一个床，

我就睡在这片青草地上。

赖桑德　　　一簇草可供我们两个共枕眠。

一颗心、一张床、两个胸怀、一个信念。

荷米亚　　　不，赖桑德，爱，你为了我，

睡远些，别这样地挨挤着。

赖桑德　　　啊，爱，要了解我的一片纯洁，

情人说话的意义情人当能了解。

我是说，我的心和你的连成一个，

所以我们的心只能说仅有一颗。

一个誓约是两个胸怀的锁链，

所以说，两个胸怀，一个信念。

	那么，不要拒绝我睡在你的身畔，
	因为，荷米亚，我这样睡，无意欺骗。
荷米亚	赖桑德真是巧言善辩，
	如果荷米亚是说赖桑德有欺骗的心，
	我真不该这样地没有检点伤害自尊。
	但是，好朋友，为了爱情和礼貌，
	请你在再稍远的一个地方去睡觉。
	离开相当的远，要让大家承认，
	适宜于一个规矩的少男少女的身份。
	好好地睡吧，亲爱的朋友。
	愿你的爱永远不变，直到生命的尽头！
赖桑德	对这美丽的祈祷我要说"阿门""阿门"，
	我的性命真是完了，如果停止忠诚！〔向稍远处退〕
	这是我的床，愿睡眠把安适都给你！
荷米亚	愿留一半安适送祝福的人安然睡去！〔他们入睡〕

扑克上。

扑克	我走遍了这个森林。
	找不到一个雅典人，
	在他的眼上得到证明，
	这花浆能激动爱情。
	一片黑夜寂静！谁在这地方？
	他穿的是一身雅典人的服装。
	这就是他了，我土人说的，
	他轻视那个雅典的少女。

　　　　这是那个少女，睡得好香，

　　　　就睡在潮湿污脏的地上。

　　　　美丽的人儿！她不敢睡近

　　　　这个无礼的薄情的人。〔挤花浆在赖桑德眼上〕

　　　　蠢材，我在你的眼上

　　　　投了这迷药的全副力量。

　　　　你醒来便要情不自禁，

　　　　不准睡眠再占据你的眼睛。

　　　　我走后你就醒起，

　　　　我要见奥伯龙去。〔下〕

　　　地美特利阿斯与海伦娜跑上。

海伦娜　　　地美特利阿斯你站住，你杀死我也好。

地美特利阿斯　我命令你，走开，别这样跟着我跑。

海伦娜　　　啊！你把我丢在黑暗里吗？别这样干。

地美特利阿斯　我要独自走，你停住，吃苦是你情愿。〔地美特利阿斯下〕

海伦娜　　　啊！无聊的追逐使我喘不过气。

　　　　我越祷求，我越要受你的无礼。

　　　　荷米亚睡在哪里都是快乐无穷，

　　　　因为她有幸运的诱惑人的眼睛。

　　　　她的眼睛何以那样亮？不因含着泪。

　　　　如果是，我的眼比她更常洗泪水。

　　　　不，不，我是像熊一般地丑，

　　　　野兽见了我都吓得要逃走。

所以地美特利阿斯见了我就逃避，

像躲妖精似的，那也无足惊异。

什么阴坏害人的镜子使我胆敢

用我的眼比荷米亚星一般的眼？

这是谁？赖桑德！在地上！

死了？睡着了？没有血，没有伤。

赖桑德，醒来吧，如果你还活着。

赖桑德　〔醒〕为了你我宁愿蹈汤赴火。

雪亮的海伦娜！造物者施展了手段，

她令我看穿你的胸，把你的心给我看。

地美特利阿斯在哪里？提起这名字，

他真该受我一刀而死。

海伦娜　别这样说，赖桑德，别这样说。

他爱你的荷米亚，又有什么错？

荷米亚爱的是你，你该满足[14]。

赖桑德　我对荷米亚应该满足！我不。

我后悔把光阴和她一同虚度。

我爱的不是荷米亚，是海伦娜，

谁不愿换一只鸽子舍一只乌鸦？

男人的意志是靠了理性来作主张，

理性说你是一位更可爱的女郎。

一切生物不到季候不能成熟，

我的理性现在才成熟，因为年龄不足。

现在我的理性发展到智慧的顶点了，

所以理性成为我的意志的向导，

引我欣赏你的眼睛，在那里我看见[15]

有爱情故事写在爱情最丰富的书卷里边。

海伦娜　我何以生来要受这尖刻的讽嘲？

在你手里还要无故地被你讥笑？

这还不够，青年，这还不够受，

我从来不曾，不，从来不曾能够，

被地美特利阿斯好好看过一眼，

而你还要来讥笑我的缺点？

真的，你对不起人，真的你对不起人，

你用这讥讪的态度假意向我来求婚。

再会吧，我不能不承认

我本以为你是个较为温存的人。

啊！一个被男子拒绝了的女人，

还要被另一个男子来寻开心！〔下〕

赖桑德　她没看见荷米亚。荷米亚，你安眠，

你永远也别再走近赖桑德的身边。

因为，像是甜腻的东西吃得过多，

使得胃里感到极深的厌恶。

又像是人们弃绝的邪异教派，

受过惑骗的人最是恨得厉害。

你便是我的过量甜腻，我的邪说，

大家都恨，我恨得最多！

我的全部精神啊，用你的爱和力量，

去崇拜海伦娜，做她的情郎。〔下〕

荷米亚　〔醒〕救我，赖桑德，救我！赶快

把这条毒蛇从我的胸上拿开。

哎呀，可怜！这是什么梦魇！

赖桑德你看我还在吓得发颤！

好像是有一条蛇来把我的心吞掉，

你却看着它残害而坐在一旁微笑。

赖桑德！怎么！走了？赖桑德呀！

怎么！听不见？走远了？不作声，不说话？

哎呀！你在哪里？说话，如果能听到。

凭了爱，你说句话！我吓得要晕了。

没有！那么我知道你是不在附近，

或是死，或是你，我立刻要去寻。〔下〕

注 释

[1] 按照古埃及陶来美天动说，月及众星均系嵌在透明的圆体之上，围绕地球而转。

[2] 原文 To dew her orbs upon the green，系指"仙环"（fairy-ring）而言，原野中常见有一圈青草，色深绿，茂盛异常，据民间传说此乃小仙于月夜跳舞所致，践踏之后恐草叶枯萎，或扑克之职务为洒以甘露，使之转盛云。按现代科学解释，是一种菌类，繁殖迅速，一夜之间能拓展成圆圈形。

[3] 指伊利沙白女王之侍卫队。女王曾遴选世家子弟五十人，貌美而身材高大之男子，服装都丽，镶金边，缀珠玉。

[4] gossip's bowl，古俗行洗礼时教父教母所用之杯，内盛以酒、豆蔻、糖、烤面包、烤山楂等之混合物。但 gossip 一字转为"饶舌妇人"之意。

[5] 跌跤时何以大呼"裁缝"，殊不可解。约翰孙博士注云："突然向后跌翻而大叫'裁缝'，此种习惯余似曾见过。椅上溜倒之人，状若裁丝之蹲踞案上。"裁缝如何蹲踞，蹲踞者又何必裁缝，殊为牵强。Halliwell 以为此乃轻蔑之词，"裁缝"等于"窃贼"，但轻蔑何以独加于裁缝，不能不为裁缝叫屈矣。有人以为跌跤时衣裳有破裂之虞，故不得不呼裁缝，此说更属想入非非。

[6] 珂林与菲利达（Corin, Phillida）系牧诗中习见之情人名。

[7] Perigouna, Eagle, Ariadne, Antiopa，事迹俱见普鲁塔克《传记》。

[8] 原文 pelting，四开本如此，对折本作 petty。牛津本从前者，后者实较善。

[9] "九联棋"原文 Nine men's morris，乃儿童游戏，牧童之类往往用刀掘地做一方格，有时一尺见方，有时长三四码不等，方格中再划一小方格，两方格之边均平行，两方格之四角间均再各划一线，两方格之四边中心点再各划一线。游戏者一方用木片，一方用石子，各九枚，依次投入任何线之交点，然后棋子可以行动，凡三子成一线时，即可取去对方一子，取完时为止。或谓方格系三层，此说近是，因如仅有两个方格，十八枚棋子将无法安放也。中国亦有此种游戏，亦系三层格，一般儿童类能道之。

[10] 乡村青草地上常划出迷宫状之小径，供人穿行为戏。

[11] 原文 distemperature，或解作奥伯龙与铁达尼亚之争执，或解作月亮之愤怒，后者较为合理。

[12] "我的乖扑克……给我摘来那朵花，"原文虽仅二十三行，但在莎氏作品中乃注解最繁之一段，佛奈斯集注本之注释达十六页。据

Warburton 以降的解释，以为鲛人系指苏格兰女王玛丽，美丽的处女系指伊利沙白女王，邱比得是李斯特伯爵，小花是 Robsart 或 Knollys, 脱离星座的星是诺赞伯兰伯爵或威斯摩兰伯爵或是诺浮克公爵。此段文字包含譬喻，甚为显然，处女指伊利沙白毫无疑义，但此外尚有若干譬喻，所指究是谁何，聚讼纷纷，不可究诘矣。

[13] 奥维德《变形记》:"太阳神阿波罗追逐着女神达芙妮，把她变成桂树。"

[14] 原文 content 有二义，海伦娜谓"镇定"之义，莎氏英文常有此种用法，地美特利阿斯误为"满足"之义。此双关语，译文未能表达。

[15] 原文 overlook 在莎氏英文中作"阅看"解。

第 三 幕

•••• ~~~~~~~~ ••••

第一景：森林。铁达尼亚卧睡

木楔、简洁、线团、笛子、壶嘴及瘦鬼上。

线团　　我们都到齐了吗?

木楔　　恰好，恰好，这是为我们排戏的一个非常好的地方。
　　　　这片草地做我们的舞台，这一片山楂林做我们的更
　　　　衣室。我们要练习动作，就像在公爵面前表演一样。

线团　　彼得木楔——

木楔　　什么事，线团伙计?

线团　　这皮拉摩斯与提斯璧的喜剧里有些情节是永远不能
　　　　讨人欢喜的。第一，皮拉摩斯一定要拔刀自刎，太
　　　　太们便受不了。你说怎么办?

壶嘴　　天哪，是可怕得紧。

瘦鬼	我想这自杀一节到底是要略去的。
线团	一点都不必，我有一个方法可以弄得都很妥当。给我编一段开场白，开场白里好像就说，我们并不用刀真伤害人，皮拉摩斯并不真被杀死；并且为提供更好的保证起见，可以明告她们，我，皮拉摩斯，实在不是皮拉摩斯，而是织工线团。这就可以令她们免除恐怖了。
木楔	好，我们就添这样一段开场白，用"八六体"[1]来写。
线团	不，再加上两个音节，用"八八体"来写吧。
壶嘴	太太们不会怕那头狮子吗？
瘦鬼	我敢说，我担心她们要怕。
线团	诸位，你们要仔细考虑，把一头狮子带到女客中间——上帝保佑我们！——是一件最可怕的事。因为世上没有比一头狮子更为可怕的野禽了[2]，我们应该注意到。
壶嘴	所以，要另一段开场白来告诉她们他不是一头狮子。
线团	不，还要说出他的姓名来，他的半个脸一定要从狮子颈下露出来。他自己从里面发言，这样说，或是大意如此地说，"太太们，"或者是，"美丽的太太们，""我愿你们，"或，"我请你们，"或，"我求你们，不要害怕，不要发抖，我以性命担保。如果你们以为我来到此地真是一头狮子，我好命苦。不，我不是这样的东西。我是人，和别人一样。"说到这里就可以直道姓名，明白地告诉她们他是细木匠简洁。

木楔　　　好，就这样办。但是有两件难事，便是，要把月光
　　　　　引进屋来。因为，你们晓得的，皮拉摩斯与提斯璧
　　　　　是在月光下相会的。

简洁　　　我们演戏的那晚有月亮吗？

线团　　　日历，日历！查查历书，看看有无月亮，看看有无
　　　　　月光。

木楔　　　是的，那晚是有月亮的。

线团　　　噫，你可以在我们演戏屋里打开一扇窗子，月光就
　　　　　可以照射进来。

木楔　　　是的，再不然就要有人举着树枝打着灯笼进来，就
　　　　　说他是扮演或是代表"月光"的。还有一件事，我
　　　　　们在大厅里一定要有一垛墙，因为故事上说的，皮
　　　　　拉摩斯与提斯璧曾隔着墙才谈话。

简洁　　　你不能带一垛墙进来呀。你说呢，线团？

线团　　　总要有个人扮作那垛墙，他身上涂些灰，或是泥，
　　　　　或是灰石浆，来表示一垛墙。让他把手指这样举着，
　　　　　从这缝里皮拉摩斯和提斯璧就可以私谈了。

木楔　　　如果可以这样办，那么一切都好了。来，坐下，每
　　　　　一个人，练习你们的台词，皮拉摩斯，你开始。你
　　　　　说完之后，到那丛林里去，每个人都这样按照他的
　　　　　台词上下。

　　　　　扑克自后上。

扑克　　　是什么粗野的乡巴佬在这里蠢动，离着仙后的卧榻
　　　　　这样近？什么！在预备一出戏，我来做个观众。如

果有机会的话，我还也许要做个演员哩。

| 木楔 | 说呀，皮拉摩斯——提斯璧，站出来。 |

线团　"提斯璧，花儿的臭味香——"

木楔　气味，气味。

线团　"——气味香，

你的吐气也是一样，我最亲爱的提斯璧。

听，有声音！你等一下，

我立刻就回来再会你。"〔下〕

扑克　这里从没有演过比这更怪的皮拉摩斯！〔下〕

笛子　我现在要说话了吧？

木楔　是，不错，你该说了。你要明白，他出去只是查看听见的那个声音，立刻就要回来的。

笛子　"最光彩的皮拉摩斯，你有最白的白百合色，

你的颜色像一朵在枝头高挂的红玫瑰，

你是最活泼的青年，也是最可爱的犹太人一个，

忠实得像一匹最忠实的马永不知道劳累，

我要来会你，皮拉摩斯，在宁耐的坟园里。"

木楔　"耐奴斯的坟园里"，伙计，唉，你还没到说这句话的时候呢，这是你回答皮拉摩斯的话。你把你的台词一下子都说了，也不管衔接不衔接。皮拉摩斯，进来呀，你接词的地方已经过去了，你接词的地方是"永不知道劳累[3]。"

笛子　啊——"忠实得像一匹最忠实的马永不知道劳累。"

扑克重上，线团顶着驴头上[4]。

线团	"如果我是忠实的,美丽的提斯璧,我只是属于你^[5]。"
木楔	啊,奇怪!啊,离奇!闹鬼啦!快祈祷,诸位!快逃跑,诸位!——救命啊!

〔群丑下〕

扑克	我要跟着你们,领你们跳蹦一场,
	跋涉池沼丛林,在荆棘里面乱窜。
	我有时变马,有时变成猎犬的模样,
	变成猪、无头的熊,或烈火一团。
	我嘶、我吠、我叫、我吼、我烧燃,
	像是马、犬、猪、熊、火一般,我到处地变。〔下〕
线团	他们为什么都逃了?这一定是他们的狡计,故意令我害怕。

壶嘴又上。

壶嘴	啊线团!你变了!我看见的是什么呀?
线团	你看见的是什么?你看见了你自己的蠢驴头,是不是^[6]?〔壶嘴下〕
木楔	上帝保佑你,线团!保佑你!你变了。〔下〕
线团	我明白他们的狡计了,是把我当蠢驴,是想吓我,如果可能的话。但是我偏不离开这地方,随他们闹去。我就在这里来回地走,并且我还要唱,让他们知道我并不怕。
	雄山鸟,那般地黑,
	是嘴巴橘黄的鸟,
	画眉的声音那样地美,

鹪鹩的喉管那么小 [7]。

铁达尼亚　〔醒〕什么安琪儿把我从花床上唤醒?

线团　　　梅花雀、麻雀、百灵,

还有单调的灰色的布谷,

它的调子多少人都在听,

没有人敢说一声不 [8];

真是的,谁愿意和这样一只蠢鸟儿来分辩呢?虽然它不时地在喊"布谷",谁又愿意告诉它它是在说谎呢?

铁达尼亚　我请你,温柔的人,再唱下去。我听了你的歌声,两耳都被陶醉了;我的眼也被你的形体给迷住了。你的美德的力量逼得我在初见你的时候便不能不发誓说,我爱你。

线团　　　我觉得,小姐,你没有多少理由这样说。虽然,老实讲,在这年头理性与爱情难得合在一起。更可惜的是,有些诚实的邻人们并不尽力使它们做朋友。不,在适当的时候我也能说个笑话哩 [9]。

铁达尼亚　你是又机灵又美貌。

线团　　　不,都不,如果我有相当的聪明使我离开这森林,我就很够受用的了。

铁达尼亚　莫要想从这树林里走出去,

你要留在这里,不管你是否愿意。

我不是一个寻常的神仙,

"夏天"都永远侍奉在我身边。

我真爱你,所以同我一起去,

我给你许多小仙来伺候你。

他们将从海底给你探取珠宝，

他们唱着令你在花床上睡觉。

我将洗去你的尘间的俗气，

你也将像精灵般飘忽无踪迹。

豌豆花，蜘蛛网，蛾子，芥子！

四小仙上。

豌豆花	在此。
蜘蛛网	在此。
蛾子	在此。
芥子	在此。
同声	我们到哪里去？
铁达尼亚	对这位先生要恭顺有礼，

在他的路上跳跃，在他眼前翻滚。

杏子与草莓，你们要给他去寻，

还有紫葡萄，绿无花果和桑葚。

在营营的蜜蜂身上把蜜囊偷取，

割下它们的带蜡的大腿[10]当作烛炬，

在萤火虫的眼里把蜡烛燃起，

睡的时候醒的时候都带去我的情意。

把彩色蝴蝶的翅膀来折取，

从他的睡眼上把月光扇去。

向他鞠躬，小仙，向他敬礼。

| 豌豆花 | 敬礼了，凡人！ |

蜘蛛网	敬礼了！
蛾子	敬礼了！
芥子	敬礼了！
线团	我很对诸位不起，我请问诸位大名。
蜘蛛网	蜘蛛网。
线团	以后愿常常领教，好蜘蛛网先生。如果我割破手指，我要打搅你了。你的大名，诚实的先生？
豌豆花	豌豆花。
线团	请你向令堂大人生豆荚夫人和令尊大人熟豆荚先生代我致意。好，豌豆花先生，我以后也愿常常领教。你的大名请问，先生？
芥子	芥子。
线团	好芥子先生，我很知道你的遭遇，那怯懦的大块的牛肉曾吞掉许多你的本家。我告诉你说，你的族人令我流过不少的泪。以后愿常领教，好芥子先生。
铁达尼亚	来，伺候他，引他到我的树林里去。 我觉得月亮的眼里是汪着泪， 她哭的时候每朵小花都要哭泣， 哀悼什么女郎的贞操被人破坏。 令我的爱人不要作声，静静地把他带来。〔众下〕

第二景：森林中另一部分

奥伯龙上。

奥伯龙　　　我不知道铁达尼亚醒来没有，也不知道她醒来睁眼
　　　　　　一看便要爱到极点的到底是什么东西。我的使者
　　　　　　来了。

扑克上。

　　　　　　怎么样，狂放的精灵！
　　　　　　什么夜间欢乐在这被骚扰的林间举行？
扑克　　　　我的女主人爱上了一个妖精。
　　　　　　在她的幽秘圣洁的卧处附近，
　　　　　　那时节她正在睡得昏昏沉沉，
　　　　　　来了一群蠢货，下流的手艺人，
　　　　　　在雅典摆摊子混饭吃的小民，
　　　　　　在那里集合排演一出戏，
　　　　　　预备在提西阿斯婚期公演的。
　　　　　　这无聊的一群里一个最蠢的傻子，
　　　　　　他在戏里扮的是皮拉摩斯，
　　　　　　他下台退入一丛矮树，
　　　　　　我便乘机把他给捉住。
　　　　　　我把一个驴头放在他的头上，
　　　　　　这时节提斯璧说完话等他上场，
　　　　　　我的活宝就出来了。他们一见，

好像野鹅发现了爬行的猎人一般，

又像许多的灰色乌鸦聚在一起，

听得一声枪响便鼓噪着纷纷飞去，

向四下里逃散，疯狂地掠过天空。

他们一见他便也这样地逃命，

我们一跺脚[11]，他们一个个地就摔倒。

有人喊雅典来搭救，有人叫"杀人了"。

他们头脑简单，一吓越发糊涂，

使得无生命的东西也敢把他们来欺侮。

荆棘的针刺抓住了他们的衣裳，

有失袖的，有失帽的，全被牵挂在树上。

我驱使这群吓昏了的人们去逃散，

把那变了形的活宝皮拉摩斯留在那边。

就在这个时节，说来真是离奇，

恰巧铁达尼亚醒了，立刻爱上一条驴。

奥伯龙　　这结果比我所能安排的还要妙。

但是那个雅典人你可曾找到，

按照我的吩咐把爱浆涂上他的眼睛？

扑克　　我在他睡时找到他——完成了使命——

那雅典女郎就在他的身畔，

他醒的时候，她一定会被看见。

地美特利阿斯与荷米亚上。

奥伯龙　　躲起来，这就是那个雅典人。

扑克　　就是那个女人，男的却不是那个人。

地美特利阿斯	啊！对于如此爱你的人，你为什么峻拒？
	刻毒的话应该留给你的死敌。
荷米亚	我现在不过是骂，以后要更凶地待你，
	因为我觉得你有使我诅咒你的道理。
	如果你乘赖桑德睡时已经把他杀害，
	血既漫过了鞋子，索性叫它过了膝盖[12]，
	把我也杀了吧。
	太阳对于白昼之准确可靠，
	比不得他对我的忠诚。他会偷偷走掉，
	乘荷米亚熟睡之际？我宁愿相信
	完整的地球可以钻个窟窿，使月亮爬进，
	再从那边出来，使得地球对面的
	正在日中的哥哥[13]大不快意。
	必是你把他杀了，不会有别情，
	这正是凶手的神气，这样地败坏狰狞。
地美特利阿斯	被杀的才有这副神情，我就是这般，
	你的残忍已经把我的心给刺穿。
	但是你这凶手却依然光彩晶莹，
	像是那天边闪耀的那颗太白金星。
荷米亚	与我的赖桑德何干？他在哪里？
	好地美特利阿斯，你肯不肯把他还给我呢？
地美特利阿斯	我倒肯把他的尸首丢给我的猎狗。
荷米亚	滚开，恶狗，滚开！你使我不能忍受，
	超过了女人的耐心。那么是你害了他？
	以后你不能再算是一个男子汉啦！

啊！说一回实话，即使是为我的缘故，

你是否不敢在他醒时和他冲突，

乘他睡了杀他？啊，好英勇的行为！

毒蛇还不都是鬼鬼祟祟？

是毒蛇干的，因为毒蛇的那只舌

还赶不上你这条蛇来得毒恶。

地美特利阿斯 你这样地发泄情感是由于误会，

关于赖桑德的流血我根本无罪，

并且他也没有死，就我所知道的说。

荷米亚 那么我请你告诉我，他还在活着。

地美特利阿斯 如果我能告诉你，我能得到什么？

荷米亚 能得到一种利益，即永远不再看见我。

我离开你，不再看你在我面前讨厌，不管他是死是活，

你不要再见我的面。〔下〕

地美特利阿斯 她这样盛怒之下我无须跟了她去，

所以我还是在此地暂且休息休息。

悲哀的分量越来越重，

因为破产的睡眠欠下悲哀的债务不轻。

现在总可以先偿还一点，

如果我等着它来还钱。〔卧下，睡〕

奥伯龙 你干的什么事？你认错了人，

把爱浆滴上了真情人的眼睛。

你的错误一定要使得真情人变心，

不能使无情的汉变成钟情的人。

扑克　　　　那么那是命运的错误，一个人守信，

　　　　　　百万人却把海誓山盟都破坏净尽[14]，

奥伯龙　　　要比风还快地飞到树林里去吧，

　　　　　　去细心寻找那雅典的海伦娜：

　　　　　　她害着沉重的相思，容颜枯槁：

　　　　　　痴情地叹息着，消耗鲜血不少。

　　　　　　你去设法把她诱到这边，

　　　　　　我在她出现的时候迷幻他的眼。

扑克　　　　我去，我去，我去给你看！

　　　　　　迅速赛过鞑靼人弓上的箭[15]。〔下〕

奥伯龙　　　这花儿颜色紫红，

　　　　　　曾被邱比得射中，

　　　　　　你浸入他的眼瞳。

　　　　　　当他看见他的爱人，

　　　　　　让她的光艳照临，

　　　　　　有如天边的金星。

　　　　　　你醒时如发现她在身边，

　　　　　　你就乞求她的爱怜。

　　　　　　扑克又上。

扑克　　　　向神仙首领报告，

　　　　　　海伦娜已经来到，

　　　　　　我所认错的那个男人，

　　　　　　正在乞求情人的酬金[16]。

　　　　　　我们要不要看他们的痴情的表演，

　　　　　　　　主啊，这些凡人真是蠢得可怜！

奥伯龙　　　　站在一旁，他们的声音，

　　　　　　　　就要把地美特利阿斯吵醒。

扑克　　　　　那么两个同时追求一个，

　　　　　　　　这场把戏就足够可乐。

　　　　　　　　事情来得愈是离奇，

　　　　　　　　我就愈发觉得满意。

　　　　　　　　赖桑德与海伦娜上。

赖桑德　　　　你何以把我的求婚当作讽嘲？

　　　　　　　　讽嘲和讥笑永远不会哭哭啼啼。

　　　　　　　　看，我发誓的时候，我的泪在掉，

　　　　　　　　这样生出来的誓是真心真意。

　　　　　　　　我既有忠诚的标记来作证明，

　　　　　　　　你为什么还以为我是在讥讽？

海伦娜　　　　你的狡诈是愈来愈明显了。

　　　　　　　　忠诚毁灭忠诚，好神圣邪恶的斗争 [17]！

　　　　　　　　这些誓言是荷米亚的，你忍心把她抛掉？

　　　　　　　　用誓言秤衡誓言，你根本无可秤衡 [18]：

　　　　　　　　你把对她的誓言和对我的誓言秤衡一番，

　　　　　　　　轻重是相等的，都是虚飘如谣言一般。

赖桑德　　　　我当初向她发誓是我一时糊涂。

海伦娜　　　　你现在把她遗弃，我看，也是错误。

赖桑德　　　　地美特利阿斯爱她，并不爱你。

地美特利阿斯〔醒〕啊海伦！女神、天仙、完美、神圣！

我的爱人，我拿什么来比拟你的眼睛？
水晶嫌太混浊。啊，你的丰满的嘴唇，
那吻着的两颗樱桃，是多么诱人。
当你举起手的时候，那被东风吹越，
到陶鲁斯高山[19]的纯白的积雪，
像是乌鸦般黑。啊！让我来吻
那纯白的极品，幸福的保证。

海伦娜　啊可恶！啊该死！我看你们是想要
为你们自己开心而把我来取笑。
如果你们是有教养的，懂得礼仪，
你们就不会这样地来把我调戏。
你们能否憎恶我，我晓得你们憎恶，
而不要这样联合起来戏弄我？
你们若是体面男子，看样子倒是像，
你们便不该这样对待一个娇贵的女郎。
发誓、赌咒、过分地夸奖我的才貌，
而其实你们衷心地恨我，我很知道。
你们是对手，争着爱荷米亚，
现在又是对手，争着玩弄海伦娜。
是勇敢的行为，是男子汉的勾当，
使得一个可怜的少女眼泪汪汪，
为了你们取笑！天性高贵的人们，
不肯这样地冒犯一个贞洁的女人，
榨取一个可怜人的耐性，为你们开心。

赖桑德　你是残忍，地美特利阿斯，别这样做。

你爱的是荷米亚，这事情你晓得我晓得。

现在，我以一片善意，一片诚心，

放弃我在荷米亚心中享有的情分；

你的那份海伦娜的爱情也留给我吧，

我真是爱她，至死不渝地爱她。

海伦娜　　好嘲弄的人从没说过这么多废话。

地美特利阿斯　赖桑德，留着你的荷米亚，我不想要。

我若曾爱过她，那爱也都消逝了，

我对她的情愫只像是作客天涯，

现在对海伦娜像是浪子回家，

要长久安居了。

赖桑德　　海伦，不是这样的。

地美特利阿斯　你不要低估了你所不懂得的诚意，

否则你要付重大代价，你要当心。

看！你的爱人来了，那才是你的爱人。

荷米亚上。

荷米亚　　黑夜使得眼睛失去了功能，

但使得耳朵的听觉格外敏感。

它给视觉所加的损伤，

在听觉上给了加倍的补偿。

赖桑德，我不是靠眼睛才找到你。

是我的耳朵，多谢它，带我到此地。

你为什么忍心把我丢在那里？

赖桑德　　爱情逼着他走，他怎能不去？

荷米亚　　　什么爱情逼着赖桑德从我身边脱走？
赖桑德　　　赖桑德的爱人，是她不准我停留。
　　　　　　美丽的海伦娜，她把黑夜照得通亮，
　　　　　　赛过那一切的闪耀的星光。
　　　　　　你为什么追我来？你还不明白，
　　　　　　是我对你的憎恶使我把你丢开？
荷米亚　　　你说的不是真意，不会是这样。
海伦娜　　　看！原来她也是他们的一党。
　　　　　　现在我看穿了，他们三人串成一气，
　　　　　　造成这假情假意的骗局来把我调戏。
　　　　　　毒辣的荷米亚！你这忘恩负义的女子！你可曾和这
　　　　　　两个人设下了阴谋，用这下流的玩笑来作弄我？我
　　　　　　们两个曾推心置腹，情如姐妹一般地发誓。在我
　　　　　　们怪急促的光阴把我们分离的时候，我们所曾消磨
　　　　　　的那段时光，唉，是不是全忘了？所有的在校时友
　　　　　　谊，幼时的天真？荷米亚，我们像是两位创造的女
　　　　　　神，我们用针共同绣着一朵花，做着一个样品，坐
　　　　　　在一个软垫上，唱着一支歌、一个声调，好像我们
　　　　　　的手、我们的身子、声音与心灵，都是融而为一的。
　　　　　　我们这样地一起长大，像是并蒂的樱桃，似是分离
　　　　　　的，其实是两部分连在一起，是长在一个蒂上的两
　　　　　　颗偎傍着的果儿[20]。所以，身体像是两个，心是一
　　　　　　颗。前者我们有两个，像是纹章里的徽纹，但是颁
　　　　　　给一个人，上面只有一个顶饰[21]。把旧日的友爱撕
　　　　　　碎，加入男人们一起来嘲弄你的可怜的朋友吗？这

是不友谊的，也不合女人的身份。虽然只是我一个受你的侮辱，所有的女性都会和我一样来责备你。

荷米亚　　我听了你的激动的话，真是惊讶。我没嘲弄你，好像是你在嘲弄我。

海伦娜　　你可曾鼓动赖桑德像是嘲弄一般地来追逐我，并且赞美我的眼睛和相貌，同时又支使你的另一情人地美特利阿斯——他方才还用脚踢我——喊我作女神、天仙、神圣、稀有、珍贵、超凡？他为什么对他所憎恨的女人说这些话呢？赖桑德满心地爱你，何以要否认对你的爱，反来对我表示爱情？若不是你同意怂恿，还有什么理由呢？我固然不及你美，不像你那样能抓住爱情，不如你幸运，我爱人而不被人所爱，痛苦万分，这又当如何呢？你该怜悯，不该轻蔑。

荷米亚　　我不懂你这是什么意思。

海伦娜　　对，好，继续下去，假装愁苦的样子，等我转过身去对我做鬼脸。你们挤眉弄眼吧，维持这一场有趣的玩笑吧。这一场玩笑，做得好，可以传。如果你们有一些怜悯、慈悲，或是礼貌，你们便不会拿我当作这样的资料。但是，再会吧，这一部分也是我自己的错，死或离别很快地就会给我补救。

赖桑德　　等等，温柔的海伦娜！听我解释，我的爱、我的命、我的灵魂、美丽的海伦娜！

海伦娜　　啊好极了！

荷米亚　　爱，不要这样地嘲弄她。

地美特利阿斯	如果她的请求无效，我要强迫了。
赖桑德	你的强迫不见得比她的请求更有效，你的威吓不比她的微弱的祈祷更有力量。海伦，我爱你。我拿性命赌咒，我的确爱你。我拿为了你而愿牺牲的那一切来赌咒，凡是说我不爱你的人，我都能证明他是说谎。
地美特利阿斯	我说我爱你胜过他所能爱的。
赖桑德	如果你这样说，和我走开，去证明一下。
地美特利阿斯	快点，来呀！
荷米亚	赖桑德，这到底是怎么回事？
赖桑德	滚开，你这丑八怪[22]！
地美特利阿斯	不对，不对，他要……好像是要摆脱她。你要气冲冲地像你要跟我来的样子，但是你不敢来，你是个懦夫，滚！
赖桑德	〔向荷米亚〕走开，你这个猫，你这个缠人的东西！下流东西，松手，否则我要把你像是毒蛇一般地甩开。
荷米亚	你为什么变得如此鲁莽？这是什么变化，亲密的爱人——
赖桑德	你的爱人！滚，黑黄的鞑靼人，滚！滚，讨厌的药品！可恨的毒物，走开！
荷米亚	你是开玩笑吧？
海伦娜	是，真是的，你也是呀。
赖桑德	地美特利阿斯，我对你说的话，我是要守信的。
地美特利阿斯	我很愿得到你的字据哩[23]，因为我看出一个微弱的

力量就能束缚住你，我不信任你的话。

赖桑德 什么！难道我伤害她，动手打她，把她杀死？我虽然憎恨她，我却不愿这样害她。

荷米亚 什么！你还能做出比憎恨更伤害我的事吗？憎恨我！为什么？哎呀！这是什么奇闻啊，我的爱？我不是荷米亚吗？你不是赖桑德吗？我现在是和以前一样地美。昨晚你还在爱我，但是昨晚你竟离开我。唉，难道你是真心地离开我——啊，上帝不准——我可能这样设想吗？

赖桑德 是的，我以性命赌咒，我从没有想要再看见你。所以无须妄想，不必问，不必疑，的的确确，再真实不过。不是开玩笑，我是憎恨你，我爱海伦娜。

荷米亚 哎呀！你这骗子！你这花苞蛀虫！你这爱情的窃贼！什么！你可是夜里潜来把我的爱人的心偷走了吗？

海伦娜 好，真好！你没有礼貌，没有少女的羞怯，没有一些些愧赧的样子吗？什么！你可是要从我的温柔的舌端逼出不耐烦的回答吗？呸！呸！你这作伪的东西，你这傀儡！

荷米亚 傀儡！为什么，原来如此 [24]。是的，我看出这场把戏是有那种意义。我看出她是在比较我们两个的身量，她夸耀她的身量高。一定是她的身段，高高的身段，迷惑住了他。因为我是这般地矮、这般地低，你在他心目中就变成那般高贵吗？我究竟是多么低，你这彩色斑斓的五月柱 [25]？你说，我究竟是多么低？我还不至于低得不能用指甲剜出你的眼睛来。

海伦娜	先生们，你们虽然嘲弄我，我请你们不要令她伤害我。我从没有撒泼过，我没有一点泼悍的本领。我是个道地的怯懦的姑娘，不要令她打我。你们也许以为她比我矮些，我可以斗得过她。
荷米亚	矮些！听，又说了。
海伦娜	好荷米亚，不要对我这样残酷。我一向爱你，荷米亚，一向为你保守秘密，从不曾亏负过你。除了一桩，我为了爱地美特利阿斯，把你私逃到这树林里来的消息告诉了他。他追你来了，我为了爱也追着他。但是他就骂我，威吓着要打我、踢我。不，简直要杀死我。现在如果你让我安静地走开，我情愿带着我的荒唐回到雅典去，不再追着你。让我走吧，你看我是多么蠢笨。
荷米亚	噫，你走吧。谁还拦着你不成？
海伦娜	是一颗痴情的心，被我丢在后面。
荷米亚	什么！是对赖桑德吗？
海伦娜	是对地美特利阿斯。
赖桑德	不要怕，她不得伤害你，海伦娜。
地美特利阿斯	不，先生，你就是帮助她，她也不能。
海伦娜	啊！她发怒的时候，她是很尖刻的。上学时她就是个狐狸精，她虽然身材小，她很凶。
荷米亚	"小"！又说！满口的"低""小"！你们为什么准她这样侮辱我？我来收拾她。
赖桑德	滚开，你这矮子！你这渺小的东西，妨碍发育的蒻

蓄^[26]草做的。你这小念珠，你这小橡果！

地美特利阿斯　你对她热心过度了，她不屑于接受你的帮助。不要理会她，不要提起海伦娜。你无须帮助她，因为如果你想对她表示一点点爱的样子，你要付重大的代价。

赖桑德　现在她不拉扯我了，现在跟我来吧，如果你敢。来试试看到底谁有权利，是你还是我，配占有海伦娜。

地美特利阿斯　跟你去！不，我要和你一道去，并着肩去。〔赖桑德与地美特利阿斯下〕

荷米亚　你，小姐，这纠纷都是你引起来的。

不，别走回去。

海伦娜　我不信任你，

也不愿再和你这坏人在一起。

打起架来你的手比我的厉害，

可是我的腿长些，逃得比你快。〔下〕

荷米亚　我不知说什么好，我觉得怪。〔下〕

奥伯龙　这都是你的疏忽，你常常的错误，否则便是你有意地作弄人了。

扑克　相信我，是我错认了人。

你不是告诉我去辨认

那个穿雅典人衣服的人？

我的工作不能说是有毛病，

我用药涂了一个雅典人的眼睛。

这样的结果我倒欢喜，

因为我觉得他们吵得很有趣。

奥伯龙　　　你看两个情人找地方决斗去，

快去，罗宾，把夜色给遮蔽。

用地狱般黑[27]的低垂的烟雾，

把星光灿烂的天空给遮住，

引那些争吵的情敌迷途失散，

令他们彼此不在一条路上遇见。

有时候你说话要模仿赖桑德，

使得地美特利阿斯听了冒火；

有时要学地美特利阿斯一般辱骂，

就这样地你要使他们各不相下。

直等到死一般的睡眠鼓着蝙蝠翅膀，

拖着铅重的腿爬到他们的脸上，

那时节把这药滴上赖桑德的眼睛。

这药浆有它的强烈的功能，

借它的力量可以解除一切幻象，

令他的眼睛像平常一般明亮。

等他们下次醒来，这一番嘲弄，

就像是一场空梦，虚缥的幻境。

然后一对情人就会回到雅典，

他们和好如初，至死也不变。

我派你去做这桩事情，

我同时去向王后讨那印度小僮，

然后我再解除她的眼上的魔幻，

不再贪恋那个妖精，一切平安。

扑克　　　　仙王啊，这事要做就要做得快，

　　　　　　　因为黑夜的神龙很快地割开云彩，

　　　　　　　晨曦之神的前驱已在那边照耀。

　　　　　　　各处逡巡的游鬼一看晨曦来到，

　　　　　　　成群地回到坟墓。一切的冤魂，

　　　　　　　在十字路口和水里面葬身[28]，

　　　　　　　都已经回到他们的生蛆的床上，

　　　　　　　生怕白昼看见他们的丑怪模样。

　　　　　　　他们情愿不和光明见面，

　　　　　　　永远地和黑脸的昏黑做伴。

奥伯龙　　　但是我们是另外一种小仙，

　　　　　　　我就常和晨曦的爱人[29]同玩。

　　　　　　　我像是个樵夫，在山林里游行，

　　　　　　　看天庭的东门像火一般地红，

　　　　　　　对着海洋放射着美好的阳光，

　　　　　　　把咸蓝的海水变成了金黄。

　　　　　　　但是不要管这些，赶快，莫要迟延，

　　　　　　　我们好在白昼之前把事办完。〔奥伯龙下〕

扑克　　　　跑上跑下，跑上跑下，

　　　　　　　我引他们跑上跑下。

　　　　　　　田间城里谁见我都怕，

　　　　　　　小鬼，引他们跑上跑下。

　　　　　　　这边来了一个。

赖桑德上。

赖桑德　　　你在哪里，骄傲的地美特利阿斯？说话。

地美特利阿斯　这里，坏蛋！拔刀来杀吧。你在哪里呀？

赖桑德　　　　我就来和你相杀。

扑克　　　　　那么，跟了我来吧，到更平坦的地方。〔赖桑德随声
　　　　　　　而下〕

　　　　　地美特利阿斯上。

地美特利阿斯　赖桑德，再说句话。

　　　　　　　你这逃命的，你这懦夫，你想逃脱？

　　　　　　　说话！在树丛里吗？你往哪里躲？

扑克　　　　　你是懦夫！你是不是对着星夸口，

　　　　　　　对着树丛说你想要决斗，

　　　　　　　而你又不来？来，懦夫。来，孩子。

　　　　　　　我要用棍子打你：那实在是污辱自己，

　　　　　　　若用刀来杀你。

地美特利阿斯　对，你是不是在那里？

扑克　　　　　跟了我的声音来，这里不便较量高低。〔同下〕

　　　　　赖桑德上。

赖桑德　　　　他在我前面走，总是激我向前跑。

　　　　　　　我跑到他喊叫的地方，他又走了。

　　　　　　　这坏蛋的脚步比我的健，

　　　　　　　我赶快追逐，他更快地逃窜。

　　　　　　　在黑暗不平的路上我实在难受，

　　　　　　　在这里休息一下。〔卧〕来，仁爱的白昼！

　　　　　　　你只要把你的灰色的光辉照我一下，

　　　　　　我就可找到地美特利阿斯报复他的辱骂。〔睡〕

　　　　　扑克与地美特利阿斯上。

扑克　　　哈！哈！哈！懦夫，你为什么不来？

地美特利阿斯　你等着我，假如你敢。我很明白

　　　　　　你是在前面跑，到处躲闪，

　　　　　　你不敢站住，你不敢面对我的面。

　　　　　　现在你在哪里？

扑克　　　我在这里，你到这里来吧。

地美特利阿斯　不，你又在戏弄我。你要付重大代价，

　　　　　　如果我在白昼里能见你的面。

　　　　　　现在，去你的吧。我感觉十分疲倦，

　　　　　　不得不在这冰冷的床上挺直了身体，

　　　　　　在白昼来临的时候当心我来找你。〔卧下睡〕

　　　　　海伦娜上。

海伦娜　　啊长夜！啊漫长而倦人的夜晚，

　　　　　　缩短你的时间！安慰，从东方照起！

　　　　　　好让我在白昼里回到雅典，

　　　　　　离开这一群无聊的伴侣。

　　　　　　睡眠，你有时能闭拢悲哀的眼睛，

　　　　　　请轻轻地把我移开我自己的处境。〔卧下睡〕

扑克　　　只有三个？再来一个吧，

　　　　　　两双加起来便成四个啦。

　　　　　　她来了，满面的忧容。

　　　　　　邱比得是个淘气的孩童，

　　　　　　使得可怜的女人如此发疯。

　　　　　　荷米亚上。

荷米亚　　　从没有这样倦，从没有这样愁，

　　　　　　浑身沾了露水，荆棘扯破了衣裳。

　　　　　　我不能再往前爬，不能再走，

　　　　　　我的两腿追赶不上我的愿望。

　　　　　　我在这里休息一下，等着天明。

　　　　　　上天保佑赖桑德，如果他们真要斗争？〔卧下睡〕

扑克　　　　在地上

　　　　　　睡得香。

　　　　　　在你眼上

　　　　　　我要滴上，

　　　　　　温柔的情人，一点药浆。〔挤药浆滴上赖桑德眼睛〕

　　　　　　当你醒了，

　　　　　　你会得到

　　　　　　真正的喜欢，

　　　　　　只消一眼瞥见

　　　　　　你原来的爱人的眼睛。

　　　　　　乡间俗语说得不错，

　　　　　　每个男人都会找到老婆，

　　　　　　这道理你醒来就会明白。

　　　　　　杰克娶吉尔 [30]，

　　　　　　一点没有错儿。

男的又都找到他的女的，

一切没有问题。〔下〕

注 释

[1] 用每行八音及每行六音相间而写之诗体，即所谓"歌谣体"。

[2] "野禽"当然是"野兽"之误。线团颠三倒四，惯用错字。有数处苦于无法翻译，如下二字 defect 乃 effect 之误。

[3] 从前演员所得脚本，均系"单词"，即单纯每角色所需之台词，其他角色之台词并不在内，为免彼此对话不知何处衔接起见，故每一角色一段台词之前，均注明另一角色前一段台词之最后二字，听到此二字时，即知自己之台词应即开始矣。此即原文所谓 cue 也。

[4] 人头变成驴头，在莎士比亚时代乃民间流行迷信之一端，说见 Scot 所著《巫术之真相》（*Discovery of Witchcraft*）页三一五。

[5] 原文 If I were, fair Thisbe……此处标点有问题，牛津本如此标点，四开本及对折本将逗点置于 fair 之后，牛津本系从 Malone 之修改，意义较为连贯。

[6] 原文 you see an ass-head of your own, do you？语稍费解，约翰孙博士曾提议修改，似可不必。Deighton 注云："你看见了和你自己一般大的一个傻瓜了，是不是？"甚是。译者以为不如径行直译，"你看见了你自己的驴头"，驴头代表蠢笨，故加一"蠢"字，以加重讥嘲之意。线团此时尚不知自己之头已变成驴头也。

[7] 原文 quill 各家注均认为是 pipe, throat = pipe 之意，故译为"喉管"。

Hudson 注"此系指鹡鸰之尖细音调而言",意更明显。Harrison 注为 feather。

[8] 布谷原文 cuckoo,鸟名,与 cuckold（即妻子不贞之丈夫）一字音相近,且有人疑二字同出一源。据传说,此鸟专喜对有妻而不贞之男子鸣叫。Halliwell 注云:"线团在此处系指莎氏时代一种流行见解而言,即妻子不贞,乃命运使然,非人力所能挽回。"原文所谓"没有人敢说一声不",即无人能与命运抗衡之意也。

[9] Staunton 注云:"多才多艺的线团自诩其才能。前句所谓理性与爱情常不并行,已足表示其有口吐格言之捷才,但彼仍愿铁达尼亚了解彼不仅出言庄重,有时亦能说笑话也。"佛奈斯注云:"……很明显的线团系指已经说过的话而言,不是指将来或要说的而言。"二说孰是?译者之意倾向后者。

[10] 蜜蜂腿上无蜡,仅花粉耳。下一行,萤火虫之亮光不在眼里,而在尾部。凡此均与事实相左。

[11] 原文 at our stamp 费解。Hudson 注云"小仙们跺脚可使土地动摇",姑无论小仙身躯渺小是否有此力量,即以"我们的"三字而言,究何所指?扑克固独自一个,并无其他小仙陪伴。有人主张改 stamp 为 stump（树根）,又有人主张改 our 为 one 固均可解决困难,译者之意总以不改为宜。小仙跺脚能使人跌跤之说,有文献足征,可不置疑。"我们的"语亦可成立,因扑克系对奥伯龙报告,而跺脚令人跌跤之能力乃小仙们之所特有,故冠以"我们的",意即"我们小仙所特有的",不审此解是否可通?

[12] 对折本原文 plunge in the deepe,牛津本遵 Coleridge、Maginn 诸氏之意见改为 plunge in knee deep,意义甚为明显,盖谓既已犯罪,不如更进一步完成全功也。

[13] 指太阳而言。

[14] 原文意义不甚明白。Deighton 注云:"扑克对于其疏误解释似不甚合理,其意或系如下:'如有此种情事发生,此乃命运之错误也,因命运非人力所能抗。纵有一人能守信誓,百万人无能为力,无论其原意如何,终将失败,终将信誓一一破坏而后已。'"扑克盖支吾其词,情人变心乃无可如何之事,乃命中注定之事。情人而不变心,百万中盖不得一。

[15] 鞑靼,游牧民族,善射。

[16] 原文 lover's fee,情人的酬金,据 Halliwell 即"三个亲吻"之意,据佛奈斯意,以为此注未可深信,疑系指情人身份所应享受之权利而言。

[17] 原文嫌晦。Wright 注云:"如赖桑德目前所声述者果属真实无欺,则适足毁坏其前对荷米亚所作之誓言,两套誓言虽然均属神圣,其斗争结果必然趋于邪恶,前后誓言均归于毁灭矣。"

[18] Deighton 注:"如你以对她之誓言与对我之誓言加以秤衡,其结果盖等于不秤衡任何事物。因如伊下文所述,两套誓言均属毫无价值也。"

[19] 原文 Taurus,亚洲由西向东之山脉名。

[20] 原文 two lovely berries 应译为"两颗可爱的果儿",但如 Collier 所指陈,海伦娜自称为"可爱的",殊属不伦。lovely 当作 loving 解,莎氏英文本可如此通用。故意译为"偎傍着的"。

[21] 原文"Two of the first, like coats in heraldry, Due but to one, and crowned with one crest."各家注释甚多,但显而易见者,海伦娜乃引用纹章为譬喻,此类纹章之学,莎氏时代民众类能道之。"of the first, Second…"云云乃纹章学中之术语,兹不具论。海伦娜之意,似是指上文,"前者"即前所指之"身体",故云"前者我们有两个",夫妻门阀不同,

徽纹当然有两套，但颁发给一人时，只能合为一个，上覆以一个顶饰，犹如两人一心也。Douce 解释大意如此，从之。

[22] 原文 Ethiop 指非洲阿比西尼亚之黑人言，言其黑而丑也。

[23] 原文 bond 系双关语。此处当然作"字据"解，下半句中之 bond 则指"束缚"而言，因荷米亚此际正抱住赖桑德而不令其前去决斗也。

[24] 牛津本原文 why, so: 系从 Theobald 改，似不如莎氏原文 why so？

[25] 五月柱 may-pole，英俗五月一日乡间男女盛装集会，围绕五月柱而舞，柱漆彩色，并饰以花枝缎带等。

[26] 萹蓄草 knot-grass 据 Steevens 注云，能妨碍动物及小儿之发育。

[27] 原文 Acheron，地狱中五条河流之一，亦即"地狱"之别称。（希腊神话）

[28] 凡自杀者昔日皆葬于十字路口，不能享受宁静，而任人践踏。溺死者之鬼亦受诅咒，须游荡百年，因未曾接受葬仪之故。

[29] "晨曦的爱人"，原文 morning's love，究何所指？据佛奈斯所录有四种不同之解释:（一）Capell 谓即晨星 phosphorus，或即太阳;（二）Steevens 谓必系 Aurora 之夫 Tithonus;（三）Holt, White 谓系暗指 Aurora 之情人伟大的猎人 Cephalus 而言;（四）Halliwell 谓即系 Aurora。佛奈斯本人赞同最后一说。姑全志之。

[30]Jack and Jill，乡间习见男女之名。

第 四 幕

第一景：森林。赖桑德、地美特利阿斯、海伦娜与荷米亚卧睡

铁达尼亚与线团上，众小仙随侍；奥伯龙在后隐上。

铁达尼亚　　来，你在这花坛上坐下。

　　　　　　让我抚摩你的可爱的双腮，

　　　　　　在你光滑的头上插朵玫瑰花，

　　　　　　吻你的美丽的大耳朵，我的乖。

线团　　　　豌豆花在哪里？

豌豆花　　　在这里。

线团　　　　搔我的头，豌豆花。蜘蛛网先生在哪里？

蜘蛛网　　　在这里。

线团　　　　蜘蛛网先生，好先生，请你带了武器，把落在蓟花

顶上的那只红尾巴蜜蜂给我杀死。并且，好先生，把那蜜囊给我取来。动手的时候不要太费气力，先生。并且，好先生，小心不要把蜜囊弄破，我不愿意你被蜜给糊住，先生。芥子先生在哪里？

芥子　　　在这里。

线团　　　我要借用你的手，好芥子先生。请不必多礼，好先生。

芥子　　　有何差遣？

线团　　　没有什么，好先生，只是帮助蜘蛛网武士来给我搔痒[1]。我该理发了，先生，因为我觉得脸上毛烘烘的。我是一条娇嫩的驴子，觉得毛痒便不能不搔。

铁达尼亚　你要不要听点音乐，我的亲爱的人？

线团　　　我有一对相当好的能欣赏音乐的耳朵，我们听听火钳骨板吧[2]。

铁达尼亚　再说，爱人，你想吃点什么？

线团　　　说真的，我想要干草一束。你们的那个上好的干燕麦，我也能嚼两口。我很想吃一捆稻草：好稻草，甜稻草，美妙无比。

铁达尼亚　我有一个胆大的小仙，他敢搜探松鼠的蓄藏，从那里给你取些新鲜的干果。

线团　　　我宁愿要一两把干豆子，但是我请你别叫你手下人惊扰我，我感觉有一点睡意。

铁达尼亚　你睡吧，我来用胳臂搂着你。小仙们，走开，分头散去吧。〔众小仙下〕旋花[3]就是这样地缠绕着可爱的忍冬，娇弱的常春藤也是这样地卷绕榆树的粗枝。

啊！我多么爱你，我是多么疼爱你哟！〔同入睡〕

扑克上。

奥伯龙　　〔前行〕欢迎，好罗宾。你可看见这一幅好景象了吗？我开始怜悯她的痴爱。最近我在树林背后遇见她，她正在为这蠢货采取香花 [4]，我责骂她，并且和她吵了一架，因为她用新鲜的香花做了一顶冠戴在那多毛的头上。那花苞上的露水曾经涨圆得像亮晶的珍珠，现在竟像眼泪一般含在美丽的花心当中，悲悼它们自己的受辱。在我任意责骂她而她婉词求饶的时候，我便开口向她讨那个来历不明的孩子。她爽快地给了我，派她的小仙把他送到我的仙国的宫寝。现在我既然有了这个孩子，我要解除她的眼上的可恼的翳障。和善的扑克，你把那变形的头从那雅典人头上取下来吧，等他们醒来好一齐回到雅典去，把这一夜的遭遇只当作是被噩梦困扰了一场。我先去解救仙后。
〔用药草触及她的眼〕
像你从前一般;
像你从前那样地看:
戴安 [5] 的花苞力量大，
胜过邱比得的花。
我的铁达尼亚，你醒吧，我的爱。

铁达尼亚　我的奥伯龙，我梦见一场什么魔怪！
我好像竟爱上了一条毛驴。

奥伯龙	你的爱人睡在那里。
铁达尼亚	怎会有这事体?
	啊!我现在真怕看他的脸了。
奥伯龙	且莫作声。罗宾,取去这只头。
	铁达尼亚,喊奏乐,比睡眠更能够
	完全麻醉这五个人的感官。
铁达尼亚	奏乐啊奏乐!奏那催眠的调。〔乐起〕
扑克	你醒来时用你自己的蠢眼瞧。
奥伯龙	响啊,音乐!〔稍停,乐起〕[6] 来,仙后,把手携起,
	我们来摇撼这些人睡着的土地。
	现在你和我又和好如初,
	明天夜晚在提西阿斯的公府,
	我们要兴致淋漓地跳舞,
	并且祝贺大家无量地幸福。
	这两对忠实的情人也将在那里,
	与提西阿斯同时结婚,皆大欢喜。
扑克	仙王,请你注意听,
	我听到清晨的百灵。
奥伯龙	那么,仙后,我们肃穆地,
	跟着黑夜的阴影轻轻走去:
	我们可以周游世界,
	比流浪的月亮还要快些。
铁达尼亚	来,我的主上,我们一面飞去。
	一面请你告诉我,在今天夜里
	为什么我竟在这个地方

和这些凡人一同睡了一场。〔同下。内作号角声〕

提西阿斯、希波利塔、义济阿斯及侍从等上。

提西阿斯	你们去一个人，去找森林官，因为现在我们行礼已毕 [7]，我们前半天没有事做，我的爱人可以听听我的猎狗的呼声。在西面山谷里把狗放开，让它们跑，赶快，我说，去找森林官来。美丽的王后，我们到山顶上去，听听猎犬的一片吠声，和山谷的回声相应。
希波利塔	有一次我和赫鸠里斯与卡德摩斯在一起 [8]，在克利特岛上森林里，他们用斯巴达的猎犬围攻一只狗熊。我从没有听过那样英勇的吠声，因为除了林谷之外，天空泉水以及附近每块地方都好像响应成一片和谐的吼声。我从没有听过那样悦耳的嘈杂，那样美妙的雷鸣。
提西阿斯	我的猎犬正是斯巴达种，有那样的下颚，有那样沙黄的颜色，头上悬着两扇耳朵可以扫除朝露；膝是弯的，像台撒利的公牛一般下巴垂着肉；跑得慢，但是声音配合得像一排铃铛 [9]，一个比一个低。猎人从没有吆喝过用号角鼓励过比这一队声音更好的狗，无论是在克利特、斯巴达或台撒利，你听到便可判别。但是，小声些！这是什么仙鬼？
义济阿斯	主上，这是我的女儿在此睡觉哩。这个，是赖桑德；这个，是地美特利阿斯；这个海伦娜，正是老奈达的海伦娜。我很诧异他们竟全在此地。

提西阿斯	无疑地他们是清早起来举行"五朔节"礼，并且也许是听说到我的志趣，特到此地来祝贺我的结婚。但是你说，义济阿斯，今天不是荷米亚选择良人该作答复的日子吗？
义济阿斯	是的，主上。
提西阿斯	去叫猎人用号角把他们惊醒。
	〔内号角声，呼啸声。赖桑德、地美特利阿斯、荷米亚与海伦娜均醒，惊起〕
	早安，朋友们。圣瓦伦坦节[10]早已过了，这些鸟现在才开始配对吗？
赖桑德	恕罪，主上。〔彼及其他均下跪〕
提西阿斯	请大家都站起来。我晓得你们两个是情敌，何以竟如此融洽，仇恨当中何以竟无一点猜疑，竟和仇人睡在一起而不怕伤害？
赖桑德	主上，我只能迷迷糊糊地回答，半睡半醒的。我敢赌咒，我还不知道是怎样来到此地的。但是我想——因为我很想实说，现在我想，事情是这样的——我是和荷米亚来到此地，我们的打算是逃开雅典，我们就可以不受雅典法律的约束——
义济阿斯	够了够了，先生，你说得够了。我请求法律，法律，加在他的头上。他们是意图私逃，他们如此打算，地美特利阿斯，来制服你我。令你得不到她做妻，令我的允许无从实现，因为我允准她做你的妻。
地美特利阿斯	先生，美丽的海伦娜告诉我他们逃走的消息，以及到这树林里来的用意。我在愤怒中追赶他们到这里

　　来，美丽的海伦娜却为了私情跟随着我。但是我的好先生，我不知是为了什么力量——但一定有一种力量——我对荷米亚的爱竟像雪似的融消了，好像儿时曾经爱过一个无聊的玩具，如今只留一番回忆而已。一切的忠诚，内心的向往，以及眼睛的欢乐的对象，现在都只属于海伦娜了。先生，我在见荷米亚之前，我与她本有婚约。好像在病中一般，好食物竟不想享用，可是健康恢复，又颇合我本来的胃口了。现在我想要她，我爱她，我倾心于她，并将永远忠心于她。

提西阿斯　　漂亮的情人们，你们幸喜相逢，关于这事的经过我随后还要细问。义济阿斯我要驳斥你的意旨，这两对情人不久就到庙堂里与我们同时永缔良缘。现在早晨差不多已经消磨完了，我计议中的行猎作为取消。随着我去，到雅典去，我们三个带着三个心爱的，我们要举行盛大的宴会。来，希波利塔。

〔提西阿斯、希波利塔、义济阿斯及随从等下〕

地美特利阿斯　这些事物好像是渺小迷糊，有如远山幻成了云雾。

荷米亚　　我觉得我好像是两只眼睛不能聚拢来看这些东西，一切都是双的。

海伦娜　　我也有同感，我觉得地美特利阿斯像是一块宝石，是我的，又怕不是我的。

地美特利阿斯　你确知道我们是醒了吗？我觉得在睡时我们还做了梦。你说公爵是不是刚才还在此地并且吩咐我们跟了他去？

荷米亚　　　　是，我的父亲也来了。

海伦娜　　　　还有希波利塔。

赖桑德　　　　他确是吩咐我们跟他到庙堂去。

地美特利阿斯　那么，我们是醒了。我们跟他去吧，我们一面走着，一面再谈谈我们的梦。〔同下〕

线团　　　　　〔醒转〕该我接词的地方到了的时候，喊我，我就答话。我的接词处是，"最美貌的皮拉摩斯。"啊喝！彼得木楔！修风箱匠笛子！补锅匠壶嘴！瘦鬼！我的老天爷！全都跑了，丢下我一个睡在这里！我看见一场极奇怪的景象。我做了一个梦，不是人的智力所能说明那是什么样的梦。如果有人想解释这个梦，他便是个蠢驴。我觉得我好像是个——没人能说是个什么。我觉得我好像是个——我觉得我好像有——但是若有人想说我有的是什么，那个人便是个大傻瓜。我的梦究竟是怎样的一个梦，没有人的眼曾听见过，没有人的耳曾看见过。人的手不能尝，他的口不能懂，他的心不能讲。我要教彼得木楔给这场梦做一个歌曲，命名为《线团的梦》，因为这个梦原是乌糟一团[11]。我要在公爵面前放在戏的后半部里唱一遍，或者，为了使它更讨人欢喜些，我留在她[12]死后再唱。〔下〕

第二景：雅典。木楔家中一室

木楔、笛子、壶嘴、瘦鬼上。

木楔　　你派人到线团家里去了吗？他回来没有？

瘦鬼　　打听不到他的下落，无疑，他是被鬼抓去了。

笛子　　如果他不回来，那么这出戏是毁了，不能进行了，
　　　　是不是？

木楔　　那是不可能，除了他以外全雅典没有一个人能扮演
　　　　皮拉摩斯。

笛子　　没有，雅典的手艺人当中数他最有口才。

木楔　　是啊，还是最漂亮的呢，讲到嗓音，他真称得起是
　　　　个情人哩[13]。

笛子　　你该说"模范"，情人是，我的天，一文不值的。

简洁上。

简洁　　诸位，公爵已经从庙堂出来了，还有两三位贵人贵
　　　　妇也结婚了。如果我们的玩意儿能够进行，我们全
　　　　都可以发迹了。

笛子　　啊好蠢的线团！他这一辈子就算是掉了每天六便士
　　　　的报酬。他不会得不到这每天六便士的，如果公爵
　　　　看他表演皮拉摩斯而不给他每天六便士，我情愿上
　　　　吊。他实在值得受这样的报酬，演皮拉摩斯不受酬
　　　　便罢，否则就要每天六便士[14]。

线团上。

线团	这些伙计都在哪里？这些好人都在哪里？
木楔	线团！啊最幸运的日子！最快活的时候！
线团	诸位，我要报告一些奇事，但是别问我是什么事。因为如果我会告诉你们，我便算不得一个真正的雅典人，我要按照事实一桩桩地讲给你们听。
木楔	让我们听，亲爱的线团。
线团	我一字不说。我要告诉你们的一切，便是，公爵已经吃过饭了。赶快打点你们的衣服，胡须上系根好绳子，鞋子上拴根新带子，立刻在宫里会齐。每个人温习一遍他的台词，总而言之我们的戏已经准予上演了。无论如何，提斯璧要有干净的衬衣，扮狮子的不要剪指甲，因为要伸出来作为狮子的爪。最亲爱的演员们，别吃葱蒜，因为我们的任务是要谈吐文雅。无疑地他们会说，这真是一出香艳的喜剧。不多废话，就走！走，走吧。〔众下〕

注 释

[1] 搔痒者本为豌豆花，疑原文有误，或线团健忘耳。

[2] 原文 the tongs and the bones，系旧时乡间乐器。tongs 系火钳，以钥匙或铁块击之作响。bones 系骨片，夹于指间，撞击作声。

[3] 原文 woodbine 与 honeysuckle 二字均是指"忍冬"言，但原文之义显然系指两种植物，各家揣测，解释纷纭，约翰孙博士且谓"或系莎士比亚之误"。今从 Gifford 之解释，以 woodbine 作为 bind weed 解，即 convolvulus，译为"旋花"。

[4] "香花"原文 sweet favours，按 favours 系装饰品之意，故译为"香花"。但第二版四开本及第一二三对折本均作 savours，旧印刷品 s 与 f 本易相混，如作此字解，当译为"食品"，就上下文看，殊不贯穿，无足取。

[5] 戴安（Dian）即戴安娜，罗马神话中之女神，代表贞洁。此处所谓"戴安的花苞"，Steevens 谓即是 Agnus Castus（"牡荆"或称"贞节树"）之花苞，有令男女贞洁之力。"邱比得的花"当然即是第二幕第一景中"三色堇"。

[6] 关于此处奏乐之舞台指导，问题甚多。第一版四开本对折本均于"奏那催眠的调"下一行注 musick still 二字，still 一字作何解？或谓音乐至此停止，以便扑克发言；或谓指轻柔之音乐。但阅下文，音乐显然尚未开始，俟奥伯龙喊"响啊，音乐"方行开始。然则 musick still 一字置于此处，或系脚本故意如此，以为使奏乐者及早准备欤？译者所据之牛津本，则于铁达尼亚词后仅注 music 一字，于奥伯龙喊"响啊，音乐"之后再加 still, music 二字，二字之间且加逗号，姑照译。

[7] 即"五朔节"之仪式，看第三幕注 [25]。

[8] 赫鸠里斯与卡德摩斯（Hercules and Cadmus），希腊神话中英雄。Theobald 曾指陈，此与神话故事不符，按年代先后希波利塔与赫鸠里斯、卡德摩斯同猎乃不可能之事。更有人指陈，克利特岛气候温暖，亦不产熊。故有改 bear 为 boar 者。

[9]Baynes 于一八七二年十月撰文于《爱丁堡杂志》云："在莎士比亚时

代，所最注意者乃犬之吠声。一队猎犬之组成，最值得考虑者乃此犬队必须具有充分完美之吠音，故选择声音佳之猎犬而予以编列，其原则正与组织教堂歌咏团或其他合唱队毫无不同也。"阿迭生（Aldison）旁观报所描述 Sir Roger 拣选猎犬，斤斤计较其吠声之高低，且引用提西阿斯此语以为佐证。又案：原文 mouth 在莎氏英文中有"声音"之一义。

[10] 俗谓圣瓦伦坦节（二月十四日）鸟类交配。（提西阿斯生于圣瓦伦坦之前，此亦莎氏作品中时代错误之一例也。）

[11] bottom 系双关语，意为"漫无止境""不知伊于湖底"，同时亦是线团之名，改译为"乌糟一团"。

[12] "她"指提斯璧而言。

[13] "情人"原文 paramour，"模范"原文 paragon，二字音相近，故云。

[14] Steevens 谓有 Thomas Prestons 者曾于伊利沙白女王御前演戏称旨，蒙赐年俸二十镑，约合每日一先令余。此处所云每日六便士，盖有识焉。K. G. White 又谓在莎士比亚时代，每日六便士约合今日美金八角七分半，对于织工不为微薄，何讽之有？

第 五 幕

第一景：雅典。提西阿斯宫中一室

提西阿斯、希波利塔、菲娄斯特雷特、诸贵族及侍从等上。

希波利塔　我的提西阿斯，这些情人所说的真是奇怪。

提西阿斯　太奇怪，怕不是真的。我从不相信这些离奇的故事和神鬼的玩意儿。情人与疯子都是头脑滚热，想入非非所以能窥见冷静的理智所永不能明察的东西。疯子、情人、诗人，都完全是用想象造成的。一个人若看见比地狱所能容的更多的鬼，那便是疯子；情人，也全是一样的狂妄，在一个吉普赛女人脸上[1]可以看出海伦的美貌：诗人的眼睛，在灵感的热狂中只消一翻，便可从天堂看到人世，从人世看到天堂。想象的力量既可把不曾发现的东西变成具体，所以诗人的笔就可描写它们的形状，给虚无缥缈的东西以住址姓名。强烈的想象有这样的本领，所以它如果想到一些欢乐，立刻就会悟到带来那些欢乐的人。或是在夜里，一个人想象到恐怖，那么一棵树是多么容易被看作为一只熊啊！

希波利塔　　但是听他们所说的这一整夜的故事，他们的心灵竟能同时发生同样的变化，便可证明不仅是幻想中的景象，有些像是真的。但无论是真是假，总是离奇可异的。

提西阿斯　　这些情人来了，都是满心欢喜的样子。

赖桑德、地美特利阿斯、荷米亚与海伦娜上。

恭喜，朋友们！恭喜，愿新婚燕尔的快乐常伴着你们的心！

赖桑德　　　更多的快乐在您的路上、席上、床上！

提西阿斯　　来，我们晚饭后睡觉前的那漫长的三小时，将如何消磨呢？我们有什么戏剧，有什么跳舞吗？我的管作乐的大臣哪里去了？准备下了什么娱乐？这时间苦痛难熬，没出戏来排遣一下吗？喊菲娄斯特雷特来。

菲娄斯特雷特　在此，伟大的提西阿斯。

提西阿斯　　喂，你今晚有什么节目？有什么戏？有什么音乐？我若没有一点娱乐，怎样消遣这迟缓的时间？

菲娄斯特雷特　有清单一纸载明备好的节目，请大人选定要先看哪一项。〔呈纸单〕

提西阿斯   "半人半马怪物之战 [2]，一雅典阉人伴竖琴独唱。"
我不要这个，这我已经对我的爱人说过，这是赞美
我的族人赫鸠里斯的。"祭酒神者 [3] 酗酒滋事怒杀特
雷斯诗人记。"这是个旧玩意儿，我前次自提比斯战
胜归来就演过了。"九位文艺女神哀悼一位学人 [4] 最
近贫困乞讨中之死。"这是尖刻的讽刺，与结婚喜事
太不调和。"关于年轻的皮拉摩斯与其情人提斯璧之
一篇冗长而简短的戏，哀感可喜之至。"可喜而又哀
感！冗长而又简短！这简直是等于是说热的冰和奇
怪的雪，在这矛盾之中如何得到调和？

菲娄斯特雷特   这出戏，我的主上，约有十个字长，是我所见识过
的最短的一个戏了。但是十个字还嫌太多，所以变
成冗长了，因为在全戏里没有一个字是适当的，没
有一个演员是称职的。讲到哀感，那的确是，因为
皮拉摩斯在戏里是自杀了的。我看着排演的时候我
不能不承认我的眼睛曾汪着泪，但是开心的狂笑也
不能使人淌出更多的欢喜的泪。

提西阿斯   演这戏的是些什么人？

菲娄斯特雷特   一群粗人，在雅典做工的，在这以前从没有用过脑
筋，现在苦苦地使用他们没经验的记忆力来排这一
出戏，为的是祝贺您的婚礼。

提西阿斯   我要听听。

菲娄斯特雷特   请不要听吧，对您怕不大合宜。我曾听过，不成话，
太不成话。除非是您能欣赏他们这一番诚意，他们
为了要伺候您实在费了大劲，吃了好大的苦才把台

词背诵过来。

提西阿斯　　　我要听听这出戏，凡是由于单纯的诚心所做出来的事，都不会有错的。去，带他们进来。太太们，请就座。〔菲娄斯特雷特下〕

希波利塔　　　我不爱看可怜的人做太吃力的事，忠诚的心在表演当中失败。

提西阿斯　　　唉，我的爱人，你不会看见这样的事。

希波利塔　　　他说他们不能做这一类的事。

提西阿斯　　　我们嘉奖无功的人，就显得我们格外宽厚了。我们要在他们的错误当中得到趣味，凡是一片愚忠所不能做到的事，我们要加以体谅，估量他们的能力而不估量他们的成绩。我初来的时候，许多大学者们用预先准备好的颂词来欢迎我。我看见他们发抖，脸也白了，在句子当中常常停顿，在惊慌中把熟练的词句都哽咽得说不出口。结果呢，哑口无言地戛然而止，根本没有对我表示欢迎。可是，相信我，爱，我在这缄默当中领略到了祝颂。在这敬畏的羞怯当中我所领略到的意义，正不下于鼓舌如簧的大胆的雄辩。所以，据我看，衷心的爱敬与质朴的口讷，虽然话说得最少，意思表示得最多。

菲娄斯特雷特上。

菲娄斯特雷特　启禀大人，开场白已经准备好了。

提西阿斯　　　让他来。〔喇叭大吹〕

木楔读开场白上。

开场白　　　如果我们冒犯，我们是好意 [5]。

　　　　　　你们要想，不是有意冒犯，

　　　　　　而是好意地前来献演薄技，

　　　　　　这是我们的目标的真正的起点。

　　　　　　所以想想，我们来了存着坏心。

　　　　　　我们不来，有意满足诸位，

　　　　　　这是我们的真意。使你们开心

　　　　　　我们不到这里来。令你们后悔，

　　　　　　演员已经到齐，等他们演毕，

　　　　　　你们就会知道你们大概能知道的。

提西阿斯　　这家伙全不顾及句读。

赖桑德　　　他读开场白像一匹野马，他不晓得停。那真是一句好
　　　　　　格言，我的主上。单是说话还不成，要说得对才行。

希波利塔　　他这一段开场白真像是小孩子吹笛子，有声音，却
　　　　　　没有控制。

提西阿斯　　他这一篇话像是一团锁链，一点没有坏，但是茫无
　　　　　　头绪。下面是谁？

　　　　　　皮拉摩斯与提斯璧、墙、月光、狮子，如哑剧一般上。

开场白　　　诸位，你们看这场面也许要惊讶。

　　　　　　你们就惊讶吧，真相会把一切弄明白的。

　　　　　　这个人皮拉摩斯，你们若愿认识他。

　　　　　　这个美丽的妇人当然就是提斯璧。

这个人，涂着灰泥，是代表

墙，把情人隔开的那垛墙壁。

从墙缝里，可怜虫，他们只好

小声私语，这是谁也不必惊异。

这个人，带着灯笼、狗和树枝，

代表月光。因为，你们也许奇怪，

在月光下这对情人并不觉得羞耻

要到耐奴斯坟地相会，在那里求爱。

这只可怕的兽，名字叫作狮子，

那不爽约的提斯璧在夜里先到，

给吓跑了，或是说吓了一大跳。

在她逃的时候把衣服掉在地上，

被那可恶的狮子用血口给沾污。

不久皮拉摩斯来到，这青年勇敢漂亮，

看见他的提斯璧的血染的衣服。

于是，拔出刀，那凶狠可恨的刀，

勇敢地割裂了他的热情沸腾的胸。

提斯璧呢，在桑树荫下逍遥，

抽出他的刀，死了。其余的事情，

让狮子、月光、墙和情人一双，

在这里慢慢地细讲一场。

〔皮拉摩斯、提斯璧、狮子、月光同下〕

提西阿斯　我很惊异，狮子也要讲话哩。

地美特利阿斯　不必惊异，我的主上，许多蠢驴都讲话了，一只狮子当然也不妨开口。

墙　　　　这一出短戏里，

　　　　　我，名叫壶嘴，扮一垛墙壁。

　　　　　我这垛墙，愿你们在想象中

　　　　　认为上面有个洞，或一条缝，

　　　　　从这缝中间情人皮拉摩斯与提斯璧，

　　　　　常常很秘密地小声私语。

　　　　　这灰、这泥、这石头，都表示

　　　　　我即是那垛墙。事实是如此，

　　　　　这就是那条缝，从右边到左边，

　　　　　惶恐的情人就从这缝里交谈。

提西阿斯　　你可能希望灰泥麻刀说出更好的话吗？

地美特利阿斯　我的主上，这是我从未听过的最富口才的一垛

　　　　　墙了。

提西阿斯　　皮拉摩斯走近墙来了，别作声。

　　　　　皮拉摩斯上。

皮拉摩斯　　啊面目狰狞的夜！啊夜色这样黑呀！

　　　　　啊夜，不是白昼的时候永远是你！

　　　　　啊夜！啊夜！哎呀，哎呀！

　　　　　我怕我的提斯璧把约会忘记。

　　　　　你这垛墙啊！啊温柔可爱的墙！

　　　　　你站在她父亲的和我的家园之间；

　　　　　你这垛墙！温柔可爱的墙！

　　　　　露出你的缝来给我的眼睛来窥探。〔墙举起手指〕

　　　　　多谢，有礼貌的墙，为这个愿上天保佑你！

但是我看见什么？提斯璧我看不见。

啊可恶的墙！我看不见我那心爱的，

你的石头该受诅咒，竟这样地把我骗！

提西阿斯　　墙既然是有知觉的，我想该回骂几声。

皮拉摩斯　　不，老实讲，大人，他不该。"把我骗"是提斯璧的

接词的地方，她就要上来，我就要从墙缝中窥见她。

您看吧，我说的丝毫不爽，她从那边来了。

提斯璧上。

提斯璧　　啊墙！你常常听见我的呻吟，

因为你把我的皮拉摩斯和我隔离。

我的樱唇常常把你的石头吻，

你的石头是用灰泥麻刀和你黏起的。

皮拉摩斯　　我看见一个声音，我且到墙缝那边来，

看看也许能听见我的提斯璧的脸庞。提斯璧！

提斯璧　　我的爱！你是我的爱吧，我猜。

皮拉摩斯　　随便你怎猜，我是你的漂亮的情郎，

像李曼德一般[6]，我永远忠实。

提斯璧　　我也像海伦一般，直到命运把我杀死。

皮拉摩斯　　沙发勒斯对普劳克勒斯[7]没有我用情专。

提斯璧　　我对你就像沙发勒斯对普劳克勒斯一般。

皮拉摩斯　　啊！隔着这讨厌的墙的洞和我接吻。

提斯璧　　我吻的是这墙的洞，不是你的唇。

皮拉摩斯　　你愿否到耐奴斯坟地立刻和我相见？

提斯璧　　我不顾生死都要去，绝不迟延。〔皮拉摩斯与提斯

　　　　　　　墙下〕

墙　　　　　我，我是墙，我的角色已经完毕。

　　　　　　既然完了，这垛墙也就走去。〔下〕

提西阿斯　　现在两家邻居之间的一垛墙倒了。

地美特利阿斯　没有办法，大人，因为墙是一声不响地专爱偷听。

希波利塔　　这是我从没有听过的最无聊的玩意儿。

提西阿斯　　这类玩意儿，最好的也不过是些影子而已，最坏的
　　　　　　也不会比影子更坏，如果用想象力加以补充。

希波利塔　　那一定是你的想象力，不是他们的。

提西阿斯　　如果我们想象他们就像他们想象自己那样，他们也
　　　　　　可以算是很好的人才了。又来了两个动物，一个是
　　　　　　人形，一个是狮子。

　　　　　　狮子与月光上。

狮子　　　　夫人们，你们的娇嫩的心灵怕看

　　　　　　一只顶小的老鼠在地板上爬走，

　　　　　　现在也许要吓得发抖打战，

　　　　　　因为我这粗野的狮子要放声狂吼。

　　　　　　那么就请记牢，我是简洁细木匠，并非是

　　　　　　一只凶猛的雄狮，也不是雌狮[8]。

　　　　　　因为，如果我真是狮子一般到此来咆哮，我将终身
　　　　　　抱憾。

提西阿斯　　很温柔的一只野兽，还有良心。

地美特利阿斯　大人，这是我从未见过的最好的一只了。

赖桑德　　　这只狮子的勇敢和狐狸差不多。

提西阿斯	真是的，他的思虑像只鹅。
地美特利阿斯	那倒不，大人，因为他的勇敢并不带着思虑，而狐狸却可以带走一只鹅。
提西阿斯	我敢说我的思虑也并不带着勇敢，因为鹅并不带走狐狸。好了，由他去思虑吧，我们且听听这月亮。
月光	这灯笼代表新月一角——
地美特利阿斯	角应该戴在他的头上[9]。
提西阿斯	他并不是新月，所以他的角是藏在里面的。
月光	这灯笼代表新月一角， 我自己就代表那月中老人。
地美特利阿斯	这个是戏里的最大的错误。这个人应该放在灯笼里面，否则怎能算是月中老人呢？
提西阿斯	他因为有蜡烛不敢进去，您看，已经起灯花了。
希波利塔	我讨厌这月亮了，愿他起点变化。
提西阿斯	听他那语言无味的样子，大概他也就快消逝了。但是为了礼貌，我们还得耐心等着。
赖桑德	说下去，月亮。
月光	我所要说的是，告诉你们这灯笼即是月亮，我即是月亮中的人。这树枝，我的树枝；这条狗，我的狗。
地美特利阿斯	嗳，这些全都该在灯笼里面，因为这些都是灯笼里面的东西。但是别作声，提斯璧过来了。

提斯璧上。

提斯璧	这就是宁耐的坟地了，我的爱人在哪里？

狮子	〔吼〕啊——〔提斯璧逃跑〕
地美特利阿斯	吼得好，狮子。
提西阿斯	跑得好，提斯璧。
希波利塔	照得好，月亮。真是的，这月亮照得很斯文的。〔狮子撕坏提斯璧的衣服下〕
提西阿斯	撕得好，狮子。
地美特利阿斯	随后皮拉摩斯就来了。
赖桑德	于是狮子也走了。

皮拉摩斯上。

皮拉摩斯	亲爱的月亮，多谢你的阳光。
	谢谢你，月亮，照得这样亮，
	靠了你的温柔的黄金的闪耀的光芒，
	可以看见我的最忠的提斯璧的模样。
	但是且慢，啊不幸！
	但是且听，可怜的英雄！
	这里有一场什么惨剧！
	眼睛，你可看清？
	这如何可能？
	啊娇小的天鹅！啊亲爱的！
	你的那件好衣服，
	怎么，被血给沾污？
	残酷的复仇之神，你们来吧！
	啊命运之神，来，来，
	把一切都破坏；

毁灭、粉碎、消除、屠杀！

提西阿斯　这样的深情，再加上一个亲爱的朋友之死，差不多
可以使一个人露出悲哀的样子^[10]。

希波利塔　如果我不可怜这个人，我倒霉！

皮拉摩斯　啊自然！你为什么要制造狮子呢？
可恶的狮子竟把我的爱人给杀伤？
在生过的爱过的欢喜过的和高兴过的女子里，
她乃是，不，不，曾经是最美丽的女郎。
来，眼泪，使我发疯；
出来，刀，你来刺中
皮拉摩斯胸膛。
对，左边的胸上，
心在那里跳荡。
我就这样地！这样地！这样地死亡。〔自杀〕
我现在死了，
我现在走了，
我的灵魂到了天表，
舌头，失去你的光华！
月亮，你也逃走吧！〔月光下〕
现在死了，死了，死了，死了。〔死〕

地美特利阿斯　这不算是"死了"，他只算死一个，因为他只是一个^[11]。

赖桑德　他就是死也算不得一个哩，因为他根本不成东西。

提西阿斯　若有外科医生帮忙，他还可以复原，露出蠢驴的
原形。

希波利塔　月光怎么也走了，提斯璧还没有回来找到她的情

人呢?

提西阿斯 她借着星光找到他,她来了,她的哀伤可以结束这
出戏了。

提斯壁上。

希波利塔 对于这样的一个皮拉摩斯她的哀伤不必过长,我希
望她说得简短些。

地美特利阿斯 一粒尘埃可以掣动天秤,若是权衡皮拉摩斯与提斯
壁究竟哪一个好些,他算是一个男子,上帝准许我
们!她算是一个女人,上帝保佑我们!

赖桑德 她已经用她的柔媚的眼睛望见他了。

地美特利阿斯 于是她就要哭诉了,如下——

提斯壁 睡着了,我的爱?

怎么,死了,我的乖?

啊皮拉摩斯,你起来!

说话,说话!一声不出?

死了,死了!要个坟墓

把你的可爱的眼睛遮盖。

这雪白的嘴皮,

这樱桃色的鼻,

这黄樱草一般的面孔。

全去了,全去了,

情人们,请哀悼!

他有韭菜般的绿眼睛。

啊,三位女神仙 [12],

来，来到我身边，

你们的手白得像乳一般。

把手往血里泡，

因为你们用剪刀

已经把他的生命线剪断。

舌头，莫说一句话；

忠实的刀，你来吧。

你来，刀，血染我的胸前。〔自杀〕

再会吧，朋友们，

提斯璧已这样自尽：

再见，再见，再见。〔死〕

提西阿斯　　　只剩月光和狮子留下来埋葬死者了。

地美特利阿斯　是，还有墙哩。

线团　　　　　不，我敢奉告，给他们两家隔离的那垛墙早已倒了。您还是要看收场白呢，还是听我们剧团两个人跳一场滑稽舞[13]？

提西阿斯　　　请不要收场白，因为你们的戏不需要说什么原谅的话，永远不用原谅。因为演员全都死了，都不会再受责骂。真的，如果写这戏的人自己扮演皮拉摩斯，用提斯璧的袜带自行吊死，那倒是一出很好的悲剧。老实讲，你们的戏很好，演得也很不错。来吧，你们的滑稽舞，收场白就算了。〔跳舞〕

午夜的钟声已经敲了十二下，情侣们，睡去吧，这差不多是小仙出动的时候了。我恐怕我们明天清晨

要睡过时了，就像今晚我们迟睡的时间一样久。这
出粗糙不堪的戏算是把迟缓的夜晚消磨掉了。好朋
友，睡去吧。

我们这结婚大典要庆贺十四天，

天天要宴乐，节目要新鲜。〔同下〕

第二景

扑克上。

扑克　　　现在饿狮在咆哮，

狼对着月亮长号，

粗笨的农夫打鼾睡觉，

为了工作感觉疲劳。

现在余烬还在发亮，

枭鸟高声地怪叫，

使得病人僵卧在床上

想起死亡的来到。

现在是午夜的时辰，

坟墓全都大张着口，

一个个地放出游魂，

在坟地的路上行走。

我们小仙，总是跑在
变形的海凯特马车旁边 [14]，
躲开太阳光的照晒，
像梦似的追随着黑暗，
现在可快活了。没有一只老鼠
前来扰乱神圣的房屋，
我拿着扫帚被派先到这里来，
打扫这门背后的尘埃。

奥伯龙与铁达尼亚及随从等上。

奥伯龙　　　在这奄奄一息的炉火旁边，
用闪烁的光辉把房屋照亮。
每一个妖，每一个小仙，
像枝头小鸟那样轻盈地跳踉。
随着我唱这一支曲，
舞步歌声都得要轻轻的。

铁达尼亚　　先把歌词温习一遍，
每个字上再加个音调。
手拉着手，用神仙的风度，
我们来唱，给这地方祝福。〔歌舞〕

奥伯龙　　　现在，直到天光破晓，
每个小仙就在这屋里逍遥。
我们要到最好的新婚床上，
我们要去降福给那只床。

那床上生出的子孙，

会永远得到幸运。

这三对新人，

永远相爱相亲。

一切自然的缺憾，

不在他们儿女身上发现：

生来就令人讨厌的

瘤子、豁唇、疤记，

和不祥之兆的痣痕，

都不上他们的儿女的身。

拿这圣洁的野露一滴，

每个小仙都迈步前去，

每个去祝福一个房间，

在这宫中把和平撒遍。

永远一切平安，

主人幸福无限。

轻轻地走啊，

莫要耽搁，

破晓的时候全来会我。〔奥伯龙，铁达尼亚及侍从

等下〕

扑克　　　如果我们小仙有什么冒犯，

只想到这一点，便毫无遗憾。

这些幻景出现的时光，

你们只是在此睡了一场。

这浅薄无聊的剧情，

其结果不过是个梦。

诸位，请你们莫要责难，

如蒙见谅，我们还要改善。

我是个诚实的扑克，

如果我们侥幸运气不错。

现在能逃大家蛇似的叫，

我们不久一定要图补报。

否则骂扑克是欺骗，

好了，诸位再见再见。

如果我们是朋友，请鼓掌，

罗宾会有好意的报偿。〔下〕

注 释

[1] 原文 a brow of Egypt，据 Steevens 注云："莎氏之意系指一吉普赛人的脸而已。"按吉普赛人脸黑。Chambers 云："伊利沙白女王面色皙白，故一时风尚，以为脸黑系一缺点。"

[2]"半人半马怪物"centaurs 在古代故事中常被歌咏者乃其与 Lapithae（台撒利人）之战。台撒利王（Pirithous）邀半人半马怪物参与婚礼，怪物酒后思夺新人及其他诸女，但台撒利人得提西阿斯之助而败之。是所赞美者实为提西阿斯，非赫鸠里斯也。Knight 注云："莎氏笔下之提西

阿斯实有真英雄之诸美德，谦逊乃其一端。"

[3] 祭酒神者（Bacchanals）于酒后疯狂中厮杀诗人 Orpheus，因诗人于其妻死后不与女界往来，此辈祭酒神者认为系对女性之轻蔑。

[4] 此处所指之"学人"（Learning）为谁？有二说：（一）Warton 等疑系指诗人 Spencer 言，斯宾塞有诗《文艺女神之泪》，对诗艺之衰微加以讥嘲。又斯宾塞本人在都伯林贫穷而死；（二）Knight 以为系指最近逝世之剧作家 Greene 而言，因其人系贫困而死，且 Harvey 于其死后刊行 Four letters and Certain Sonnets……对于死者倍加攻击，颇近于"尖刻的讽刺"。

[5] 标点错误乃莎士比亚时代戏剧中惯用之伎俩。开场白故意误断句读，以博观众一笑，标点应如下：

如果我们冒犯，我们是好意。

你们要想，不是有意冒犯，

而是好意地前来献演薄技，

这是我们的目标的真正的起点。

所以想想，我们来了，存着坏心

我们不来。有意满足诸位，

这是我们的真意，使你们开心。

我们不到这里来令你们后悔。

演员已经到齐，等他们演毕，

你们就会知道你们大概能知道的。

[6] 李曼德（Limander）乃 Leander 之误。海伦（Helen）乃 Hero 之误。古传说，李安德爱希罗，每夕渡鞑靼海峡与之相会，后李安德溺死，希罗亦投海以殉焉。

[7] 沙发勒斯（Shafalus）乃 Cephalus 之误，普劳克勒斯（Procrus）乃 Procris 之误。西发勒斯被女神 Aurora 所爱，但因忠于其妻普劳克利斯，拒之。

[8] 原文 A lion-fell, nor else no lion's dam 颇费解。牛津本 a lion-fell 二字之间作一横，系补加者，四开本对折本均无此横。fell 一字普通作"凶猛""残酷"解，系形容词，但作名词解则系"皮"之别名，等于 skin。牛津本编者显然系认作为名词解。查此解创自 Parson Field，见莎士比亚学会论文集卷二页六十，彼作如下之解释："我，简洁细木匠，只是一层狮子皮。只是如果狮子皮可以怀孕狮子，我也可以说是一头母狮子。"译者之意，狮子皮之说未尝不可成立，下半句之解释则嫌牵强难通。Halliwell："简洁之意似为'我既非凶猛的狮子，在任何方面亦非狮子之母'，换言之，即既非雄狮亦非雌狮也。连续词 nor 则常常表示前半句中之 neither 已被默认……"此说似较平易，但在文法上以一 nor 代替前半句中之 neither 是否合理究属疑问耳。

[9] 俗谓妻不贞则夫头上生角。

[10] Deighton 注云："此乃提西阿斯之惨痛的戏语，其意若谓如无皮拉摩斯一般之深情则虽遇好友之死似尚不足令人面有戚容。"译者疑此系对线团之讽刺，彼演剧至此或无适当之表情也。

[11] 原文 die 系双关语，有二义，一为"死"，一为"骰子"。骰子有六面，由一点至六点。皮拉摩斯只能算是骰子上之一点，而非全个骰子也。苦于无法移译。

[12] 三位女神，系指命运之神（Fates）：Clotho 执线杆，Lachesis 纺生命之线，Atropos 剪断之。

[13] Bergomask dance 按 Bergamo 系意大利威尼斯邦中之一省，村人擅滑稽舞，故名。

[14] 原文 triple Hecate's team 按 team 系驾车之马，亦即马车之谓，海凯特马车由二马曳之，一黑一白（据 Douce 注）。triple 义为"有三种原形的"，语见奥维德《变形记》。因海凯特有三种姿态，在天为 Luna，在地为 Diana，在阴间为 Hecate 或 Proserpina。此神曾被形容为三首三身。

威尼斯商人

The Merchant of Venice

Merchant of Venice.

序

一　版本历史

　　《威尼斯商人》在一六〇〇年有两个四开本出版，一个本子的标题页是这样的：

　　"THE/ EXCELLENT/ History of the Mer-/ chant of Venice. / With the extreme cruelty of Shylocke/ the Jew towards the saide Merchant, in cut-/ ting a just pound of his flesh. And the obtaining/ of Portia, by the choyse of/ three caskets. / Written by W. Shakespeare. / Printed by J. Roberts, 1600."

　　另一个本子的标题页是这样的：

　　"The most excellent/ Historie of the Merchant/ of Venice. / With the extreame crueltie of Shylocke the Jewe/ towards the sayd Merchant, in cutting a just pound/ of his flesh: and the obtayning of Portia/ by the choyse of three/ chests. / As it hath beene divers times acted by the Lord/ Chamberlaine his servants. / Written by William Shakespeare. / AT LONDON, / Printed by I. R. for Thomas Heyes, / and are to be sold in Paules Church-yard, at the/signe of the Greene Dragon. / 1600."

前者简称为"罗伯兹本"，后者简称为"海斯本"。这两个本子究竟孰前孰后，是不易判断的。今从剑桥本编者及一般学者意见，称"罗伯兹本"为第一四开本，"海斯本"为第二四开本。（据 John Dover Wilson 教授在他编的剑桥本，一九二六年版，九一至一一九面所述，则"罗伯兹本"实较"海斯本"晚十九年之多。）

第一版对折本里的《威尼斯商人》是根据"海斯本"印的，稍有改动而已。

二　著作年代

一五九八年七月二十二日书业公会登记簿上有罗伯兹为《威尼斯商人》请求登记的记载；同年密尔斯（Meres）在他的 *Palladis Tamia* 里也把《威尼斯商人》包括在他所开列的莎士比亚的喜剧名单以内。可知《威尼斯商人》之写作不能迟于一五九八年，也许比这年代还要早几年，但是我们没有十分可靠的证据罢了。

汉斯娄（Henslowe）的日记于一五九四年八月二十五日记载着一出威尼斯的喜剧的演出，但这是否即是莎氏此剧，是可疑的。

从作风方面观察，我们可以断定这戏是作者的中年时代的作品，因为里面有大量的散文和流利的诗句，绝不是早年的作品。

所以我们可以判定，《威尼斯商人》大概是作于一五九六年或一五九七年。

三 故事来源

《威尼斯商人》的故事，据 Capell 的考据，是根据了一三七八年出版之意大利人 Ser Giovanni Fiorentino 所作 *Il Pecorone* 里的一篇小说而编成的。但是剧中波西亚择婿的方法，以及夏洛克有一个女儿与基督徒私奔，这两点都不是意大利故事里原有的。择婿的方法，是采自英国的十三世纪的拉丁文的一部小说集 *Gesta Romanorum*（莎氏时代有英文译本）。杰西卡的私奔的故事在 *Tales of Massuccio di Salerno*（作者著名于一四七〇年左右）里可以找到类似的情节。

但是有人疑心在《威尼斯商人》之前早有一个同样情节的戏，而莎士比亚大概是根据那戏而改编成为《威尼斯商人》。一五七九年 Stephen Gosson 作 "The School of Abuse" 一文攻击当时的戏剧，其中有一出便是"犹太人一剧……演于红牛剧院……描写的是一群择偶的人之贪婪及放债的人之凶狠"。这犹太人无疑是《威尼斯商人》的前身，可惜这剧本没有遗留下一行给我们，我们只能揣测罢了。

此外如 Marlowe 的戏剧 *The Jew of Malta*（一五八九或一五九〇年作），也许供给了莎士比亚以夏洛克这样的角色。一五九四年伦敦绞杀的一个囚犯——图谋毒杀英国女皇的犹太名医 Dr. Roderigo Lopez，也许是夏洛克的本身吧。

四 《威尼斯商人》的意义

《威尼斯商人》是一出喜剧，但也是莎士比亚的喜剧中之最富于悲剧性者。在莎士比亚时代一般观众也许觉得夏洛克的狡猾凶狠是非常可恶的，夏洛克的受窘与被罚是极其可乐的，那三对情人的结婚是很令人愉快的。但是由我们近代人的眼光来看，这戏里面包藏着多少人道的精神，夏洛克是个可悯的人，他代表一个被压迫民族的心理。在英国，犹太人所受的压迫不亚于欧洲大陆任何国家的情形，从一二九○年起，犹太人就被逐了，直到共和国成立，这禁令才被取消。犹太人因受迫害所以才不敢置产，以防被没收；因不敢置产所以只得收集巨量现金；因有巨量现金，故往往以放债为业；因以放债为业，故不得不取重利，因此我们才有夏洛克这样的一个角色。莎士比亚写《威尼斯商人》时不见得一定是想替被压迫的人呼冤，但也不见得就和当时一般小市民一样地要以被压迫的人来取笑。至少，我们可以说莎士比亚看准了犹太人受压迫这桩社会现象，用公正深刻的手腕把这一个现象表现出来了。

在批评《威尼斯商人》的文章里，我觉得最深刻的要算是德国的海涅的一文。他是一个诗人而同时亦是革命主义的同情者，他又是一个犹太人，所以他的见解很值得介绍，他说：

"我在德瑞街剧院观看此剧的时候，在我的包厢后面立着一个面貌灰白而秀丽的不列颠人，到了第四幕临完之际，他竟痛哭起来，叹着气说了好几声：'那个可怜的人是受冤抑了！'那个人的脸是有最高贵的希腊风度的，眼睛是大而黑。所以我永远忘记不了那一双为夏洛克而流泪的大黑眼睛！

"我一忆起那些眼泪，我就要把《威尼斯商人》列在悲剧一类里去，虽然此剧的骨干上是装了不少的顶欢乐的面具，山神、爱神之类的角色，虽然作者是有意使其成为喜剧的。莎士比亚也许是原来有意地为了大众的娱乐起见创造出一个野心的浪子，穷凶极恶的人物，结果是折了女儿失了财，且博得大家的一场奚落。但是这诗人的天才，诗人胸中的人道精神，却超出了他的私人的意志。所以夏洛克虽然有他的凶态，而诗人却由这夏洛克的角色中拥护了一个被压迫的民族，这民族不知为了什么神秘的缘故却受着上下流社会的嫉恨——并不是永远以德报怨。

"我说什么呢？莎士比亚的天才超过了两种宗教的民族的争端，这篇戏剧并不曾整个地描写了犹太人种或基督教徒，描写的是压迫与被压迫者，描写的是被压迫者一旦得到了变本加厉的报仇雪耻的机会，是如何疯狂刻毒。这戏里毫无宗教纠纷的意味，莎士比亚所表现出的夏洛克仅仅是一个天性厌恨敌人的人，在另一方面莎士比亚也不曾把安图尼欧及其他人描写成信奉'爱敌人'的宗教的信徒。夏洛克对向他借钱的人说'我总是耸耸肩忍受下去'，安图尼欧回答说：'我以后许还再这样骂你，唾你，踢你。'

"请问基督徒的爱的精神安在？实在的，假如莎士比亚是有意拿夏洛克的敌人而又实在不配给他解鞋带的这一般人来代表基督徒，此剧将是对基督教的讽刺了。那破产的安图尼欧是个优柔寡断的人物，一点力量也没有，没有力量恨，自然更没有力量爱，有一颗女人的心，和除了'钓鱼'之外更无他用的一身肉。他没有付还那被骗的犹太人的三千元钱。巴珊尼欧也没有还他钱，这家伙简直是个唯利是图的小人，有一位英国批评家就这样地说过：'他借钱原是为装体面用的，原是为猎取一位富家的孤女及其妆奁用的。

"至于洛兰邹，更是一个无耻盗劫的共同犯，若在普鲁士的法律之下要处以十五年监禁的，要打烙印的，要站枷笼的，为了他是如此地爱金钱珠宝以及月夜音乐。至于其他的作为安图尼欧的朋友的威尼斯人，他们似乎也并不十分恨钱，他们的可怜的朋友遭了厄运的时候，他们也只是拿一些空话来安慰他，更无其他的表示。我们的虔笃的信徒，佛兰兹荷恩，曾说过煞风景而甚正确的话：'此地有一个问题很合理地发生了，安图尼欧何以竟能弄到这种窘境呢？全威尼斯认识他，尊敬他，他的好朋友也全都知悉他的可怕的契约，并且也知道那犹太人一丝也不肯让步。然而呢，他们竟看着一天一天地过去，以至于最后弄到三个月满期，一切绝望。'他的好朋友如此之多，并且又都是富商大贾，应该不难凑出三千元钱，救他一命——并且是这样的一条命！但是解囊一类的事是诸多不便的，所以对于他们的这位好朋友毫无救济，毫不援手，这大概就因为他们是仅仅的名义上的所谓朋友吧。他们对于这位常以盛宴相飨的朋友是不胜怜悯之至，但是他们也为了图自己的快意起见而大骂夏洛克，这也是在无危险的情形之下的一种惯技，也许他们以为如此便算是尽了朋友的义务了吧。夏洛克的可恶的地方固然多，但是如果他有点看不起这一般人，也许他是有点看不起他们，我们却很难怪他哩……

　　"老实讲，除了波西亚之外，夏洛克还是全剧中最体面的一个人哩。他爱钱，但是他并不讳言——他到市场上大声呼号，但是他还有一点更宝贵的在：受害的心的补偿——不可言述的耻辱之公正的报复。虽然他们以十倍的钱还给他，他也拒绝。三千元钱，十倍的三千元钱，他也不惋惜，只要能买他的敌人的一磅肉……"（据佛奈斯本）

剧 中 人 物

威尼斯公爵（The Duke of Venice）。

摩洛哥亲王（The Prince of Morocco）┐
                                        ├ 波西亚的求婚者。
阿拉冈亲王（The Prince of Aragon）┘

安图尼欧（Antonio），威尼斯的商人。

巴珊尼欧（Bassanio），安图尼欧之友。

格拉西安诺（Gratiano）┐
                        │
萨拉尼欧（Salanio）   ├ 安图尼欧及巴珊尼欧之友。
                        │
撒拉利诺（Salarino）   ┘

洛兰邹（Lorenzo），杰西卡的情人。

夏洛克（Shylock），富犹太人。

条巴尔（Tubal），犹太人，夏洛克之友。

朗西洛特·高波（Launcelot Gobbo），小丑，夏洛克之仆。

老高波（Old Gobbo），朗西洛特之父。

李昂那多（Leonardo），巴珊尼欧之仆。

鲍尔萨泽（Balthasar）┐
                      ├ 波西亚之仆。
斯蒂番诺（Stephano）┘

波西亚（Portia），富家女嗣。

拿利萨（Nerissa），波西亚之婢。

杰西卡（Jessica），夏洛克之女。

威尼斯诸亲贵、法庭官员、狱吏、波西亚之仆役，及其他侍从人等。

地 点

一部分在威尼斯，一部分在大陆上波西亚住宅之贝尔蒙。

第 一 幕

第一景：威尼斯，一街道

安图尼欧、撒拉利诺、萨拉尼欧上。

安图尼欧　老实说，我不知道为什么我这样忧愁，使得我也很厌烦，你说使得你厌烦。不过这忧愁，我是怎样染上的，怎样寻到的，怎样获得的，是什么东西做成的，从什么地方生出来的，我还得要研究。忧愁把我弄得如此糊涂，以至于我很难有自知之明了。

撒拉利诺　你的心是在海上漂荡呢，就在你的帆篷辉煌的船队那地方漂荡呢——那些船恰似海上的显贵富绅，又好像是海上赛会中的巨大出品——一些扬帆飞过的小商船向着它们打躬致敬[1]，它们却理也不理。

萨拉尼欧　听我说，先生，若是我有这样冒险的买卖，我的心

情一大半是要被海上的希望给占了去的。我一定要
不时地拔草测验风向，在地图上查阅商埠、码头、
湾港。凡足以使我担心买卖受损的事，无疑地就要
使我忧愁。

撒拉利诺　　把热汤吹凉的一口气，就能吹得我打寒战，若是想
起了海上大风的损害。我一看计时的沙漏便不能不
想到沙滩，并且想见我的满载的大船在滩上搁浅，
把顶帆偏坠得比船肋还低，吻着葬身的泥沙。我到
教堂看见石头的建筑，怎能不立刻想起危险的礁石，
只消一触，我的船腰便把所有的香料洒在水上，给
洪涛穿上我的绸缎。简言之，方才还值这样多，现
在一无所有！我若能想象到这种情形，怎能想不到
这事万一发生便要使我忧愁呢？所以你不用和我说
了，我知道安图尼欧是想念他的货物发愁。

安图尼欧　　相信我，不是的。我多谢我的幸运，我的买卖并没
有寄托在一只船上，也并非是到一个地方去的。我
的全部财产也并不完全靠今年的命运，所以，我的
货物并不足使我忧愁。

撒拉利诺　　哼，那么你必是有了爱情事。

安图尼欧　　胡说，胡说！

撒拉利诺　　也不是有爱情事？那么我们只好说你忧愁是因为你
不高兴，那么你也可以很容易地笑笑跳跳就说你高
兴是因为你不忧愁。我敢指着双头的哲奴斯[2]发誓，
上天当初造人造了一些怪人。有些人永远是笑眯着
眼，看见一个奏风笛的就笑得像鹦鹉一般；又有一些

人天生的酸相，笑的时候也不露牙齿，虽然奈斯特[3]
赌咒说这笑话是可笑的。

巴珊尼欧、洛兰邹与格拉西安诺上。

萨拉尼欧	你的贵亲巴珊尼欧来了，还有格拉西安诺和洛兰邹。再会吧，你有更好的朋友做伴了。
撒拉利诺	若不是这些更忠诚的朋友来抢先，我很愿等到逗你高兴了再走。
安图尼欧	你的忠诚我是很敬爱的，我看你许是自己有事，所以借这机会告辞罢了。
撒拉利诺	二位早晨好！
巴珊尼欧	二位，我们什么时候欢聚一下？你们说什么时候？你们对我们太疏远了，一定要走吗？
撒拉利诺	我们得暇就来奉陪。〔撒拉利诺与萨拉尼欧下〕
洛兰邹	巴珊尼欧，你既然找到了安图尼欧，我们也要告退了，不过午饭时候别忘了我们聚会的地方。
巴珊尼欧	我必不失约。
格拉西安诺	安图尼欧，你的脸色不好，你对于人生也太认真了。用过多的烦恼去购买人生，是反倒要丧失了人生的。相信我，你变得很厉害。
安图尼欧	我不过是把人生当作人生罢了，格拉西安诺。世界不过是人人必须扮一角色的舞台，我的角色是个悲惨的罢了。
格拉西安诺	我来扮演小丑，嘻嘻哈哈地让老年的皱纹来吧，宁可用酒温热了我的肝，也别让致命的呻吟冰冷了我

的心。一个热血的人为什么要像是石膏塑的老头子似的坐着？为什么要在醒着的时候像睡着一般，抑郁到渐渐生了黄疸病？我告诉你吧，安图尼欧——我爱你，因为爱所以才说——有一种人脸上死板板的，像是一潭凝滞的死水，故意地缄默不语，为的是得到智慧庄严与思想深刻的美名，好像是便可以说："我是神谕爵士，我开口的时候不准犬吠！"啊，我的安图尼欧，我晓得这样的人，只因为不说话而得到聪明的美誉。可是他们若真的开口，我敢断言，听的人将要骂他们为傻瓜以至于因骂人而下地狱哩。这道理我以后再和你详谈，不过别用这忧郁的饵去钓那无聊的美名吧。来，洛兰邹。暂且告别了，饭后再结束我的忠告。

洛兰邹　　　好，我们到午饭时候再和你相会。我得要做一个哑巴聪明人，因为格拉西安诺不让我有说话的机会。

格拉西安诺　好，再和我做两年伴，你将不认识你自己的口音了。

安图尼欧　　再会，为这缘故，我将变为一个爱说话的人。

格拉西安诺　真的多谢，因为——

只有干牛舌和嫁不出的姑娘，

不说话才值得受人赞扬。〔格拉西安诺与洛兰邹下〕

安图尼欧　　他说的这话可有什么意思？

巴珊尼欧　　格拉西安诺好说废话，在威尼斯比任何人说得都多。他的理论好像是两斗糠里面的两颗麦粒，你得用整天的工夫才能找到，找到之后又觉得不值得这样找。

安图尼欧　　好，你告诉我，你发誓要去秘密拜访的那个女人，到底是谁，你今天答应告诉我的？

巴珊尼欧　安图尼欧，你不是不知道，为了摆出一点微薄收入所不能长久支持的豪华的排场，我荒荡了多少产业。如今不能再这样挥霍，我也并不抱怨，我现在唯一忧虑的事，便是设法偿还我在青年因浪费而欠下的几笔大债。在钱财上，在交情上，安图尼欧，我欠你最多。因为你对我的交情，我才敢向你倾吐我的还债的计划。

安图尼欧　巴珊尼欧，请你让我知道，你一向是体面的，如其这计划也不失体面。你放心，我的钱、我的人、我的最后的力量，一概由你使用。

巴珊尼欧　我上学读书的时候，若是失掉一支箭，我便取一支同样大小轻重的箭，向同一的方向，更加小心地射去，去寻那一支箭，往往就因为发出两箭，结果两箭俱获。我提起这一段童时的经验，因为我接着要说的话也是十分孩气的。我欠你很多钱，并且如浪荡少年一般，把赊欠来的钱都丢尽了。不过如其你愿按照第一箭的方向再射一箭，我必小心地看着箭的去向，一定可以或是把两支箭都找到，或是把后放的一支寻回来，仍然感激不尽地算是你的第一次债的债务人。

安图尼欧　你是深知我的，你这样圆转地向我求情简直是白费功夫。你现在疑心我不肯尽力帮忙，实在是比把我所有的都浪费掉还对我不起。凡你所知道我的力量所能做得到的，你只消说，要我做什么，我便准备立刻去做，所以你说吧。

巴珊尼欧　　在贝尔蒙有一位拥有巨产的姑娘，很美貌，更美的
　　　　　　是出奇地贤惠。从前她曾向我眉目传情，她的名叫波
　　　　　　西亚，比起卡图的女儿、布鲁特斯的妻波西亚[4]，毫
　　　　　　无逊色。普天下的人都知道她的身份，海外四方都有
　　　　　　贵人前来求婚。黄色的头发披在她的额角上就像是金羊
　　　　　　毛，使得她的贝尔蒙住宅变成了考尔考斯[5]的海滨，
　　　　　　来了无数的求她的哲孙。啊安图尼欧！我若是有钱
　　　　　　去和他们竞争，我能预料得到，我一定会成功的。

安图尼欧　　你知道我所有的财产都在海上，我没有现款，也没
　　　　　　有货物抵借现款。所以我们走吧，试试凭我的信用
　　　　　　在威尼斯能否活动点款子。我将尽最后的努力，供
　　　　　　给你到贝尔蒙去，到美貌的波西亚那里去。去，立
　　　　　　刻打听去，我也打听去，
　　　　　　只要有钱，我就要借账，
　　　　　　不管凭交情，或是凭名望。〔同下〕

第二景：贝尔蒙。波西亚家中一室

波西亚与拿利萨上。

波西亚　　　真是的，拿利萨，我这弱小的身体实在是厌倦了这

广大的世界。

拿利萨　你会要厌倦的，小姐，假如你的烦恼是和你的财产一般丰富。不过据我看，供养太足的人是和因不足而挨饿的人同样地受病。所以合乎中道即是幸福不浅了，太富庶的人容易早生白发，足衣足食的反倒可以延年。

波西亚　真是金玉良言，并且善于词令。

拿利萨　若是善于奉行，就更好了。

波西亚　如其行和知是一样容易，小礼拜堂早就变成大教堂了[6]，穷人的茅舍早就变成帝王的宫殿了。能奉行自己的教训的便是一个好牧师，我教二十个人行善事，便比做遵行教训的二十人之一要容易多了。头脑尽管给血性制下了规律，但是热烈的性格会跃过冷酷的戒条。青春的狂妄就像一只兔子，能跳过跛脚的格言的网子。不过这样讨论下去并不能给我选一个丈夫。唉，哪里谈得到"选"这个字！我不能选中我所情愿的，也不能拒绝我所不愿的，一个活的女儿便这样受一个死的父亲的遗嘱的约束。我既不能选亦不能拒，拿利萨，你说这不是太难堪了吗？

拿利萨　你的父亲一向是贤明的，并且善人临终时必有灵感。所以他制下的金银铅三匣抽彩的办法，选中他所属意的一匣便算是选中你，这彩将来一定是若非你所爱的人绝抽不了去。不过已来的几位求婚的贵人，其中可有一位你觉得有好感的吗？

波西亚	请你说一遍他们的名姓，你一面说，我一面形容他们。从我的形容当中，你可以猜想我有多少好感。
拿利萨	第一，便是那不勒斯亲王。
波西亚	唉，这真是一匹顽驹，因为他不谈别的，只是谈马，并且以自己能钉马掌也算是足以自豪的长技之一。我疑心他的母亲和一个铁匠私通过。
拿利萨	还有那位皇权的伯爵[7]。
波西亚	他除了皱眉任事不做，好像是要说"你若不愿意要我，听便"。他听见有趣的故事也不笑，他年轻时便这样多愁，我恐怕他老来要变成一位善哭的哲学家哩[8]。我宁愿嫁给一个口里含着骨头的髑髅也不愿嫁给这样一个。上帝保佑我别落在这两人手里！
拿利萨	那位法国亲贵勒邦先生，你以为如何？
波西亚	他是上帝做的，所以也算他是个人吧。实在的，我知道讥笑人是罪过，但是，他！哼，比那个那不勒斯人更会夸他的马，比那位有皇权的伯爵有更厉害的皱眉的习惯。他是全人类的缩图，可又不成一个人。画眉一叫，他立刻就跳起来。他会和他的影子比剑，我若是嫁给他，等于是嫁给二十个丈夫。他若看我不起，我原谅他，因为他若爱我如狂，我是永不以爱相报的。
拿利萨	那么英国的青年男爵孚康伯利芝，你以为如何？
波西亚	你知道我是和他说话的，因为他不懂我的话我也不懂他的话。他不懂拉丁文、法文，或是意大利文。至于我的英文程度之浅，你是可以发誓作证的。

他的样子很漂亮，但是，哎呀，谁能和一个哑巴谈天？他的服装多么怪！我想他的衬衣是在意大利买的，圆腿裤是在法兰西买的，帽子是在日耳曼买的，他的举止是各处的都有。

拿利萨　　他的邻人那位苏格兰贵族，你以为如何？

波西亚　　他很懂睦邻的道理，因为他受了英格兰人一个耳刮子，他便发誓能回敬时必定回敬。我想法兰西人还给他作了担保，签字保证他必定偿还那个耳刮子 [9]。

拿利萨　　那年轻的日耳曼人，萨克松尼公爵的侄儿，你喜欢不？

波西亚　　早晨清醒的时候，很卑鄙，午后醉了的时候最卑鄙。他在最好的时候比一个人还稍差一点，最坏的时候比一个畜牲只略胜一筹。万一最不幸的事发生，我希望我能设法避免他。

拿利萨　　如其他愿抽彩，而又中了彩，你若不肯嫁他，那就是你不奉行你父亲的遗嘱了。

波西亚　　所以，诚恐万一不幸，我请你把满满一杯葡萄酒放在那没有彩的匣上，那时节匣里面有鬼，匣外面又有这个引诱，我知道他必选这个匣了。拿利萨，我什么事都肯干，只是不肯嫁给这个醉鬼。

拿利萨　　小姐你不用怕要嫁给这几位贵族之一，他们已经把他们的主意告诉我了。他们已决计回家，不再以求婚的事来扰你，除非是可以用别的法子弄你到手，而不用你父亲订下的抽彩的法子。

波西亚　　如其我活到西逼拉 [10] 那样老，我也愿是贞洁如戴安娜而死，除非是按照父亲遗嘱的方法出嫁。我很高兴这群求婚的人如此知趣，因为这些人当中没有一个不是我深愿他快快离开的，我求上帝准他们平安归去吧。

拿利萨　　　小姐，你父亲活着的时候，你可记得，有一个威尼斯人，是学者又是军人，陪着那蒙费拉特侯爵来过此地？

波西亚　　　记得，记得，那是巴珊尼欧。据我想，他是叫这个名字。

拿利萨　　　是的，小姐。他，在我的笨拙的眼里看到的人中间，要算是最配娶一个贤美的小姐。

波西亚　　　我很记得他，我记得他是值得你这样称赞的。

一仆人上。

怎样！有什么事？

仆人　　　　小姐，四位客人找你，要向你告别。还有一个第五位，摩洛哥亲王，派人送信来，说王爷今天晚上来到。

波西亚　　　如果我迎逆这第五位和欢送这四位能是同样高兴，那么我就欢迎他来。他若是有圣徒一般的品行和魔鬼一般的脸，我愿他做我的听忏的神父，不愿他做我的丈夫。来，拿利萨。伙计，你在前面走。才把一个送走，又来一个敲门。〔众下〕

第三景：威尼斯。一公众场所

巴珊尼欧与夏洛克上。

夏洛克	三千元，好吧？
巴珊尼欧	是的，先生，借三个月。
夏洛克	借三个月，好吧？
巴珊尼欧	这个钱，我已经告诉你了，安图尼欧来作担保。
夏洛克	安图尼欧来担保，好吧？
巴珊尼欧	你可以帮助我吗？你肯令我如愿吗？你的答复可否让我知道？
夏洛克	三千元，借三个月，由安图尼欧担保。
巴珊尼欧	你就答复这个吧。
夏洛克	安图尼欧是个好人。
巴珊尼欧	难道你听说有人说他不好？
夏洛克	不，不，不，不，不。我说他是好人，我的意思是说他是有恒产的，不过他的财产现在还是虚悬着的。他有一只商船到垂波里斯[11]去了，还有一只到西印度去了，我在商场上又听说他一个第三只在墨西哥，第四只开往英格兰，此外还有别的买卖分散在海外。船不过是木板，水手也不过是人。有旱老鼠，也就有水老鼠；有陆地强盗，也就有海上强盗——我的意思是说海贼——此外还有水险风灾和礁石。虽然如此，这人是有恒产的。三千元，我想，我可以接受他的借约。

巴珊尼欧　　你自管放心，可以的。

夏洛克　　我愿意放心去做，可是为要可以放心我不能不想想。我可以和安图尼欧谈谈吗？

巴珊尼欧　　只要你愿意和我们一道吃饭。

夏洛克　　对了，好去闻猪肉味，去吃你们的先知拿撒莱兹人令恶魔附体的猪[12]。我可以和你们做买卖，和你们谈话，和你们散步，等等。但是我不愿和你们一处吃，一处喝，一处祈祷。商场上有什么消息？来的是谁？

安图尼欧上。

巴珊尼欧　　这就是安图尼欧先生。

夏洛克　　〔旁白〕他那个样子多么像一个卑鄙的税吏！我恨他因为他是基督徒，但更恨的是，他无理取闹，把钱出借而不取利息，于是把我们在威尼斯放印子钱的利率都给拉低了。如其我能一旦抓到他的后腰，我要痛痛快快地报这一段旧仇。他恨我们的神圣的国家，就在那商贾云集的地方他辱骂我，骂我的这行生意，骂我由勤苦得来的利益而他所谓的利息。我若能饶恕他，我们全族倒霉！

巴珊尼欧　　夏洛克，你听见了吗？

夏洛克　　我正在计算我手下的现款，凭我的记忆估计，我不能立刻凑足三千元的数目。这有什么要紧？我的同族一位有钱的犹太人条巴尔，他可以供给我。且慢！你要几个月为期？〔向安图尼欧〕上帝保佑你，先生，我们正在谈到你。

安图尼欧 　夏洛克，虽然我从未借出借入钱财而索取或付给过利息，但是为了朋友的急需我要破一回例。〔向巴珊尼欧〕让他知道你要借用多少了吗？

夏洛克　　 知道了，三千元。

安图尼欧 　借三个月。

夏洛克　　 我忘了，三个月，你告诉过我了。那么好了，你的借约呢，让我看看。但是你听我说，我记得你曾说你借钱或借钱给人是向来不计利息的。

安图尼欧 　我从没有这种习惯。

夏洛克　　 当初雅各给他的舅父拉班放羊的时候[13]——这雅各就是我们的圣祖阿伯拉罕的后裔，靠了他的聪明的母亲为他设计，因而做成了第三代的继承人。是的，他是第三代——

安图尼欧 　提起他来又怎样呢？他可曾取利息？

夏洛克　　 不，不是取利息，不像你所谓的直接取利，你看雅各是怎么办的。拉班和他商定，滋生出来的小羊若是带着条纹并且斑杂的，便完全归雅各所有，算是薪工。母羊是很淫的，到了秋后便去找公羊。这些毛蓬蓬的畜牲正在交尾的时候，这灵巧的牧人便剥好几根木棒，乘它们正在媾精的当儿，把这些木棒立在那多育的母羊面前，凡这时候得胎的生出来便是杂色小羊，归雅各所有。这是他获利的方法，他是有福气的了，获利是福气，只消不是偷来的。

安图尼欧 　先生，雅各做的是一桩冒险的生意，那是要受上天

支配而非人力所能左右的。你提起这段故事是为证
明利息是合法的吗？或是你的金银即是公羊母羊？

夏洛克　　我不能说，我能叫它一样快地滋生，请看好了。

安图尼欧　　你看，巴珊尼欧，魔鬼也会引《圣经》上的话来曲
解。心眼坏而引经据典，恰似笑脸的小人、烂心的
苹果。啊，虚伪的人有多么堂皇的外表！

夏洛克　　三千元，这是很大的一笔款。十二个月里算三个月，
我算算该是多少利。

安图尼欧　　好了，夏洛克，你可以答应我们不？

夏洛克　　安图尼欧先生，在商场上你时常地辱骂我贪财好利，
我总是耸耸肩忍受下去，因为忍耐是我们民族的标
记。你骂我是宗教叛徒、凶残的恶狗，在我的犹太
袍上唾痰，只因为我会善用我的财产。现在好了，
你似乎是需要我的帮助。很好，很好。你来到我这
里，你就说，"夏洛克，我们要用钱"，是你这样说
的，就是你，曾经吐痰在我的胡须上，像踢野狗似
的把我踢出门外。但现在你要借钱。我应该和你说
什么呢？我是不是该说，"一条狗会有钱？一条狗怎
么能借三千元？"或是我应该深深地鞠躬，打着奴
才的腔调，低声下气的，毕恭毕敬地小声说："先生，
上星期三你唾痰在我身上，某日你又踢我一下，又
有一次你骂我为狗。因为承你如此客气，我得借给
你这些钱？"

安图尼欧　　我以后还许再这样骂你，唾你，踢你。如其你愿意
借这笔钱，不要像借给你的朋友似的——因为哪里

有朋友为臭铜钱而向朋友取利息的——要像是借给你的仇人一般，如其他到期不还，你可以板起脸来索取罚项。

夏洛克　　　唉，你看看，你发什么脾气！我愿和你做个朋友，讨你个喜欢，把你对我的侮辱完全忘去，借给你急需的钱，一文利息也不要，而你不肯听我说完了，我完全是好意。

安图尼欧　　若是当真，的确是好意。

夏洛克　　　这点好意我是要表示的。和我去找一个公证人，给我立一张你单人作保的借据。为闹着好玩起见，我在条款上注明，如到某一天，在某一处，你不把若干若干的款还上，那么便要没收你身上的不多不少的一磅肉，由我高兴在什么地方割就在什么地方。

安图尼欧　　老实说吧，我满意了，我可以订这借据，并且我必定说这犹太人很够交情。

巴珊尼欧　　你不可为了我而立这样的借据，我宁愿继续受穷好了。

安图尼欧　　唉，你不要怕，我不会受处分的。两个月之内，即是借约满期的前一个月，我希望能有九倍这个价值的钱来。

夏洛克　　　啊，阿伯拉罕祖宗！这些基督徒是什么样的人呀，他们自己干惯了硬心肠的事，反倒猜疑别人不怀好意。请你告诉我这一点，如其他到期爽约，我强制没收下那东西，于我有什么好处？一磅人肉，从一个人身上割下来，还不及羊肉牛肉来得值钱有用哩。

　　　　　　我原意是买他的欢心，所以表示这一点交情。他若
　　　　　　愿意接受，很好；否则，再见。我的好意，可别冤屈
　　　　　　了我。

安图尼欧　　好吧，夏洛克，我立约便是。

夏洛克　　　那么到公证人那里去会我吧，先去告诉他这张好玩
　　　　　　的借据怎么写法。我立刻去取钱来，家里交给一个
　　　　　　胡作非为的奴才看着，我也得回去照管一下，我立
　　　　　　刻就来会你们。

安图尼欧　　请你快一点，好犹太人。〔夏洛克下〕
　　　　　　这希伯来人要变基督徒，
　　　　　　他的心肠不似从前那样毒。

巴珊尼欧　　我不喜欢满口好话，
　　　　　　而心里藏着奸诈。

安图尼欧　　走吧，这件事不用发愁；
　　　　　　我的船一月前便会回头。〔同下〕

注释

[1] 大船冲浪驶去，海面激起波纹，使小船为之颠簸，如打躬一般。

[2] 哲奴斯（Janus），门神，有两面脸。

[3] 奈斯特（Nestor），老成持重之王，轻易不笑，如认某一笑话为可
笑，必甚可笑无疑。

[4] 波西亚（M. Porcius Cato）为卡图之女，布鲁特斯之妻，通哲学，

以贤惠著称。

[5] 考尔考斯（Colchos），国名，在黑海东端，哲孙（Jason）曾至此寻求金羊毛，事见希腊神话。

[6] chapel 是小礼拜堂，church 是大礼拜堂，其分别在前者无附属之"教区"（parish），而后者则有。

[7] 原文 County Palatine 不是人名，亦不是官衔，是个世袭的尊称，是个普通名词，指在领域内享有皇权之伯爵而言。据约翰孙说这一个伯爵大概是指那个在莎氏时游历英国的波兰伯爵 Count Albertusa Lasco 而言。

[8] 善哭的哲学家是 Heraclitus，善笑的是 Democritus。

[9] 苏格兰常联合法兰西对付英国，故云。

[10] 西逼拉（Sibylla），老态龙钟的女预言家。

[11] Tripolis 不是非洲北部的那个城，是 Syria 的一个地方。

[12] 犹太人不食猪肉。拿撒莱兹人即是耶稣，他令在两个人身上的恶魔附在猪身上去。见《马太福音》第八章第二十八至三十二节。

[13] 看《创世记》第二十五及二十七章。

第二幕

第一景：贝尔蒙。波西亚家中一室

喇叭奏花腔。摩洛哥亲王及其随员等；波西亚、拿利萨及其他侍从等上。

摩洛哥亲王　别为了我的肤色而不喜欢我，这是光明的太阳给我的黑色制服，我原是太阳的近邻，生长在他的附近。从那阳光几乎融不得冰柱的北方，请一位那地方生长的美男子来，让我们割破胳臂来表示爱情，看看谁的血红，是他的红还是我的红。小姐，我告诉你，我的这份仪表曾经吓倒过勇敢的男子，我们国土里最著名的闺秀也都爱我的容貌。我的温柔的王后，除了为赢得你的爱情，我是不愿改变我的肤色的。

波西亚　关于择配的事，我并不仅是受一双处女的眼睛之精细的指导。况且，我的命运由抽彩决定，也不准我有自由选择的权利。如其我的父亲没有限制我，必须要我方才说过的法子嫁人，那么，王爷你和我见过的几位有同样的可以赢得我的机会。

摩洛哥亲王　你这样说，我就很感激了。所以我请你引我去选匣子，试试我的运气。我凭着这把弯刀发誓——这把刀杀过一位莎菲[1]，还杀过一位曾经赢过苏丹梭罗门[2]三阵的波斯王——小姐，我为了赢得你的爱情，我敢一瞪眼吓煞世上最凶恶的眼睛，我敢压倒世上最大胆的雄心，我敢把吮乳的小熊从母熊身旁扯开。哼，就是狂吼巡食的狮子，我也不怕。不过，唉！赫鸠里斯若是和赖卡斯掷骰子[3]，赌谁的幸运大，就许是弱手反倒占胜，赫鸠里斯就是这样败在他的侍役手里。所以我，由盲目的命运领导着，也许偏偏不能得到，那个不如我的人反倒可以得到的目标，因而悲愤至死。

波西亚　你一定要认命，或是根本不必试，或是在抽彩之前宣誓。万一没有抽中，以后永远不再向任何小姐提起婚姻的事，所以你要想好了。

摩洛哥亲王　我决不愿再提，来，领我去碰碰运气。

波西亚　先到教堂去，饭后再冒险一试。

摩洛哥亲王　但愿有好运来帮忙！

我最幸福，或是最遭殃？〔喇叭声，众下〕

第二景：威尼斯。一街道

朗西洛特·高波上。

朗西洛特　当然我的良心是不准我从我的犹太主人家里逃跑。恶魔在我身边，引诱我，向我说，"高波，朗西洛特·高波，好朗西洛特"，或是"好高波"，或是"好朗西洛特·高波，抬腿、开步、跑呀"。我的良心说："不可以。留神，诚实的朗西洛特；留神，诚实的高波。"或是像方才说的："诚实的朗西洛特·高波，别跑，别跑，要把想逃跑的念头，一脚踢开。"好，顶勇敢的恶魔要我收拾行李。"走吧！"这恶魔说；"跑开吧！"这恶魔又说；"看在老天爷的面上，鼓起勇气来，"恶魔说，"跑呀。"好，我的良心，抱住了我的心脖子，和我说了一番好话，"我的诚实的朋友朗西洛特，你是诚实人的儿子，"——或者该说是诚实女人的儿子——因为，真是的，我的父亲天性有一点，有一点坏，他有一个特别的脾气——好，我的良心说，"朗西洛特，别动。""动。"恶魔说。"别动。"我的良心说。"良心呀，"我说，"你说得对。""恶魔呀，"我说，"你说得也对。"若听良心的话，我该留在犹太主人家里，而他，上帝保佑！实在说就是一个魔鬼。可是，若要逃开这犹太人，我便是听了恶魔的话了。而恶魔，对不住，亦即是一个魔鬼。当然，这犹太人必是魔鬼的化身。可是凭良心说话，这良心劝我留在这犹太人家里，也未免太狠心了。还是恶魔的劝告比较够交情，我要跑了，恶魔，我的两脚就等你的吩咐，我要跑了。

老高波携筐上。

老高波	少爷，你来，请问到犹太人家向哪边走？
朗西洛特	〔旁白〕啊天哪！这是我亲爸爸，他的眼睛是半瞎、多半瞎。竟不认识我了，我要和他捣捣乱。
老高波	少爷，请问到犹太人家里往哪边走？
朗西洛特	向前走往右手转弯，但是再转时要向左转。可是再转的时候，左右都不可转，要往下转就弯弯曲曲地到犹太人家了。
老高波	天哪，这路倒难找哩。你能否告诉我，有一个住在他家的朗西洛特，现在是否还在他家？
朗西洛特	你说的是朗西洛特少爷吗？〔旁白〕看着我的，现在我要他淌泪了。你说的是朗西洛特少爷吗？
老高波	不是少爷，先生，是个穷人的孩子。他的父亲，不是我说，是一个诚实的极穷的人，可是，谢谢上帝，也还过得去。
朗西洛特	好了，他的父亲爱是什么就是什么，我们谈的是朗西洛特少爷。
老高波	你说的是你的一位朋友，朗西洛特。
朗西洛特	但是我请你，所以，老人家，所以，我请问你，你说的是不是朗西洛特少爷？
老高波	说的就是朗西洛特，少爷。

朗西洛特	所以，是朗西洛特少爷。别提起朗西洛特少爷了，老人家，因为这位少爷——按照命运天数以及这一类的星卜算命之学——老实说，是死了。你若简单地说，是升天了。
老高波	啊，上天不准！这孩子是我老年的拐，唯一的靠山。
朗西洛特	〔旁白〕我可像一根棍子，或是一根柱子、一根拐杖，或是一座靠山？老头儿，你认识我吗？
老高波	哎呀，我不认识你，少爷。但是请你告诉我，我的孩子——上帝保佑他——究竟是活着还是死了？
朗西洛特	你不认识我吗，老头子？
老高波	唉，我是半瞎的，我不认识你。
朗西洛特	真是的，你就是有眼睛，你也不见得认识我。聪明的父亲才能认识他自己的儿子呢。好了，老头儿，我把你儿子的消息告诉你吧。你来给我祝福，真相就要出现。杀人的事不能久藏，一个人的儿子可以藏得久，但是结果真相总会大明。
老高波	先生，请你站起来。我知道你一定不是我的孩子朗西洛特。
朗西洛特	我们别再捣乱了吧，你祝福我吧。我就是朗西洛特，从前是你的儿子，现在是你的儿子，将来还是你的儿子。
老高波	我不能想象你会是我的儿子。
朗西洛特	这事我不知怎样去想象了，不过我确是朗西洛特、犹太人的当差，并且我确知你的妻玛格莱就是我的母亲。

老高波	她的名字的确是玛格莱，我可以发誓，如其你真是朗西洛特，你便是我的亲生的血肉。让我们来赞美上帝吧！你长了好一大把大胡子！你的下巴上的胡子，比起我的套车的马道宾的尾巴上的毛，还要多些。
朗西洛特	那么道宾的尾巴必定像是愈长愈短了，我前次看见它的时候，我记得它的尾巴上的毛的的确确比我的脸上的胡子多些。
老高波	天哪，你改变得多么厉害。你和你的主人还合得来吗？我给他带来了一点礼物。你们现在合得来吗？
朗西洛特	还好，还好。不过，在我这一方面，我既然已经决定逃走，我若不逃得远远的，我也不安心。我的主人真是个道地的犹太人，送他一件礼物！送他一根上吊的绳子吧！我伺候他几乎把我给饿死，你可以用我的肋骨数出我的一根根的手指头[4]。爸爸，你来了我很喜欢，你的礼物为我送给巴珊尼欧先生吧，他是真肯给仆人做崭新制服的，我若不得伺候他，世界上有多大地方我就逃到多么远。啊难得的好运！这人来了，到他跟前去呀，爸爸。我若是再伺候这犹太人，我便是个犹太人。〔巴珊尼欧率李昂那多及其他随从等上〕
巴珊尼欧	你就这样办吧，但是要赶快，晚饭至迟在五点钟要预备好。这几封信派人送去，制服立刻就做起来，请格拉西安诺马上到我家来。〔一仆人下〕
朗西洛特	到他跟前去，爸爸。

老高波	上帝保佑您!
巴珊尼欧	多谢! 你找我有事吗?
老高波	这是我的儿子,先生,一个可怜的孩子——
朗西洛特	不是一个穷孩子,先生,是阔犹太人的听差。他想要,先生——我的父亲会仔细说的——
老高波	他是很想能够,先生,譬如说吧,伺候——
朗西洛特	实在地,简单地说吧,我本来是伺候犹太人的,可是心里却想,我的父亲会仔细说的——
老高波	他的主人和他,老实说吧,很合不来——
朗西洛特	简单说吧,实在的情形是这犹太人待我太苛酷了,所以使得我——我想,我的父亲是个上年纪的人,他会把实情说给你听的——
老高波	我带来了一盘鸽子,愿意送给先生吃,我求您一件事——
朗西洛特	干脆说,这件求您的事是和我有关系的。这诚实的老头子一说,您就明白,可是我虽然说,我的父亲是个老头子,可实在是个穷人。
巴珊尼欧	一个人说吧。你想要什么?
朗西洛特	伺候您,先生。
老高波	实在就是这样一回事,先生。
巴珊尼欧	我很知道你,我答应你的恳求便是。今天你的主人夏洛克和我说起举荐你的话,其实不伺候一个阔犹太人,而来追随我这样的一个穷绅士,不能算是举荐了。
朗西洛特	有一句俗话,正好由您和我的主人夏洛克来平分。

	您有的是上帝的恩惠，他有的是不少的财富[5]。
巴珊尼欧	你说得好。去吧，老者，带着你的儿子。去向你的旧主人告辞，打听我住的地方。〔向其仆从〕给他一身比别人的都要花样多的制服，就去办。
朗西洛特	父亲，进去吧。我永远也谋不到事，我不行，我不会说话。哼，〔自视手掌〕在全意大利也不见得能有人在伸手宣誓的时候拿出一只有更好的纹理的手，我将来是必定要交好运的。哈哈，这是一条生命线，这里表示着可以有个把老婆。哎呀！十五个老婆算不得什么呀！一个人娶上十一个寡妇九个姑娘也算不得丰富哩，还有三次逃了溺死的危险，并且在温柔的床上还有性命之忧，这些难关都可以随便地逃过的。哼，命运之神如其是个女人，在这一回事上倒是一个好女人哩。父亲，来，一闭眼的工夫我就可以向犹太人告辞了。〔朗西洛特与老高波同下〕
巴珊尼欧	李昂那多，你要留心。这些东西买齐了，整理好了，快些回去，因为今天晚上我要请我的最知交的朋友们吃饭。赶快，去吧。
李昂那多	我必尽力去办。

格拉西安诺上。

格拉西安诺	你的主人在哪里？
李昂那多	那边，先生，他正走着。〔下〕
格拉西安诺	巴珊尼欧先生——
巴珊尼欧	格拉西安诺！

格拉西安诺	我有件事求你。
巴珊尼欧	我答应你。
格拉西安诺	你一定不要拒绝我，我一定要陪你到贝尔蒙去。
巴珊尼欧	那么，你一定去就是了。但是，你听我说，格拉西安诺，你的性情太野说话太鲁莽，这原是你的率真的好处，在我们眼里并不算错。可是在生人面前，你的行为就显着太放肆了。所以我要请你，在你的暴躁的脾气上要勉强地加上一点冷静的节制，否则因为你的行为狂放，别人要疑心我是同样的人物，以至失了希望。
格拉西安诺	巴珊尼欧先生，你听我说。我若是不装出老成的样子，谈吐文雅，偶然赌一两句咒，把祈祷书带在口袋里，做出冷静的样儿，并且在祈祷的时候这样地用我的帽子遮住眼睛，叹口气，说声"阿门"。谨守一切的礼貌，恰似那故作老成讨好祖母的人一般——我如其不能这样，永远不要信我！
巴珊尼欧	好吧，我们看着你究竟怎样为人。
格拉西安诺	不，今天晚上可是要除外，你不要按照我们今晚行的事批评我。
巴珊尼欧	不，那自然是不该的，我还要请你尽情地纵乐，因为我们有几个朋友都是想要作乐的。可是，再见吧，我还有点事。
格拉西安诺	我也要到洛兰邹和他们那里去，但是在晚饭的时候，我们一定到你那边。

第三景：威尼斯。夏洛克家中一室

杰西卡与朗西洛特上。

杰西卡　　　你决心要离开我的父亲，我很难受。我们的家是地狱，你呢，是个活泼的小鬼，减消了此地的沉闷的空气不少。可是再会吧，这一两银子是给你的。朗西洛特，晚饭时你会见到洛兰邹，他是你新主人的客。把这封信交给他，要秘密地交给他。再会了，我不愿被我父亲看见我和你交谈。

朗西洛特　　再见！眼泪代替了我的喉舌。最美丽的异教徒，最温柔的犹太女郎！若不是一个基督教徒和你的母亲幽会生出来了你，那真是我看错了人。但是！再见吧！这些无聊的泪珠真要淹尽了我的丈夫气概，再见吧！

杰西卡　　　再会了，好朗西洛特。〔朗西洛特下〕哎呀，我耻做我父亲的女儿，这是多么大的罪恶！不过我虽然在血统上是他的女儿，在性格上我却不是。啊洛兰邹！

你如不失信，我也不必再迟疑，

决心变成基督徒，并做你的爱妻。〔下〕

第四景：威尼斯。一街市

格拉西安诺、洛兰邹、撒拉利诺及萨拉尼欧上。

洛兰邹	不，我们吃晚饭时可以溜出来，到我家里去化装，在一个钟头以内全可以回来。
格拉西安诺	我们还没有准备好呢。
撒拉利诺	我们还没有约好拿火把的人。
萨拉尼欧	若不筹备齐整，那是很糟糕的，我看还不如不办。
洛兰邹	现在才四点钟，我们还有两小时的预备。〔朗西洛特持信上〕 朋友，朗西洛特，有什么消息？
朗西洛特	请您打开这封信，就明白了。
洛兰邹	我认识这笔迹，老实说，是很秀丽的笔迹，写这笔字的手恐怕比写上字的纸还白。
格拉西安诺	必是情书了。
朗西洛特	告辞了，先生。
洛兰邹	你到哪里去？
朗西洛特	哦，先生，我去请我的旧主犹太人今晚到我的新主基督徒家里去吃晚饭。
洛兰邹	且慢，把这个拿去，告诉杰西卡我必不失约，偷偷地说。走吧，朋友们，〔朗西洛特下〕你们去为今晚的化装会准备一下好不好？我是已经有了一个拿火把的人了。
撒拉利诺	好，我立刻就去准备。

萨拉尼欧	我也就去。
洛兰邹	过些时到格拉西安诺家里去会我和格拉西安诺。
撒拉利诺	好，就这么办。〔撒拉利诺与萨拉尼欧下〕
格拉西安诺	那封信不是杰西卡写来的吗?
洛兰邹	这事我得全告诉你。她在信上已经吩咐我，如何去把她从她父亲家中接走，又说她卷了多少金银财宝，她又预备好怎样的一身仆人的服装。如其她父亲那犹太人还有升天之一日，那必是托他的女儿的福。噩运永远不敢来纠缠她，除非借口她是一个无信仰的犹太人之女。来，和我一同去，你一面走一面看这封信吧。美貌的杰西卡将做给我拿火把的人。〔同下〕

第五景：威尼斯。夏洛克住宅前

夏洛克与朗西洛特上。

夏洛克	好，你瞧着吧，你睁开眼睛瞧瞧，老夏洛克和巴珊尼欧不同的地方——喂，杰西卡——你不要像在我这里似的贪吃——喂，杰西卡！——睡觉、打鼾、糟蹋衣服——喂，杰西卡，我说！
朗西洛特	喂，杰西卡！

夏洛克	谁叫你喊？我没有叫你喊。
朗西洛特	您常常说我，不支使，任事不做。

杰西卡上。

杰西卡	你叫我吗？什么事？
夏洛克	有人邀我去吃晚饭，杰西卡，这是我的钥匙。可是我为什么要去呢？他们请我，并非是善意，他们不过是笼络我。但是我要狠起心来去一遭，去吃那骄奢的基督徒一顿。杰西卡我的孩子，好好看家。我是很不愿意去，有点什么意外的事正在酝酿着来打搅我，因为我昨夜梦见了我的钱包。
朗西洛特	我请你走吧，我的年轻的主人盼望着你去呢。
夏洛克	我也怕迟到使他久候呢。
朗西洛特	他们已经聚在一起商量过，我并不愿意说，你将要看化装会。不过你若是看到了，那么上一回"黑礼拜一"[6]早晨六点钟我流鼻血，总要算是不为无因了，在四年前正赶上是"圣灰日"的下午。
夏洛克	什么！还有化装会？你听我说，杰西卡，把我的门锁起来。你听见鼓响和歪脖子的吹笛子的人放出的卑贱的刺耳的锐声，别爬到窗口，别探头到街上去看那打花脸的奉基督教的浪子，你要把我家的耳朵塞起来，我的意思是说窗户，别叫那放荡的声音侵入了我的圣洁的屋子。我凭着雅各的杖发誓，我真不想今晚去赴宴，但是我要去。你先走吧，说我就来。

朗西洛特　　　我先走了，小姐不用听这些话，要在窗口探望。

　　　　　　　有一基督徒来到窗前，

　　　　　　　值得犹太女郎看一眼。〔朗西洛特下〕

夏洛克　　　　那个夏甲的后裔[7]胡说什么，啊?

杰西卡　　　　他说，"再会了小姐"，没有说别的。

夏洛克　　　　这傻小子倒还忠厚，可是真能吃，该效力的时候像
　　　　　　　蜗牛一般慢，白昼睡觉赛过野猫! 懒虫是和我合不
　　　　　　　来的，所以我辞退他，让他帮一个人，帮那个人浪
　　　　　　　费他的借贷来的金钱。好，杰西卡，进去吧。也许
　　　　　　　我立刻就回来，照我吩咐的去做，就把门关好:

　　　　　　　"门关得严，多剩钱。"

　　　　　　　是俭省人永不嫌陈腐的好格言。〔下〕

杰西卡　　　　再见，如其我的命运好，

　　　　　　　我丢了父亲，你也丢了女儿了。〔下〕

第六景: 威尼斯

　　　　　　　格拉西安诺与撒拉利诺化装涂面上。

格拉西安诺　　就是在这房檐底下，洛兰邹叫我们守候着。

撒拉利诺　　　他约定的时候几乎要过了。

格拉西安诺　　他迟到了实在是奇怪，因为情人们没有不赶在时间

前面的。

撒拉利诺　啊！维娜斯驾着的鸽子，在去签证爱情的新约，总比在去维持旧爱的有效，要飞得十倍快！

格拉西安诺　那是永远对的，在筵席上谁能在站起来的时候还有坐下来的时候的好胃口？以初次驰骤时的饱满精神去做第二次的重演，哪里有那样的马？一切的东西，在追求时总比在享受时兴致高些。那挂满了旗帜的帆船，从港湾出发时，被那狂浪的风搂着抱着，多么像一位豪华的公子！可是船回来的时候，船身破损了，船帆也褴褛了，被狂浪的风弄得又瘦又破又穷，又多么像一位豪华的公子！

撒拉利诺　洛兰邹来了，这话我们以后再谈。〔洛兰邹上〕

洛兰邹　好朋友，请你们宽容我耽误了这么久。不是我，是我的事情，劳你们久候。你们将来若是为了讨老婆而做贼，我也同样地给你们守候这样久。过来，我的岳丈犹太人就住在此地。喂！谁在里面哪？〔杰西卡着男僮服装自上台入〕

杰西卡　你是谁？我虽然敢说我认识你的声音，为了更加稳当起见，你说你是谁。

洛兰邹　洛兰邹，你的爱人。

杰西卡　洛兰邹，当然，并且真是我的爱人，因为我对谁能这样地爱呀？现在除了你，洛兰邹，谁知道我是不是属于你了？

洛兰邹　上天和你的心都可证实你是属于我了。

杰西卡　来，接住这小箱子，这值得你一接。幸而这是夜里，你看不见我，因为我化装了，我倒怪难为情的。不过爱情原是瞎的，情人眼里也看不见自己所做的荒唐事。因为假如情人能看得见，邱比得见了我这样女扮男装也要脸红吧。

洛兰邹　下来，你一定得做给我拿火把的人。

杰西卡　什么！我一定得举着烛光显露自己的丑态吗？这丑态的本身，老实说，已经很够光彩的了。爱人，拿火把是出头露面的勾当，而我实在是应该隐藏起来的。

洛兰邹　你穿了这一身漂亮的男装，你已经是隐藏起来了，乖。立刻来吧。因为这善守秘密的昏夜不久就要逃了，并且巴珊尼欧的宴会还在等着我们。

杰西卡　我先把门关好，多带上些银钱，立刻就来会你。〔自上台下〕

格拉西安诺　我敢发誓，这是好人家的女儿，不是犹太人。

洛兰邹　诅咒我，如其我不真心爱她。因为，假如我能批评她，她实在是聪明的；假如我的眼光不错，她也实在是美；并且按照她自己的行为的证明，她也是真诚的。所以，以她这样一个又聪明又美又真诚的女子，我一定永远要把她供养在我的心头上。

杰西卡上。

喝，你来了？朋友们，走！

化装会的同伴等了我们很久。〔偕杰西卡与撒拉利诺下〕

安图尼欧上。

安图尼欧	是谁?
格拉西安诺	安图尼欧先生!
安图尼欧	呸,呸,格拉西安诺!他们都哪里去了?已经九点钟了,朋友们都等着你们呢。今晚的化装会取消了,风已经转了方向,巴珊尼欧立刻就要上船,我派出了二十多人来寻你们。
格拉西安诺	我很高兴,今晚开船就走, 别的希求我是再也没有。〔同下〕

第七景:贝尔蒙。波西亚家中一室

喇叭奏花腔。波西亚、摩洛哥亲王及随从等上。

波西亚	去,把幔帐拉开,让这位尊贵的亲王看看这几只箱子,现在就请选择。
摩洛哥亲王	第一只,金子的。上面有这样的字句:"谁要选我,便会得到众人希求的东西。"第二只,银子的,有这样的预告:"谁要选我,便会得到他分所应得的东西。"这第三只,粗笨的铅的,上面的警语也莽撞得很:"谁要选我,一定要拿出他所有的一切来冒险。"

我怎么知道我是选中了呢？

波西亚　　　有一只箱子里面有我的画像，王爷。你若是选中了那个，我便是属于你了。

摩洛哥亲王　愿天神指导我来选择！让我看看，我再把上面的文字细瞧一遍。这铅箱说的是什么？"谁要选我，一定要拿出他所有的一切来冒险。"一定要拿出，为了什么？为了铅而冒险？这箱子太吓人了。人们冒险是为希望得一点好处，贵如黄金的人不能来屈就貌似渣滓的东西，所以我不拿出任何东西来为铅而冒险。这色彩纯洁的银箱说些什么？"谁要选我，便会得到他分所应得的东西。"分所应得的！且慢，摩洛哥，把你的价值公正地衡量一下。如其你以别人对你的估量来估计你自己，你分所应得的却不在少数，但是应得的范围未必能够把这位小姐包括在内。可是一顾虑到自己是否有应得之分，实在是自己小看了自己。我分所应得的！哼，那就是这位小姐了。我的门第是配得过她的，至于财产、仪表，以及才能，我也都配得过，尤其是爱情方面我是配得到她的。我不必再逡巡，就选这个吧？且再看一遍这金箱上刻的是什么："谁要选我，便会得到众人希求的东西。"噫，这一定就是小姐了。全世界的人都想要她，从四面八方都有来人，来吻这神圣的塑像，这人间的仙子。希堪尼亚沙漠[8]和阿伯拉荒原，对于来看波西亚的亲王们，现在却像是康庄大道一般。那茫茫的大海，有骇浪滔天，也不能隔阻国外的情郎，他们像跨过一条小河似的来瞻仰美貌的波西亚。
这三个当中有一个藏着她的画像，可能是藏在铅箱
里吗？这渎亵的念头便是罪孽了，就是在坟里给她
做棺材，也嫌太粗。我想也许她是在银箱里，可是
比真金要贱十倍？啊，罪恶的念头！这样富丽的宝
石从没有装在比金子更贱的箱子里的，英格兰有一
种金币，上面有天使的像^[9]，不过那是浮雕在外面
的，但是这个天使睡在金床上却藏在里面了。给我
钥匙，我就选这一个，成功失败在此一举！

波西亚　　给你，拿去，王爷，如其我的像在里面，我便是你
　　　　　的了。〔摩洛哥亲王打开金箱〕

摩洛哥亲王　倒霉！这是什么？是个髑髅，眼窟窿里有个纸卷，
　　　　　我念念上面的词。
　　　　　"发亮光的不全是金，
　　　　　这道理你听取在心。
　　　　　许多人把性命丧了，
　　　　　只为看看我的外表，
　　　　　镀金的坟墓包着蠕虫。
　　　　　你若是又勇敢又聪明，
　　　　　四肢强健，思想老成，
　　　　　你不至得到这样的回话。
　　　　　再会！你的婚事算是作罢。"
　　　　　作罢，真的，精力枉自白费。
　　　　　休说什么热情，从此意冷心灰！
　　　　　别了波西亚！我心里太惨痛，

> 所以不多礼，失意人就此回程。〔偕随从等下。喇叭
> 奏花腔〕

波西亚 　轻轻地打发了，去扯上幔帐，
　　　　愿那样脸色的人选我时都是这样。〔众下〕

第八景：威尼斯。街道

撒拉利诺与萨拉尼欧上。

撒拉利诺 　唉，我看见巴珊尼欧开船走了，格拉西安诺也同他
　　　　去了，我准知道洛兰邹是没有在他们船上。

萨拉尼欧 　那坏蛋犹太人放声叫闹，惊动了公爵，公爵领着他
　　　　去搜巴珊尼欧的船去了。

撒拉利诺 　他去迟了，船已经开了。可是有人报告公爵说有人
　　　　发现洛兰邹和他的情人杰西卡同在一只游艇里，而
　　　　安图尼欧却向公爵证明他们是没有在巴珊尼欧船上。

萨拉尼欧 　我从没有听见过一个人如此地大发雷霆，如此之怪
　　　　特、暴躁，如此之丑态百出，至于像那犹太狗在街
　　　　上叫嚣的那样："我的女儿！啊我的金钱！啊我的女
　　　　儿！跟一个基督徒逃了！啊我的基督徒金钱！公理
　　　　呀！法律呀！我的金钱，我的女儿！密封的一袋，
　　　　两袋的金钱，大块的金钱，被我的女儿偷去了！还

有珠宝，两块值钱的好宝石，被我的女儿偷去了！公理呀！把我的女儿找回来！宝石和金钱都在她的身上呢。"

撒拉利诺　哼！威尼斯所有的孩子们都跟着他，也喊，他的宝石，他的女儿，他的金钱！

萨拉尼欧　安图尼欧可要留心别误了期，否则要受报复的。

撒拉利诺　咳，你倒提醒了我。我昨天和一个法国人谈天，他告诉我——在英法之间的狭小的海面上——有一只满载货物的本国的船失事了。他说起的时候，我就想起安图尼欧，心里暗自愿望不是他的船。

萨拉尼欧　你最好把你所听说的告诉安图尼欧，别猛然说，也许会使他太伤心。

撒拉利诺　世上没有比他更和善的人了。我看见了巴珊尼欧和安图尼欧离别时的情形，巴珊尼欧告诉他说他要赶快回来的，他回答说："不要这样，别为了我的缘故而潦草办事，巴珊尼欧。要等到时机十分成熟，至于犹太人手里拿着的我的借据，不必让这事侵入你的充满爱情的心。你尽管快乐吧，专心地去求婚，并且注意那些因时制宜的爱情表示。"说到这里，眼眶里满是泪，转过了脸，向身后伸出了他的手，很热烈地握了巴珊尼欧的手，就这样离别了。

萨拉尼欧　我想他只是为了他才恋着这尘世。我们去找他去，用点什么打趣的事宽解他的愁心。

撒拉利诺　我们就去。〔同下〕

第九景：贝尔蒙。波西亚家中一室

拿利萨及一仆役上。

拿利萨　　　快点，快点，我请你，立刻把幔帐拉开。阿拉冈亲王已经宣誓过了，立刻就要来抽彩。

〔喇叭奏花腔。阿拉冈亲王、波西亚及随从等上〕

波西亚　　　请看，王爷，箱子就在那边，如其你选中了藏着我的画像的那个，我们立刻就可以举行婚礼。但是如其你选不中，那么，不必多说话，请大驾即刻动身。

阿拉冈亲王　我已经宣誓遵守三件事：第一，我选的是哪一只箱子，我永不告诉别人；第二，我若是选不中，终身不再向任何女郎求婚；最后，如其我命运不济，不得选中，我必立刻离开你就走。

波西亚　　　凡是为了我的贱躯而来一试的人，都曾宣誓遵守这几条诫律。

阿拉冈亲王　我已经准备遵守了。命运来助我如愿吧！金的、银的和贱铅的。"谁要选我，一定要拿出他所有的一切来冒险。"你要再美一些，我才能拿出一切来冒险。金箱是怎样说呢？哈！我来看看："谁要选我，便会得到众人希求的东西。"众人希求的东西！这"众人"也许就是指着愚蠢的群众，他们选择的时候只顾外表，只凭了糊涂的双眼来判断，而不问内容如何。恰似小燕筑巢，只拣在那有风吹雨打的墙外面去筑巢，也不问将有什么危险袭来。我不选众人希

求的东西，因为我不愿和平民接近，我不愿和野蛮
的群众站在一起。那么，我来看看你，你这银质的
宝库，再告诉我听你带着什么格言："谁要选我，便
会得到他分所应得的东西。"说得也很好，因为谁能
够欺骗命运而得到光荣，假如他没有一点优越的标
记？谁也别妄自摆出一种非分的威仪吧！啊！但愿
那高位、品级、官职，都不是由舞弊而得来的，但
愿光荣都是由应得之分来买到的。那么，有多少秃
头侍立的人都该戴上巍峨的大冠了，多少发号施令
的人都该受人调遣了，高贵的种子当中要拣出来多
少卑鄙的贱种，糟糠的当中要拣出来多少真正光荣
的种子，重新给以富丽的装潢！好，我来选吧："谁
要选我，便会得到他分所应得的东西。"我要来取我
分所应得的，给我这箱子的钥匙吧，把我的命运打
开来。〔打开银箱〕

波西亚　考虑这么久，竟得到这样的结果？

阿拉冈亲王　这是什么？一个眯缝着眼的傻瓜的画像，捧着一卷
字纸！我要来读读。你和波西亚差得太多了！和我
的希望与我分所应得的也相差太远了！"谁要选
我，便会得到他分所应得的东西。"难道我只配得一
个傻瓜脑袋吗？这就是我的报酬？我不该得再好些
的吗？

波西亚　犯罪和判罪是两件很不同的事，并且是正相反的。

阿拉冈亲王　这是什么？

这银箱经过七次锻炼，

那永没有错误的判断，

也要经过七回的体验。

有人只求和阴影接吻，

幸福便如阴影的一瞬。

有些傻瓜，用银镀亮，

这箱子也就是这样。

不管你娶什么女人，

你的头脑免不了混。

去吧，完事大吉，先生。

我越在此地徘徊，

越显得是个蠢材。

来求婚时，是一个傻瓜，

临完带两颗傻脑袋回家。

好人儿，再见。我不失信，

我忍耐着带走一腔羞愤。〔阿拉冈亲王及随侍等下〕

波西亚　　　灯蛾扑火，还有什么遗恨！

啊这些审慎的傻子们！真够聪明，

用尽了思想误尽了自己的前程。

拿利萨　　　有句老话真不骗人：

"杀头和娶妻都靠命运。"

波西亚　　　来，拉上幔帐，拿利萨。

一仆人上。

仆人　　　　小姐在哪里？

波西亚　　　在这里，先生您有什么事？

仆人　　　　小姐，在门前来了一位年轻的威尼斯人，他是先来
　　　　　　报信说他的主人随后就到，并且他替他带来了一番
　　　　　　具体的敬意，那就是——除了口头的客套之外——
　　　　　　还带了些贵重的礼品。我从没有见过这样漂亮的求
　　　　　　爱的专使。四月的天气，宣示着富丽的夏季的来
　　　　　　临，似乎也没有这一位给主人做前驱的人那样和蔼
　　　　　　动人。

波西亚　　　不用再说了，我恐怕你接着就要说他是你的本家了，
　　　　　　因为你用了这么一大套的俏皮话来赞美他。
　　　　　　来，来，拿利萨，我很想见识见识
　　　　　　这一位如此温柔有礼的爱神专使。

拿利萨　　　巴珊尼欧，爱神哟，如其这是你的意旨！〔众下〕

注释

[1] 莎非（Sophy）即波斯王（Shah）。

[2] 梭罗门（Ottoman Sultan 十世），一五二〇——一五六六年在位。

[3] 赖卡斯（Lichas）是英雄赫鸠里斯之仆。赫鸠里斯之毒衣，是赖卡斯交给他的，故云败于仆役之手。

[4] 意谓以手指数肋骨。

[5] 谚云："上帝的恩惠即是不少的财富。"（God's grace is gear enough.）

[6] "黑礼拜一"即复活节礼拜一。一三六〇年四月十四日爱德华三世率兵临巴黎，天气奇冷，有阴霾，兵多冻死，故云。流鼻血为不祥之光。

[7]"夏甲的后裔",即贱奴之谓。

[8]希堪尼亚沙漠在亚洲里海之南,以产虎著名。

[9]爱德华四世所铸金币之一种,值六先令八便士至十先令,币面印有天使迈克尔降龙之像,故云。

第 三 幕

∙∙∙ ❧❧ ∙∙∙

第一景：威尼斯。街道

　　萨拉尼欧与撒拉利诺上。

萨拉尼欧　　**现在市场上有什么消息？**

撒拉利诺　　**哼，安图尼欧有一只载着贵重物品的船在英国海峡遇险，这谣言还没人加以否认。我记得他们说遇险的地方叫作孤德文沙滩，是一个很险的沙滩，许多大船都在那个地方葬了尸骨。据说是如此，但不知传闻是否可靠。**

萨拉尼欧　　**但愿传闻是说谎的，就如同那些吃姜饼的老太婆，或是骗邻人相信她是哭她第三个丈夫的老太婆，那样地信口胡说。但是是真的——不必烦絮，也不必讳言——好安图尼欧、诚实的安图尼欧——啊，我**

　　　　　　　愿有一个最好的称呼加在他的名字上！

撒拉利诺　　得了！快打住吧。

萨拉尼欧　　哈！你猜怎样？哼，结果是，他损失了一只船。

撒拉利诺　　我希望这是他最后的损失。

萨拉尼欧　　让我快快说一声"阿门"吧，否则这恶魔要搅了我
　　　　　　的祈祷，恶魔化装成犹太人的样子来了。

　　　夏洛克上。

　　　　　　　怎样，夏洛克，商家们有什么消息？

夏洛克　　　你知道了，谁也不及你知道得清楚，我的女儿逃了。

撒拉利诺　　那是一定的了，以我而论，我还知道是哪一个裁缝
　　　　　　给她做的翅膀。

萨拉尼欧　　可是夏洛克，在他那一方面，也明知这只鸟已经长
　　　　　　了翅膀，并且离开母鸟，也正是他们的天性。

夏洛克　　　她干出这事，该死！

撒拉利诺　　那是一定的了，假如恶魔来做判官。

夏洛克　　　我自己的血肉造反！

萨拉尼欧　　你好不害羞，老东西！难道你这年纪还有欲念冲
　　　　　　动 [1] 吗？

夏洛克　　　我说我的女儿是我的血肉。

撒拉利诺　　你的肉和她的肉，比起黑玉和象牙的分别还要大
　　　　　　些，你们的血比起红葡萄酒和白葡萄酒更不同些。
　　　　　　但是告诉我们，你可听说安图尼欧在海上可有什么
　　　　　　损失？

夏洛克　　　这是我的又一件倒霉的买卖，一个破产的人，一个

浪子，就不敢在市场上出头。是一个乞丐，从前到市场上来可是得意扬扬的呢。让他看看他的借据吧，他一向是借钱给人，以为是基督徒的礼貌，现在让他看看他的借据吧。

撒拉利诺　假如他到期不能还债，我想你一定不会要他的肉，那有什么好处呢？

夏洛克　可以钓鱼呀，如果不能喂别的，总可以喂我的仇恨。他曾羞辱我，害得我损失了几十万，笑我的损失，讥讽我的盈利，嘲弄我的民族，妨碍我的买卖，离间我的友好，挑拨我的仇人。为了什么缘故呢？为了我是一个犹太人。犹太人没有眼吗？犹太人没有手、五官、四肢、感觉、钟爱、热情？犹太人不是吃同样的粮食，受同样武器的创伤，生同样的病，同样方法可以治疗，同样地觉得冬冷夏热，和基督徒完全一样的吗？你若刺我们一下，我们能不流血吗？你若搔着我们的痒处，我们能不笑吗？你若毒害我们，我们能不死吗？你若欺负我们，我们能不报仇吗？我们若在别的地方都和你们相同，那么在这一点上我们也是和你们一样。如其一个犹太人欺负了一个基督徒，他将怎样忍受？报仇。如其一个基督徒欺负了一个犹太人，按照基督徒的榜样他将怎样忍受？哼，也是报仇。你们教给我的坏，我就要实行，我若不变本加厉地处置你们，那才是怪哩。

一仆人上。

仆人　　　　二位先生，我的主人安图尼欧在家里，请二位前去有话说。

撒拉利诺　　我们正到处寻他呢。

条巴尔上。

萨拉尼欧　　又来了一个这一类的人。要配一个第三个，是很难的，除非恶魔自己变成犹太人。〔萨拉尼欧，撒拉利诺及仆人下〕

夏洛克　　　怎样，条巴尔！真诺阿有什么消息？你找到我的女儿没有？

条巴尔　　　我到些地方，常常听到她的踪迹，但是找不到她。

夏洛克　　　唉，罢，罢，罢！一颗钻石丢了，我在佛兰克府花了两千元才到手的，犹太人到今天才算是遭殃，我从没有感觉像如今这样倒霉。那就是两千元了，还有别的值钱的，值钱的珠宝哩。我宁愿我的女儿死在我的面前，耳上戴着珠宝！愿我的女儿在我面前入殓，金钱在棺材里！一点消息也没有吗？唉，好吧，这次找她，我不知花了多少钱，你呀——损失之外又有损失！贼拐走了这么多，又花了这么多去寻贼，还没能偿愿，没有能报仇，世间没有厄运不是落在我的肩上的。只有我合该叹气，只有我合该流泪。

条巴尔　　　是的，不过别人也有别人的厄运。安图尼欧，我在真诺阿听人说起——

夏洛克　　　什么，什么？遭了厄运吗？遭了厄运吗？

条巴尔　　——有一只大商船从垂波里斯来在半途上覆灭了。

夏洛克　　我谢谢上帝！我谢谢上帝！可是当真吗？当真吗？

条巴尔　　是从船上逃回来的几个水手和我谈起的。

夏洛克　　我多谢你，好条巴尔。好消息，好消息！哈，哈！在哪里？在真诺阿？

条巴尔　　我又听说，你的女儿在真诺阿一晚上花了八十块钱。

夏洛克　　你简直是戳了我一刀！我永远看不见我的金子了。一下子花八十元！八十元！

条巴尔　　有好几个安图尼欧的债主和我同路到威尼斯来的，他们都说他一定得要破产。

夏洛克　　我很高兴，这回我要挤对他，我要收拾他，我很高兴。

条巴尔　　他们中间有一位，拿出一个戒指给我看，说是你的女儿给他的，换了他的一只猴子。

夏洛克　　她真可恶极了！你简直是叫我受罪，条巴尔。那是我的蓝玉戒指，是我没结婚的时候，黎婀给我的，就是给我一群猴子我也舍不得卖掉。

条巴尔　　但是安图尼欧的确是毁了。

夏洛克　　对，那是一定，那是一定。去，条巴尔，先给我出钱约请一位警吏，要他在半月前准备好。如其他到期不还债，我要他的心。因为，只要把他从威尼斯铲除掉，我便可随意做买卖赚钱了。去，去，条巴尔，在我们的礼拜堂再见我。去，好条巴尔，在礼拜堂，条巴尔。〔同下〕

第二景：波西亚家中一室

巴珊尼欧、波西亚、格拉西安诺、拿利萨及侍从等上。

波西亚 我请你，慢一些，停一两天再来冒险。因为，你一选错，便不能再陪我，所以再等些时吧。我心中好像有点什么，可不是爱，使我舍不得丢开你。你自己也明白，若是恨，绝不会这样使我依依。若不是怕你误会我——一个小姐只好心里想，怎好口里说——我真愿留你住上一两个月，再让你为了我而去一试。我原可以指点你怎样去选，可是我便违了我自己的誓言，那是我绝不肯的，故此你也许选不中我。如其你真没能选中，你可要使我心中起一个罪恶的念头，愿当初还是背誓的好。你的眼睛真可恶，竟迷惑了我，把我分成了两半：一半是你的了，还有一半也是你的。不，我的意思是说我自己的。不过如其是我的，那么也就是你的了，所以整个都是你的了。啊！这残忍的世界竟在主人和他们的权利之间横加阻碍，所以，我虽属于你了，还不能即是你的。如其我终于不能成为你的人，那是命运造孽，不要怪我。我说得太久了，不过只是为了耽搁时间，把时间拉长，使你不得去选。

巴珊尼欧 让我选吧，照我现在这样，实在是受罪。

波西亚 受罪，巴珊尼欧！那么你快招供你的爱情里掺了什么罪状？

巴珊尼欧	没有什么，除非是犯了一点疑心罪，使我不知究竟 能否安享我的爱人。雪与火之间若有融洽的时候， 疑心与我的爱情也就同时可以并存了。
波西亚	是的，但是我怕你说的话全是上了刑具之后被迫不 得不说的。
巴珊尼欧	饶我的死罪，我就实说。
波西亚	好，从实供，我饶你。
巴珊尼欧	"从实供""我爱你"，这就是我的招供。啊好一顿舒 服的刑罚，上刑罚的人竟指点给我怎样才可免刑的 答案了！可是引我去选择箱子吧。
波西亚	那么就去吧！我是锁在这里面的一个箱子里，你若 真爱我，你必可找到我。拿利萨和别的人，都站 开。他选择的时候，奏起乐来。假如他失败，就像 临死哀鸣的天鹅一般，在音乐声中消逝。为使这比 喻格外地恰当，我的眼睛就算是一条河，也就是他 的葬身的水床。他也许胜利呢，那么音乐算是做什 么的？就算是忠实臣民拜见新加冕的皇帝时的礼乐， 也就像是破晓时钻进新郎耳朵催他结婚去的一片喜 乐了。现在他去了，看他的样子，和当初赫鸠里斯 把哭喊的脱爱国王所献给海怪的处女夺回来的时候 是一般镇静[2]，但是还有更多的热情。我现在就是 那牺牲品，四围的就算是脱爱的妇人们，哭丧着脸， 来看这件事的结果。去，赫鸠里斯！你若是得活， 我也活了。 我来观战，但是心中的苦恼，

比参战的你不知要厉害多少。〔巴珊尼欧独自品评各
箱时，歌声起〕

告诉我爱情生自何方，

是在心里，是在头上？

怎样地生，怎样地长？

你说，你说。

爱情是诞生在眼睛里，

靠了凝视才得长大的，

结果还是死在摇篮里。

我们来给爱情敲丧钟：

我先敲——叮，当，咚。

〔合唱〕叮，当，咚。

巴珊尼欧　　所以，外表和内容也许是最不一致的。世人常常是
受装饰的蒙骗，在法律上，有什么腐败龌龊的案情，
经过一番花言巧语的配制，还不能把罪恶遮掩起
来？在宗教里，什么邪说异端，没有满脸虔敬的牧
师来祝福，引用圣经的字句强作证明，以美的装饰
来隐藏他的罪恶？天下没有那样笨的坏人，至于不
在外表上装出美德的样子。多少懦夫，他们的心像
沙土堆的梯阶一般脆弱，然而嘴下还留着赫鸠里斯
和皱眉的战神马尔斯的那样的胡须，剖开内部一看，
肝脏白得像奶。这种人只是摆出勇敢的神气，令人
望而生畏罢了！看看那美容的装饰品，那是称斤论
两买来的，但是有点奇怪，装饰品越多，越足以使
人变得轻薄。那迎风招展弯曲如蛇的黄金头发，戴

在那似乎是美人的头上，好像是很美了，其实那头发是属于另外一个早已在坟里的髑髅。所以装饰不过是危险的海面上的礁石，印度美人遮面的美丽的围巾。简单说，就是这狡猾的世界为了欺骗聪明人而装出来的一派假真实。所以，你这华丽的金子呀，你是迈达斯的硬块食物 [3]，我不要你；我也不要你，你这惨白色的人间公用的贱奴：但是你，你这朴素的铅，令人看了怪怕的，不讨人欢喜，你的质朴却比什么花言巧语还能感动我，我就选这个了，但愿一举成功！

波西亚　　〔旁白〕

犹豫的心情，太快的失意，

战栗的恐怖，绿眼的猜忌，

这一切闲情都已烟消云散。

啊爱情！且慢，镇定你的狂欢，

节制你的喜悦，不要过度，

我禁不起你的这样的祝福。

少来点吧，我怕要承受不住！

巴珊尼欧　我能找到什么？〔启视铅箱〕美貌的波西亚的画像！是哪个画家竟能这样地巧夺天工，画得如真人一般？这两只眼是在动吗？还是，映在我的眼珠上了，所以显着它们也在动？一缕香气，吹开了这两片樱唇，这样甜美的嘴唇也只合被这香气隔开。这边？在她的头发里，画家竟做了蜘蛛，织成了一面金丝的网，捕捉男子的心比捕捉蚊虫还要牢。可是她的眼睛——他如何能睁着眼画完这两只眼呢？他画完一只，恐怕就要把他的两眼迷昏了，那一只便画不成了。但是，看，我的赞美不足以形容这幅画像，而这画像又万万赶不上真人。这里有一条字纸，上面写的是我的命运的总评了。

"你选择不凭外表。

机缘还是一样好。

既然鸿运临头，

不可再有他求。

你如心满意足，

认为毕生幸福。

就请转身向情人，

和她一吻缔婚姻。"

真是温柔的词句呀。

小姐，请恕我无礼，〔吻波西亚〕

我是奉命和你交相亲吻的。

我恰似争夺锦标的一员，

自以为胜利即在目前。

只听得满场的彩声，

迷糊糊地瞪着眼睛，

不知那彩声是为谁发的。

小姐，我也同样地站在这里，

不知我看见的是真是假，

除非你来亲自证明一下。

波西亚　　巴珊尼欧，你看我就在此地站着呢，我也不过就是这样的一个人。为了我自己，我并没有野心要做更好的一个人，但是为了你，我愿我是再好六十倍，再加一千倍的美、一万倍的富。在德行、美貌、财产、交游，各方面都充足到不可胜计，为的是好在你的心目中占一个高的地位。但是我的价值的总和实在是等于零，概括地说，我是个没读过书的女子，没受过教育，没有过经验。幸而是她的年纪不大，还可以学习。更幸而是她生来不很笨，还能够学习。最幸的是她把她的温柔的性格交给你了，受你熏陶指导，你是她的主人、她的长官、她的君王。我自己和我所有的一切现在都变成你的了。方才我还是这所大厦的主人、仆从的东家、我自身的主宰;现在，就是现在，这所房、这些仆从，还有我自己，全是你的了。我在奉献这一切的时候，把戒指给你。你若是有一天和这戒指分离，或是遗失，或是送了人，那便是你的爱情破裂的朕兆，我便要借那机会申斥你了。

巴珊尼欧　小姐，你使得我说不出一句话，只有热血在我的血管里奔腾着和你对话。我的五官都昏乱了，恰似当一位受人爱戴的君王才说完一篇动人的演辞，那时候在欢腾的民众中间发生的一阵骚动。群情兴奋，混成一片，除了欢乐之外，变成茫无知觉的了，一阵阵的欢声雷动，却又分辨不出是什么声音。不过这戒指若从这手指分离，我的性命也就丧了。啊!那时候可以大胆说我巴珊尼欧是死了。

拿利萨	先生，小姐，我们站在一旁看着我们的愿望实现，现在可该说一声恭喜了。恭喜，先生，小姐。
格拉西安诺	巴珊尼欧先生和这位小姐，我愿你们享有你们所能愿望的一切快乐。我准知道你们绝不会愿意夺取我的快乐[4]，你们要举行隆重的婚礼的时候，我请你们，也叫我结了婚吧。
巴珊尼欧	我很愿意，只要你能得到一个妻。
格拉西安诺	我多谢你，你已经给我一个了。我的眼睛是和你的一样快。你看见了小姐，我看见了伴娘。你爱了，我也爱了，因为我是和你同样地没有迟疑[5]，你的命运是靠了那几只箱子，结果我的命运也是。因为我来求婚，直求得我汗流浃背、海誓山盟，说得口燥舌干。最后，如果允诺是可靠的，我是得到了这一位女郎的允诺了。她说如果你能得到小姐，我也可得到她的爱。
波西亚	这是真的吗，拿利萨？
拿利萨	小姐，是真的，假如你认为满意。
巴珊尼欧	格拉西安诺，你是诚意的吗？
格拉西安诺	是诚意的。
巴珊尼欧	我们的喜筵，再加上你们的婚礼，是格外觉得光宠了。
格拉西安诺	我们就和她们行起事来，谁先生出一个男孩，谁赢一千块钱。
拿利萨	什么！还下赌注吗？
格拉西安诺	不，若把下面堵住[6]，我们永远不用赢了。是谁来

了？洛兰邹和他的新娘子？怎么，还有我的威尼斯的老友萨拉尼欧？

洛兰邹、杰西卡与萨拉尼欧上。

巴珊尼欧	洛兰邹、萨拉尼欧，我欢迎你们，如果我才做上主人就有欢迎客人的资格。亲爱的波西亚，请准许我，我要欢迎我的同乡好友。
波西亚	我也欢迎，我诚恳地欢迎他们。
洛兰邹	多谢。我原来没有想来会你，但是在途中遇到萨拉尼欧，他不由我分说，一定要我和他同来。
萨拉尼欧	是我要他来的，不过我有缘故。安图尼欧叫我代他向你致意。〔给巴珊尼欧一封信〕
巴珊尼欧	在打开他的信之前，请你告诉我，我的好朋友可好吗？
萨拉尼欧	没有病，除非是在心里；也没有什么适意，除非是在心里。他的信会告诉你他的情形。
格拉西安诺	拿利萨，去款待那位客人，好好招呼她。你的手，萨拉尼欧。威尼斯有什么新闻？那位大商人安图尼欧可好吗？我想他知道我们成功一定是喜欢的，我们是哲孙[7]，我们获得了羊毛。
萨拉尼欧	我愿你们能把他失掉的羊毛找回来。
波西亚	那张纸上必有什么噩耗，把巴珊尼欧脸上的颜色都给偷走了。必是什么好朋友死了，否则不会使任何稳重的人如此地变色。怎么，越来越坏了吗？我求你，巴珊尼欧，我就是你的半个，不管这封信给你

带来了什么，我一定要分享一半。

巴珊尼欧　　啊亲爱的波西亚！这纸上写下了最悲惨的文字。小姐，我最初向你表示爱情的时候，我曾坦白地告诉你，我所有的财产都在我的血里，我只是一个身家清白的绅士，我说的全是实话。虽然我当时是自承一无所有，可是你将来还会看出我当时是何等夸口。我说我是一无所有，其实该说比一无所有还要坏。因为，我曾向我的一位好朋友借了许多债，又令他向他的仇人借了债，为的是供我花销。这儿有一封信，小姐，这张纸就像是我朋友的身体，每个字像是一个豁口的创伤，淌着鲜血。但是可当真吗？萨拉尼欧？他的几批买卖全毁了吗？怎么没有一批成功吗？垂波里斯、墨西哥、英格兰、李斯奔、巴巴里、印度，几处生意全毁了？没有一只船逃脱了那陷害商人的暗礁？

萨拉尼欧　　没有一只，先生。并且，很显然，即使他有现款偿付那犹太人，他也不会接受的了。我从没有见过这样的人，具有人形，而如此凶残，蓄意要害人。他成天到晚地追求着公爵，声言如果不予以合法的解决，那便是否认了国法的存在。有二十位商家，公爵自己，还有许多有地位的巨公，都出面劝他。没有人能劝动他撤销他的险恶的请求，他坚持着要履行借约。

杰西卡　　我在家里的时候，我听见他向他的族人条巴尔和朱斯赌咒说，他宁可要安图尼欧的一块肉，也不要二十倍的欠款。我想法律政府和当局若是不能干涉他，可怜的安图尼欧怕是要吃亏的了。

波西亚　遭这样不幸的是你的好朋友吗？

巴珊尼欧　我最好的朋友，最和善的一个人，心肠最好，最有礼貌，讲到古罗马的轩昂的气度，全意大利任何人都比不过他。

波西亚　他欠犹太人多少钱？

巴珊尼欧　为了给我做保证人，欠下了三千块钱。

波西亚　什么，这一点钱吗？给他六千，把借据销毁。六千再加倍，加三倍，也别使得这样的好朋友为了巴珊尼欧的缘故而损失一根毫毛。先和我到礼拜堂，叫我一声妻，随后再到威尼斯去找你的朋友，你不可心神不定睡在波西亚的身旁。我给你够二十倍这笔小债的钱，还清之后，把你的朋友也带来。拿利萨和我，暂时度着处女和寡妇的生活。

来，我们就去把礼成！

今日吉期你就要启行。

诸位来宾要殷勤地招待，

重价得到你，我格外爱。

让我听听你朋友的信里说些什么。

巴珊尼欧　"亲爱的巴珊尼欧，我的船全失事了，我的债主逼得很凶，我的情形很坏，我写给犹太人的借据是过期了。若按契约偿付，我是无论如何不能活的了，我若能在死前见你一面，你我之间一切债务就算一笔勾销。但是，你酌量吧，如果你的爱人不劝你来，不要为了我的信就来。"

波西亚　　　啊爱人，快把事情安排完，就走吧！

巴珊尼欧　　你既准我前去，

我必力求急速，

决不误时贪睡，

决不偷闲延误。〔众下〕

第三景：威尼斯。一街道

夏洛克、撒拉利诺、安图尼欧及狱卒上。

夏洛克　　　牢头，看好他。不用说慈悲的话，放账不取利的就
　　　　　　是这个傻子。牢头，看好他。

安图尼欧　　你听我说，好夏洛克。

夏洛克　　　我要履行借约，你不能否认借约，我已发誓必要履
　　　　　　行。你曾无缘无故地喊我作狗，我既是狗，你当心
　　　　　　我的牙吧，公爵一定要给我秉公办理的。我真诧异，
　　　　　　你这个糊涂的牢头，怎么这样蠢，竟顺着他的请求
　　　　　　把他带了出来。

安图尼欧　　我请你，听我说。

夏洛克　　　我只知道借约，我不听你说话，我要按照借约办，
　　　　　　所以不必多说了。我不能变成一个软心肠的泪眼模

糊的傻子，以至于摇头太息，因怜悯而听从了基督
徒的调停。别跟着，我不愿多说，我只认得借约。
〔下〕

撒拉利诺　这真是人世间最冷酷的狗。

安图尼欧　不用理他，我再也不追着他作无益的请求了。他是
要我的命，他的用心我很明白。有时候他逼人还债，
情急向我求救，我常帮助他们，故此他恨我。

撒拉利诺　我敢说公爵一定不会承认这押款的条件为有效。

安图尼欧　公爵不能否认法律的规定，因为外国人在威尼斯和
我们同享的权利，设若一被否认，那就证实国家没
有公道了，而国家的商业的利益又是靠了和各国通
商的。所以，走吧，这些损失悲哀已经害得我瘠瘦，
我明天恐怕很难得再割一块肉喂我的狠心的债主了。
牢头，走吧。我求上帝，让巴珊尼欧来看我替他还
债，我便毫无遗憾了！〔同下〕

第四景：贝尔蒙。波西亚家中一室

波西亚、拿利萨、洛兰邹、杰西卡与鲍尔萨泽上。

洛兰邹　　夫人，我虽然当着你的面说，你实在是真能了解那
神圣的友谊，如此安然地忍受着新婚的郎君的远离，

格外表示你的了解之深刻。不过你若知道你这一番敬意是给了谁，你所解救的是什么样的一位君子，又是你的夫君之何等的好友，你一定会有格外的满足，超过普通的慷慨善举所能给你的喜悦哩。

波西亚　做好事我从不后悔，现在自然也不。在一起谈笑消遣的朋友们，彼此的心灵被一股相互的爱给系在一处，那么在仪表上、在态度上、在性格上，一定也会有相当的仿佛。所以我想这一位安图尼欧，既是我的丈夫的好友，一定也像我的丈夫。如其真是这样，那么，我把一个类似我的心肝的人从残暴中解救出来，我所付代价还嫌太小哩！这些话太近于自己称赞自己了，所以，别再说了，听我说别的吧。洛兰邹，在我的丈夫回来之前，我把家里的事都交你管理。我自己呢，我曾私下起誓要在祈祷静修中度日，只要拿利萨陪伴我，等到她的丈夫和我的丈夫回来时为止。二里外有一座修道院，我们就住在那边。愿你不要推托，这是我为了爱和需要不能不勉强你帮忙。

洛兰邹　夫人，我很情愿。凡有所嘱，无不遵命。

波西亚　我的家人们已经知道我的意思，会把你和杰西卡如同巴珊尼欧和我一般看待，那么就再会吧。

洛兰邹　愿你有如意的心情和快乐的辰光！

杰西卡　愿夫人称心适意。

波西亚　多谢你们好意，我也同样祝贺你们。再会了，杰西卡。〔杰西卡与洛兰邹同下〕

　　　　鲍尔萨泽，我一向觉得你诚实，以后也要这样。拿
　　　　这一封信去，要尽你的全力，速速到帕丘阿去，把
　　　　这封信交给我的表兄贝拉利欧博士。并且要注意，
　　　　他交给你什么信件衣服之类，你就接过来以最快的
　　　　速度送到那通威尼斯的渡口。不用多话，赶快走，
　　　　我先到那里等着你。

鲍尔萨泽　夫人，我就赶快走。〔下〕

波西亚　　来，拿利萨，我要做一件事，你还不知道哩。我们
　　　　的丈夫还没有想到我们，我们就先要看见他们了。

拿利萨　　他们会看见我们吗?

波西亚　　会的，拿利萨，但是我们要穿一种特别的衣服，让
　　　　他们觉得我们也是有本领的。我敢和你赌任何东西，
　　　　我们两个若穿起男人衣服，我会比你更神气，佩起
　　　　剑来要比你威武。说话时用才成年的男孩子的尖锐
　　　　声音，以两小步改成男人的一大步，像夸口的少年
　　　　一般谈论着比武打架的事。并且说些巧妙的谎话，
　　　　体面的女郎如何地爱我，而我不爱她们，使得她们
　　　　由病而死，我没有法子呀。可是我后悔了，很愿意
　　　　我没有害死她们才好。这样的小谎我会造出一二十
　　　　套，人家会以为我离开学校不过一年多。这样淘气
　　　　孩子的顽皮把戏，我心里有的是，我都要做出来。

拿利萨　　怎么，我们要变成男人吗?

波西亚　　咳，这是什么话，要有人听见误会，可不得了! 来，
　　　　车子在花园门口等着呢，上车之后我把整个计划告
　　　　诉你。

所以我们就赶快去，

今天得要走二十里。〔同下〕

第五景：贝尔蒙。花园里

朗西洛特与杰西卡上。

朗西洛特　是，真的。因为，你要当心，父亲的罪恶是要在儿女身上报应的，所以我老实告诉你说我很替你担忧。我一向对你是有话直说，所以现在我见到这事就不能不说，所以你要尽管放心。因为，真是的，我想你是命中注定要受罪的了。不过还有一线希望，可以于你有点好处，可是那也不是正当的希望。

杰西卡　请问那是什么希望？

朗西洛特　唉，你可以希望你不是你父亲养的，不是犹太人的女儿。

杰西卡　这可真是不正当的希望了，那样一来，我的母亲的罪恶又要报应在我身上了。

朗西洛特　那么我真恐怕你从父母两方面都要受罪的了，好像是我躲开了西拉，你的父亲，又触上了卡利伯底斯[8]你的母亲。好，两方面都是要受罪的了。

杰西卡　我的丈夫可以救我，他已经使我变成基督徒了。

朗西洛特　　这使得他罪孽格外重了，我们基督徒已经够多的了，再就要住不下了。现在又把你变成了基督徒，猪肉会要涨价。我们若是都吃猪肉，不久我们无论出多少钱也买不起一片腌猪肉了。

杰西卡　　朗西洛特，我要把你说的话告诉我的丈夫，他来了。

　　　　洛兰邹上。

洛兰邹　　我将要嫉妒你了，朗西洛特，如果你这样和我的妻私下谈话。

杰西卡　　不，你不用怕，洛兰邹，朗西洛特和我吵架呢。他直接向我说，上天不怜悯我，因为我是犹太人的女儿。他又说你不是国家的一个好国民，因为，你把犹太人变成基督徒，便提高了猪肉的价钱。

洛兰邹　　我犯国法的地方，总可比你辩护得好一些，你把黑人的肚子给弄大了。那黑人被你弄得怀孕了，朗西洛特。

朗西洛特　　黑人的肚子大了，是大大地不得了。但是如果她不是一个诚实的女人，她可真是大出我的意料。

洛兰邹　　每个傻子都会说俏皮话！我想不久才子都要变成哑口无言，除了鹦鹉之外没有人敢谈话了。进去吧，叫他们快预备吃饭。

朗西洛特　　那是已经预备好了，先生，他们全有好胃口。

洛兰邹　　老天爷，你真会说俏皮话！叫他们预备饭吧。

朗西洛特　　那也预备好了，先生，只消说一声"开饭"就行了。

洛兰邹　　那么你就去开[9]，好吗？

朗西洛特	那可不敢，我知道我自己的地位。
洛兰邹	还和我逗笑！你所有的机智一下子都表现出来好不好？请你明白一个简单人说的简单话：你招呼你的伙伴，叫他们摆上桌、端上菜，我们要进来吃饭了。
朗西洛特	桌子就会端上来，菜就会摆上来，至于你们进来吃饭，那就任随尊便了。〔下〕
洛兰邹	啊分辨得好清楚，他用字多么恰当！这傻子在脑筋里倒装了一大堆的好字眼。我知道有许多傻子，地位比他高，和他一样地好咬文嚼字，为了说一句双关语，不惜破坏了意义。你快活吗，杰西卡？我的好人儿，你说说，你喜欢巴珊尼欧的妻不？
杰西卡	我喜欢得不能说。巴珊尼欧若是生活规矩，那是很应该的，因为，娶了这样贤惠的夫人，他简直是在地上得到了天堂的快乐。如果他不规矩，那么永远进不得天堂了。哼，如其天上有两位神仙赌赛，拿世间的两位美女做赌注，波西亚是其中的一个，那么其他的一个还得额外加上点什么才成，因为这粗陋的世界找不出和她一样美的人。
洛兰邹	她做一个妻，就如同我做你的丈夫一般好。
杰西卡	不，你也得先问问我的意见。
洛兰邹	我就要问，先去吃饭吧。
杰西卡	不，让我胃口好的时候赞美你几句吧。
洛兰邹	不，请作为吃饭时闲谈好了。那么不拘你说什么，我就会随同别的东西一齐给消化了。
杰西卡	好，我就来恭维你。〔同下〕

注 释

[1] 血肉有淫欲之意，故"血肉造反"被误解为"欲念冲动"。

[2] Troy 国王之女 Hesione 将要被牺牲给海怪的时候，赫鸠里斯斩海怪，救女于难。

[3] 迈达斯（Midas），Phrygia 之王，祷神求点金术，神允之，乃触手成金，食物亦成金。王悔。事见奥维德《变形记》第十一卷。

[4] 原文"you can wish none from me"可有两种解释，from 可以解作"given by"或"taken from"。如按前者解释，则大意应是"你们绝不会以接受我的祝贺为满足的，你们自有衷心的喜悦"；如按后者解释，则如本文所译。

[5] 此句未照牛津版译，遵 Theobald 改本译。

[6] 原文 Stake 有二义："赌注"与"打桩"，意涉淫秽。

[7] 见注五。

[8] 西拉（Scylla）、卡利伯底斯（Charybdis）是意大利与西西里之间的两个岩石，内藏怪物，每日三次喷吸海水，致舟于覆。

[9] 原文"cover"有两义，一是"摆桌开饭"，一是戴帽，故下文有"……不敢"云云。

第 四 幕

第一景：威尼斯。法庭

公爵、贵族等上；安图尼欧、巴珊尼欧、格拉西安诺、
撒拉利诺、萨拉尼欧等上。

公爵　　　　喂，安图尼欧在此地吗？

安图尼欧　　在这里听候呢。

公爵　　　　我很为你难过，你今天来是要和一个铁石心肠的对
　　　　　　手来对质的。他是一个毫无人情的东西，没有一点
　　　　　　怜悯的心。

安图尼欧　　我已听说大人很为我费力设法减轻他的凶恶的威胁，
　　　　　　但是他既然坚持，又没有合法的方法能解救我脱逃
　　　　　　他的残酷，我就横起心来承受他的凶暴吧，我准备
　　　　　　平心静气地接受他的无理压迫。

公爵	去个人，传犹太人到庭。
撒拉利诺	他就在门口等着呢，他来了。

夏洛克上。

公爵	让开，让他站在我面前。夏洛克，一般的人都想，我也这样想，你的狠毒的样子已经延长到最后一分钟了。随后你必会大发慈悲，比较你的奇特的残酷还要来得出人意料。并且你现在所要求的惩罚——那不过是这可怜的商人身上的一磅肉——你一定会不仅是放弃，而且激于人类互爱的精神还会豁免他的借款的一部分哩。看他近来背上堆了多少的损失，足够把一个殷实富商给压倒了的，凶顽的土耳其人或鞑靼人虽然从没有过温柔礼貌的训练也会从铁石心肠里怜悯他的境遇。我们都等你给个好的回答，犹太人。
夏洛克	我的意思已经禀告过大人了，我已向天发誓，我要借约上应得的赔偿。如果你不承认，你的城市的特权和自由是都有危险的 [1]。你一定要问我，为什么我宁要一磅臭肉而不要三千块钱，我偏不回答。就说是我的脾气吧，这还不算是回答吗？譬如说，我家里闹老鼠，我就许情愿出一万块钱来把它药死。怎么，你还觉得没得到回答吗？有些人不爱看裂嘴的猪头，有些人看见猫就要狂，还有些人，一听风笛哼唧的声音，就忍不住要小便。因为感触是心情的主宰，能使心情陷入它所喜悦的或厌恶的境况里去。现在，

　　　　　　我回答你吧，为什么有人不能看一只裂嘴的猪头，
　　　　　　为什么有人怕看无害而有益的猫，为什么又有人怕
　　　　　　听笛响，而一定要做出可鄙的样子。只因自家受了
　　　　　　感触而便要招别人讨厌呢，其实是没有什么确实的
　　　　　　理由可说的。所以，我不能说出什么理由，我也不
　　　　　　愿说，我只能说我对安图尼欧有一种坚定不拔的仇
　　　　　　恨，确实的厌恶，所以我这样坚持着要打自己吃亏
　　　　　　的官司，你得到回答了吧？

巴珊尼欧　　这个回答并不能使你的残暴手段得人谅解，你这毫
　　　　　　无心肝的人。

夏洛克　　　我的回答并不一定要讨你欢心。

巴珊尼欧　　不爱的东西就都该置之于死地吗？

夏洛克　　　不要杀死的东西，还有人恨吗？

巴珊尼欧　　愤怒并非起始就成为恨。

夏洛克　　　什么！你可愿毒蛇咬你两次吗？

安图尼欧　　请你不要忘记你是向一个犹太人说话呢，这无异于
　　　　　　站在海岸上令海潮不要涨到平常的高度。这无异于
　　　　　　向一只狼质问，为什么它要使得母羊为小羊而哀
　　　　　　鸣。这无异于禁止山上的松树在天风吹过的时候摇
　　　　　　曳树巅发出声音。这更无异于是做世界上最难的事，
　　　　　　把他那个犹太人的心变软 —— 什么东西比那个更
　　　　　　硬 —— 所以，我请你，不必再试，不必再设法了。
　　　　　　迅速简单地，让我受裁判，让犹太人如愿以偿吧。

巴珊尼欧　　欠你三千元，这里有六千元。

夏洛克　　　如果六千元中每一元又分为六份，每一份即是一元，

	我也不接受，我要按约赔偿。
公爵	你一点也不怜悯人家，怎能希望得到怜悯呢?
夏洛克	我没有做错事，怕什么裁判?你们有许多买来的奴隶，你们用他们做低贱的事，像是驴狗骡子一般，只因为是你们用钱买来的。我可否向你们说，让他们自由吧，让他们和你们的子女通婚吧?何必叫他们负重出汗?把他们的床也弄得像你们的一般软，让他们的舌头也尝同样的肉食?你们会要回答说: "这奴隶是我们的了!"我也照样地回答你们:我现在要他的那一磅肉，是花了重价买来的，是我的了，我非要不可。你若不给我，你们的法律就是混账!威尼斯的法令就是没有威权了。我等候着裁判呢，说吧，我可以得到这磅肉不?
公爵	我有权宣告退庭，不过我已经去请一位有学问的博士贝拉利欧今天来到这里解决这件案子。
撒拉利诺	大人，外面有一名信差在等候着，他才从帕丘阿来，拿着博士的信。
公爵	把信拿来，传信差。
巴珊尼欧	放心吧，安图尼欧!咳，朋友，还有希望哩!让犹太人先取去我的血肉骨头以及一切，也不能让你先为了我而流一滴血。
安图尼欧	我是羊群中的一只得病的阉羊，最该死，最脆弱的果儿最先落地，所以由我死吧。巴珊尼欧，你最好是还活着，给我写一首墓铭。

拿利萨扮律师书记上。

公爵　　　　你是从帕丘阿，是从贝拉利欧那里来的吗?

拿利萨　　　是的，大人。贝拉利欧嘱我多多拜上公爵。〔呈信
　　　　　　一件〕

巴珊尼欧　　你为什么这样热心地磨刀?

夏洛克　　　好割取那破产人的抵偿品。

格拉西安诺　刻薄的犹太人，你不是在鞋底而是在心上 [2] 磨刀呢。
　　　　　　可是任何铁器，就是刽子手的斧头，也没有你的尖
　　　　　　刻的嫉恨一半的锋利。哀求不能打动你的心吗?

夏洛克　　　不能，你千方百计想出来的话都不中用。

格拉西安诺　啊!你该死，狠心的狗!留着你这样的人活着，是
　　　　　　无天理。你几乎使得我信仰动摇，要相信皮塔哥拉
　　　　　　斯的主张 [3]。畜类的灵魂混进了人类的躯壳，你的恶
　　　　　　狗般的灵魂原来是寄托在狼身上的，狼因为害了人
　　　　　　而被绞死，于是它的残酷的灵魂从绞架上飞了出来，
　　　　　　那时候你正在凶顽的母狗胎里，可能钻进你的肉体
　　　　　　里去了，因为你的心是狼一般地狠毒、凶残、贪食。

夏洛克　　　除非你能把借约上的字给骂掉了，你这样大叫只是
　　　　　　伤你的肺罢了。修补你的机智吧，好孩子，否则要
　　　　　　弄到不可救药的地步。我是来等候法律裁判的。

公爵　　　　贝拉利欧这封信是给我们介绍了一位年轻而有学问
　　　　　　的博士到庭上来，他在哪里呢?

拿利萨　　　他就在附近等着呢，听候你的回话，是否准他进来。

公爵　　　　我很愿意，你们去三四人迎接他到这里。同时，把

贝拉利欧的信可以宣读一遍。

律师书记 "公爵左右：接奉大札，适在病中。幸贵介来时，有罗马青年博士名鲍尔萨泽者，亦来舍间探视。仆遂将犹太人与商人安图尼欧一案之始末缘由悉举以告，因共翻阅法典详加研讨。仆之意见，彼已洞悉。益以彼之学问，精湛渊博，非仆所能罄述，故经仆敦促，已允代趋左右，转达鄙怀。敬祈左右勿以其年少而礼貌有疏，因如此少年老成之人，实仆所仅见。专此绍介，即希延纳，如蒙垂顾，当知此人之才非仆所能过誉者也。"

公爵 博学的贝拉利欧写来的信，你们都听见了。我想，来的这人必是那位博士了。

波西亚着法学博士装上。

公爵 把你的手给我。你是从贝拉利欧老先生那里来的吗？
波西亚 是的，大人。
公爵 欢迎得很，就请入座。现在庭上开审的案子，你已经知道了吧？
波西亚 这案子我完全明白了，哪一个是商人，哪一个是犹太人？
公爵 安图尼欧和夏洛克，都站出来。
波西亚 你名叫夏洛克？
夏洛克 夏洛克是我的名姓。
波西亚 你打的这场官司，是很古怪的。但是手续是完全合法的，威尼斯的法律是不能驳斥你的。〔向安图尼欧〕你现在要受他的宰割了，是不是？

安图尼欧　是，他是这样说。

波西亚　　你承认这借约吗？

安图尼欧　我承认。

波西亚　　那么犹太人得慈悲点了。

夏洛克　　为什么我一定得慈悲？你告诉我。

波西亚　　慈悲不是勉强的，它像是甘霖自天而降。它有双重
　　　　　的福佑，它赐福给那施者和受者；它在最有威权的人
　　　　　手里是最有威权的；它比皇冠为更适宜于帝王的身份。
　　　　　他的宝杖是人间威权的象征，这威权即是帝王的尊
　　　　　严的标记，亦即是帝王所以令人敬畏的缘由。而慈
　　　　　悲却在王权之上，它占住国王的心头，它是上帝的
　　　　　象征，以慈悲调剂法律的时候帝王是最近似上帝了。
　　　　　所以，犹太人，你要求的虽然只是公平，但是要想
　　　　　想，如果真要公平，我们死后谁也不能获救。所以
　　　　　我们祈祷慈悲，而这一番祈祷也教训了我们要做慈
　　　　　悲的事。我说这些话，是劝你不要坚持法律解决的
　　　　　要求，但如果你要坚持，这严格守法的威尼斯法庭
　　　　　也只好秉公裁判，惩处那个商人。

夏洛克　　我自做的事，我自承当！我要法律解决，我要按照
　　　　　借约赔偿。

波西亚　　他不能还这笔债吗？

巴珊尼欧　能，我可以当庭还他，对了，加倍地还。若还不够，
　　　　　情愿再加十倍，如果不能履行，甘愿牺牲我的手、
　　　　　我的头、我的心做抵偿。若还不够，那显然是仇恨

压倒公理了。我请求你，把法律变通一次。犯一次小过，做一件大的好事，莫叫这凶魔如愿以偿。

波西亚　这是绝不可以的。威尼斯没人有权推翻一条定律，这事记载起来就要成为先例，以后援引起来将有无数错误，这是万不可行的。

夏洛克　一位丹尼尔来裁判了[4]！是的，简直是丹尼尔再世！啊，聪明年轻的法官，我将怎样地赞美你！

波西亚　请你让我看看借约。

夏洛克　就在这里，可敬爱的博士，就在这里。

波西亚　夏洛克，人家答应给你三倍的钱了。

夏洛克　赌过咒了，赌过咒了，我已向天赌过咒了。我可以使我的灵魂担负背誓的罪吗？不，把威尼斯给我我也不肯。

波西亚　唉，是要照借约赔偿的，很合法的，这犹太人可以在这商人心边最近处亲自割取一磅肉。慈悲吧，拿三倍的钱去，让我把这借约撕毁了吧。

夏洛克　照约赔偿之后我可以让你撕。看来你似乎是一位清明的判官，你懂得法律，你的解释也最健全。你既是法律的柱石，我现在就以法律的名义来命令你，赶快判决。我可以发誓，人的舌头是不能改变我的主意，我等着履行借约。

安图尼欧　我诚心地悬求庭上判决吧。

波西亚　那么，就这样判决了，你得预备好你的胸口让他动刀。

夏洛克　啊高贵的判官！啊最好的青年！

波西亚	因为，法律的原意是完全准许处罚的，而本案应如何处罚是又明明载在借约上的。
夏洛克	说得很对！啊聪明正直的判官！你是比你的外貌老到多了！
波西亚	所以你袒露你的胸口吧。
夏洛克	对，"他的胸口"，借约上是这样写的，是不是，高贵的判官？"在他心头最近处"，正是这么写的。
波西亚	诚然是，可有秤来称肉吗？
夏洛克	我预备下了。
波西亚	夏洛克，你出钱去请一位医生来止住他的伤口，否则他要流血而死。
夏洛克	借约上是这样写明的吗？
波西亚	没有这样写明，但是这有什么关系呢？你为了怜恤他而这样做，也是好的。
夏洛克	我找不到，借约上没有这一点。
波西亚	商人，你有什么话说吗？
安图尼欧	只有一点，我已经准备好了。把手给我，巴珊尼欧，永诀了！不要因为我为你落到这地步而悲伤，因为这一次命运之神已经比较她平常的行为宽大多了。她的习惯永远是让人把财产荡尽而还苟延残喘，皱着额皮凹着眼睛，领略老年穷苦的滋味，如今她总算给我斩断了这缠绵的苦痛。请替我问候你的夫人，告诉她安图尼欧死的经过，告诉她我是如何爱你，待我死后为我说几句好话。这一段事讲完之后，让她评判一下，巴珊尼欧有过知心的朋友没有。只消

為了損失你的朋友而悲傷，你的朋友便毫不懊悔地為你償債。因為只消犹太人割得夠深，我便情甘意願地一下子替你償清。

巴珊尼歐　安圖尼歐，我娶了一個妻，我愛她如命。但是我的命，我的妻，再加上全世界，我覺得不及你的性命之可貴。我願損失一切，犧牲一切給這惡魔，來救你。

波西亞　你的妻若是在旁邊聽見你說這話，怕不見得感激你吧。

格拉西安諾　我有一個妻，我敢說我是很愛的。我寧願她是升天了，好禱求天神改變這惡狗似的犹太人的心腸。

拿利薩　你在她背後說還不打緊，否則你這條心願會使得你家裡天翻地覆。

夏洛克　基督徒的丈夫就是這樣！我有一個女兒，我願她嫁給巴拉巴[5]的後裔中任何男子，也比嫁給基督徒好些！我們是白費時間，我請你，快判決吧。

波西亞　這商人的一磅肉是你的了，法庭判給你了，法律准許給的。

夏洛克　最公正的法官！

波西亞　你一定要從他的胸上割，法律准許你，法庭也是這樣判給你的。

夏洛克　最博學的法官！判決了！來，準備吧！

波西亞　慢一點，還有話說。這借約上沒有說給你一滴血，寫得明明白白的是"一磅肉"，履行你的借約。拿一磅肉去吧，但是割的時候，你若是灑出一滴基督徒

	的血，按照威尼斯的法律，你的地产财物是要被威尼斯政府没收充公的。
格拉西安诺	啊正直的法官！你听着，犹太人，啊博学的法官！
夏洛克	这是合法的吗？
波西亚	你自己可以看看条文，因为你既然坚持要法律上的公平，你一定要得到公平的，比你所希冀的还要多些。
格拉西安诺	啊博学的法官！你听着，犹太人，博学的法官！
夏洛克	那么我还是接受这个提议吧，给三倍的钱，放这基督徒走好了。
巴珊尼欧	钱就在这里。
波西亚	且慢！犹太人要得到完全的法律上的公平，且慢，不要忙——除了借约上的抵偿品以外，他什么也不能得到。
格拉西安诺	啊犹太人，一位公正的法官，一位博学的法官！
波西亚	所以你准备割肉吧。别流出一滴血，也别少割，也别多割，要正正的一磅肉。如果多割了，或少割了，而不是正正一磅，轻重之间纵然只差一厘或是一毫，在秤上有一根毛重的不平，你便要受死刑，你的财产便要充公。
格拉西安诺	第二个丹尼尔，简直是丹尼尔，犹太人！哈，你这个不信教的，我这回可捉住你了。
波西亚	犹太人为什么停手了？取你的抵偿品呀。
夏洛克	给我本钱，放我走吧。
巴珊尼欧	我给你预备好了，在这里。

波西亚	他在庭上公开地拒绝过了，他只能得到法律的公平处分，履行借约。
格拉西安诺	是一位丹尼尔，我还要说，第二个丹尼尔！你教我这个名称，我谢谢你，犹太人。
夏洛克	我连本钱都得不到了吗？
波西亚	你除了冒险才能取得的抵偿以外，什么也得不到，犹太人。
夏洛克	哼，让恶魔给他便宜占吧！我不再在这里废话了。
波西亚	且住，犹太人，法律对你还另有处置。根据威尼斯的法律明文：假如一个外国人被证明是用直接或间接的方法谋害任何公民，被害者得没收其财产之半，另一半由官府充公入库，犯人的性命听由公爵处分，他人不得过问。我说，你现在就是站在这个地位上了，因为在事实方面你显然是间接地并且也是直接地谋害被告的性命，所以你触犯了我方才所说的危险。所以快跪下，请公爵饶恕吧。
格拉西安诺	求公爵准你自己上吊吧，不过你的财产既已充公，你买绳子的钱也没有了，所以你上吊还得由国家出钱。
公爵	为的让你看看我们的精神的不同，我不等你求情就饶你一命，你的财产的一半是安图尼欧的了。还有一半充公，你若是恭顺，也可改减为罚款。
波西亚	是的，这是说充公的那一部分，不是安图尼欧那一部分。
夏洛克	不，把我的性命和一切都拿去吧，不必饶恕我。你把支持我的房屋的栋梁拿走，你即是拿走了我的房

屋。你拿走我的生计，你即是要我的命。

波西亚　　安图尼欧，你给他点什么宽恕？

格拉西安诺　奉赠上吊绳子一根，为了上帝的缘故，再不能给
　　　　　　别的。

安图尼欧　　如其公爵和庭上愿意把那代替半数财产的罚款也一
　　　　　　齐宽免，我也很满意的。可是其他一半财产得由我
　　　　　　保管，等到他死的时候，我交给那位偷了他的女儿
　　　　　　的先生。还有两个条件，为报答这恩惠，他得立刻
　　　　　　变成基督徒。还有一条，他得当庭立下字据，死后
　　　　　　把财产完全赠给他的女婿洛兰邹和他的女儿。

公爵　　　　他得这样做，否则我撤销方才宣布的饶赦。

波西亚　　你满意不，犹太人？你有什么说的？

夏洛克　　我满意。

波西亚　　书记官，起草一张赠产的字据。

夏洛克　　我请你准我走吧！我身上不好过。字据随后送来，
　　　　　　我必签字。

公爵　　　　你走吧，可是要签字。

格拉西安诺　受洗的时候，你要有两位教父。我若是法官，你还
　　　　　　得再有十位 [6] 送你上绞台，不送你去受洗。〔夏洛
　　　　　　克下〕

公爵　　　　先生，我请你同我回家用饭。

波西亚　　我要敬请大人原谅，我今晚就要到帕丘阿，所以现
　　　　　　在就得动身。

公爵　　　　我很抱憾你不得空闲。安图尼欧，你要报酬这位先
　　　　　　生，我觉得你应该很感激他。〔公爵、贵族及侍从

〔等下〕

巴珊尼欧　最尊贵的先生，我和我的朋友，今天靠了你的聪明，幸免于死。这本该偿还给犹太人的三千元，敬赠先生，作为你的辛苦的酬劳。

安图尼欧　并且感激不尽，永戴大德。

波西亚　满意即是报酬，我救了你，我是满意了，所以我自以为已得到报酬，我从没有希冀过更大的报酬。我们下次见面的时候，我盼望你们还认识我。我祝你们好，告辞了。

巴珊尼欧　亲爱的先生，我不能不再恳求你，请拿我们一点什么纪念品吧，算是薄礼，不算是报酬。请你答应我两件事，不要拒绝我的恳求，还要原谅我的恳求。

波西亚　你逼得太厉害，我只得依你。〔向安图尼欧〕把你的手套给我吧，我为纪念你而戴着它。〔向巴珊尼欧〕为了你的厚爱，我拿去你的这一只戒指。别缩回手去，我不要了。不过你既有这一番盛意，不会拒绝我的。

巴珊尼欧　这只戒指，先生？哎呀，这不值什么，把这个给你，未免太寒碜了。

波西亚　除了这个别的我都不要，现在我很想要它。

巴珊尼欧　这戒指不值多少钱，可是关系重大。我情愿广告征求威尼斯的最值钱的戒指送你，唯独这一只，要请你原谅。

波西亚　我知道了，先生，你在口头上很慷慨。你先教我求人，现在又教我如何被拒。

巴珊尼欧　　好先生，这戒指是我的妻给我的。她给我戴上的时候，她令我发誓永不卖掉，送掉，或是丢掉它。

波西亚　　　这种推托可以使很多人省掉送礼。你的夫人如果不是疯子，如果知道我配要这只戒指，她决不会因为你给了我而永久结下冤仇。好吧，祝你们平安！〔波西亚与拿利萨下〕

安图尼欧　　巴珊尼欧，给他那只戒指吧，他的功劳和我的交情就算是重于你的夫人的命令吧。

巴珊尼欧　　格拉西安诺，你去，跑着追上他，把这戒指给他，并且尽力请他到安图尼欧家里去。去！赶快。〔格拉西安诺下〕来，我们也就去，明天清早我们到贝尔蒙去。来，安图尼欧。〔同下〕

第二景：威尼斯。街道

波西亚与拿利萨上。

波西亚　　　打听犹太人住的地方，把这字据给他，让他签字。我们今晚就走，比我们的丈夫早到家一天。这张字据，洛兰邹一定很欢迎。

格拉西安诺上。

格拉西安诺　　先生，好容易追上你了。巴珊尼欧先生又加过考虑，
　　　　　　　派我给你送来这只戒指，并且请你去吃晚饭。

波西亚　　　　吃饭是不必了，戒指敬领谢谢，就请这样转达吧。还
　　　　　　　有一件事，请你指点这年轻人，老夏洛克住在哪里。

格拉西安诺　　可以的。

拿利萨　　　　先生，我要和你说句话。〔向波西亚旁白〕我也试试
　　　　　　　看能不能得到我丈夫的戒指，我也曾令他发誓永远
　　　　　　　保持着的。

波西亚　　　　你可以得到，我担保。我们可以大骂他们，就说他
　　　　　　　们把戒指送了人，我们要羞辱他们，还要骂倒他们。
　　　　　　　去！赶快，你知道我在什么地方等着。

拿利萨　　　　来，好先生，你可以领我到他家去吗？〔同下〕

注释

[1] 意谓威尼斯如不秉公处理，将丧失其独立自由的城市的地位及司法之特权。

[2] 原文"鞋底"（sole）和"心"（soul）同音。

[3] Pythagorus 创灵魂轮回说，人死下世可以为兽，兽死下世亦可以为人。

[4] Daniel 系《圣经》中之以色列的清明的法官，善决疑狱。

[5] 巴拉巴（Barrabas）即让出十字架给耶稣的那个强盗。

[6] 法庭的陪审员（在英国）例需十二人。

第 五 幕

第一景：贝尔蒙。波西亚家门前大路

洛兰邹与杰西卡上。

洛兰邹　　月亮照得很亮，在这样的夜晚，和风轻轻地吻着树，
　　　　　悄悄地没有声响。我想大概就是在这样的夜晚，脱
　　　　　爱勒斯爬上了脱爱的城墙，对着克莱西达那夜停眠
　　　　　的希腊营幕深深地叹气 [1]。

杰西卡　　就是在这样的夜晚，提斯璧心惊胆战地踏着霜露，
　　　　　看见了狮子的影子，张皇地逃走 [2]。

洛兰邹　　就是在这样的夜晚，戴都摇着柳枝站在茫茫大海的
　　　　　岸上招她的情人回到卡太基来 [3]。

杰西卡　　就是在这样的夜晚，米第阿采集回春的仙草，使得
　　　　　伊孙返老还童 [4]。

洛兰邹　　　就是在这样的夜晚，杰西卡从犹太人富人家里偷逃，和一个没出息的情人逃出了威尼斯，逃到贝尔蒙。

杰西卡　　　就是在这样的夜晚，年青的洛兰邹发誓表示他的爱，海誓山盟地骗去了她的心——可是没有一句话是真的。

洛兰邹　　　就是在这样的夜晚，美貌的杰西卡像是一个小泼妇，毁谤她的情人，但是他饶恕她。

杰西卡　　　这样背夜晚的典故，我可以战胜你，若是没有人来。但是，听！我听见有脚步声。〔斯蒂番诺上〕

洛兰邹　　　谁在夜静的时候走得这样快？

斯蒂番诺　　一个朋友。

洛兰邹　　　朋友，什么朋友？你叫什么，朋友。

斯蒂番诺　　我叫斯蒂番诺。我来报信，小姐在天亮之前就可以来到贝尔蒙，她遇到有十字架的地方就跪下祈祷新婚的幸福。

洛兰邹　　　谁同她来？

斯蒂番诺　　没有人，只有一位修道士和她的伴娘。我问你，主人回来了没有？

洛兰邹　　　没有，我们也没得到他的消息。杰西卡，我们进去吧，我们预备一点仪式欢迎我们的女主人吧。〔朗西洛特上〕

朗西洛特　　骚啦，骚啦！哗哈，喉！骚啦！骚啦！

洛兰邹　　　是谁叫？

朗西洛特　　骚啦！你看见洛兰邹先生了吗？洛兰邹先生！骚啦！骚啦！

洛兰邹	别叫了，你，在这里。
朗西洛特	骚啦，哪里？哪里？
洛兰邹	这里。
朗西洛特	告诉他我们主人派了信差来，带来许多好消息，主人在天亮前就要来到。〔下〕
洛兰邹	亲爱的，我们进去等候他们吧。不过也没有关系，为什么要进去呢？斯蒂番诺，请你进去宣布一下，就说小姐快要回来了，把乐队带到外面来。〔斯蒂番诺下〕
	看月光睡在花圃上有多么美呀！我们且坐在这里，细聆音乐的声音。寂静的幽夜，是最适宜于谐和的乐声。坐下，杰西卡。看，天空嵌满了金星。你所看见的繁星，即是最小的一颗在行动的时候也是像天使一般地歌唱着，永远是在和目光强健的天使们合唱。我们的不朽的灵魂里面原来也有和谐的乐声，但是我们披上了这泥土做的躯壳，把灵魂关在里面，便什么也听不见了。〔乐队上〕
	来，喂！用一段音乐惊醒戴安娜[5]吧，用最美妙的音乐刺进你们女主人的耳鼓，引她回家来吧。〔乐声起〕
杰西卡	我听美妙的音乐的时候，我总是反觉得凄凉。
洛兰邹	那是因为你的精神太贯注了，你只要看一群野兽，或是一群不羁的小驹，狂跑乱跳，高声地嘶鸣，这原是它们血性刚强的缘故。可是它们若要听见喇叭的声响，或是任何的乐声，你就会看见它们一齐停

住，它们的凶蛮的眼睛受乐声的感动变为温和的凝视。所以诗人传说奥菲阿斯[6]能引动树石海水，因为世上没有什么顽梗凶暴的东西是音乐所不能当时改变性情的。内心没有音乐的人，他若再不受美妙音乐的感动，这人最宜于做卖国、阴谋、掠夺的事。他的心情的动作必如夜一般地黑暗，他的感情必如地狱一般地幽郁，这样的人是不可靠的。听音乐。

〔波西亚与拿利萨遥上〕

波西亚　我们看见的亮光正是我的厅中的灯火，小小的蜡烛射出多遥远的光芒！一件善事在罪恶的世界里也是同样地照耀。

拿利萨　月亮照耀的时候，我们便看不见烛火。

波西亚　所以较大的光荣也能遮掩了较小的，代替国王的人是和国王同样地光彩，除非真的国王出现，那时节他的威严便顿时消逝，犹如内河之注入大海。音乐！听！

拿利萨　夫人，这是你家里的乐声。

波西亚　没有陪衬什么东西也做不到好处，我以为这音乐比在白昼演奏好听得多。

拿利萨　这是因为夜间幽静的缘故了，夫人。

波西亚　乌鸦和百灵鸟唱得一样好听，假如二者都没有环境的陪衬，我想夜莺如果在白昼歌唱，在鹅声嘈杂之中，它也就不见得是比鹪鹩好的音乐家。多少的东西都是靠了适当的环境的搭配，才赢得人们的赞美，才做到优美绝伦的地步！别响了，喂！月亮伴着恩

	地米昂 [7] 睡了，不愿被惊醒！〔乐止〕
洛兰邹	我猜这必是波西亚的声音。
波西亚	他知道我的声音，像瞎子能认识杜鹃的不祥的啼声一般。
洛兰邹	夫人，欢迎你归来。
波西亚	我们是为我们的丈夫祈祷去了，我们希望我们的祈祷能使他们得点好处，他们回来了吗？
洛兰邹	夫人，他们还没有，但是先派来了一名信差，说就要回来。
波西亚	快进去，拿利萨，告诉我的佣人们，别说我们离过家。你也别说，洛兰邹。杰西卡，你也别说。〔喇叭声〕
洛兰邹	你的丈夫来了，我听见他的喇叭响，我们决不多嘴，夫人，你不用担心。
波西亚	我觉得今天夜晚像是有病的白昼，只是稍微暗淡一些。简直是白昼，恰似太阳被遮住的时候的白昼。

巴珊尼欧、安图尼欧、格拉西安诺及仆从等上。

巴珊尼欧	你若是在没有太阳的时候行走 [8]，我们就会和那一半地球上的人同时地享有白昼。
波西亚	让我给你们一点光，可是别像光似的轻浮 [9]。因为轻浮的妻子要使得丈夫负着重担，我决不愿巴珊尼欧为我担心。但是上帝支配一切吧！我欢迎你回家来。
巴珊尼欧	多谢，夫人。欢迎我的朋友，就是这一位，这就是安图尼欧，我所感恩不尽的。

波西亚	你对他是应该感恩不尽，因为我听说他为了你也受祸不浅哩[10]。
安图尼欧	也没有什么不能解脱的祸事。
波西亚	先生，很欢迎你到我们家里来。我们的诚心不是言语所能表示的，所以恕我不多说客套的话了。
格拉西安诺	〔向拿利萨〕我指着那月亮赌咒，你冤枉我了。真的，我给了裁判官的书记。你既然如此心痛，爱人，我真愿拿去的那个人变成阉。
波西亚	咳，吵嘴了，已经！怎么回事？
格拉西安诺	为了一个金圈子，她给我的一个不值钱的戒指，上面刻着和刀上差不多的一句格言，"爱我毋离"。
拿利萨	你说什么格言，说什么价值？我给你的时候，你向我赌过咒，你要戴着它一直到死，死后还要带到坟里去。虽然不为我，为了你的重誓，你也应该想想看，好好保留着。给了裁判官的书记！呸，上帝来裁判吧，那书记从来脸上没有长过胡须。
格拉西安诺	他长成年的时候自然会生胡须的。
拿利萨	对了，若是女人能长成男人的话。
格拉西安诺	唉，我举手发誓，我的确是给了一个年轻人，是个孩子似的，一个矮矮的孩子，不比你高。是裁判官的书记，一个很会说话的孩子，要去作为酬劳，我实在不忍拒绝他。
波西亚	我老实和你说，你把你的妻的第一件礼物如此轻易地放弃，这是你的错。况且这戒指又是在赌咒时套上你的手指，你的诚意已经把戒指钉进肉里去了。

我也曾给我的情人一只戒指，并且也叫他赌咒永不离弃它。他就在此地，我敢起誓，他决不会抛弃掉，他决不会从手指上摘下来，纵然把全世界的财富都送给他。真是的，格拉西安诺，你使得你的妻子太伤心了，若是我我会气疯了。

巴珊尼欧　〔旁白〕哼，我最好是把左手砍下去，就说是为了防护戒指而失掉了手。

格拉西安诺　巴珊尼欧的戒指早让裁判官给要去了，他也是分所应得的。随后那个年轻人，他的书记，笔墨上出过力，所以他就要我的。他们主仆二人什么也不要，只要这两只戒指。

波西亚　你把什么戒指给人了？我希望，不是，不是我给你的那个吧。

巴珊尼欧　如其我能做错事之后再撒谎，我就否认。但是你可以看见我的手指上没有戒指，已经没有了。

波西亚　你的假心假意也正是同样没有一点真实。天啊，除非我看见戒指，我永远不上你的床。

拿利萨　我也不上你的床，除非等我看见我的。

巴珊尼欧　亲爱的波西亚，你若是知道我把戒指给了谁，为了谁才给的，为什么事才给的，给掉的时候我是如何并非甘心情愿，并且他是如何非要戒指不可，那么你就会减杀你的不高兴。

波西亚　你若是知道这只戒指的力量，或是把戒指给你的那个她的一半价值，或是你得到这戒指的光荣，那么你就不会放弃这戒指了。天下哪有那样不讲理的人，假如你稍微热心一点地抵抗，而他还会鲁莽地强要你所认为是神圣的东西？拿利萨说的话使我相信，必是把戒指送给女人了。

巴珊尼欧　不，我以名誉为誓，夫人，我以灵魂为誓，没有给了女人。是一位法学博士，他不要我的三千块钱，而要这戒指，我起初拒绝他了。他不欢而去，可是他就是救我的好朋友性命的恩人。这可怎么说呢，夫人？我不得已把戒指送给他了，我当时是被惭愧和礼貌给窘住了，我的体面上也容不得这样忘恩负义的污点。饶恕我，好夫人，因为，我凭着满天的星斗发誓，假如你在场，我想你一定也会求我把戒指摘下来给那位好博士。

波西亚　别叫那位博士到我家附近来，他既然得去了我心爱的宝贝，并且那宝贝又是你赌咒要为我保存的，那么我也像你一样地慷慨了。他要我的任何东西，我也不拒绝他，就是要我的身体，要我丈夫的床，我也不拒绝他。我会认识他的，我准知道，你可别有一夜不在家睡觉，像阿尔格斯[11]似的看守着我。如其你不，如其剩我独自一个，那么，我以我的尚未失掉的名誉为誓，我必要那位博士陪我睡觉。

拿利萨　我要他的书记陪我睡，你撇下我独自一个的时候，可要当心。

格拉西安诺　好，你这样做吧，可别叫我捉到他。若是捉到了，我要叫这书记写不了字。

安图尼欧　不幸是为了我才惹起这些争吵。

波西亚	先生，你不要难过，我们还是很欢迎你的。
巴珊尼欧	波西亚，请恕我这不得已的错误。我当着这许多朋友，我向你发誓，我对着你的两只美丽的眼睛发誓，在你的两眼里我看得见我自己——
波西亚	你们注意他说的这话！在我的两个眼睛里他看了两个他自己，一只里一个。你要凭你的双重人格起誓，那才可信。
巴珊尼欧	不，你听我说，饶恕我这一回错，我凭灵魂发誓，我永不再失信于你了。
安图尼欧	我曾为了他的利益把我的肉体抵押出去，若非亏了那位要你丈夫戒指的人，我早就死了。我现在敢再来作保，我以我的灵魂作抵押，你的丈夫再也不有意地背誓。
波西亚	那么你作担保。把这个给他，叫他比从前那一个要好些保守着。
安图尼欧	来，巴珊尼欧，发誓要保守这只戒指。
巴珊尼欧	天哪！我给博士的就是这一个。
波西亚	我从他那里得来的，恕我，巴珊尼欧，因为博士凭了这只戒指已经和我睡了了。
拿利萨	我的亲爱的格拉西安诺，请恕我。因为那个矮孩子，博士的书记，昨夜也为了这只戒指的缘故和我睡过了。
格拉西安诺	哼，这倒像是夏天修路，而路本来是好好的。怎么！我们还没有圆房就先做乌龟吗？
波西亚	说话别这样粗。你们是全都糊涂了，这里有一封信，

有工夫的时候去读读吧。是从帕丘阿，从贝拉利欧来的，从信里可以知道波西亚就是那博士，那边的拿利萨即是她的书记。洛兰邹可以证明，你们动身的时候我也走了。并且是刚刚回来的，现在我还没有进屋门呢。安图尼欧，欢迎你来，我还藏有比你所希冀的更好的消息给你。打开这封信，信里告诉你，你的三只大船忽然满载地转回港里来了。你先不必问，我是因了怎样的巧遇而得到这封信的。

安图尼欧	我哑了。
巴珊尼欧	你就是博士，而我没有认识你吗？
格拉西安诺	你就是使我做乌龟的那个书记吗？
拿利萨	是的，不过那书记并没有真想使你做乌龟，除非他长大成为一个男人的时候。
巴珊尼欧	亲爱的博士，你来做我的床头人，我不在家的时候，你和我妻同睡吧。
安图尼欧	夫人，你给了我性命和生计，因为我从信里知道我的船确然是安然回港了。
波西亚	怎样了，洛兰邹！我的书记也给你带来了一点安慰。
拿利萨	对了，我不收费就送给你们。我给你和杰西卡这张犹太人写下的赠产的笔据，他死后一切财产都是你们的了。
洛兰邹	太太们，你们简直是施甘露给饿殍。
波西亚	差不多是早晨了，恐怕情形你们还不十分明白。我们进去吧，你们可以随便问我们，我们必老实地回答。

格拉西安诺　就这样办，第一个问题要我的拿利萨回答的就是——
　　　　　　还有两个钟头就要到天亮，
　　　　　　等到明晚，还是立刻入洞房？
　　　　　　如果天亮，我愿天快点黑，
　　　　　　我好同博士的书记去睡。
　　　　　　好，我一生什么也不担忧，
　　　　　　只怕把拿利萨的戒指丢。〔众下〕

注释

[1] 脱爱勒斯（Troilus）是脱爱王之子，爱克莱西达（Cressida），但克莱西达于交换俘虏时被送至希腊营中，卒至另嫁。

[2] 提斯璧（Thisbe），巴比伦之美女，与其情人皮拉摩斯约会于月夜，女先至，遇狮而逃，遗巾于地。皮拉摩斯后至，见巾染血，疑女已死，因自戕，后女来亦自戕。

[3] 戴都（Dido），卡太基之女王，恋伊尼阿斯，但伊尼阿斯不顾而去。事见魏吉尔诗《伊尼阿德》。柳枝为失恋之象征。

[4] 希腊神话，伊孙（Aeson）为哲孙（Jason）老父，得米第阿（Medea）之药而返老还童。

[5] 戴安娜（Diana），月神。

[6] 奥菲阿斯（Orpheus），神话中人物，能以音乐感动树石，使之移动舞蹈。

[7] 恩地米昂（Endymion），神话中之美少年，长睡于Latmus山上，月

神见而爱之，遂吻之并与同眠。

[8]"你"指波西亚是与太阳同样光明。

[9]原文 light 是"光"，亦可解作"轻浮"，是双关语。

[10]原文 bound 系双关语，可解为"感恩""立券""入狱"等等。

[11]阿尔格斯（Argus），神话中之"百眼儿"。

温莎的风流妇人

The Merry Wives of Windsor

序

《亨利四世下篇》的"收场白"曾有这样的预告：

"如果诸位没对肥肉吃得太腻，我们的拙陋的作者将要继续编写这个故事，有约翰爵士在内，还有法国的美丽的喀萨琳使大家欢乐一番：在那戏里，以我所知，孚斯塔夫将要死在出汗上，除非他是早已死在诸位的严峻的批评之下……"

预告的戏并未实现。《亨利五世》里有"美丽的喀萨琳"，但是没有"约翰爵士"，只是由魁格莱太太很精彩地叙述了孚斯塔夫的临终的情形。这一出《温莎的风流妇人》是继《亨利四世》之后描写孚斯塔夫的作品。在《亨利四世》里孚斯塔夫以配角的地位隐隐然有喧宾夺主之势，他滑稽突梯，机智善辩，是一个活跃的角色。在《温莎的风流妇人》里，他虽然变成了一个受人愚弄的被动的蠢材，他虽然失掉了他特有的幽默与光辉，但是他是主角。而且，就戏剧而言，此剧有很高的舞台效果。全剧从始至终，以英国乡村社会为背景，故事穿插也大部分是莎士比亚匠心独运，所以此剧在莎士比亚作品中自有它的地位。

一　版本

此剧于一六〇二年一月十八日"书业公会"之登记簿上作如下之登记：

"18 Januarij. John Busby. Entred for his copie vnder the hand of Master Seton/ A booke called *An excellent and pleasant Conceited Commedie of Sir* JOHN FFAULSTOF and the *Merry Wyves of Windesor.* Arthure Johnson. Entred for his Copye by assignement from John Busbye, a booke Called *An excellent and pleasant conceyted Comedie of Sir* JOHN FFAULSTAFE *and the Merye Wyves of Windsor.*"

登记后不久即出版，此一六〇二年的四开本亦即第一四开本，其标题页如下：

"A Most pleasaunt and excellent conceited comedie, of Syr Iohn Falstaffe, and the merrie Wiues of Windsor. Entermixed with sundrie variable and pleasing humors, of Syr Hugh the Welch Knight, Iustice Shallow, and his wise cousin M. Slender. With the swaggering vaine of Auncient Pistoll, and Corporall Nym. By William Shakespeare. As it hath bene diuers times Acted by the right Honorable my lord Chamberlaines seruants. Both before her Maiestie, and elsewhere."

第二四开本刊于一六一九年，是第一版的重刊本。两个四开本都含有很多简略和舛误不通之处，因此有人疑心四开本可能是"初稿"的性质，亦可能是利用速记法偷印的。有一点事实不容否认，即此剧以后数年中经过几次改动润色，行数逐渐增了几乎一倍，以至于形成了一六二三年的第一对折本的版本。[关于此剧的版本问题，可参看"The Merry Wives of Windsor：the History and Transmission of Shakespeare's Text"（*The University of Missouri Studies*, Vol. xxv, No. 1），by William Bracy。]

二 著作年代

此剧大概是作于一五九九年春。

关于此剧有两个有趣的传说。第一个传说初见于 John Dennis 所著 *The Comical Gallant, or the Amours of Sir John Falstaffe*，这是一出根据莎士比亚的《温莎的风流妇人》而改编的戏，在该剧的戏词里有这样的记载：

"我首先要说，我很清楚地知道此剧曾受世界上最伟大的女王之一的赏识……这一出喜剧乃是在她的命令与指示之下所撰作的，而且女王急于见此剧之上演，乃命令此剧于十四天内完成，据传说上演情形颇使女王满意云云。"

在"开场白"里，他又重复这个故事：

"但是莎士比亚的戏在十四天内写成，

在那样短短期间写得如此之工，

实非常人所能尝试的伟大举动。

莎士比亚的确是天才横溢，

没人能在如此短的期间有如此的成绩。"

在他的《书翰集》里，他把十四天又缩短为十天了。

Rowe 在他的《莎士比亚传》（一七〇九年）里把这故事又略加扩充。他说："女王对于《亨利四世》上下篇里的'孚斯塔夫'一角色非常欣赏，于是命令他再写一出戏，并且表演他在恋爱中。据说他的《温莎的风流妇人》是在这样的情形之下写成的。奉命编剧结果如何，此剧便是很好的证明。"

过后一年，Gildon 在他的《论莎士比亚的戏剧》（"Remarks on the Plays of Shakespeare"）一文里说："第五幕里的小仙们是对温莎宫中的女王很优美的敬礼，女王命令莎士比亚写一出表演孚斯塔夫恋爱的戏，他在十四天内就写成了。真是天才作品，一切编排得那样好，头绪毫不紊乱。"

另一个传说是有关莎士比亚年轻时偷鹿的故事。据说他偷过斯特拉福附近 Charlecote 地方的汤麦斯·露西爵士的鹿，致被诉于法。此剧开端的几十行所描述的沙娄显然是暗指露西（参看译本第一幕注七）。这一传说与莎士比亚传记有关，和此剧著作年代无关，兹不具述。

此剧作于《亨利四世下篇》（一五九八年）之后，另有一证据，那即是 Oldcastle 之名见于《亨利四世》而不见于此剧。又有人说此剧必作于《亨利五世》之前，因为《亨利五世》中有关于孚斯塔夫之死的叙述。这并不能成为证据，莎士比亚如果真是奉命撰述孚斯塔夫恋爱之喜剧，他大可使孚斯塔夫复活。事实上，恐怕如 Rowe 之所指陈，莎士比亚奉命写此喜剧，把《亨利五世》稍稍往后推延了。

三　故事来源

故事来源不可考，很可能完全是出于莎士比亚的想象。在莎士比亚集中，就布局之独创性而言，此剧仅次于《空爱一场》《仲夏夜梦》及《暴风雨》。

　　有人推测此剧可能是一部旧的剧本的改编。如果奉命编剧的传说是可信的，那么我们有理由假想莎士比亚当时为时间所限可能采用改编旧剧的办法，临时添写孚斯塔夫及其伴侣的若干段台词。剧中有些"无韵诗"句子生硬，对白幼稚浅薄，甚至魁格莱太太也用起排句的体裁说话（第五幕第五景），都可能是旧剧所遗留的痕迹。

　　但是在英文和意大利文文学作品中间，我们可以找到和《温莎的风流妇人》颇为类似的故事。两个妇人发现一个情郎向她们两个同时追求，于是两个妇人合作加以诱惑勾引使之成为笑柄。像这一类型的故事，一五六六年伦敦出版的 William Painter 所著 *Palace of Pleasure* 里就有一个，也许是莎士比亚所看到过的。这就是 Painter 的第一卷里第四十九篇故事（这故事是根据 Straparola 及 Ser Giovauni Fiorentino 的意大利故事改编的）。情人于误会中把幽会的计划告诉了情妇的嫉妒丈夫。这是又一类型的故事，见 Richard Tarlton, *Tale of the Two Lovers of Pisa*，这一故事是在 Tarlton 的小说集 *News Out of Purgatorie*（一五六〇年）里。近代学者又注意到另一作品，*Barnaby Riche, Of Two Brethren and Their Wives*（一五八一年），与本剧亦有许多类似的情节。

四　舞台历史

　　此剧在莎氏集中不是上乘作品。全剧十分之九是散文，情节近于"闹剧"，人物方面（尤其是孚斯塔夫）亦无突出之描写。Morgann 一七七七年发表他的著名的《孚斯塔夫论》，根本就没有提到此剧。但是在舞台上此剧颇适宜于上演。

Samuel Pepys 在一六六七年八月十五日的日记上写："观看《温莎的风流妇人》，我一点也不喜欢，没有一部分讨我欢喜。"这是他第三次看这一部戏。一六六〇年十二月五日他看过一次，对斯兰德和法国医生都还有好评，对孚斯塔夫则大不满。翌年九月二十五日再看，认为演得不好。可见这出戏在复辟以后至少是时常上演的。

John Dennis 的改编本 *The Comical Gallant* 于一七〇二年在 Drury Lane 上演，情形冷淡，据他自己说是由于扮孚斯塔夫的演员不能称职。在这改编本里，孚斯塔夫免于挨打，改由福德被佩芝太太先打了一顿，后被小仙们再打了一顿。

两年后，莎氏剧又重新上演，由 Betterton 扮孚斯塔夫，庆祝女王加冕周年。

Quin 扮孚斯塔夫，于一七二〇年上演于 Lincoln's Inn Fields，大获成功，连演十八次。于一七三四年在 Drury Lane 又连演五次。Quin 死后，Horace Walpole 写道："Quin 现在死了，请问谁还能令我们领略孚斯塔夫呢？" Henderson 于一七七七年在 Haymarket 的表演，观众麇集，三倍于剧院之所能容纳。

在十九世纪此剧上演情形不衰。此剧且常被改为歌剧。一八二四年二月 Frederic Reynolds 改编的歌剧上演于 Drury Lane，颇受欢迎，连续上演三十二场。Maggioni 的意大利文歌剧本《孚斯塔夫》一八三八年上演于伦敦。九年后又有 Nicolai 谱乐的德文歌剧本 *Die lustigen Weiber von Windsor* 上演于柏林，后又在巴黎上演。但最伟大的歌剧本是一八九三年的 Verdi 的《孚斯塔夫》。

在较近的期间，把《温莎的风流妇人》搬出上演的以 Sir Herbert Beerbohm Tree 扮孚斯塔夫，Ellen Terry 扮福德太太的那一次为最脍炙人口，在英美两国演出，使用了一八七四年 Arthur

Sullivan 所谱制的音乐，并有繁复的服装与背景。Benson 剧团亦曾有优异的演出。在斯特拉福的莎士比亚庆祝季节，此剧亦有演出，且能获得其他较佳创作所不能获得的欢迎与成功。

剧中人物

约翰·孚斯塔夫爵士（Sir John Falstaff）。

樊顿（Fenton），一绅士。

沙娄（Shallow），乡村法官。

斯兰德（Slender），沙娄的表弟。

福德（Ford）

佩芝（Page） ｝ 住在温莎的二绅士。

威廉·佩芝（William Page），一男孩，佩芝之子。

修·哀文斯牧师（Sir Hugh Evans），一威尔斯籍的乡村牧师。

凯斯医生（Doctor Caius），一法国籍医生。

袜带酒店的主人。

巴多夫（Bardolph），皮斯多（Pistol），尼姆（Nym），孚斯塔夫的随从。

罗宾（Robin），孚斯塔夫的侍僮。

辛普儿（Simple），斯兰德之仆人。

勒格贝（Rugby），凯斯医生的仆人。

福德太太（Mistress Ford）。

佩芝太太（Mistress Page）。

安·佩芝（Anne Page），其女，与樊顿相恋。

魁格莱太太（Mistress Quickly），凯斯医生的女仆。

佩芝、福德等之仆众。

地 点

温莎及附近一带。

第 一 幕

••• ·••───❦───••· •••

第一景：温莎^[1]。佩芝家门前

沙娄法官、斯兰德及修·哀文斯牧师上。

沙娄法官	修牧师，不用劝我，我一定要把这案子闹到"星室"^[2]去。纵然他是二十个约翰·孚斯塔夫爵士，他也不能欺侮到洛勃特·沙娄绅士。
斯兰德	而且在格劳斯特郡您还是法官，您还是审判官^[3]。
沙娄法官	是呀，斯兰德表弟，而且我还是"首席审判官"^[4]。
斯兰德	是呀，还是"主任审判官"呢^[5]。而且是绅士出身，牧师先生。在签署任何给付令状、证明文件、债务清偿证明书或契约的时候，他总是在他的名字下面写明"绅士"——"绅士"^[6]。
沙娄法官	是的，我是这样写的，三百年来我们家一直是这样

写的。

斯兰德　　在他以前的所有的后裔是这样写的，在他以后的所有的祖先也会这样写，他们可以拿出那有十二条梭子鱼的纹章给你看[7]。

沙娄法官　那是古老的纹章。

哀文斯　　那十二只白虱子倒是颇适合一件古老的衣服[8]，很适合，翘起一只爪子向右边逡巡张望着[9]。是对人很亲昵的小动物，表示友爱。

沙娄法官　梭子鱼是新鲜的鱼，咸鱼才适合古老的衣服呢[10]。

斯兰德　　我可以拿过来作为我的纹章的四分之一吗[11]？

沙娄法官　经过婚姻的关系，你就可以。

哀文斯　　那可真是糟蹋东西了，如果他用你的纹章。

沙娄法官　一点也不。

哀文斯　　是糟蹋东西，我可以发誓。如果他取去你的衣服的四分之一，我计算下来你就剩下三块衣襟了，不过那倒也没有关系。如果约翰·孚斯塔夫爵士有什么开罪于你的地方，我是教会里的人，我很愿尽力为你们调解仲裁。

沙娄法官　一定要让枢密院[12]听取这个案子，这简直是暴动。

哀文斯　　让宗教会议听取暴动[13]，那可不大好，暴动是不敬上帝的。你要知道，宗教会议愿意听到的是敬畏上帝，而不是暴动，你要仔细考虑。

沙娄法官　哼！如果我能回到年轻的时代，我会用刀剑来解决。

哀文斯　　最好是能和平解决，我的脑子里还有一个计划，可能获致良好的结果。有一位安·佩芝小姐，是汤玛斯·佩芝先生的女儿，很漂亮的小姑娘。

斯兰德　安·佩芝小姐？她有棕色的头发，说起话来尖嗓门儿，像大娘儿们。

哀文斯　正是这一位，一点也不错。她的祖父临终的时候——愿上帝令他快乐永生——留下了七百镑钱、金子和银子，等她活到十七岁时即归她所有。这是个好主意，如果我们暂且不要争吵，设法促成阿伯拉罕先生和安·佩芝小姐这一门婚事。

沙娄法官　她的祖父给她留下了七百镑吗？

哀文斯　是的，她的父亲还会给她筹划更大的一笔款子。

沙娄法官　我认识这位小姐，她很有才。

哀文斯　七百镑的钱，还有其他的指望，就是很好的一笔财。

沙娄法官　好吧，我们去见见这位佩芝先生。孚斯塔夫也在那里吗？

哀文斯　我能对你说谎吗？我瞧不起说谎的人，就如同我瞧不起欺骗的人，也就如同我瞧不起不诚实的人一样。那位约翰爵士是在那里，而且，我请你，要听从你的朋友的安排不要动火，我去敲门找佩芝先生。〔敲门〕喂，喂！上帝祝福你们这一家！

佩芝　〔在内〕谁呀？

哀文斯　这里是上帝的祝福，你的朋友和沙娄法官，还有年轻的斯兰德先生，如果你瞧着乐意，他可能还有别的话对你讲哩。

佩芝上。

佩芝	我很高兴看见你们诸位都好。我谢谢你的鹿肉,沙娄先生。
沙娄法官	佩芝先生,我很高兴看见你,愿你心情愉快!我原希望那鹿肉要好一些,可惜宰的时候已经失血过多。佩芝夫人好吗——我总是从衷心感激你,是啊,从衷心。
佩芝	先生,我谢谢你。
沙娄法官	先生,我谢谢你。随便怎么说,我是要谢谢你。
佩芝	我很高兴看见你,斯兰德先生。
斯兰德	您的那条淡棕色猎狗可好,先生?我听说它在考次奥赛跑落后了[14]。
佩芝	这倒是很难确定,先生。
斯兰德	您不肯承认,您不肯承认。
沙娄法官	这个他是不能承认。这是你运气不好,这是你运气不好[15]。狗是一条好狗。
佩芝	一条劣狗,先生。
沙娄法官	先生,它是一条好狗,一条很漂亮的狗。还有什么可说的?它是又好又漂亮。约翰·孚斯塔夫爵士在这里吗?
佩芝	先生,他在里面呢,我希望我能给你们排解排解。
哀文斯	一个基督徒是应该这样说话。
沙娄法官	他欺侮了我,佩芝先生。
佩芝	先生,他也相当承认了。
沙娄法官	如果认罪,并不能就算完事。你说是不是,佩芝先生?他欺侮了我,的确,他是——简单说,他是——

你可以相信我，洛勃特·沙娄，绅士，是他说的，他受了欺侮。

佩芝　　　约翰爵士来了。

　　　　　约翰·孚斯塔夫、巴多夫、尼姆与皮斯多上。

孚斯塔夫　沙娄先生，你现在要到国王面前去告我了？

沙娄法官　爵士，你打了我的佣人，杀了我的鹿，闯进了我的小屋。

孚斯塔夫　但是没有吻你的林中守护人的女儿吧？

沙娄法官　哼，少废话！这件事非要你负责不可。

孚斯塔夫　我立刻就可以声明负责，这全是我干的。我现在已经答复你了。

沙娄法官　我要告到枢密院去。

孚斯塔夫　你最好是秘密地去告，人家要笑你的。

哀文斯　　你就少说一句，约翰爵士，挑好话说。

孚斯塔夫　好菜蔬[16]，好白菜。斯兰德，我打破了你的头，你有什么理由要和我作对？

斯兰德　　噫，先生，我的头有理由和你作对，并且要和你那一群偷窃的流氓巴多夫、尼姆、皮斯多作对呢。他们把我带到酒店，把我灌醉了，随后就偷了我袋里的钱。

巴多夫　　你这块班伯利奶酪干[17]！

斯兰德　　是，那没有关系。

皮斯多　　怎么样，麦菲斯陶菲勒斯[18]！

斯兰德　　是，那没有关系。

尼姆	我要切片[19]！没的说，没的说。切片！我想这么做。
斯兰德	我的仆人辛普儿在哪里？你知道吗，表哥？
哀文斯	不要吵，我请你们。现在我们要明白，有三位公正人裁决这个案子，据我所了解，那就是——佩芝先生，即佩芝先生；还有我自己，即我自己；第三位是，亦即最后一位，袜带酒店的主人。
佩芝	我们三个听他们双方申述，给他们了结一下。
哀文斯	很好，我要在笔记本上先写一个大纲，然后我们再仔细地加以研究。
孚斯塔夫	皮斯多！
皮斯多	他用耳朵听见了。
哀文斯	魔鬼和他的妈！"他用耳朵听见了"，这是什么话？哼，简直是废话。
孚斯塔夫	皮斯多，你偷了斯兰德先生的钱了吗？
斯兰德	是的，凭这双手套起誓，他是偷了——否则我愿我永不得再回到我这大厅里来——偷了七块每个六便士的钱币[20]。还有两块爱德华朝代的"推板"币，是我从爱德勒那里每块花两先令两便士买来的[21]，一点也不假。
孚斯塔夫	这话对吗，皮斯多？
皮斯多	不，这是不对的，如果是扒窃的话。 哈，你这个山地侉子——约翰爵士我的主人，我要和这一柄软铜剑决一死战[22]。我对你当面否认！我否认，人类的渣滓，你说谎！
斯兰德	以这双手套为誓，确实就是他。

尼姆　　　　小心些，先生，不要随便骂人。我要对你说，"自讨
　　　　　　苦吃"[23]，如果你想把我当作贼来抓[24]。这就是我
　　　　　　要告诉你的话[25]。

斯兰德　　　那么，我以此帽为誓，是那个红脸的人偷的。因为
　　　　　　我虽然记不得我被你们灌醉之后我做了些什么事，
　　　　　　可是我尚不至于变成十足的蠢驴。

孚斯塔夫　　你有什么说的，红脸约翰[26]？

巴多夫　　　唉，在我这一方面，我就要说，这位先生酒喝多了，
　　　　　　丧失了他的五官。

哀文斯　　　是他的五种知觉，哼，好没有知识！

巴多夫　　　他醉了之后，据他们说，就被偷了，任何和我们在
　　　　　　一起喝醉了的人结果当然都是说这样被偷的[27]。

斯兰德　　　你说的话我听不懂，不过那没有关系。只要我活着，
　　　　　　我再也不喝醉酒干这种事，除非是和一些诚实规矩
　　　　　　的人在一起。如果我要喝醉酒，我要和那些敬畏上
　　　　　　帝的人们在一起，决不肯和那些下流醉鬼在一起。

哀文斯　　　上帝明鉴，这真是存心良善。

孚斯塔夫　　诸位先生，你们已经听见这一切都被否认了，你们
　　　　　　听见了。

　　　　　　安·佩芝携酒上；福德太太与佩芝太太上。

佩芝　　　　喂，女儿，把酒带进去，我们要到里面喝。〔安·佩
　　　　　　芝下〕

斯兰德　　　天啊！这是安·佩芝小姐。

佩芝　　　　怎么，福德太太！

孚斯塔夫	真是的，福德太太，很高兴能遇到您。请准许我，好太太。〔吻她〕
佩芝	太太，招待这几位先生。来，我们今天晚饭有一块滚热的鹿肉馅饼。来，诸位，我希望我们喝一杯，消除一切的怨气。〔除沙娄，斯兰德与哀文斯外，均下〕
斯兰德	我宁可不要四十先令，可真想随手有一本《情诗歌集》[28]。

辛普儿上。

	喂，辛普儿！你到哪里去啦？我需要自己伺候自己，是不是？你身边没有带着谜语大全吧？
辛普儿	谜语大全！噫，您不是在上一次万圣节，就是圣弥克尔节的前两星期[29]，借给阿丽斯油酥饼了吗？
沙娄法官	来，老弟。来，老弟，我们等着你呢。我有话对你说，老弟。唉，就是这么回事，老弟。修牧师有一个提议，一种提议，他间接提出来的，你懂我的意思吧？
斯兰德	我懂，您会发现我是很讲理的。凡是合理的事，我一定遵命。
沙娄法官	不，你要听我说。
斯兰德	我是在听您说呀。
哀文斯	请听他的提议，斯兰德少爷，我来给你解释一下，如果你能听得懂。
斯兰德	不，我的表哥沙娄怎样说我便怎样做。我请您原谅我，他是本地的司法官，那是毫无疑义的事。
哀文斯	那不是我们要谈的问题，问题是关于你的婚事。

沙娄法官　　是的，你说的对，牧师。

袁文斯　　　一点也不错，你和安·佩芝小姐的婚事。

斯兰德　　　噢，如果是这么回事，在合理条件之下我可以娶她。

袁文斯　　　但是你能爱这个女人吗？我们要你亲口说出来，用
　　　　　　你自己的嘴唇说出来，因为有好几位哲学家认定嘴
　　　　　　唇乃是嘴的一部分。所以，简洁地说，你能不能对
　　　　　　这位小姐发生好感？

沙娄法官　　阿伯拉罕·斯兰德表弟，你能不能爱她？

斯兰德　　　我希望我能像一个讲道理的人那样去做。

袁文斯　　　不，上帝的老爷太太们！你必须肯定地说，能不能
　　　　　　对她发生好感。

沙娄法官　　你必须说清楚。如果有丰盛的妆奁，你肯不肯娶她？

斯兰德　　　凡是你所请求的，只要是合理，比这更严重的事我
　　　　　　也肯做。

沙娄法官　　不，你要了解我，你要了解我，好表弟。我要做的事
　　　　　　全是为了使你高兴，表弟。你能不能爱这位小姐？

斯兰德　　　您要我娶她，我就娶她。如果开始时没有多少爱情，
　　　　　　可是我们结婚之后有更多的彼此相知的机会，相知
　　　　　　较深，爱情自然就会消减。我希望，我们熟了之后
　　　　　　就会生厌。不过如果您说，"和她结婚"，我就和她
　　　　　　结婚，这是我死心塌地要做的事。

袁文斯　　　这是很明智的回答，只是所谓"死心塌地"用词不
　　　　　　妥。按照我们的理解，应该是"决心"。他的用意是
　　　　　　好的。

沙娄法官　　是的，我以为我的表弟用意是好的。

斯兰德	是的，否则我情愿被绞杀，哼！
沙娄法官	美丽的安小姐来了。

安·佩芝又上。

	安小姐，为了你的缘故我愿我是个年轻人。
安·佩芝	饭摆在桌上了，我父亲想请诸位入座。
沙娄法官	我就去奉陪，美丽的安小姐。
哀文斯	上帝的意旨！做餐前祈祷我可不能缺席。〔沙娄与哀文斯同下〕
安·佩芝	请你进去好不好，先生？
斯兰德	不，我谢谢你，真是的，十分感谢，我在这里很好。
安·佩芝	等您用饭呢，先生。
斯兰德	我不饿，我实在多谢你。〔对辛普儿〕去，孩子，你虽然是我的仆人，去伺候我的表哥沙娄吧。〔辛普儿下〕一位法官有时候也要借用他的朋友的仆人。我在我的母亲未死之前只雇用三个仆人一个小僮，但是有什么用？我过的生活还是像一个出身寒苦的绅士。
安·佩芝	请不到您我是不能进去的。您不去，他们不肯入座。
斯兰德	老实说，我不想吃东西。多谢你，只当我是已经吃了。
安·佩芝	先生，我请您走进去吧。
斯兰德	我宁愿在这里散散步，我多谢你。前两天我和一位剑术家比刀剑，划伤了我的小腿。三个回合，赌的是一盘煮梅子——老实说，从此以后我闻到热烘烘

的肉味就受不了 [30]。你的狗为什么这样叫？城里有熊吗？

安·佩芝　　　我想是有的，先生，我听他们谈起过。

斯兰德　　　我很喜欢这种游戏，但是我要像任何英国人一般地反对它 [31]。你若是看到一只熊脱逃出来，你会害怕吧？

安·佩芝　　　当然怕了，先生。

斯兰德　　　如今这对于我是家常便饭了。我曾看到撒克孙 [32] 脱逃过二十次，也曾拿着铁链子牵过它。不过，我对你说，女人们看见它可就大喊锐叫起来，吓得无法形容。女人们实在是受不住，它们是又丑陋又粗暴。

佩芝又上。

佩芝　　　来呀，斯兰德先生，来呀，我们等着你呢。

斯兰德　　　我不想吃东西，谢谢你了。

佩芝　　　您不想吃也得要来，先生！来吧，来吧。

斯兰德　　　不，请您在前面领路。

佩芝　　　走吧，先生。

斯兰德　　　安小姐，您先请。

安·佩芝　　　我不，先生，您先走吧。

斯兰德　　　老实说，我不能走在前面。真是的，啊！我不愿对你那样无礼。

安·佩芝　　　您请，先生。

斯兰德　　　那么我就宁可失礼，不必再捣麻烦了。是您太克己了，真是的！〔同下〕

第二景：同上

修·哀文斯爵士及辛普儿上。

哀文斯　　　你去，打听一下凯斯医生家在哪里。在他家里有一位魁格菜太太，可以说是他的奶妈，或他的保姆，或他的厨娘，或他的洗衣妇，帮他洗洗拧拧的人。

辛普儿　　　好的，先生。

哀文斯　　　不，还有更好的呢。把这封信交给她，因为这个女人和安·佩芝小姐最是要好。这封信就是，要她为你的主人向安·佩芝小姐表达爱慕之意。我请你，去吧，我的饭还没有吃完，还有苹果和酪干没开上来呢。〔同下〕

第三景：袜带酒店中一室

孚斯塔夫、店主、巴多夫、尼姆、皮斯多与罗宾上。

孚斯塔夫　　我的袜带老板！

店主　　　　我的老主顾有什么话说？要说得斯文一些。

孚斯塔夫　　老实说，老板，我必须辞退我的几个部下。

店主　　　　辞掉他们，伟大的赫鸠里斯。开除他们，让他们走，一颠一颠地走。

孚斯塔夫　我一星期就要开销十镑。

店主　　　你是一位大皇帝，西撒、凯撒、菲撒[33]。我要雇用巴多夫，让他打酒，让他倒酒。我说得好不好，伟大的海克特？

孚斯塔夫　就这么办，我的好老板。

店主　　　我已经说了，让他来吧。〔向巴多夫〕让我看看你斟酒起泡沫和羼石灰的手段，我准备好了，跟我来。〔下〕

孚斯塔夫　巴多夫，跟他去。做酒保是个好行业：一件旧袍子可以改成新背心，一个衰老的仆人可以成为一个活跃的酒保。去，再会。

巴多夫　　这正是我所想望的生活。我会走运。

皮斯多　　啊卑鄙的穷光蛋[34]！你愿去把着酒桶塞？〔巴多夫下〕

尼姆　　　他是在他爹妈醉的时候成的胎，这句话说得俏皮吧？

孚斯塔夫　我很高兴居然把这火绒盒打发掉了。他公然偷窃，他的偷窃像是个笨拙的歌者，没有板眼。

尼姆　　　高明的偷窃，下手要用快板[35]。

皮斯多　　聪明人叫它作"搬运"。"偷窃"！呸！好难听的名词！

孚斯塔夫　好啦，诸位，我穷得几乎露出脚跟来了。

皮斯多　　那么，就让它生冻疮吧。

孚斯塔夫　毫无办法，我必须要去行骗，我必须想个办法。

皮斯多　　小乌鸦总得要吃东西。

孚斯塔夫　　你们当中有谁认识本城的福德?

皮斯多　　　我认识这个人,他很富有。

孚斯塔夫　　我的好朋友们,我要告诉你们我现在要有什么作为。

皮斯多　　　两码,还要更多。

孚斯塔夫　　现在别说俏皮话了,皮斯多!我的腰围确是有两码,
　　　　　　但是我现在不要浪费,我要节俭。简单说,我是想
　　　　　　要去勾搭福德的老婆,我发觉她对我颇有一点意思。
　　　　　　她对我有说有笑,她对我挥手作势[36],她对我眉来
　　　　　　眼去,我可以体会到她那种亲昵的姿态。她的行为
　　　　　　之最深刻的含义,如果译成正确的英文,便是,"我
　　　　　　是属于约翰·孚斯塔夫爵士的"。

皮斯多　　　他对她真有研究,把她翻译得好,把"贞操"翻成
　　　　　　了英文。

尼姆　　　　这锚抛得好深[37],这句话说得不错吧?

孚斯塔夫　　听说她的丈夫的钱包由她一手掌握,她拥有大量
　　　　　　金钱。

皮斯多　　　你拥有诡计多端,你就向她进攻吧。

尼姆　　　　话说得越来越俏皮,好得很,好好地对付那笔钱。

孚斯塔夫　　这里有我给她写的一封信,还有一封给佩芝的老婆,
　　　　　　她方才还对我飞媚眼,用顶锐利的目光对我全身上
　　　　　　下地打量,把她的目光时而投注在我的脚上,时而
　　　　　　投注在我的大肚皮上。

皮斯多　　　太阳也会照射在粪堆上的。

尼姆　　　　多谢你这句俏皮话。

孚斯塔夫　　啊!她在我的外表上这样贪婪地盯着打量,她的眼

里的欲火好像是一把火镜要把我烧焦一般。这里还有一封信给她，她掌管钱财，她就是圭阿那^[38]的一块地，遍地是金银财宝。我要去做她们两个的接收大员，她们做我的财务大臣。她们将是我的东西印度，我要和她们贸易。你去把这封信送给佩芝夫人，你去把这封信送给福德夫人。我们要阔起来啦，孩子们，我们要阔起来啦。

皮斯多　我以军人身份变成为脱爱的潘达勒斯^[39]吗？哼，活见鬼？

尼姆　我也不干这下贱的勾当，把这无聊的信拿去。我要保持荣誉。

孚斯塔夫　〔向罗宾〕拿着，伙计，你把这两封信稳妥地送去，像我的快艇一般驶向那黄金海岸去吧。坏蛋，走开！滚！像冰雹一般消逝吧，去！走路，举起蹄子走吧！另找住的地方去，离去吧！
孚斯塔夫要学学法国人的节俭，
一个人只用一个穿裙衣的跟班。〔孚斯塔夫与罗宾下〕

皮斯多　让鸢鹰抓你的肚肠子！空心骰子和灌铅骰子还是有用的，大点子小点子可以把穷人阔人一齐骗。你一贫如洗的时候，我袋里还有六便士哩，下贱的东西！

尼姆　我的脑袋里正在盘算，我要报复。

皮斯多　你要报复？

尼姆　我指天日为誓，此仇必报！

皮斯多	用计谋还是用刀剑?
尼姆	我两样都用,我要把这偷情的事情告诉佩芝。
皮斯多	我也要去向福德揭穿,
	那下贱的奴才,孚斯塔夫,
	要试探他的老婆,骗他的金钱,
	还要玷污他的床褥。
尼姆	我不能坐待气消,我要挑拨佩芝下毒手。我要让他嫉妒,因为我反抗起来是凶得很,这就是我的脾气。
皮斯多	你是愤怒的凶神,我支持你,向前进。〔同下〕

第四景:凯斯医生家中一室

魁格莱太太与辛普儿上。

| 魁格莱太太 | 怎么,约翰·勒格贝—— |

勒格贝上。

我请你走到窗口看看,我的主人凯斯医生是不是来了。如果他来了,发现这屋里有人,他一定要说些不三不四的话乱骂一阵。

| 勒格贝 | 我去守望。 |
| 魁格莱太太 | 去,到晚上炉火将熄的时候 [40] 我请你喝一杯乳酒。 |

〔勒格贝下〕一个诚实的和善的家伙，在家里当仆人真是再好不过。我可以担保，他不搬弄是非，也决不滋事。他最大的短处就是，他太喜欢祷告。在这一方面他有一点呆气，不过每个人总不免有他的短处，所以也就不必提了。你说你的姓名是彼得·辛普儿?

辛普儿　　是的，因为没有更好的姓名。

魁格莱太太　斯兰德先生是你的主人?

辛普儿　　是的，的确是。

魁格莱太太　他是不是留着一圆圈的大胡子，像是制手套工人所用的一把刮刀?

辛普儿　　不，一点也不像。他只有一张小白脸，几根黄胡子——淡黄色的胡子。

魁格莱太太　是不是一个性格温和的人?

辛普儿　　是的，的确是。但是他的体格很壮，在这一方面他不比任何人差，他曾经和一个看守猎场的人打过架。

魁格莱太太　你真这么说吗——啊! 我记起他来了，他是不是抬着头昂然大踏步地走路?

辛普儿　　是的，他确是如此。

魁格莱太太　那么，愿上天给安·佩芝这份好运道吧! 告诉哀文斯牧师我愿尽力帮助你的主人，安是一个好女孩子，我愿——

勒格贝又上。

勒格贝　　哎呀，快走! 主人来了。

魁格莱太太	我们全要挨骂。跑到这里来，年轻人；走进这小屋里去。〔把辛普儿关在小屋里〕他不会停留太久。喂，约翰·勒格贝！约翰，喂，约翰！去，约翰，打听一下我的主人怎样了；我恐怕他不大舒服，他还不回家来。〔勒格贝下〕〔唱〕"当，当，阿当阿"……

凯斯医生上。

凯斯	你唱的是什么？我不喜欢这些无聊的玩意儿。请你到我房里给我拿一个绿盒子来，一个盒子，一个绿盒子。听懂我的话了吗？一个绿盒子。
魁格莱太太	是的，听懂了，我去给你拿。〔旁白〕我很高兴他没有自己去拿：如果他发现了这年轻人，他会因妒火中烧而发狂。
凯斯	菲，菲，菲，菲！好热呀。我要到宫廷去——有要紧的事。
魁格莱太太	就是这个吗？
凯斯	是的，放在我的口袋里，要快——勒格贝那个家伙在哪里？
魁格莱太太	喂，约翰·勒格贝！约翰！

勒格贝又上。

勒格贝	在这里，先生。
凯斯	你是约翰·勒格贝，你是杰克·勒格贝。来，拿着我那一把剑[41]紧跟着我到宫廷去。
勒格贝	已经准备好了，先生，就在门口放着呢。

凯斯	老实说，我耽搁太久了——该死！我又忘了点什么？我的房间里还有药草，那是无论如何不能不带的。
魁格莱太太	〔旁白〕不得了！他要发现那个年轻人，他会发狂。
凯斯	好可怕！好可怕！什么东西在我房间里？坏蛋！贼人！〔拉辛普儿出〕勒格贝，拿我的剑来。
魁格莱太太	好主人，别发脾气。
凯斯	为什么别发脾气？
魁格莱太太	这小伙子是好人。
凯斯	好人在我房间里做什么？好人不会到我房间里来的。
魁格莱太太	我请你不要这样大发雷霆。实话告诉你吧，他是修牧师派他来找我的。
凯斯	啊。
辛普儿	是的，的确是，要我请她——
魁格莱太太	别说啦，我请你。
凯斯	你别多话吧——你讲你的故事。
辛普儿	请这位好太太，你的佣人，在安·佩芝小姐面前为我的主人说几句说媒拉纤的好话儿。
魁格莱太太	只是这么一回事，真是的！但是我决不把我的手指往火里伸，我无此必要。
凯斯	修牧师派你来的吗——勒格贝，给我一张纸，你等一下。〔写〕
魁格莱太太	我很高兴他是这样镇定，如果他大为光火，你会听他大吼大叫，大发脾气。不过，没关系，我要尽力为你的主人帮忙。事实是这样的，这位法国

医生，我的主人——我可以称他为我的主人，你要注意，因为我为他管家。我洗，我拧，我酿造，我烘烤，我打扫，预备饮食，收拾床铺，全由我一个人做——

辛普儿　　全由一手包办，这负担可不轻哩。

魁格莱太太　　你也看出来啦？确是负担很重：早起晚睡。不过这也不用说了——你附耳过来——我不愿引起争论——我的主人他自己也爱上了安·佩芝小姐；但是虽然如此，我知道安的心，她的心既不在此，亦不在彼。

凯斯　　你这个猴子，把这封信送给修牧师。哼，这是挑战书，我要在猎苑里割断他的喉咙，我要教训这下流的猴子牧师以后少管闲事。你可以去啦，你不该停留在这里。我一定要把他的两个睾丸都割下来，不给他留一个喂狗。〔辛普儿下〕

魁格莱太太　　哎呀，他只不过是为朋友说句话。

凯斯　　那倒是没有关系——你不是对我说过我将获得安·佩芝吗？哼，我一定要杀死那个下流的牧师。我已经指定袜带酒店的老板做我们的公证人。我一定要得到安·佩芝。

魁格莱太太　　先生，小姐爱你，一切没有问题。我们不能不准别人瞎嚼咀，喂，你这是做什么[42]！

凯斯　　勒格贝，跟我到宫廷去。如果我得不到安·佩芝，我把你赶出门去。跟我来，勒格贝。〔下〕

魁格莱太太　　你只能得到一场无趣。关于这件事我知道安的心，在温莎没有一个女人比我更深知安的心，也没有人能比我对她更有办法，我谢天谢地。

樊顿 〔在内〕里面有人吗？喂！

魁格莱太太 是谁呀，我不晓得？请你走进来。

樊顿上。

樊顿 怎样，好女人！你好吗？

魁格莱太太 承您一问，我觉得格外好。

樊顿 有什么消息？美丽的安小姐可好？

魁格莱太太 老实说，先生，她是美丽、贞洁、和蔼。而且是您的一位朋友，我可以顺便告诉您，我因此要感谢上天。

樊顿 你看我有没有希望？我求婚不会失败吧？

魁格莱太太 老实说，先生，一切均由上天主宰。不过，樊顿先生，我可以发誓说，她是爱您的。您的眼上是不是有一颗痣？

樊顿 不错，我是有，怎么样说呢？

魁格莱太太 唉，讲到这里就有个故事了。老实说，真是一位了不起的安小姐[43]。但是，我要宣称，从来没有过更为贞洁的小姐，我们谈论那颗痣足有一个钟头。只有和这一位小姐在一起的时候我才能放怀大笑——不过，老实说，她太好忧郁沉思了。但是讲到您——唉，不必再多说了。

樊顿 好，我今天就要见她。这钱是给你的，请你为我说几句好话。如果你能先见到她，代我问候。

魁格莱太太 我会先见到她吗？当然，我们会先见到的。下次我

们密谈，我会再多告诉您一些有关那颗痣的话，以
及有关别位求婚者的事情。

樊顿　　　　好，再会了，我现在很忙。

魁格莱太太　再会您了。〔樊顿下〕真是一位诚实君子，但是安不
爱他，因为我知道安的心，不下于任何人。糟透了，
我又忘了点什么？〔下〕

注释

[1] 温莎（Windsor）是英格兰 Berkshire 地方一城镇，皇家别墅温莎宫
邸（Windsor Castle）之所在地。

[2] 星室（Star Chamber）是英国枢密院大臣们组成的最高法庭，创立
于爱德华三世时，废于一六四一年，专审"暴动、诽谤、甚至讥评官
吏等罪行"，开庭时不公开，不用陪审，其判决往往严峻而武断，但不
处死刑。开庭地点在西敏斯特之 Chambre des estoiles，屋内顶上有星
饰，故名星室。

[3] 审判官，原文 coram，是 quoram 之普通的讹误。所谓 justice of
quoram 即郡法庭开庭时之审判官。

[4] 原文 cust-alorum 为 custos rotulorum 之讹，即 keeper of the rolls，一
郡中之首席法官。

[5] 原文 rato-lorum 亦为 custos rotulorum 之讹。

[6] 原文 armigero 本义为 bearer of arms（拥有纹章者），依法凡领有纹
章（coat of arms）始正式成为绅士，故 armigers 为绅士之正式尊称，相

当于 Esquire。

[7]luce（梭子鱼）可能是暗指 Warwickshire 的 Sir Thomas Lucy of Charlecote，相传莎士比亚偷过他家的鹿。他的纹章是 three luces hauriant argent。

[8]原文 luce 与 louse（虱）读音相近。又 coat 双关语:（一）纹章，即 coat of arms ;（二）衣服之上身。

[9]原文 passant 是纹章学术语，N. E. D. 注:"of a beast, walking and looking towards the dexter side with one forepaw raised."

[10]原文"The luce is the fresh fish; the salt fish is an coat"不可解。耶鲁本引述的解释亦不甚可通: May not the whole point of the matter lie in Shallow's use of the word "salt",the heraldic term used especially for vermin?If so,"salt fish" = "leaping louse", with a quibble on "salt" as opposed to "fresh fish", There is a further allusion to the predilection of vermin for "old coats" ,used quibblingly in the sense of "coats of arms" .（Gollancz）

[11]原文 quarter，纹章学术语，谓娶绅士家女子即可以将其家之纹章置于自己的纹章上面，占盾形纹章四分之一的面积。

[12]枢密院（Privy Council）在星室（Star Chamber）集会时，是为最高法庭。

[13]哀文斯误枢密院（Council = Privy Council）为宗教会议（ecclesiastical council or synod）。

[14]考次奥（Cotsall）即莎士比亚家乡附近 Gloucestershire 之 Cotswold Hills，此地绿草如茵，为一理想猎兔场所。

[15]原文'tis your fault 费解。一般注为'tis your misfortune，新剑桥本注云: fault = 'a check caused by failure of scent' and 'your' is used in a general sense. （cf. 'your serpent in Egypt,' Ant. 2. 7. 29）The comment is

quite in Shallow's usual manner. 姑志于此，备考。

[16] 哀文斯是威尔斯人，英语发音不正确，读 words 为 worts，在英文 wort 为"菜蔬"之意。

[17]Banbury 距斯特拉福十五里，所产酪干以薄著名，Steevens 引述 *Jack Drum's Entertainment*（一六〇一）云："Put off your clothes, and you are like a Banbury cheese-nothing but paring." 此处显然是喻斯兰德之身体细弱，犹酪干之只剩两张皮也。

[18] Mephistophilus 是 Marlowe 著 *Doctor Faustus* 中之恶魔名。

[19] 原文 Slice，各家解释不一，G. B. Harrison 注云："尼姆以手按刀，威胁着要切'班伯利奶酪干'"。

[20] 原文 seven groats in mill-sixpences 乃故作意义模糊之语，因所谓 groat = fourpenny piece ; mill-sixpences = newly introduced machine-made coins, with hard edges, to replace the older crudely hammered coins.

[21] "推板币"（shovel- board）是爱德华六世（1547—1553）时所铸之银币，因面积较大，且年久磨得光滑，常用为"推板戏"（shuffle-board）之用，故云。在莎氏时此币已少见，故兑换时每块贴水二便士。

[22] 原文 latten bilbo, latten = soft brass, bilbo = a sword from Bilboa in Spain, 此"软铜剑"显系指斯兰德而言，因他细长而软弱也。

[23] 原文 marry trap 费解，约翰孙的解释可能是正确的，"When a man was caught in his own stratagem, I suppose the exclamation of insult was marry, trap！"

[24] 原文 "if you run the nuthook's humour on me," Steevens 注："if you say I am a thief." Harrison 注："nuthook = one who grabs, like the modern 'cop'（one who cops）, officer of the law."

[25] 原文 "that is the very note of it." Yale 本注: note = exact information。

Schmidt 注: note = tune, melody。均可通。

[26] Scarlet and John 是侠盗 Robin Hood 的两个伙伴。Scarlet 一字有"红色"之义,故加之于红脸的巴多夫。

[27] 原文 and so conclusions pass'd the careers, Harrison 注: ran the course; i. e., anyone who gets drunk in our company will naturally conclude by getting robbed.

[28] Book of Songs and Sonnets 即 "Songes and Sonnets, written by the Right Honourable Lord Henry Howard, late Earle of Surrey, and others." 一般通称为 Tottel's Miscellany,为伊利沙白时代一部流行诗集,刊于一五五七年。斯兰德欲手边有此诗集,以为向女人献殷勤时之一助也。

[29] 万圣节(All-Hallowmas)十一月一日,圣弥克尔节(Michaelmas)九月廿九日,前后颠倒可笑。

[30] "煮梅子"(stewed prunes)是娼妓的别称。原文 hot meat 二字费解。新剑桥本指出:"只有四开本所插入的那一行可以使'hot meat'一词令我们理解。"四开本插入的一行是: three veneys for a dish of stewed prunes——and I with my ward defending my head, he hot my shin, and by my troth, I cannot abide the smell of hot meat since... 大意是: 我防护我的头时,他刺伤了我的腿,以后我闻到熟肉的味道就受不了,因为当时闻到了自己的受伤的腿肉的味道之故。

[31] 清教徒反对斗熊及其他游戏,故云。

[32] 撒克孙(Sackerson)是莎氏时在 Southwark 的 Paris Garden 的一只著名的熊。

[33] 菲撒(Pheezar)是店主杜撰的名字,与西撒叶韵。Harrison 注云: "或是 vizier(伊斯兰教国家之总理大臣)之误"。

[34] 原文 Hungarian wight 直译是匈牙利人。因与 hunger 音近,故所谓

"匈牙利人"即是"穷苦挨饿的人"之意。

[35] 原文 minim's rest，在四开本和对折本均作 minute's rest，当然是以改作 minim's 为宜。据 Schmidt, minim 即是 minum，意为 the shortest note in music; a very short moment。故译为"快板"。

[36] 原文 she carves，据威尔孙注系指用手指做特殊动作以表示亲热之意，"a short of digitary ogle."（一种手指传情法。）

[37] 原文"The anchor is deep."与上文似不连贯。anchor 可能是错字。有人认为可能是 angle（钓诱）之误。

[38] 圭阿那 Guiana 在南美东北部。一五九六年 Sir Walter Raleigh 远征南美归来，著书名 *The Discoverie of the Large, Rich, and Bewtiful Empyre of Guiana：With a Relation of the Great and Golden Citie of Manoa（Which the Spaniards call El Dorado）*。

[39] 潘达勒斯（Pandarus of Troy），典型的淫媒。

[40] 约翰孙注云："那即是说，等到我的主人去睡的时候。"

[41] 原文 take-a your rapier, Hardin Craig 注为："拿你主人的剑"。

[42] 原文 what, the good-jer！按 good-jer 即 goodyear，为表示厌恶之惊叹语，其字源不明。据新剑桥本，在此句之前加舞台指导"他打她耳光"，此句后加"揉她的头"，使此一惊叹语有所交待。

[43] it is such another Nan. 按 Nan 即 Anne 之昵称。威尔孙注："cf. Troil, 1. 2. 282, 'You are such another woman,' where the meaning seems to be 'a very woman'."

第 二 幕

第一景：佩芝家门前

佩芝太太持信上。

佩芝太太 什么！我在年轻貌美的时候没收到过情书，现在反倒成为写情书的对象了吗？让我看看。

"不要问我为什么爱你，因为虽然爱情用理智做他的医生，并不承认他做他的谋士。你不年轻，我也不算年轻，所以，我们的情形是一样的。你生性风流，我也是的。哈！哈！那么更是气味相投了。你爱酒，我也爱酒，能有比这更融洽的事吗？如果一个军人的爱情能打动你的心，佩芝太太，至少请你相信吧，我是爱你的。我不愿说，怜悯我——这不是军人的口吻。我说，爱我。

> 你的忠心的武士，
>
> 不分黑夜或白昼，
>
> 或任何其他时候，
>
> 用他全副的力量
>
> 为你而去打斗，
>
> 约翰·孚斯塔夫。"

好一个犹太暴君！啊邪恶的邪恶的世界！一个上了年纪几乎要崩溃的人，还要扮作风流少年。这个醉汉不知从我的行为中找到了什么轻佻的地方，以至胆敢这样地来试探我？噫，他还没有和我会过三次面呢！我能对他说过一些什么呢？那时节我也没有兴致和他应酬——上天饶恕我！哼，我要在议会里提出一个法案[1]，杀尽一切男人。我将怎样报复他呢？报复是一定要报复的，就像他肚子里面全是腊肠似的，那是毫无疑问。

福德太太上。

福德太太	佩芝太太！我正要到您家里来呢。
佩芝太太	我正要到您府上去呢。您的脸色很不好。
福德太太	不，我决不相信，我应该露出正相反的脸色。
佩芝太太	据我看，您的脸色是不好。
福德太太	啊，那么是不大好，不过我可以露出相反的脸色给您看。啊，佩芝太太！给我出个主意吧。
佩芝太太	出了什么事啦，您？

福德太太	啊，若不是为了一点点琐细的顾虑，我可以得到很大的尊荣！
佩芝太太	撇开琐细的顾虑，抓住尊荣便是。到底是什么事？
福德太太	我只消肯永久地被打入地狱，我就可以封爵。
佩芝太太	什么？你说谎。阿丽斯福德爵士[2]！这种爵士遍地皆是[3]，所以你不必改变你原来的乡绅的地位。
福德太太	我们是在浪费时间，读一读这个，看看我如何可以封爵。只消我有眼睛分辨人的相貌，我就要看不起胖男人。可是他并不随口发誓，他称赞女人的贞淑，对于一切非礼的举动他都严加斥责，我不能不信他是言行一致的。但是他的言行一致也不过像是按照"绿袖"的调子唱第一百首赞美诗而已[4]。我真不知道，是什么样的风暴把肚里含着这么多吨肥油的这一只鲸鱼吹到温莎的岸上？我怎样报复他呢？我想最好的办法便是使他充满了希望，直到邪恶的欲火把他熔化在他自己的脂油里。你可听说过这种事没有？
佩芝太太	每个字都是相同的，只是佩芝与福德的姓名不同！这一封信和你那一封是双胞胎，我们的名誉不好，这样一来你也可以大大地宽慰了。让你那一封获得优先的考虑吧，我这一封是永远不加考虑的了。我敢说，他有这样的一千封信，留出空白的地方填写姓名，可能不止一千封，这两封是再版的。毫无疑问，他会大量印的，他把我们两个都放进去，可见他是毫无忌惮随便什么都可以付印的。我宁愿变成为一个女巨人，让一座大山睡在我身上。哼，我可

以给你找到二十只淫荡的斑鸠，不见得能找到一个洁身自好的男人。

福德太太　噫，这封信是完全一样的，笔迹相同，字句相同。他把我们当作什么样的人？

佩芝太太　我可不知道，这封信使得我几乎要和我自己的贞操争吵起来。我要对待我自己，像对待一位陌生人一般。因为若不是他在我身上发现了一些我自己也没有觉察到的性格，他永远不会这样凶猛地向我进攻。

福德太太　你认为这是进攻吗？我一定要把他排拒在甲板以上。

佩芝太太　我也这么办，如果他能深入我的船舱口，我永远不再出海。我们来报复他吧，我们来和他定期约会。在他追求当中给他一点像是甜头的样子，慢慢地诱他上钩，直到他把他的马匹都当给袜带酒店老板为止。

福德太太　为了对付他而去做任何缺德的事，我都赞成，只消不玷污我们的贞操。啊，但愿我的丈夫能看到这封信！会使得他嫉妒起来没个完。

佩芝太太　噫，看，他来了，我的好人也来了。他一点也不嫉妒，我也从没有使他嫉妒过。我希望，我们对于嫉妒保有无法计算的距离。

福德太太　你是比我幸福的女人。

佩芝太太　我们商量一下如何对付这个油腻的武士吧。到这里来。〔二人向后退〕

福德、皮斯多、佩芝与尼姆上。

福德	啊，我希望不至如此。
皮斯多	在某些事情上希望是一条剪尾巴的狗[5]，约翰爵士爱上了你的老婆。
福德	噫，我的妻不算是年轻了。
皮斯多	他追求女人，不分贵贱、不分贫富、不分老少，一律看待，福德。他喜欢各色各样的，福德，要想想看。
福德	爱上了我的妻！
皮斯多	爱得正在火炽，要设法防止，否则你只好像是阿克蒂恩爵士[6]一般地逃走，由你的猎狗灵乌[7]在你后边追着你——啊！这名义可真讨人嫌！
福德	什么名义，先生？
皮斯多	绿头巾。再会了，留神，睁开眼睛。因为盗贼总是夜里来，在夏天到来或布谷叫之前[8]，要留神。走吧，尼姆班长！你要相信，佩芝，他说的话是有道理的。〔下〕
福德	〔旁白〕我要忍耐，我要调查清楚。
尼姆	〔向佩芝〕这是真的，我不喜欢说谎的习惯。他有许多地方对不起我，我本该把这封情书给她送去，但是我有一把剑，在我有需要的时候它就能伤人。他爱你的老婆，这就是全部事实。我的名姓是尼姆班长，我这样说了，而且担保是真话。我的名姓是尼姆，孚斯塔夫爱上了你的老婆。再会吧。我对于面包酪干[9]并无兴趣，那就是有趣之处了。再会吧。〔下〕
佩芝	〔旁白〕"有趣之处"，他说！这家伙把英文都给吓得

 　　　　　　　　不知所云了。

福德　　　　　我要去找孚斯塔夫。

佩芝　　　　　我从没有听说过这样说话慢吞吞装腔作势的坏蛋。

福德　　　　　如果我真发现有这事，哼。

佩芝　　　　　我不愿信任这样的一个狡诈的人[10]，纵然教区牧师
　　　　　　　称赞他是好人。

福德　　　　　他本来是一个讲理的好人，好吧。

佩芝　　　　　怎样，麦格？

佩芝太太　　　你上哪里去，乔治？你听我说。

福德太太　　　怎样，亲爱的佛兰克！你为什么闷闷不乐？

福德　　　　　我闷闷不乐！我并没有闷闷不乐。你回家去吧，去。

福德太太　　　真是的，你现在心里有事。您来不来，佩芝太太？

佩芝太太　　　我陪您一道去，你回家吃饭吧，乔治？〔向福德太
　　　　　　　太旁白〕看，那边谁来了，她可以为我们送信给那
　　　　　　　下流的爵士。

福德太太　　　我刚想到了她，她正合适。

　　　　　　　魁格莱太太上。

佩芝太太　　　你来看我的女儿安吗？

魁格莱太太　　是的，的确是，请问安小姐可好？

佩芝太太　　　和我们一同进去，看看她，我们要和您长谈。
　　　　　　　〔佩芝太太、福德太太与魁格莱太太同下〕

佩芝　　　　　怎么啦，福德先生！

福德　　　　　你听到这个混账告诉我的话没有？

佩芝　　　　　听到了，你可听到另外一个混账告诉我的话？

福德　　　你认为他们说的可是真话？

佩芝　　　该死，这两个奴才！我不相信这位爵士会打这个主意。这两个人硬说他对我们的妻子打主意，他们乃是他辞退的佣人，现在游手好闲，不是好东西。

福德　　　他们当初是他的佣人？

佩芝　　　当然是。

福德　　　那最好不过了。他是住在袜带酒店吗？

佩芝　　　是的。如果他真有意对我的妻进行勾搭，我就纵容她去应付他。除了一顿臭骂之外他还能从她那里得到什么好处，我情愿承当。

福德　　　我并不怀疑我的妻，可是我不愿把他们放在一起。一个人不可太信任，我可不情愿在头上有什么承当，我不肯就此罢休。

佩芝　　　看，袜带酒店的那位好吵嚷的老板来了。他这么高兴的样子，不是头里有酒，便是袋里有钱——

店主与沙娄上。

怎么样，老板？

店主　　　怎么样，我的好人！你是一位绅士。法官爵士！

沙娄　　　我跟在后面，老板，我跟在后面。您晚安[11]，佩芝先生！佩芝先生，您愿和我们一同去吗？我们有好把戏看。

店主　　　告诉他，法官爵士。告诉他，好人。

沙娄　　　先生，那威尔斯牧师修爵士和那法国医生凯斯要举行决斗。

福德	我的袜带酒店的好老板，我和你说句话。
店主	你有什么话说，我的好人？〔二人走向一旁〕
沙娄	〔向佩芝〕你愿和我们一起去看看吗？我们这位好兴致的店老板已经把他们的剑量过了[12]，并且我想是已经指定他们到两个不同的地点去见面，因为我听说那位牧师决不是个开玩笑的人。听，我就要告诉你我们玩些什么把戏。〔二人走到一旁〕
店主	我的爵士客人，你对于我们的爵士没有什么控诉吧？
福德	没有，我的确没有。我愿送给你两夸特热酒，如果你领我去见他，并且开个玩笑就说我的名字是布鲁克。
店主	握手吧，伙计，你可以自由出入。我说得好不好？你的名字就算是布鲁克，是个很有风趣的爵士哩。一起走吧，诸位先生？
沙娄	和您一起去，老板。
佩芝	我听说，那个法国人的剑术很高明。
沙娄	算了吧，先生！我懂得的也许还更多一些哩。这年头儿讲究的是保持距离，连番的冲刺、戳刺，还有许多花样我一时也说不清。可是佩芝先生，主要的是心里要有勇气，在这里，在这里。我当年凭一柄长剑[13]就可以把你们四个大汉打得抱头鼠窜。
店主	这里，孩子们，这里，这里！我们走吧？
佩芝	我和你去。我宁愿听他们对骂，不愿看他们相打。〔店主、沙娄与佩芝下〕

福德　　　　　虽然佩芝是个毫不猜疑的傻瓜，对于他的脆弱的老婆竟深信不疑，我可不能这样轻易地放弃我的看法。她在佩芝家里是和他在一起的，他们干了些什么事，我不知道。好，我要进一步调查一下，我要化装起来去试探孚斯塔夫。如果我发现她是贞洁的，我总算不白费事；如果她是不贞洁的，费这一番手脚也很值得。〔下〕

第二景：袜带酒店内一室

孚斯塔夫与皮斯多上。

孚斯塔夫　　　我一便士也不借给你。

皮斯多　　　　啊，那么这世界便是我的一只蚌蛤，只好用我的剑把它撬开[14]。你借给我钱，我将分期偿还[15]。

孚斯塔夫　　　一便士也不借。你用我的名誉为你作保，我并没有说话。我曾不惜惹得我的好朋友们厌恶，屡次三番地为了你和你的共犯尼姆请求缓刑。否则你们早就关在铁窗里面，像一对大猩猩似的。我真是亏心该死，竟向我的朋友们发誓说你们是好军人男子汉。布利吉特太太遗失了她的扇柄[16]，我曾以我的名誉为誓保证你没有偷。

皮斯多	你不是也分到一份了吗？你没有拿到十五便士吗？
孚斯塔夫	那是有道理的 [17]，你这坏蛋，那是有道理的。你以为我拿我的灵魂冒险而不要报酬吗？干脆说罢，别再缠着我，我不是你的一具绞架。去吧，带把小刀到人群里偷窃去吧——到你的下流区域 [18] 的住宅去吧！去。你这坏蛋，你不肯为我送信——你以名誉为重——噫，你这无限下流的东西，也要像我一样地努力保持我的名誉。我，我，我，我自己有时候也顾不得敬畏上帝，穷困时昧起良心，做出一些含糊、蒙骗、躲躲闪闪的勾当。而你，坏蛋，你却要把你的褴褛的衣裳、你的土豹子面孔、你的红窗棂 [19] 的谈吐、你的信口咒骂，都隐藏在你的名誉的掩蔽之下！你不能这样做，你！
皮斯多	我后悔啦，你对于一个人还能更有何求？

罗宾上。

罗宾	先生，有一个女人要和您说话。
孚斯塔夫	让她来吧。

魁格莱太太上。

魁格莱太太	老爷您好。
孚斯塔夫	你好，好太太。
魁格莱太太	您可别这样称呼我。
孚斯塔夫	那么好小姐。
魁格莱太太	我可以和我母亲一样地赌咒说，自从我生的那个时

候起我就是一位小姐。

孚斯塔夫　　我相信赌咒的人。你有什么事找我？

魁格莱太太　我可以和您谈一两句话吗？

孚斯塔夫　　两千句也不妨，好女人，我可以听你说。

魁格莱太太　有一位福德太太，先生——请你再走过来一点——
　　　　　　我自己是住在凯斯医生家里的。

孚斯塔夫　　好，说下去。福德太太，你方才说——

魁格莱太太　您说得很对——我请您再走过来一点。

孚斯塔夫　　你放心，没有人听见。都是自家人，都是自家人。

魁格莱太太　都是吗？上帝保佑他们，令他们都做他的仆人吧！

孚斯塔夫　　好，福德太太，她怎样呢？

魁格莱太太　噫，先生，她是个好人。天啊，天啊，您真是一
　　　　　　个风流人物！唉，我愿上天饶恕您，也饶恕我们
　　　　　　全体！

孚斯塔夫　　福德太太，来说福德太太——

魁格莱太太　真是的，事情是这样的。您已经把她弄得神魂颠
　　　　　　倒[20]，国王驻在温莎的时候，朝廷上最漂亮的大臣
　　　　　　也永远不能使她这样神魂颠倒。不过确实有过无数
　　　　　　的爵士、贵族、绅士，车跟着车，信跟着信，礼物
　　　　　　跟着礼物，络绎不绝于途。香气薰人——全是麝香、
　　　　　　绸缎金缕窸窣作响。谈吐是如此地文雅，还有最好
　　　　　　的酒、最好的糖，会使得任何女人为之倾心。可是
　　　　　　我老实告诉你，他们永远不能赢得她的一瞥。今天
　　　　　　上午就有人送过我二十金币，但是我不接受这种馈
　　　　　　赠，除非是无碍于我的清白。我老实告诉你，他们

中间最尊贵的一位也不能让她来陪着呷一口酒。可是有好多位伯爵,甚至还有好多位女王的贴身侍从,都在打她的主意。但是,我老实告诉你,她全看不上眼。

孚斯塔夫　但是她对我如何呢?简单说吧,我的好女信差。

魁格莱太太　哎,她收到你的信了,她表示千恩万谢。她要您注意,她的丈夫于十点到十一点之间的时候不在家。

孚斯塔夫　十点到十一点?

魁格莱太太　是的,的的确。她又说您可以去看看您所知道的那幅图画,她的丈夫福德先生会是不在家的。哎呀!这位可爱的女人和他一起过日子可真是苦,他是一个善妒的男人,她和他镇日价吵吵闹闹的。

孚斯塔夫　十点到十一点。你去代我致意,我必不失约。

魁格莱太太　好,您说得好。但是我还有一个口信带给您,佩芝太太也要我向您殷勤致意,让我私下告诉您,她是顶温柔有礼的一位太太,早祷晚祷从没有误过一次,其贤惠不在温莎的任何一位女人之下。她要我告诉您她的丈夫是很少不在家的,但是她希望总会有那么一天的。我从没有见过一个女人这样喜爱一个男人,我想您必是有点魅力。是的,一定是。

孚斯塔夫　我没有,你放心好了。除了我的才气照人之外,我没有别的魅力。

魁格莱太太　您可真有福气!

孚斯塔夫　我请你告诉我这个,福德太太和佩芝太太可曾彼此相告她们是如何地爱我?

魁格莱太太　那岂不成了笑话！她们不会这样不害羞，我希望，
　　　　　那也未免太笨了！不过佩芝太太很想您把您的小侍
　　　　　僮送给她，别的都无关紧要[21]。她的丈夫非常喜欢
　　　　　那个小僮，佩芝先生也实在是个好人。在温莎没有
　　　　　一位太太比她生活更如意，她爱做什么就做什么，
　　　　　爱说什么就说什么，要什么就买什么，想睡觉就上
　　　　　床，想起身就起身，一切随心所欲，而且她也应该
　　　　　这样享福。因为在温莎如果有好心肠的女人，她就
　　　　　是一个。你必须把你的侍僮送给她，无法拒绝。

孚斯塔夫　好，我情愿就是。

魁格莱太太　不，需要照办才成。您要注意，他可以在你们二人
　　　　　之间传书递简。无论如何要约好一套暗语，你们二
　　　　　人可互通心意。而那孩子无须有何了解，因为让孩
　　　　　子们知道任何坏事是不大好的。年纪大的人们，有
　　　　　判断力，所谓深通世故，就没关系了。

孚斯塔夫　再会吧，代我向她们两位都多多致意。这是一点小意
　　　　　思，以后我还要致酬——孩子，跟了这位太太去——
　　　　　〔魁格莱太太与罗宾下〕这消息使得我很心慌。

皮斯多　这婊子[22]是邱比得的一个信差。扯起更多的帆，追
　　　　　上去，挂起你的帆布篷[23]，开火！她被我捕获了，
　　　　　否则让大海把她们全都淹没！〔下〕

孚斯塔夫　你真这样想吗，老杰克？你真行，我以后要格外地
　　　　　借重你这老躯体。她们还会看中你？你花了这么多
　　　　　钱之后，还有钱赚？好身体，我谢谢你。他们说你
　　　　　长得太肥胖，让他们说去。只要长得好看，那就没

有关系。

巴多夫持杯酒上。

巴多夫	约翰爵士，下面有一位布鲁克先生想要和您谈谈，想和您攀个交情，给您送来一杯早晨酒[24]。
孚斯塔夫	他叫布鲁克？
巴多夫	是的，先生。
孚斯塔夫	叫他进来。〔巴多夫下〕这样的布鲁克我都欢迎，只消带了酒来。啊，哈！福德太太和佩芝太太，你们终于被我斗胜了罢？走吧，向前进！

巴多夫偕化装之福德上。

福德	祝福你，先生！
孚斯塔夫	也祝福你，先生，你要和我谈话吗？
福德	我来得实在太鲁莽了。
孚斯塔夫	欢迎你来。你有什么事——请让我们在这里谈一谈，酒保。〔巴多夫下〕
福德	先生，我是一个素来好花钱的绅士，我的姓是布鲁克。
孚斯塔夫	好布鲁克先生，我愿能常和您交往。
福德	好约翰爵士，我愿能和您订交，并不要您破费。我必须让您明白，我觉得我自己的情形比您更适于向外贷款，因此之故我这次才敢冒昧求见。常言道，钱走在前面，一切道路都畅通。
孚斯塔夫	钱是好军人，先生，所向披靡。
福德	的确是，我这里有一袋钱累赘着我。如果您能帮我

	携带，约翰爵士，就全拿了去，或拿一半，减轻我的负担。
孚斯塔夫	先生，我不知道我有什么资格做您的搬运夫。
福德	我会告诉您的，先生，如果您肯听。
孚斯塔夫	说吧，好布鲁克先生，我愿为您效劳。
福德	先生，我听说您是一位学者——我要简单地对您说，我早就仰望您的大名，想要和您相识总是没有机缘。我要向您宣布一桩事，一经宣布便要暴露我的缺点。但是，好约翰爵士，您听到我的缺点被宣泄出来的时候，请用一只眼睛看我的愚蠢，用另一只眼睛看看您自己的纪录，您就可以不至于过分严厉地责难我了，因为您自己晓得一个人多么容易犯这种错误。
孚斯塔夫	不错的，先生，讲下去。
福德	本城有一位太太，她的丈夫的姓名是福德。
孚斯塔夫	怎样呢？
福德	我爱她已经很久，并且我可以对您说，在她身上花了不少钱。以一片痴诚追求着她，每逢遇有和她见面的机会我一个也不放松，只消能看她一眼的稍纵即逝的机缘我也高价购买。不仅是买了许多礼物送她，而且大量花钱去向人打听她所欢喜的是些什么东西。简单说，我追求她就像是爱情追赶着我一样，每一个机会都不曾放过。但是，虽然我下了这么多苦心，花了这么多钱，应得的报酬是一点也没有得到。除非我曾出无限高价购买的这段经验算是一件珍宝，而这段经验给了我这样的教训：

真心求爱，爱像影子一般地逃；

越逃越要追，越追越要逃跑。

孚斯塔夫	你可曾从她口里得到过令你如愿以偿的诺言吗？
福德	从没有过。
孚斯塔夫	你可曾向她提出过这样的要求吗？
福德	从没有过。
孚斯塔夫	那么，你的爱是怎样的性质呢？
福德	像是建在别人基地上的一座大厦，只因看错了建筑地点，我白白损失了一座房屋。
孚斯塔夫	你把这事向我宣布是什么用意呢？
福德	我把我的用意告诉您，我的话就算说完了。有人说，她虽然对我像是很贞洁的样子，在别的场合却很放肆，引起不少恶意的批评。约翰爵士，我的用意集中在这一点：您是一个出身高贵、谈吐文雅、交游广大的绅士，在社会地位和私人品格上都是煊赫一时的，您的军事的、礼仪的、学术的成就是众所公认的。
孚斯塔夫	啊，先生！
福德	相信我的话，您知道我所说不假。这里有钱，花掉它，花掉它，再多花一些，花掉我所有的钱。只消您肯费去您的一些时间，向这位福德的太太进攻求爱，使出您的求爱的手段，设法让她答应您。这件事如果有人能办到，您一定也能同样快地办到。
孚斯塔夫	你这样热烈地爱她，而由我去享有她，您受得了吗？我觉得您给您自己开的方子有点颠三倒四。

福德　　　　啊，要了解我的用心。她紧紧地抓住她的贞操做挡
　　　　　　箭牌，我内心里的一点荒唐念头竟不敢透露了。她
　　　　　　光明照人，使人不敢正视。现在，如果我手里有点
　　　　　　什么把柄，我便有例可援，有话可说，可以公然要
　　　　　　求实现我的愿望。我便可以把她的纯洁，她的名誉，
　　　　　　她的婚姻誓约，以及一千种的顽强抵抗我的防御姿
　　　　　　态全部解除。您以为如何，约翰爵士？

孚斯塔夫　　布鲁克先生，我首先要拿你的钱；然后，我们握手；
　　　　　　最后，我是一个绅士说话算数，如果你愿意你一定
　　　　　　可以享有福德的老婆。

福德　　　　啊好先生！

孚斯塔夫　　我说你一定可以。

福德　　　　您不会缺钱用的，约翰爵士，您一定不会缺钱用的。

孚斯塔夫　　您也不会享受不到福德太太的，布鲁克先生，您一
　　　　　　定不会享受不到的。我可以告诉您，她自己邀我相
　　　　　　会，我就要去和她相见。你来见我的时候，她的助
　　　　　　手或是媒婆儿刚刚从我这里离开。十点到十一点之
　　　　　　间我就要和她在一起了，因为在那个时候她的那个
　　　　　　善妒的混账丈夫不在家。晚上到我这里来，你就会
　　　　　　知道我进行得如何顺利。

福德　　　　我能认识您实在是荣幸。您认识福德吗，先生？

孚斯塔夫　　该死的，穷忘八！我不认识他。不过我说他穷，倒
　　　　　　冤枉他了。大家都说那个善妒的活忘八有很多的钱，
　　　　　　因为这缘故我总觉得他的老婆有几分姿色。我要把
　　　　　　她当作一把钥匙去打开这混蛋忘八的钱箱，那才是

	我的收获。
福德	我愿意您认识福德，先生，如果您见着他您好躲避他。
孚斯塔夫	该死的，下贱的小生意人！我要瞪眼把他吓昏，我要用我的手杖把他吓倒，手杖将像是彗星一般在那忘八的角上悬着。布鲁克先生，你就会晓得，我会制服这个蠢材，你一定可以和他的老婆睡觉。晚上早点来见我。福德是个混账东西，我要给他加上一个头衔。布鲁克先生，你以后可以说他是混账忘八。晚上早点来见我。〔下〕
福德	这真是一个好可恶的淫棍？气得我心都要爆裂了。谁说这是鲁莽的嫉妒？我的妻派人送信给他，时间都指定了，已经勾搭上了。谁能想得到这种事？娶了一个不贞洁的人有多么倒霉！我的床要被玷污，我的钱袋要被劫掠，我的名誉要被损坏。我将不仅是遭受这一场欺侮，而且蒙上一个可怕的头衔，并且由欺侮我的那个人给我加上这个头衔。头衔！名义！阿迈蒙这名字不难听；路西弗，也不坏；巴伯孙，也不坏。这不过是恶魔的头衔，魔鬼的名字[25]。但是忘八！活忘八——忘八！魔鬼也没有这样难听的名称呀！佩芝是个蠢驴，一头毫无疑心的蠢驴，他信任他的妻，他不嫉妒。我宁可把我的牛油付托给一位佛兰德斯人，把我的酪干付托给那威尔斯人修牧师，把我的酒瓶付托给一个爱尔兰人，或是让一个贼来骑我的马，我也不肯让我的妻一个人在家。

那时节她要打主意，她要动心思，她要设计谋。她们心里想到什么就会真做出来，她们宁可伤心也要做。我赞美上帝，幸亏有嫉妒心！时间是十一点，我要先下手，侦破我的妻，报复孚斯塔夫，讪笑佩芝。我就去做，宁可早三小时，不可晚一分钟。呸，呸，呸！忘八！忘八！忘八！〔下〕

第三景：温莎附近原野

凯斯与勒格贝上。

凯斯	杰克·勒格贝！
勒格贝	先生？
凯斯	几点钟了，杰克？
勒格贝	先生，修牧师约会见面的时间已经过了。
凯斯	他没来，他挽救了他的一条命。他没来，他总算是没有白祈祷。杰克·勒格贝，如果他来了，早已送了命。
勒格贝	他聪明，先生，他知道如果他来必定被您杀死。
凯斯	我不把他打成为一条死鱼才怪呢。拿起你的剑来，杰克，我要告诉你我将怎样杀死他。
勒格贝	哎呀，先生！我不会剑术。

凯斯	奴才，拿起你的剑。
勒格贝	且住，有人来啦

店主、沙娄、斯兰德及佩芝上。

店主	上天保佑你，活跃的医生！
沙娄	上帝保佑你，凯斯医生先生！
佩芝	喂，好医生先生！
斯兰德	您今天好，先生。
凯斯	你们这些人，一个、两个、三个、四个，来做什么？
店主	来看您决斗，看您使剑，看您前后跳动。看您一会儿在这边，一会儿在那边。看您点击、戳刺、反劈、保持距离、仰冲。他死了吗，我的衣索匹亚人[26]？他死了吗，我的法国人？哈，好汉！我的哀斯鸠雷皮阿斯[27]有何话说？我的盖伦[28]？我的接骨木心[29]？哈！他死了吗，验小便的[30]？他死了吗？
凯斯	他是世上少有的懦夫牧师，他没敢露面。
店主	您是尿壶中的西班牙王[31]！希腊的海克特，我的朋友！
凯斯	我请你们为我证明，我等了他六七小时、两三小时，而他没有来。
沙娄	这表示他聪明，医生先生。他是医治心灵的，你是医治肉体的。如果你们打斗起来，你们都是和你们的职业相抵触。这话对不对，佩芝先生？
佩芝	沙娄先生，您自己也曾是一位打斗专家，虽然现在是一位和平的人。

沙娄 佩芝先生，虽然我现在年老了，做了法官，可是我看见有人拔剑，我的手指就发痒想去参加。虽然我们是法官、医生、牧师，佩芝先生，我们仍有一些青年血气。我们究竟是女人生出来的，佩芝先生。

佩芝 这话是不错的，沙娄先生。

沙娄 会证明是不错的，佩芝先生。凯斯医生先生，我是来接您回家。我是现任法官，您已经证明为一位聪明的医生，修爵士也已经证明为一位聪明而又有耐性的牧师。您必须和我回去，医生先生。

店主 对不起，法官客人——我和您说句话，便溺先生[32]。

凯斯 便溺！那是什么意思？

店主 在我们英国语言里，便溺就是勇气的意思。

凯斯 那么，我有和英国人一样多的便溺——下贱的狗牧师！哼，我要把他的耳朵割下来。

店主 他会狠狠地撕抓你一顿。

凯斯 撕抓！那是什么意思？

店主 那就是，他将向你赔罪。

凯斯 我就知道，他要向我赔罪，我一定要他赔罪。

店主 我要鼓动他这样做，否则我就不管了。

凯斯 我多谢你。

店主 并且——但是客人先生、佩芝先生，还有斯兰德大少爷，你们先从城里穿行到佛劳格摩去[33]。〔向他们旁白〕

佩芝 修爵士在那里吗？

店主 他是在那里，去看看他心情如何。我带着医生从原野去，这样好不好？

沙娄　　　　我们就这样做。

佩芝
沙娄　　　　} 再会，好医生先生。〔佩芝、沙娄与斯兰德下〕
斯兰德

凯斯　　　　哼，我一定要杀死那个牧师，因为他为一只骑马的
　　　　　　猴子向安·佩芝说好话。

店主　　　　让他死。且先收起你的愤慨，在你的怒火上泼些冷水。
　　　　　　和我到原野走走，走过佛劳格摩。我带你到安·佩芝
　　　　　　小姐那地方去，她正在一个农舍里饮宴呢。你可以去
　　　　　　向她求婚。我说得对不对？ [34] 我说得好不好？

凯斯　　　　我真要为了这个谢谢你，我爱你。我要把许多好的
　　　　　　客人介绍到你的酒店去，伯爵们、爵士们、贵族们、
　　　　　　绅士们，全都是我的病人。

店主　　　　你这样做，我就帮助你去追求安·佩芝，我说得好
　　　　　　不好？

凯斯　　　　好极了，说得好。

店主　　　　我们去吧，那么。

凯斯　　　　跟了我来，杰克·勒格贝。〔同下〕

注　释

[1] Chalmers 指出这是"对于一六〇五年十一月五日至一六〇六年

五月廿六日之间议会中所提出的一连串的若干欠考虑的法案之讽刺"。

[2] 女人可以封爵,不是无实例可援的。一五八八年伊利沙白女王授给 Sir Hugh Cholmondeley 之夫人玛丽,号 "the bold lady of Cheshire"。

[3] 原文 These knights will hack 各家解释不同。一般作 grow cheap 解,或近是。

[4] "绿袖"是一首流行的歌谣调子,常配以淫词。第一百首赞美诗云:"All people that on earth do dwell/ Sing to the Lord with cheerful voice."

[5] a curtail dog, "一只剪了尾巴的狗",表示其为一只不宜于行猎的狗。

[6] 阿克蒂恩(Actaeon),希腊神话中之一猎人,偶见戴安娜沐浴,被她变成为鹿。他后被他自己的猎狗所咬死。此处系谓如果孚斯塔夫计划得逞,则福德将像阿克蒂恩一般要生出角来("角"等于是丈夫的绿头巾)。

[7] 灵鸟(Ringwood)是阿克蒂恩的猎狗之一,见 Golding 译奥维德的《变形记》。

[8] 布谷(cuckoo)与 cuckold 音近似,故闻布谷叫常被人解释为预告某人将戴绿头巾。

[9] 面包酪干(bread and cheese)指贫穷人的简单食物,有人认为是指孚斯塔夫给他部下的食物,亦有人认为是指尼姆被辞退后自己赖以为生的简单食物。但是威尔孙教授在新剑桥本提出的见解是值得注意的,他 说:"but N. E. D. gives it as a name of the cuckoo bread flower, which the point required here. Falstaff is the cuckoo in Page's nest, and his bread is cuckoo-bread."

[10] 原文 Cataian,即中国人,是对一般狡诈的异教徒鄙夷的称呼,字出于 Cataia 或 Cathay,即契丹,为中国之旧称。

[11] 晚安（Good even）显然是错误的，此景是在清晨。

[12] 决斗之公证人须先量双方之剑是否为一般长短。

[13] 比剑是莎氏时新兴之事，用 rapier 短剑，旧式武器为长剑，long sword，可用两手握之。

[14] 用剑撬开蚌蛤，譬喻语，Harrison 注云："我将迫使这世界献出它的珍珠。皮斯多说话常是不清楚的。他的意思是说他将以武力从事谋生。"

[15] 原文 retort the sum by equipage，各家解释不同。耶鲁本注："皮斯多可能是说'我将以实物偿还借债'，指剑盾等物而言；也许（如 Greg 所指陈）意为'我将公平地（equity）借钱还钱'。"威尔孙注云："通常认为 equipage 即是随军商民之窃取的赃物，但 in equipage 等于是'逐步地'之意，皮斯多大概是说'分期偿付'。"

[16] 从前扇子是贵重的东西，用鸵鸟羽毛制成，柄以金银或象牙制成。

[17] 原文 reason 据 Schmidt 说是 "there is reason for it" 之略。

[18] 原文 Pickt-hatch 本义为 "装有铁刺的半截门"，此处指伊利沙白时代伦敦市的一区域，为娼妓窃贼出没之所。

[19] 红窗棂（red-lattice）指酒店，"红窗棂的谈吐"即"醉语连篇"之谓。

[20] 原文 canaries，费解。一般认为这是魁格莱太太用错的字，她的意思是说 quandaries（迷惘的窘境），但是这个字莎士比亚没有使用过。Hardin Craig 疑 canary 是双关语，隐醉酒之意。

[21] 原文 of all loves，一般解作 for love's sake，似不洽。Harrison 解作 above everything else，似较胜。

[22] 原文 punk，通常解作 harlot，但如 Rolfe 所指亦可能有双关义，"A vessel of the small craft, employed as a carrier（and so called）for

merchants."因为此处全语皆是有关航船的话。

[23] 帆布篷（fights），约翰孙注云"挂在船身上用以掩护船上人员免受敌人攻击之帆布"的术语。

[24] 在酒店里从一室送酒到另一室是表示友谊或作为见面礼。早晨惯常饮用麦酒、葡萄酒，或烈酒，直到十七世纪始代以咖啡。

[25] 阿迈蒙（Amaimon）是中古鬼怪学地狱四大恶魔之一。路西弗（Lucifer）即撒旦（Satan）之别称。巴伯孙（Barbason），魔鬼名。

[26] 衣索匹亚人（Ethiopian）可能是指其面色黝黑言。威尔孙谓恐系指一种凯斯医生所熟知的矿物 Ethiops martial，似无据。

[27] Aesculapius，希腊神话中的医药之神。

[28] Galen，二世纪时古希腊医学作者哲学家。

[29] 原文 heart of elder，接骨木的木髓，与 heart of oak（橡木的木髓）不同，其中心是软的。耶鲁本径注为 coward（懦夫）。

[30] 原文 stale 即是"小便"。当时医生盛行检验小便，故云。

[31] 原文 a Castilian King Urinal, Castilian King = Spanish King, Urinal = chamber-pot 尿壶。医生喜检验小便，故尿壶象征医生。西班牙王是当时欧洲最强大的君主，同时"无畏舰队"溃败之后亦为被人讥笑之对象。"尿壶中之西班牙王"即"特大号的尿壶"，亦即"杰出之医生"。

[32] 原文 Mock-water 显然是指验小便之医生。但何以称 mock，不可解。Farmer 认为应是 muck-water（液体粪便）。Harrison 注为"误解小便征象的人"，似非。

[33] Frogmore，温莎附近之一座王宫。

[34] 原文 Cried I aim？（四开本作 cried game，第一对折本作 Cried game，费解。）cry aim = to encourage，鼓励语。威尔孙认对折本原文比较正确，其意盖谓"凯斯乃是猎物，讥笑乃是群狗，猎物被发现时群

狗狂吠追逐之。"但 Dr. Ingleby（Shakes. Hermeneutics, p. 75）则以为："本剧中所追逐者乃是安·佩芝小姐。故她是兔子，店主人发现其藏身之处，乃高呼指示凯斯令其向前追求。"亦甚近情。

第 三 幕

•••••——◦◦◦◦◦——•••••

第一景：佛劳格摩附近原野

修·哀文斯爵士与辛普儿上。

哀文斯　　　我的好斯兰德先生的佣人，大名辛普儿朋友，你究
　　　　　　竟在哪条路上寻找过那位自称为医生的凯斯先生？

辛普儿　　　唉，先生，到小公园的路上，大公园的路上，到处
　　　　　　都找遍了。老温莎，每条路都找过，就是到城里去
　　　　　　的路上没找过。

哀文斯　　　我强烈地愿望你也在那条路上去找一下。

辛普儿　　　我去，先生。

哀文斯　　　真要命！我的怒火有多么大，我的心抖颤得多么厉
　　　　　　害！他如果是戏弄了我，我倒高兴。我是多么愤
　　　　　　慨！我有机会的时候我要拿他的尿壶砸他的混账的

脑袋，真要命！〔唱〕
清溪浅濑有淙淙的水声[1]，
那里有嘤嘤的众鸟和鸣；
我们去铺设蔷薇的床位，
还有一千束芬芳的花卉。
清溪浅濑——

上天怜悯我吧！我很想哭。〔唱〕

那里有嘤嘤的众鸟和鸣——
我坐在巴比伦的时候[2]——
还有一千束芬芳的花卉。
清溪浅濑——

店主、凯斯与勒格贝上。

辛普儿　　他从那边来了，向这边来了，修爵士。

哀文斯　　欢迎他来。〔唱〕
清溪浅濑有淙淙的水声——
上天帮助好人——他拿着什么武器？

辛普儿　　没有武器，先生。我的主人，沙娄先生，还有另一位先生，从佛劳格摩那边来了，正翻过了篱笆，向这边来了。

哀文斯　　请你把我的袍子给我，你拿在手里也好。〔读一本书〕

佩芝、沙娄与斯兰德上。

沙娄　　　　你好，牧师先生！早安，好修牧师。让一个赌徒不
　　　　　　摸骰子，一个学者不摸书本，那才是怪事哩。

斯兰德　　　〔旁白〕啊，亲爱的安·佩芝！

佩芝　　　　上帝保佑你，修牧师！

哀文斯　　　上帝仁慈祝福你们大家！

沙娄　　　　怎么，又是剑又是圣经！两样你都研究吗，牧师
　　　　　　先生？

佩芝　　　　你还穿着短衣短裤，做出这样年轻的样子！在这样
　　　　　　湿冷的天？

哀文斯　　　这是有理由有缘故的。

佩芝　　　　我们来是为了给你效劳，牧师先生。

哀文斯　　　很好，什么事？

佩芝　　　　那边有一位很有身份的绅士，好像是受了什么人的
　　　　　　委屈，在那里怒冲冲地沉不住气。

沙娄　　　　我已经活了八十多岁了，从来没有见过像他那样有
　　　　　　地位有身份有学问的人而那样地不顾自己的名誉。

哀文斯　　　他是做什么的？

佩芝　　　　我想你认识他，凯斯医生先生，著名的法国医生。

哀文斯　　　上帝的意旨，上帝的苦难！你提起他来，还不如向
　　　　　　我提起一盆稀粥。

佩芝　　　　为什么？

哀文斯　　　他对于希波克拉提斯[3]和盖伦所知有限——并且他
　　　　　　是一个坏蛋，一个你们不想认识的懦夫。

佩芝　　　　我告诉你，他就是要和他决斗的那个人。

斯兰德　　　〔旁白〕啊，亲爱的安·佩芝！

沙娄	看样子是，他准备了武器。要把他们分开，凯斯医生来了。

店主、凯斯与勒格贝上。

佩芝	不，好牧师先生，收起你的武器。
沙娄	你也收起来，好医生先生。
店主	把他们的武器缴下来，让他们动嘴，让他们保全他们的肢体完整，砍伤我们的英语。
凯斯	我请你让我俯在你的耳边说句话，你为什么不来和我决斗？
哀文斯	〔向凯斯旁白〕请你少安勿躁，别着急。
凯斯	哼，你是懦夫、杂种狗、臭猢狲！
哀文斯	〔向凯斯旁白〕请你不要使我们成为别人的笑柄，我愿和你讲交情，我会设法向你赔罪的。〔大声说〕我要用你的尿壶砸你的脑袋，你竟不按时赴约。
凯斯	岂有此理——杰克·勒格贝——我的袜带酒店的老板——我是不是等候着杀他？我没有在约会的地方等候吗？
哀文斯	我是基督徒，我不说谎，你要注意这就是你约定的地方，我可以请袜带酒店老板来作见证。
店主	不要吵啦，威尔斯和法兰西。法国人和威尔斯人，给心灵治病的和给肉体治病的！
凯斯	对，那是很好，好极了。
店主	不要吵，我说！听袜带酒店老板说话。是我圆滑吗？是我狡诈吗？是我好玩手段吗？我能失去我的

医生吗？不能，他给我下药治病。我能失去我的牧师，我的修牧师吗？不能，他给我讲经说道。和我握手，尘世的人，好；和我握手，天国的人，好。两位有学问的人，我把你们二位都骗了，我指示你们到了错误的地方。你们都很勇敢，你们谁也没有受伤，结果喝杯热酒算了。来，把他们的剑拿走，作为言归于好的保证。跟我来，和和气气的孩子们。跟我来，跟我来，跟我来。

沙娄　　真是一位疯疯癫癫的老板——跟了去，诸位，跟了去。

斯兰德　　〔旁白〕啊，亲爱的安·佩芝！

〔沙娄、斯兰德、佩芝与店主下〕

凯斯　　哈！我想得到这样的事吗？你把我们当作傻瓜来戏弄了，哈，哈？

哀文斯　　这很好，他是把我们弄成了他的笑柄。我愿你和我做朋友，共同想个办法来报复这个卑鄙欺骗的家伙，袜带酒店的老板。

凯斯　　好极了，我完全同意。他答应带我来见安·佩芝，哼，他把我也骗了。

哀文斯　　好，我要敲他的头。请你，跟我来。〔同下〕

第二景：温莎一街道

佩芝太太与罗宾上。

佩芝太太　　　不，你继续走你的路，小伙子，你惯常跟在人的后面，但是现在你在前面领导了。你是愿意领着我走呢，还是跟在你的主人后面走？

罗宾　　　　　我当然愿意像个男子汉似的走在你的前面，不愿像个矮子似的跟在他的后面。

佩芝太太　　　啊！你倒是一个会说话巴结人的孩子，我看你将来可以做官。

福德上。

福德　　　　　正好遇到你，佩芝太太。你上哪里去？

佩芝太太　　　我去看你的太太，她在家吗？

福德　　　　　在家，闲得无精打采，因为没有人和她做伴。如果你们的丈夫死掉，我想你们两个正好结婚。

佩芝太太　　　那是一定——再嫁另外两个丈夫。

福德　　　　　你这个漂亮的小东西是哪里找来的？

佩芝太太　　　我说不出把他送给我丈夫的那个人名字叫什么。你的那位爵士叫什么名字，孩子？

罗宾　　　　　约翰·孚斯塔夫爵士。

福德　　　　　约翰·孚斯塔夫爵士！

佩芝太太　　　就是他，他，我永远记不起他的名姓。我的丈夫和他交情好深！你的太太真是在家吗？

福德	真是在家里。
佩芝太太	再见了，先生，我急着要见她。〔佩芝太太与罗宾下〕
福德	佩芝有头脑吗？有眼睛吗？有思想吗？就是有，也一定都睡着了，他未加利用。哼，这孩子可以把信送到二十里外，就像炮弹直射二百四十码[4]一般地容易。他探测出了他的太太的意向，他纵容她，给她荒唐的机会。现在她要去见我的太太，还带着孚斯塔夫的小僮。这事情是非常明显的了，她还带着孚斯塔夫的小僮！好计谋！已经布置好了，我们的不忠实的妻子一同去做坏事。好，我要抓到他，然后收拾我的妻，把佩芝太太脸上的冒充贞洁的假面具揭了下来，让佩芝他自己显露活忘八的原形，这一连串骇人听闻的举动将使我的邻人们一致喝彩。〔钟鸣〕钟声指示我下手的时间到了，我的信心催我前去搜查，我在那里会找到孚斯塔夫。我这样做会受到赞美，不会受到讥笑。因为孚斯塔夫必定是在那里，就如同大地是坚实的一般肯定。我要去。

佩芝、沙娄、斯兰德、店主、修·哀文斯爵士、凯斯与勒格贝上。

佩芝、沙娄及其他	很高兴又见到您，福德先生。
福德	真是一群好朋友。我家里备有酒肴，请你们全和我去吧。
沙娄	我实在不能奉陪，福德先生。

斯兰德	我也不能奉陪，先生。我们已经应邀和安小姐在一起吃饭，给我多少钱我也不能对她失约。
沙娄	为了给安·佩芝小姐和我的表弟斯兰德做媒的事，我们已经等候了很久，今天要得到回话。
斯兰德	我希望能得到您的好感，佩芝老伯。
佩芝	我当然有好感，斯兰德先生，我完全支持你。但是我的妻，医生先生，却完全支持你。
凯斯	是的，而且小姐爱我，我的女仆魁格莱都告诉我了。
店主	你觉得年轻的樊顿先生怎样？他能跳，能舞，他有闪烁着青春的眼睛。他能写诗，他谈吐不俗，他像春花一般地芬芳。他会胜利的，他会胜利的。他有办法，他会胜利的。
佩芝	我是不会答应的，我预先告诉你。这位先生没有产业，他和那放荡的王子和波音斯[5]混在一起，他的身份太高了，他知道得太多了。不，他休想利用我的资产改善他的经济状况。如果他要娶她，只能光娶她一个人。我的财产须由我支配，而我不预备给他。
福德	我诚恳地请求你们，哪一位到我家里去吃饭。除了酒看之外，还有余兴，我要请你们看一个怪物。医生先生，你务必来；你也务必来，佩芝先生；还有你，修牧师。
沙娄	好，再会，我们到佩芝先生家去求婚可以格外自由些。〔沙娄与斯兰德下〕
凯斯	回家去，约翰·勒格贝，我就来。〔勒格贝下〕
店主	再会，朋友们，我要去找我的诚实的爵士孚斯塔夫，

和他喝甜酒去。〔店主下〕

福德　　　〔旁白〕我想我要先和他喝点大木桶的酒[6]。我要令他跳起来。你们请走吧，诸位?

全体　　　跟你去看看这个怪物。〔同下〕

第三景：福德家中一室

福德太太与佩芝太太上。

福德太太　　喂，约翰！喂，罗伯特！

佩芝太太　　快一点，快一点——脏衣服筐子呢——

福德太太　　我准备好了。喂，罗宾，在哪里呢?

仆人等送筐上。

佩芝太太　　来，来，来。

福德太太　　放在这里。

佩芝太太　　把任务吩咐你的仆人们，我们必须要简捷。

福德太太　　唉，我已经和你说过，约翰，还有罗伯特，要守在酿酒房附近听候调遣。我突然喊你们的时候，就走过来，不要耽搁不要迟疑，把这筐子扛在肩上。然后，赶快开步就走，带到达柴草原[7]上漂白衣裳的人群中间，在靠近泰晤士河边就把筐倾倒在泥沟里。

佩芝太太　　你们知道怎样做了？

福德太太　　我已经告诉他们好几遍了，他们知道怎样做。去吧，
　　　　　　我一喊你们就来。〔二仆下〕

佩芝太太　　小罗宾来了

　　　　　罗宾上。

福德太太　　怎样，我的小鹩！有什么消息？

罗宾　　　　我的主人，约翰爵士，已经从您的后门进来了，福
　　　　　　德太太，要求见您。

佩芝太太　　你这小傀儡[8]，你没有给我们泄露消息吧？

罗宾　　　　我赌过咒了。我的主人不知道你在这里，他还威吓
　　　　　　我，如果我把他来到这里的消息告诉你，他将把我
　　　　　　永久辞退，他赌咒说他要把我开除掉。

佩芝太太　　你是个好孩子，你能这样保密，我要给你做一身新
　　　　　　的裤褂。我要去藏起来。

福德太太　　你去。去告诉你的主人我是独自在此。〔罗宾下〕佩
　　　　　　芝太太，要记住我说到什么地方你就上场。

佩芝太太　　你放心，如果我演得不好，嘘我好了。〔下〕

福德太太　　那么，去吧。我们要来对付这一团毒雾，这庞大多汁
　　　　　　的南瓜。我们要教训他，让他知道斑鸠和乌鸦的分别。

　　　　　孚斯塔夫上。

孚斯塔夫　　"我可抓到了我的天上的宝贝？"[9]唉，现在让我死
　　　　　　吧，因为我已经活得够长。这就是我毕生愿望的终
　　　　　　点，啊这幸福的时刻！

福德太太	啊！亲爱的约翰爵士！
孚斯塔夫	福德太太，我不能欺骗，我不能信口乱说，福德太太。可是我在愿望中却起了罪恶的念头，我愿你的丈夫是死了。我要当着任何人说，我愿娶你做我的太太。
福德太太	我做你的太太，约翰爵士！哎呀，我可太不像样了。
孚斯塔夫	在法兰西宫廷里给我再找这样一位漂亮太太。我看出你的眼睛赛过钻石，你有弯弯的睫毛，正好配上船形的发饰、新型的发饰或任何威尼斯流行的发饰。
福德太太	只配戴简单的头巾，约翰爵士。我的眉毛不适宜于任何其他的发饰，就连头巾也不很配。
孚斯塔夫	你这样说可未免对你自己太不忠实了，你走到宫廷里去可以成为一个十全十美的人物。你的稳重的脚步，在半圆形的裙架里，走起来婀娜多姿。我看出你是怎样的一个人，天生丽质，可惜命途多舛[10]。好了，你无法隐藏。
福德太太	相信我的话，我实在一无可取。
孚斯塔夫	那么我爱你哪一点呢？所以你要知道你确有异于寻常的地方。好啦，我不能花言巧语地奉承你，说你这样，说你那样，像一些俨如女扮男装香气四溢[11]的花花公子一般。我不能，但是我爱你。除了你我不爱任何人，而且你值得我爱。
福德太太	你不要骗我，先生。我恐怕你爱的是佩芝太太。
孚斯塔夫	那么你大可以说，我喜欢在债务拘留所[12]大门附近散步，那地方之臭气熏天正和石灰窑一般可厌。

福德太太	唉，天晓得我是如何爱你，有一天你总会知道的。
孚斯塔夫	继续你这样的想法，我不会辜负你的。
福德太太	不，我必须告诉你，你没有辜负我，否则我也不会有那样想法的。
罗宾	〔在内〕福德太太！福德太太！佩芝太太到门口来了，汗流气喘，张皇四顾，要立刻和你说话。
孚斯塔夫	不可让她看见我，我藏在幕壁后面吧。
福德太太	请你就这么办，她是个很会饶舌的女人。〔孚斯塔夫藏起〕

佩芝太太与罗宾又上。

	有什么事？怎么啦？
佩芝太太	啊福德太太！你做的好事？你出丑啦，你跌筋斗啦，你永远不得翻身啦！
福德太太	什么事，好佩芝太太？
佩芝太太	哎呀不好了，福德太太！有这样好的人做你的丈夫，你还惹得他这样地对你起疑心！
福德太太	什么事让他起疑心？
佩芝太太	什么事让他起疑心！去你的！我把你看错了！
福德太太	哎呀，到底怎么回事？
佩芝太太	你的丈夫正在向这里来，带着温莎的所有的官差，来搜索一个男人。据他说这人现在在这房里，是你约来的，乘他不在家的时候来此幽会。你完了。
福德太太	〔旁白〕再大声些说——我希望不会有这样的事。
佩芝太太	但愿没有这样的事，这屋里没有藏着这样的人！不

过你的丈夫带着全温莎一半的人到这里来搜寻这样一个人，是千真万确的了。我是先来告诉你，如果你自觉清白，我很高兴。但是如果你有一个情人在这里，把他送走，送走。别慌，要镇定，保护你的名誉，否则你这一生永远没有好日子过了。

福德太太 我怎么办呢——是有一个男人，我的好朋友。我担心的不是我的耻辱而是他的危险，我宁可出一千镑，让他离开这里。

佩芝太太 真糟！别耽误时间说什么"宁可"不"宁可"的话了，你的丈夫已经离这里很近了。想个把他送走的法子，在这屋里你是藏不住他的。啊，你竟这样地蒙骗我！看，这里有一个筐子，如果他身材不太大，他可以爬进去。把脏衣服覆在上面，好像是要送出去洗的。再不然——现在正是漂白时期——你派两个佣人把他送到达柴草原。

福德太太 他块头太大钻不进去。这可怎么办呢？

孚斯塔夫 〔走出〕让我看看，让我看看，啊，让我看看！我进去，我进去。照你的朋友的话做。我进去。

佩芝太太 怎么，约翰·孚斯塔夫爵士！这就是你写情书给我的用意吗？

孚斯塔夫 我爱你，除了你我谁也不爱。帮助我离开此地，让我爬进去。我再也不——

〔他爬进筐子；她们用脏衣服把他盖上〕

佩芝太太 帮着把你的主人盖起来，孩子。叫你的仆人来，福德太太。你这位骗人的爵士！

福德太太　　喂，约翰！罗伯特！约翰！〔罗宾下〕

　　　　　　仆人等上。

　　　　　　去，赶快抬起这些衣服。杠子在哪里呢？看，你们
　　　　　　这样犹犹豫豫的！把这些衣服送到达柴草原的洗衣
　　　　　　婆那里去，要快，要快。

　　　　　　福德、佩芝、凯斯、修·哀文斯爵士上。

福德　　　　请你们，走过来。如果我猜疑全无根据，那么你们
　　　　　　取笑我好了，我没的怨。怎么！这是什么？你们要
　　　　　　抬到哪里去？

仆人等　　　送给洗衣妇。

福德太太　　噫，你管他们抬到哪里去呢？洗衣服的事最好也要
　　　　　　你管。

福德　　　　洗衣服[13]！我愿把我自己头上的角也洗掉！角，角，
　　　　　　角！是的，角；我对你说，角；而且正是季节，它即
　　　　　　将出现。〔仆人抬衣筐下〕诸位，我昨夜做了一梦，
　　　　　　我要把梦告诉你们。这，这，这是我的钥匙。上楼
　　　　　　到我的寝室去，去搜，去找，去发现，我担保一定
　　　　　　可以赶出那只老狐狸。让我先来堵住这条路。〔锁
　　　　　　门〕好，现在下手吧[14]。

佩芝　　　　好福德先生，别着急，你未免太自苦了。

福德　　　　说得对，佩芝先生。上去吧，诸位，你们就会有热
　　　　　　闹瞧了。随我来，诸位。〔下〕

哀文斯　　　这是太古怪的脾气，太古怪的嫉妒。

凯斯	这不是我们法国的作风，在法国无所谓嫉妒。
佩芝	跟他去，诸位，看看他搜寻的结果。〔佩芝、凯斯与哀文斯下〕
佩芝太太	这岂不是有双料的妙处？
福德太太	我不知道哪一件事使我更喜欢：我的丈夫受骗，还是约翰爵士受骗。
佩芝太太	你的丈夫问那筐子里是什么的时候，他可有多么害怕！
福德太太	我觉得他也许需要用水浇一下，所以把他掷到水里对他也有点益处。
佩芝太太	他该死，那个不诚实的坏蛋！我愿像他这一类的人都吃些同样的苦头。
福德太太	我想我的丈夫有些特别疑心孚斯塔夫在这里，因为我从没有看见过他嫉妒得这样厉害。
佩芝太太	我要设个计策来试探一下，我们还要对孚斯塔夫再开一些玩笑，这一剂药恐怕还治不好他的荒唐的病。
福德太太	我们要不要派那个傻婆娘魁格莱太太去见他，把他被投下水的事解释一下。再鼓起他的另一次希望，让他再受一次惩罚？
佩芝太太	我们就这样做，让他明天八点钟来，赔补赔补他。

福德、佩芝、凯斯与修·哀文斯爵士又上。

福德	我找不到他，也许这坏人是在夸耀，其实做不出来。
佩芝太太	〔向福德太太旁白〕你听见了吗？
福德太太	〔向佩芝太太旁白〕听见了，听见了，别作声——你

待我好，福德先生，是不是？

福德　　　是，我待你不错。

福德太太　你的心眼儿坏，愿上天使你变成为一个较好一点的人！

福德　　　但愿如此！

佩芝太太　你对不起你自己，福德先生。

福德　　　是的，是的，我只好忍受。

哀文斯　　如果在这座房子里、在各个房间里、在柜子里、在衣橱里，能找出任何一个人，愿上天在最后裁判日饶恕我的罪过！

凯斯　　　也别饶恕我，屋里根本没有人。

佩芝　　　呸，呸，福德先生，你不难为情吗？什么人，什么魔鬼使你这样胡思乱想？就是把温莎宫的财产都给了我，我也不肯像你这样地丧心病狂。

福德　　　是我的错，佩芝先生，我现在吃苦了。

哀文斯　　你吃苦是由于存心不良，你的妻是一个贞洁的女人，五千个里也挑不出这样一个，五百个里也挑不出。

凯斯　　　哼，我也看出她是个贞洁的女人。

福德　　　好，我答应过请你们吃一顿饭。来，来，到公园去散散步。我请诸位原谅我，我以后会告诉你们为什么我这样做。来，太太；来，佩芝太太。我求你，原谅我，我诚恳地请求，原谅我。

佩芝　　　我们进去吧，诸位，但是我们一定要取笑他一番。我请你们明天早晨到我家里吃早点，随后我们去捉鸟，我有一只很好的鹰专会在树丛捉鸟。这样好不好？

福德	怎样都好。
哀文斯	有一个人去，我就奉陪。
凯斯	有一两个人去，我就算是第三个。
福德	请你也去，佩芝先生。
哀文斯	我请你们大家明天可别忘了那个坏蛋酒店老板[15]。
凯斯	很好，我一定记住。
哀文斯	真是一个坏蛋！专会开玩笑捣蛋！〔同下〕

第四景：佩芝家中一室

樊顿、安·佩芝、魁格莱太太上。魁格莱太太站在一边。

樊顿	我看出我是得不到你父亲的喜欢，所以不必再向他提起我来，亲爱的安。
安·佩芝	哎呀，如何是好呢？
樊顿	唉，你必须要镇定。他反对我，说我出身太高贵，又说我的资产挥霍殆尽，想要利用他的财富拿来填补亏空。除此以外，他还有别的阻挠的理由，说我过去行为放荡，交游不检。并且直告我，我只是把你当作一份资产来爱，那是绝不可以的。
安·佩芝	也许他对你说的话是对的。

| 樊顿 | 不，我有生之年，上天保佑我不作此想！虽然我承认，我当初向你求婚，安，第一个动机是你父亲的财富。可是，在求婚之际我就发现了你的价值是在金币或密封的口袋里的巨款之上，我现在追求的乃是你本身的财富。 |
| 安·佩芝 | 亲爱的樊顿先生，还是要设法讨我父亲的欢心，还是要讨他的欢心。如果利用机缘低声下气地恳求还不能打动他的心，那么——你过来听我说。〔二人在一旁密语〕 |

沙娄与斯兰德上。

沙娄	打断他们的谈话，魁格莱太太，让我的表弟为他自己去开口。
斯兰德	好歹我要前去一试[16]。天哪，这是冒险一试。
沙娄	不要灰心。
斯兰德	不，她不会使我灰心。我并不在乎，只是有一点害怕。
魁格莱太太	你听着，斯兰德先生要和你说句话。
安·佩芝	我来见他。〔旁白〕这是我父亲选中的。啊，一年有三百镑收入，多少下流丑恶的缺陷都会显着漂亮可爱！
魁格莱太太	樊顿先生您好？我和您说句话。
沙娄	她过来了，迎上她去，表弟。啊，别忘了你有过一位了不起的父亲[17]！
斯兰德	我有过一位父亲，安小姐，我的表哥可以告诉你许

多有关他的笑话，例如有一回我的父亲从笼里偷了
两只鹅。

沙娄	安小姐，我的表弟爱你。
斯兰德	是的，我是爱你，就像爱格劳斯特县任何女人一样。
沙娄	他将把你当作一位绅士夫人来供养。
斯兰德	是的，我是愿意那样做，无论发生什么事[18]，总不至于失掉绅士的身份。
沙娄	他会给你留一百五十镑的赡养金。
安·佩芝	好沙娄先生，让他自己来求婚。
沙娄	好极了，我多谢你的指点，我多谢你的善意。她喊你呢，表弟，我走开了。
安·佩芝	斯兰德先生。
斯兰德	好安小姐——
安·佩芝	您有什么愿望？
斯兰德	我的愿望？我的天哪！这真是开玩笑，老实说！感谢上天，我还没有立过遗嘱。我赞美上天，我不是那样一个病重的人。
安·佩芝	我的意思是，斯兰德先生，您对我有什么愿望？
斯兰德	说真的，以我自己而论，我对您没有什么要求。您的父亲和我的表哥提出了这门亲事，如果我有这份运气，很好。否则呢，谁有这份福气谁来消受吧！他们会告诉您一些事情，比我说的好。您可以去问您的父亲，他来啦。

佩芝与佩芝太太上。

佩芝	哎，斯兰德先生，你要爱他，安。嗳，怎么回事！樊顿先生在这里做什么？你对不起我，先生，还这样地往我家里跑。我已经告诉过你，我的女儿已经有了夫家。
樊顿	不，佩芝先生，别着急。
佩芝太太	好樊顿先生，别来找我的孩子。
佩芝	她和你不相配。
樊顿	先生，您听我说好不好？
佩芝	不，我不要听，樊顿先生。来，沙娄先生；来，斯兰德我的孩子，进去。你知道我的意思，还这样做实在是对不起我，樊顿先生。〔佩芝、沙娄与斯兰德下〕
魁格莱太太	向佩芝太太去说。
樊顿	好佩芝太太，我爱您的女儿是正大光明的。无论遭遇什么阻碍，受到什么谴责，触犯什么礼法，我要勇往直前地恋爱，决不后退。让我得到您的欢心吧。
安·佩芝	好母亲，不要把我嫁给那个傻瓜。
佩芝太太	我没有这个意思，我要给你物色一位好一些的丈夫。
魁格莱太太	那是我的主人，医生先生。
安·佩芝	哎呀！我宁可被活埋在土里，让你们用萝卜把我砸死。
佩芝太太	好，不必自苦。好樊顿先生，我既不帮助你，也不反对你。我要去问问我的女儿，看她究竟是否爱你，她有怎样的心情，我便有怎样的意向。目前且暂失陪，先生。她必须进去了，她的父亲要发怒了。

樊顿	再会，夫人。再会，安。〔佩芝太太与安下〕
魁格莱太太	这都是我的功劳："不，"我说，"你愿把你的孩儿抛给一个傻瓜，一个医生吗？看看樊顿先生。"这就是我的功劳。
樊顿	我谢谢你，我请你今晚找个时候把这指环送给我的亲爱的安。这钱是酬谢你的。
魁格莱太太	愿上天给你好运气！〔樊顿下〕他有好心肠，为了这样心肠的人，一个女人情愿赴汤蹈火。但是我还是愿意我的主人娶到安小姐，否则我愿斯兰德先生娶到她。再不然，老实说，我愿樊顿先生娶到她。我要尽全力为他们三位同样地效劳，我已经这样地承诺了，我不能说话不算数，不过特别地要为樊顿先生出力。好，两位太太还为了另外一桩事差我到约翰·孚斯塔夫爵士那里去呢，我怎么还在这里厮混！〔下〕

第五景：袜带酒店内一室

孚斯塔夫与巴多夫上。

孚斯塔夫	巴多夫，喂——
巴多夫	来了，先生。
孚斯塔夫	去给我取一夸特酒，放一块烘面包在里面。〔巴多夫

下〕我活了这么久，竟让人装在筐子里，像是屠夫的一车杂碎被扔在泰晤士河里去？哼，如果再对我这样恶作剧，我要把我的脑子挖出来，涂上一点牛油，当作新年礼物送给一条狗吃。那两个混蛋把我往河里一丢，毫无怜惜之意，好像是淹溺一只瞎母狗一窝生出来的十五只小狗。你知道以我这样大的块头，沉下去是很快的，就是像地狱一般深，我也会往下沉的。幸亏岸边水浅，否则我会淹死。我最怕这种死法，因为水会把人泡胀，我若是再胀起来还像一个什么东西！我会变成为一块庞大的死肉。

巴多夫送酒又上。

巴多夫　　魁格莱太太要和你说话。

孚斯塔夫　来，让我倒一些酒到这泰晤士河的水里去，因为我的肚子里面冰冷，好像是为了要治肾脏发炎吞服了雪球。叫她进来。

巴多夫　　进来吧，婆子。

魁格莱太太上。

魁格莱太太　对不起，来打扰您，大老爷您早安。

孚斯塔夫　把这些杯子拿走，好好地给我弄两夸特酒来。

巴多夫　　加鸡蛋吗，先生？

孚斯塔夫　不要加，我的酒里不要鸡的精虫[19]。〔巴多夫下〕——有什么事？

魁格莱太太	唉，先生，我是福德太太派我来见您的。
孚斯塔夫	福德太太！我可享够福了，我被丢到河里面，装满了满腹的水。
魁格莱太太	哎呀！好人，那不是她的错。她对她的仆人们大发雷霆，他们因误会而做错了事。
孚斯塔夫	我也是误会了，竟相信一个蠢女人的诺言。
魁格莱太太	她为了这事很伤心，先生，您看了她那样子都会难过的。她的丈夫今天早晨要去捉鸟，她再度请您在八点到九点之间去会她。我必须把她的话赶快带到，她会补偿您的，我敢向您担保。
孚斯塔夫	好，我愿去见她，把这话告诉她。让她想一想怎样才算是一个男子汉，让她思量一下他的弱点，然后再估量一下我的优点。
魁格莱太太	我会告诉她。
孚斯塔夫	要告诉她。你是说，八点到九点之间？
魁格莱太太	八点到九点，先生。
孚斯塔夫	好，去吧，我准去见她。
魁格莱太太	再见，先生。〔下〕
孚斯塔夫	我很奇怪，我怎么还听不到布鲁克先生的消息？他通知我在家里等着。我很喜欢他的钱财。啊！他来了。

福德上。

福德	上帝保佑你，先生！
孚斯塔夫	布鲁克先生，你现在来是要打听我和福德的老婆之间的经过吧？

福德	约翰爵士，我的确是来打听这件事的。
孚斯塔夫	布鲁克先生，我不对你说谎：我是按照她指定的时间到她家去的。
福德	你很顺利吗，先生？
孚斯塔夫	很恶劣，先生。
福德	为什么，先生？她改变主意了？
孚斯塔夫	不是，布鲁克先生。但是那个偷偷摸摸的乌龟，她的丈夫，布鲁克先生，整天疑神疑鬼地嫉妒，正在我们相会的时候，我们刚刚拥抱过，吻过，海誓山盟过，好像是一场喜剧刚刚念过开场白，他突然来了。他身后跟着一群乱七八糟的伙伴，被他恶意教唆蜂拥而至，要在他的家里搜索他的老婆的奸夫。
福德	怎么！那时候你正在那里？
孚斯塔夫	我正在那里。
福德	他搜寻你，没有找到你？
孚斯塔夫	你听我说。时来运转，来了一位佩芝太太，报告福德来了的消息。她心生一计，福德的老婆惊惶失措，她们把我装在一只脏衣服的筐里。
福德	脏衣服的筐！
孚斯塔夫	是呀，脏衣服的筐！连同一些脏衣服、臭袜子、油手巾，就把我给塞进去了。在那里，布鲁克先生，有人的鼻子所从来没有闻到过的几种怪味混合起来的臭味道。
福德	你在那里停留多久？

孚斯塔夫　不，且听我说，布鲁克先生，我为了向你效劳而去勾搭这个女人做坏事，我可吃了多少苦头。这样地被塞进筐子之后，福德的两个仆人被主妇唤了出来，叫他们把我当作一筐脏衣服抬到达柴草原，他们就把我抬上了肩头。在门口遇到了那个善妒的混账丈夫，问了他们一两次筐里是什么东西。我吓得发抖，生怕那疯狂的家伙真去查看。但是命运注定了他要当忘八，他住手没有查看。好，于是他进行在屋里搜寻，我作为一筐脏衣服就出去了。但是且听下文，布鲁克先生，我受了三次死亡的痛苦：第一次，几乎被一只嫉妒成性的挂铃铛的阉羊所发现，把我吓得要死；第二次，我被塞在筐里，头触着脚跟，像一柄宝剑被放进一只斗里一般，剑柄触着剑尖[20]；随后就把我像是一种强烈的发酵饮料一般，被闷在一堆被油泥泡糟了的臭衣服里面。想想看，像我这样脾气的人，想想看，我是像牛油一般禁不住热的，我是一热就要融化的，居然没有窒息而死真是奇迹。就在这闷热得不可开交的时候，我几乎被油水炖得半熟，像是一盘德国大菜[21]，生生地被丢到泰晤士河里去了。滚热滚烫的就被丢到水里去冷却，像是一只马蹄铁一般。想想看，当时嘶啦一声响，想想看，布鲁克先生！

福德　　我很诚恳地说，我非常抱歉，你为了我而吃这么多苦。那么我的追求是无望的了，你对她还想一试吗？

孚斯塔夫	布鲁克先生，就是再把我丢进爱特那火山口，像已经被丢进泰晤士河一般，我对她也不肯就此罢休。她的丈夫今天早晨捉鸟去了，我又得她邀约再度相会，八点到九点之间，布鲁克先生。
福德	八点已经过了，先生。
孚斯塔夫	是吗？那么我要准备去赴约了。你得暇再来看我，我当把经过情形奉告，最后的结局是让你去享受她一番。再会了。你可以得到她的，布鲁克先生。布鲁克先生，你可以使得福德变忘八。〔下〕
福德	哼！哈！这是幻景？这是梦境？我在睡觉？福德先生，醒起！醒起，福德先生！你的最好的衣服有了一个大窟窿。这就是结婚的下场，这就是置备衣裳和脏衣服筐子的报应！好，我要宣布我是什么人，我要去捉那奸夫。他是在我家里呢，他无法逃脱，他不可能逃走。他不能钻进一个小小的钱袋，也不能钻进胡椒罐，但是任何不可能的地方我都要去搜一下，怕的是引导他去的那个恶魔会又帮他逃走。已经当了忘八，没有办法不当，可是并非甘心情愿，不能就此服服帖帖地当下去。如果我额上生角使得我发狂，那么就像俗语所说的，我要发牛脾气。〔下〕

注 释

[1] 采自 Christopher Marlowe 的一首诗，如下：

The Passionate Shepherd to His Love

Come live with me and be my love,

And we will all the pleasures prove

That hills and valleys, dale and field,

And all the craggy mountains yield.

There will we sit upon the rocks,

And see the shepherds feed their flocks,

By shallow rivers, by whose falls

Melodious birds sing madrigals.

There will I make thee beds of roses,

With a thousand fragrant posies,

A cap of flowers, and a kirtle

Embroider'd all with leaves of myrtle;

A gown made of the finest wool,

Which from our pretty lambs we pull:

Fair lined slippers for the cold,

With buckles of the purest gold;

A belt of straw, and ivy buds,

With coral clasps and amber studs:

And if these pleasures may thee move,

Come live with me, and be my love.

Thy silver dishes for thy meat,

As precious as the gods do eat,

Shall on an ivory table be

Prepar'd each day for thee and me.

The shepherd swains shall dance and sing

For thy delight each May morning;

If these delights thy mind may move,

Then live with me and be my love.

[2] 此行系《圣经》赞美诗篇第一三七首（韵文本）之第一行。

[3] Hippocrates，纪元前第五世纪之希腊医生。

[4] 原文 twelve score。一说指"码"；一说指"步"，一步五尺，为四百码；一说指"里"，按当时炮弹直射不可能有如此远。

[5] 指《亨利四世上篇》中之 Prince Hal 与 Poins，这是一个证据证明《亨利四世》之写作是在此剧之前。

[6] 原文"I think I shall drink in pipe-wine first with him; I'll make him dance."其中 pipe 一字显然是双关语。前一句店主所谓"甜酒"（canary）也是双关语:（一）跳舞;（二）酒。威尔孙注云:'Pipe' = (a) a large cask; hence 'pipe-wine' = wine from the wood. N. B. Falstaff, the 'tun of man', might be called a 'pipe' and his cries 'whine'; (b) a musical instrument for a dance; hence 'pipe-wine' = the whine of the pipe. 'Drink in' = listen to, or watch with delight.

[7] 达柴草原（Datchet-mead）是河边一片草地，公众浆洗衣服之处。达柴村在温莎之东二里，泰晤士河左岸。

[8] 小傀儡（little Jack-a-Lent）是放在街头的小稻草傀儡，着彩色斑斓的破衣，由孩子掷石击之为戏。孚斯塔夫之侍僮亦着颜色鲜艳之服装，故云。

[9] 引自 Sidney: *Astrophel and Stella* (second sonnet) —— "Have I caught my heavenly jewel/Teaching Sleep most fair to be？"

[10] 原文 "I see what thou wert, if Fortune thy foe were not, Nature thy friend"，这句的标点是沿用第二第三第四对折本。威尔孙提议作："if fortune, thy foe, were but as nature, thy friend." 无论怎样标点，原句大意应是惋惜她命运不济。

[11] 原文 "smell like Bucklesbury in simple-time"。按 Bucklesbury 是伦敦市区一条街道，卖香草香料的店铺集中于此。simple-time 即晾晒香草使香气四溢的季节。

[12] Counter 是伦敦市监禁债务人之拘留所，门前污秽不堪。

[13] Buck，双关语:（一）洗衣服;（二）雄鹿，有角，暗指淫妇之夫头上生角。

[14] 原文 now uncape，据威尔孙解，uncape 是 uncope 之误，意为"解开猎犬之口罩令其捕杀将由洞穴窜出之猎物"，有格杀勿论之意。

[15] 指第四幕第五景所演出的情节。

[16] "I'll make a shaft or a bolt of it." 据 Clarke 注："谚语也，其意盖谓:'我将巧妙地或笨拙地去做'，'成功或失败'。shaft 是弓箭手使用之锋利的长箭，bolt 是射鸟用之较钝的短箭。"

[17] "thou hadst a father！" 据 Harrison 注："你的举止动作要像是一个男子汉，不可像是一个胆怯的女人。"不可辱没先人之意。

[18] 原文 "Ay, that I will, come cut and long-tail, under the degree of a squire." 威尔孙注："Slender means 'Let them all come —— under the degree of a squire', i. e. so long as they are not too grand." 疑误。Harrison 注似较妥，"cut and long-tail = 'whatever happens.' under...squire : according to the style of living of a country gentleman." 下半句是接 that I will 而言。

[19] pullet-sperm 即 treadle，鸟卵中蛋白部分里之一螺旋形带，其作用为系住蛋黄使不移动，学名是 chalaza，此处误为精虫。

[20] bilbo 在西班牙，产良剑，其剑身甚软，可弯曲成一圆形。peck 为量具，等于一 bushel 的四分之一的容量，姑译为"斗"。

[21] 威尔孙注："德国人喜食油腻的烹调，在莎士比亚时显然是众所周知的。"

第 四 幕

第一景：街道

佩芝太太、魁格莱太太与威廉上。

佩芝太太 你认为他已经在福德先生家里了吗？

魁格莱太太 当然这时候他是在那里，否则很快地也就会到那里。真的，他被人丢到河里，他很生气哩。福德太太请你立刻就去。

佩芝太太 我就到那里去，我要把孩子送上学。看，他的老师来了，我看又是放假。

修·哀文斯爵士上。

怎样，修爵士！今天不上课？

哀文斯 不上课，斯兰德先生放孩子们一天假。

魁格莱太太　　真是好心肠！

佩芝太太　　　修爵士，我的丈夫说我的儿子读书毫无长进。我请你，关于拉丁文法，你问他一些问题。

哀文斯　　　　过来，威廉。抬起你的头来，来。

佩芝太太　　　来呀，孩子。抬起你的头来，回答老师的问话，不要怕。

哀文斯　　　　威廉，名词有几种数式?

威廉　　　　　两种。

魁格莱太太　　真是的，我以为还另外有一种呢，因为常听人家说"上帝的名词"[1]。

哀文斯　　　　你少说废话！Fair 一字，拉丁文怎样说法，威廉?

威廉　　　　　Pulcher。

魁格莱太太　　Polecats（臭猫）！世界上一定有比臭猫较为美丽的东西。

哀文斯　　　　你真是一个蠢女人，请你少说话吧。Lapis 是什么，威廉?

威廉　　　　　石头。

哀文斯　　　　什么是"石头"，威廉?

威廉　　　　　小圆石。

哀文斯　　　　不对，应该是 lapis，你要记在脑子里。

威廉　　　　　Lapis。

哀文斯　　　　这才是乖威廉。出借冠词的人，威廉，应该怎么说?

威廉　　　　　冠词是从代名词借来的，有如下的语尾变化，单数的，主格的，hic、haec、hoc[2]。

哀文斯　　　　主格的，hig、hag、hog；请你注意，所有格的，hujus。好，受格的可怎么说呢?

威廉	受格的是 hinc。
哀文斯	我请你，要用你的记忆力，孩子，受格的是 hung、hang、hog。
魁格莱太太	Hang hog（挂猪）就是拉丁文的"咸肉"，我说一定是。
哀文斯	别瞎说了，女人。呼唤格，怎么说，威廉？
威廉	啊呼唤格，啊。
哀文斯	要记住，威廉，呼唤格是从缺的。(is caret = is lacking)
魁格莱太太	那是个好菜根。(carrot = 胡萝卜)
哀文斯	住嘴，女人！
佩芝太太	别说话！
哀文斯	所有格，复数形，怎么说呢，威廉？
威廉	所有格？
哀文斯	是的。
威廉	所有格，horum、harum、horum。
魁格莱太太	好一个珍妮的案子[3]！她好下贱！如果她是个娼妓，永远不要提起她，孩子。
哀文斯	你胡说，女人！
魁格莱太太	你真不该拿这样的字叫孩子学。他教他饮酒嫖妓[4]，这是他们自己很快就会学会的事。他还教他大声地喊"horum"，你真不该！
哀文斯	女人，你疯了吗？你一点也不懂文法上的格、数与性别吗？你是一个难以想象的糊涂基督徒。
佩芝太太	请你不要说话。
哀文斯	现在你说说看，威廉，代名词的语尾变化。

威廉	我忘记了。
哀文斯	那就是 qui、quae、quod。如果你忘记你的 qui，你的 quae，你的 quod，你就要挨鞭子打。你去玩吧，去吧。
佩芝太太	他是比我想象的还好一些的一个学生。
哀文斯	他的记忆力很强。再会，佩芝太太。
佩芝太太	再见，修爵士。〔修爵士下〕你回家吧，孩子。来，我们耽搁太久了。〔同下〕

第二景：福德家中一室

孚斯塔夫与福德太太上。

孚斯塔夫	福德太太，你的忧伤吞没了我的苦痛。我知道你的爱情是很热诚的，我决不丝毫亏负于你。福德太太，不仅是单纯的用情方面，就是有关爱情的种种装备、附件、排场，一样都不会缺少。你准知道你的丈夫不会来吗？
福德太太	他捉鸟去了，亲爱的约翰爵士。
佩芝太太	〔在内〕喂！福德娘子！喂！
福德太太	走进内室里去，约翰爵士。〔孚斯塔夫下〕

佩芝太太上。

佩芝太太　怎样，好人儿！你现在家里还有谁？

福德太太　噫。除了我的家人之外没有外人了。

佩芝太太　真的吗！

福德太太　当然了——〔向她旁白〕大声一些。

佩芝太太　真是的，我很高兴你没有外人在这里。

福德太太　为什么？

佩芝太太　为什么，你这女人，你的丈夫又发癫疯啦。他对我的丈夫大吵大闹；骂一切结了婚的男人；咒骂一切女人，不管她们是美是丑；敲打自己的脑袋，大叫"钻出来，钻出来！[5]"他疯得这样厉害，使我以往所见到过的疯狂都显着是很轻微平常了。我真高兴那个胖爵士不在此地。

福德太太　怎么，他说起他了吗？

佩芝太太　除了他就没有说起任何人。并且发誓说，他上次搜寻他的时候，他是被装在筐里抬出去的。对我的丈夫宣称，现在他就在这里，于是拖他和他的伴侣们停止捉鸟，再来测验一下他的猜疑是否能证实。不过我很高兴那位爵士不在此地，现在他会看出他自己的胡闹了。

福德太太　他现在离这里有多远，佩芝太太？

佩芝太太　很近，就在街的尽头，他立刻就到。

福德太太　我可完了！爵士正在此地。

佩芝太太　那么你要大大地受辱，他的性命也不保了。你这女人太不成话！把他弄走，把他弄走！宁可受辱，不可弄出命案。

| 福德太太 | 他往哪边去呢？我怎样把他送出去呢？我好不好再把他塞在筐子里？ |

孚斯塔夫又上。

孚斯塔夫	不，我不再钻到筐子里去了。在他未来之前我不可以出去吗？
佩芝太太	哎呀！福德先生的三个弟兄们拿着手枪把着门，谁也不用想出去，否则在他来到之前你是可以溜出去的。可是你到这里干什么来了？
孚斯塔夫	我怎么办呢？我可以钻进烟囱里。
福德太太	他们总是拿装着弹药的鸟枪向烟囱里面轰。[6]
佩芝太太	钻到灶洞里去。
孚斯塔夫	在哪里？
福德太太	他一定会搜查那个地方的。无论是衣橱、柜子、箱子、井、窖，他都记得清清楚楚，他会照着单子到处去查看，你在屋里没地方藏躲。
孚斯塔夫	那么，我走出去。
佩芝太太	如果你以本来面目走出去，你就死了，约翰爵士。除非你化装出去——
福德太太	我们怎样给他化装呢？
佩芝太太	哎呀！我不知道。没有够大的女人衣服给他穿，否则他可以戴上一顶帽子，披上一条围巾，裹上一条头巾，就可以逃了。
孚斯塔夫	好人儿，想想办法。宁可做荒谬事，不可吃眼前亏。
福德太太	我的女仆的姑妈，伯兰福德的胖婆娘[7]，有一件袍

子在楼上。

佩芝太太	对啦，他穿着合适。她的块头和他一般大，她的粗绒毛边帽和她的围巾也在那里。跟上楼去，约翰爵士。
福德太太	去，去，亲爱的约翰爵士，佩芝太太和我就给你找一块包头的布。
佩芝太太	快，快！我们立刻就来给你装扮，先把袍子穿起来。

〔孚斯塔夫下〕

福德太太	我愿我的丈夫看到他装扮成这个样子，他一见到伯兰福德的那老太婆就按捺不住。他赌咒说她是妖婆，不准她到我家里来，曾经威胁着要揍她。
佩芝太太	愿上天指导他去遇到你丈夫的棒子，以后让魔鬼去指导那根棒子吧！
福德太太	但是我的丈夫是来了吗？
佩芝太太	老老实实地说，他是来了，而且还谈起那筐子，也不知他是怎样得到消息的。
福德太太	我们来试试看，我要吩咐我的仆人再抬那筐，在门口遇到他，像上次一样。
佩芝太太	不，他立刻就要到了，我们且去把他装扮成伯兰福德的巫婆。
福德太太	我先去交派我的仆人们如何处理那只筐子。上去，我立刻给他送包头的布。
佩芝太太	该死的，不忠实的奴才！我们作弄他多少回也没有够。

我们要用行为证明，让世人知道，

女人们可以风流，但仍然不失贞操。

我们时常谈谈笑笑，可是不去实行，

老话说得对,"安静的猪把水喝个净。[8]"〔下〕

福德太太偕二仆又上。

福德太太　去吧,你们,再把筐抬起来。主人就在门口,如果
　　　　　他命令你们放下,就听从他。快点,去吧。〔下〕

仆人甲　　来,来,抬起来。

仆人乙　　我的天,这回可别再装一个大活人了。

仆人甲　　我希望不,我宁可抬一筐铅铁。

福德、佩芝、沙娄、凯斯与修·哀文斯爵士上。

福德　　　是的,如果证明是真的,佩芝先生,你可有办法解
　　　　　除我的困扰吗?放下筐子,奴才!有人来会见我的
　　　　　太太。小伙子藏在筐子里!啊你们也是说媒拉纤的
　　　　　混账东西!你们是伙同一气来对付我的,现在恶魔
　　　　　可要当场出丑了。喂,太太,喂!来,出来!看看
　　　　　你送出去漂洗的是些什么衣服!

佩芝　　　唉,这太过分了!你不可这样放肆下去,一定要把
　　　　　你捆绑起来。

哀文斯　　唉,这是疯狂!像疯狗一般!

沙娄　　　真是的,福德先生,这可不好。

福德　　　我也觉得不好,先生。

福德太太又上。

过来,福德太太,贞洁的女人、文静的妻子、贤惠
的人儿,可惜嫁了一个嫉妒的蠢夫!我的猜疑是没

有根据的，太太，是不是？

福德太太	上天为我作证，如果你疑心我有任何不守妇道的地方，你是无理取闹。
福德	说得好，厚脸皮！说下去。出来吧，伙计！〔从筐中抓衣服出来〕
佩芝	这太过分了。
福德太太	你不羞愧吗？别再乱翻衣服了。
福德	我就会揭开你的假面具。
哀文斯	这是无理取闹了。你还不把你太太的衣服捡起来？走开吧。
福德	把筐子倒空了，喂！
福德太太	怎么啦，你这个人，怎么啦？
福德	佩芝先生，我是老实人不会说谎，昨天有一个人钻在这只筐子里从我家里被抬了出去，怎么今天又不在这筐子里呢？我确知他是在我家里，我的消息是确实的，我的嫉妒是有理的。把脏衣服都拿出来。
福德太太	如果你在那里找到一个人，把他当作跳蚤处死吧。
佩芝	这里没有人。
沙娄	我老实说，这可不好，福德先生，这使你有失体面。
哀文斯	福德先生，你需要祈祷[9]，不要胡思乱想，这是嫉妒心在作祟。
福德	好，我没在这里找到他。
佩芝	你在哪里也找不到他，除非在你的脑子里。〔二仆抬筐下〕
福德	再帮我在屋里找一回吧，如果我找不到他，不必原

　　　　　　　谅我的张皇失措。让我永远做你们的耻笑的资料，
　　　　　　　让他们把我当笑话说，"某某人嫉妒得像是福德，在
　　　　　　　空胡桃壳里找他的妻的情人。"再帮我一次忙，陪我
　　　　　　　再去搜寻一次。

福德太太　　喂，佩芝太太！你和那老太婆都下来吧，我的丈夫
　　　　　　　要到寝房里去。

福德　　　　老太婆！那是什么老太婆？

福德太太　　唉，就是住在伯兰福德的我的女仆的姑妈。

福德　　　　那是一个巫婆，一个贱妇，一个骗人的贱妇！我不
　　　　　　　是不准她到我家走动吗？她来又是有事吧，是不
　　　　　　　是？我们是简单的人，我们不懂占卜算命这一行玩
　　　　　　　的是什么把戏。她使用符箓、咒语、天宫图和其他
　　　　　　　的玩意儿，我们无从了解，我们一窍不通。下来呀，
　　　　　　　你这巫婆，老太婆，你，下来呀，喂！

福德太太　　不，我的好丈夫！诸位先生，别让他打这老太婆。

　　　　　　　孚斯塔夫扮女装，由佩芝太太领导上。

佩芝太太　　来，普拉特老妈妈；来，让我搀扶你。

福德　　　　我来"扑拉"她——〔打她〕滚出我的家门，你这
　　　　　　　巫婆、穷女人、贱娘儿们、臭猫、醒鼮东西！出去，
　　　　　　　出去！我要给你召魂，我要给你算命！〔孚斯塔
　　　　　　　夫下〕

佩芝太太　　你不羞愧吗？我恐怕你把那苦老婆子给打死了。

福德太太　　唉，他总要这样做。你干得好。

福德　　　　吊死她，巫婆！

哀文斯　　　我想这女人一定是巫婆，我不喜欢一个女人下巴上长大胡子，我看见她的围巾下面有一把大胡子[10]。

福德　　　　诸位跟我去吧？我请你们，跟我去，只是去看看我的猜疑的结果。如果我是空吠一场，以后我再张嘴叫，你们就不必理我。

佩芝　　　　我们就再顺着一点儿他的脾气。来，诸位。

〔福德、佩芝、沙娄、凯斯与哀文斯下〕

佩芝太太　　他把他打得好可怜。

福德太太　　不，他没有，他打他的时候毫无一点怜惜的意思。

佩芝太太　　我要把那根棒子挂在神龛上供起来，它今天派了这样好的用场。

福德太太　　你看怎样？我们可否，仗着妇德无亏，凭着良心作证，再进一步地报复他一下？

佩芝太太　　他的淫心一定是已经被吓散了，如果他不是被恶魔所依法永久占有，我想他出来横行时再也不敢来冒犯我们了。

福德太太　　我们要不要告诉我们的丈夫我们是怎样处置他的？

佩芝太太　　一定要告诉，至少可以消除你丈夫心上的猜疑。如果他们有意要再惩治这位可怜的胖爵士，我们两个还可以去执行任务。

福德太太　　我敢说他们会愿意让他公开受辱，我想不让他公开受辱一次这场笑话也没有结局。

佩芝太太　　来，打铁要趁热，就去着手，我不愿事情冷了之后再办。〔同下〕

第三景：袜带酒店中一室

店主与巴多夫上。

巴多夫　　老板，那些德国人^[11]想要用你三匹马。公爵本人明
　　　　天要来到宫里，他们要去会见他。

店主　　　什么公爵来得这样秘密？我在宫里不曾听说过他。
　　　　让我和他们谈谈，他们会说英语吧？

巴多夫　　会的，老板，我去喊他们来。

店主　　　他们可以用我的马，但是我要让他们付钱。我要对
　　　　他们毫不客气，他们订我的房间已有一星期了。我
　　　　谢绝了我的别的客人，他们必须付钱，我不客气。
　　　　来。〔同下〕

第四景：福德家中一室

佩芝、福德、佩芝太太、福德太太与修·哀文斯爵士上。

哀文斯　　这是我从没有见过的一项最好的妇人的见识。

佩芝　　　他同时送信给你们两个吗？

佩芝太太　在一刻钟之内。

福德　　　饶恕我，太太。以后你随便怎么做都可以，我宁可

疑心太阳是冷的，也不愿疑心你不贞洁。以往我对
你信心不坚，现在我认为你的贞洁是坚定不移的了。

佩芝　很好，很好，别再说了。顺从和冒犯一样，不可趋
于极端，我们进行我们的计划吧。为了给我们当众
取笑起见，让我们的太太再和这个胖老头子约会一
次，然后我们去捉他，羞辱他一番。

福德　她们所提起的办法是再好不过了。

佩芝　怎么？送信给他，就说她们约他午夜在公园相会？
呸，呸！他决不会来的。

哀文斯　你们说他曾被丢进河里，曾被人当作一个老婆子痛
打了一顿，我想他心怀恐惧不敢再来。我想他肉体
受了惩罚，不会再起邪念。

佩芝　我也这样想。

福德太太　你们只消想办法在他来了之后如何对付他，让我们
两个想办法把他勾到这里来。

佩芝太太　有个古老的故事，据说曾在温莎森林这里做过一阵
狩猎管理员的猎人赫恩[12]，在整个的冬季，在寂静
的午夜时分，头上生着粗大的角，围绕着一棵橡树
走。他在那里使得树木枯萎，牲畜害病，让乳牛淌
血汁，极可怖地摇晃着一条铁链。你们总听说过这
样的一个幽灵，你们一定也知道古老时代的迷信的
人把这故事当作真事，一直传到我们这个时代。

佩芝　是啊，很多人到夜晚不敢走近赫恩的橡树。你说这
个做什么？

福德太太　噫，这就是我们的计策：让孚斯塔夫到那棵橡树旁边

会我们，化装成为赫恩的样子，头上戴起两只大角。

佩芝　　　　姑且假定他会来，以那样的装束来到了那边，把他怎么办呢？你们有什么计策呢？

佩芝太太　　我们也已经想过了，是这样的：我的女儿安·佩芝，还有我的小儿子，再加上三四个同样年龄的孩子们，我们都给打扮成为小妖小仙小精灵的样子，穿着绿的白的衣服，头上顶着一圈蜡烛，手里拿着哗啷棒。在孚斯塔夫、她和我，刚刚会见的时候，就让他们突然从一个锯木坑里乱唱着窜出来。一看见他们，我们两个就惊慌逃走，然后让他们把他围绕起来，使出小仙的惯技，拧那个心地龌龊的爵士。并且责问他，为什么在小仙游戏的时候，他胆敢以那种亵渎的形态闯入这圣洁的地方。

福德太太　　让那些假扮的小仙们狠狠地拧他，用他们的蜡烛烫他，直到他说实话为止。

佩芝太太　　实话说出之后，我们就全都出现，拔下他的角，在笑骂声中陪他回到温莎。

福德　　　　孩子们一定要排练纯熟，否则他们做不好。

袁文斯　　　我来教孩子们怎样做，我也要像是猴子一般，用我的蜡烛来烧那位爵士。

福德　　　　那好极了。我给他们买面具去。

佩芝太太　　我的女儿安做仙后，穿一件漂亮的白袍。

佩芝　　　　我去买白绸子——〔旁白〕在那个时候我就叫斯兰德把我的安拐走，到伊顿 [13] 去和她结婚。去，立刻送信去给孚斯塔夫。

莎士比亚全集

福德　不，我要再用布鲁克的名义去找他，他会把他心里的打算全告诉我的。当然，他会来的。

佩芝太太　这一点你不必担心。去，给我们拿道具来，还有我们的小仙们的服装。

哀文斯　我们就去备办，这是很好玩的，而且是很高尚的恶作剧。〔佩芝、福德与哀文斯下〕

佩芝太太　去，福德太太，派魁格莱去见约翰爵士，看他意下如何。〔福德太太下〕
我去见医生去，他是我看中的人，除了他谁也不用想娶安·佩芝。那个斯兰德，虽然产业不少，是个白痴，而我的丈夫却最属意于他。那医生很有钱，他的朋友们在宫廷里也很有势力。只有他可以娶她，纵然有两万名更好的人来求婚也不行。〔下〕

第五景：袜带酒店中一室

店主与辛普儿上。

店主　你要怎么样，蠢材？要什么，傻东西？说呀，讲呀，道呀。要简，要短，要快，要干脆。

辛普儿　唉，先生，我是斯兰德先生差我来见约翰·孚斯塔夫爵士。

328

店主	他的房间，他的住宅，他的堡垒，他的大床小床^[14]，就在那边。墙上刚刚画了浪子回家故事的那地方便是，他对你说话会像是要吃人的样子，你就敲门吧。
辛普儿	有一个老太婆，一个胖婆娘，走进他的房间了。请准我在这里等着她下来再说吧，我本是为了和她说话而来的。
店主	哈！一个胖婆娘！这位爵士可能要被劫哩，我要喊。漂亮的武士！漂亮的约翰爵士！请用你的军人气概说话，你在不在房里？这是你的店主人，你的好朋友，在喊你呢。
孚斯塔夫	〔在上〕什么事，店主人？
店主	这里有一个野人等着你那胖女人下来呢。让她下来，让她下来，我的房间都是体面的。呸！偷偷摸摸的？呸！

孚斯塔夫上。

孚斯塔夫	老板，方才是有一个胖老太婆和我在一起，但是她已经走了。
辛普儿	请问，先生，是不是伯兰福德的那个巫婆？
孚斯塔夫	是的，贝壳^[15]，你找她做什么？
辛普儿	我的主人，先生，斯兰德先生，看见她在街上走过，派我来找她，想问问她，先生，有一位名叫尼姆的，先生，骗取他一条金链子，到底是不是在他手里。
孚斯塔夫	我和那老太婆谈起过这件事了。
辛普儿	她怎么说呢，请问，先生？

孚斯塔夫	哼，她说骗取斯兰德先生金链的人也就是欺骗他的那个人。
辛普儿	我愿能和那女人当面谈一下，我奉命还有别的事情和她一谈。
孚斯塔夫	是什么事情？告诉我。
店主	对，快点说。
辛普儿	我不可以泄露，先生。
店主	不泄露，就要你的命。
辛普儿	噫，先生，并没有什么事，只是有关安·佩芝小姐的事罢了，我的主人想知道他命中注定可否娶她为妻。
孚斯塔夫	是他的命运，是他的命运。
辛普儿	什么命运，先生？
孚斯塔夫	可以娶到她，也可以娶不到她。去，就说那老太婆就是这样告诉我的。
辛普儿	我可以大胆地这样说吗，先生？
孚斯塔夫	是的，走狗先生，谁还能更大胆[16]？
辛普儿	我多谢您了，我将以这些消息使我的主人高兴。
店主	您真有学问，您真有学问，约翰爵士。您真有一位巫婆在您房间里吗？
孚斯塔夫	是的，方才是有一位，老板。她教了我不少的知识，比我这一辈子所学到的还要多些。我并没有付给她钱，可是我为了学习倒是吃了不少苦头[17]。
	巴多夫上。

巴多夫	岂有此理，先生！欺骗，简直是欺骗！
店主	我的马呢？马可好吧，奴才？
巴多夫	逃跑啦，和骗子们逃跑啦。我骑在他们一位身后，刚一过伊顿，他们就把我推下来了，落在一坑烂泥里。他们策马飞奔而去，像是三个德国魔鬼，三个浮士德博士[18]一般。
店主	他们只是去会见公爵，奴才。不可以说人家逃跑，德国人都是诚实人。

修·哀文斯爵士上。

哀文斯	店主人在哪里？
店主	什么事，牧师？
哀文斯	留心你的客人们。我有一个朋友来到城里，他告诉我，有三个德国骗子，把瑞丁、梅顿海、珂布鲁克[19]所有的酒店主人都骗了，骗去了马匹和金钱。我是好意告诉你，注意一点。你是精明人，会开玩笑，喜欢挖苦旁人，所以你是不便受骗的。再会了。〔下〕

凯斯医生上。

凯斯	袜带酒店的老板呢？
店主	在这里，医生先生，我正在心慌意乱。
凯斯	我不懂你的话，不过听人说起你在准备盛大款待一位德国的公爵。可是我老实告诉你，根本没有公爵要到宫廷来。我是好意告诉你，再会。〔下〕
店主	喊人捉贼，奴才！去。帮助我，爵士，我完了。走，

跑，喊人捉贼，奴才！我完了！〔店主与巴多夫下〕

孚斯塔夫 我愿全世界的人都被骗，因为我被骗了，而且还被
打了。如果宫廷里听到我如何地摇身一变，如何地
变成为一堆换洗衣裳，如何地挨揍，他们会把我这
一身肥油一滴一滴地熔化下来，拿去涂抹渔夫的靴
子。我准知道他们会用俏皮话把我挖苦得垂头丧气
像一只干梨。唉，我自从那次打牌作弊，一直没交
过好运。唉，如果我这一口气不断，还能做祈祷，
我是要忏悔的。

魁格莱太太上。

噫，你从哪里来？

魁格莱太太 当然还是从她们两位那里来。

孚斯塔夫 让恶魔抓走一位，恶魔的妈抓走另一位吧！这样两
位就都算有了着落。我为了她们所吃的苦头，不是
一个用情不专的男人所能忍受的。

魁格莱太太 可是她们没有吃苦吗？我敢说，也吃苦啦。尤其是
其中的一位，福德太太，真是好人，被打得黑里透
青，浑身上下你找不到一块白净的地方。

孚斯塔夫 你对我说黑里透青做什么？我自己也被打得五色缤
纷，我几乎被认为是伯兰福德的巫婆而被捕。若不
是我急中生智，假装作一个老太婆的样子，那些混
账警吏会把我投进脚枷，当作一名巫婆当众上枷。

魁格莱太太 先生，让我到您房间里说句话，我要告诉您一切的
情形，准保您满意。这里有一封信，您一看就明白。

你们这几个宝贝！把你们撮合在一起可真费事呀！
一定是你们之中有一位获罪于天，所以你们这样地
好事多磨。

孚斯塔夫　　到我房间里来。〔同下〕

第六景：袜带酒店中又一室

樊顿与店主上。

店主　　樊顿先生，不用和我说话。我的心情沉重，我以后
　　　　一概不过问。

樊顿　　你听我说。你要帮我进行，我是绅士决不说谎，于
　　　　弥补你的损失之外奉送一百镑金子。

店主　　我愿听你说，樊顿先生，我至少可以为你守密。

樊顿　　我曾屡次对你说过我对于安·佩芝小姐之深挚的爱
　　　　情，她也以爱情相报，如果她能自作主张，她会使
　　　　我如愿以偿的。我得到她一封信，其内容会使你惊
　　　　讶的。信里面满纸笑谈，其中又夹杂着我的婚事问
　　　　题，两桩事无法分开来说，一说便要二者兼顾。信
　　　　里面说胖孚斯塔夫要主演一场大戏，这场玩笑的详情
　　　　我可以告诉你。〔指信〕听啊，店主人。今夜晚，正
　　　　在十二点到一点之间，我的亲爱的安小姐要扮作仙

后到赫恩橡树旁边。其用意是这样的，她父亲要她在这化装掩护之下，乘别人都在纵情欢笑之际，和斯兰德溜走，立刻到伊顿去结婚。她已经同意了。可是，先生，她的母亲，坚决反对这场婚事，极力赞成凯斯医生，准备让他乘别人专心游戏的时候把她偷偷带走，带到牧师家里由一位守候着的牧师予以证婚。她对母亲的计策也同样地做出服从的样子，同意嫁给那医生。现在，事情是这个样子。她的父亲要她穿一身白衣服，斯兰德看着时机到来便去拉她的手邀她同走，她就要和他去。她的母亲却有意让那医生易于辨认她——因为他们都是必须戴着面具——让她穿一件松松大大的漂亮的绿袍子，头上飘着缎带。医生等到时机成熟就捏她的手，小姐已经答应接到这个暗号就同他走。

店主　　她要骗谁，父亲还是母亲？

樊顿　　骗两个，我的好店主，和我一道走。现在情形是这样，请你去找一位牧师于十二点到一点之间在教堂等着我，以合法婚姻的名义给我们主持婚事。

店主　　好，安排你的计划去，我去找牧师。你带新娘来，牧师是不会没有的。

樊顿　　我将永久感激你，而且我立刻就要报酬你。〔同下〕

注 释

[1] 魁格莱太太所说 "Od's nouns" 是咒骂语 "By God's wounds" 之讹。

[2] Singulariter = in the singular number. nominativo = in the nominative case. hic、haec、hoc = demonstrative pronoun 'it'.

[3] Jenny's case 为 genitive case 之讹。

[4] 原文 hick and hack 费解。Harrison 注："drink and whore." 威尔孙注："copulate."

[5] 是对将要生出来的 "角" 而言。

[6] 鸟枪所装的剩余的弹药，如果要取出来，是危险的，不取出来也危险，故猎鸟归来持枪向烟囱里放射，以耗完弹药为止。

[7] 原文 the fat woman of Brentford，一六〇二年四开本作 Gillian of Brentford，是莎士比亚时的有名人物，在泰晤士河畔温莎以东约十二里之处开设酒店。

[8] "Still swine eats all the draff." 谚语，言多言者未必真能行，寡言者往往肆无忌惮。

[9] 疑其有鬼魔附体，故令他祈祷以禳之。

[10] 女人下巴上有胡子，被疑是巫婆的征象之一。

[11] 有关德国人的穿插，与剧情全无交涉，显然是影射当时时事。德国的 Count Frederick of Mompelgard（后改称 Duke of Wurttemberg and Teck）于一五九二年访温莎。这位贵宾身躯肥胖，骑上英国的马鞍颇感困难。彼于 Reading 谒见女王伊利沙白，随后到温莎接受两天的款待。离去时，为他特作安排，沿途免费使用驿马。一般英国人民对外国人并无好感，德国人显然也是不为一般人所欢迎的。威尔孙教授认为是哀文斯与凯斯雇用皮斯多、尼姆与勒格贝冒充德国人使用德国侯

爵的名义骗取店主三匹马。

[12] Herne the hunter，古传说中人物。据云其阴魂不散，常于午夜来到温莎森林离宫邸不远处一棵橡树左近徘徊，摇着一根铁链哗啦哗啦响。那一棵橡树即名为 Herne's Oak，成为著名的一个指标。一八六三年为雷电击毁，时龄已逾六百。

[13] Eton 是 Buckinghamshire 一城市，从温莎越泰晤士河可达，以一四四〇年所建之学校著名。

[14] 大床（standing bed），有床架帐幕之大床；小床（truckle bed），床脚有轮，不用时可推入大床之下，仆人所用之小床。

[15] 称之为"贝壳"，据约翰孙注，是因为"他站在那里张着大嘴"。Harrison 注，"空空无用之物"。

[16] 对折本作"I Sir: like who more bold." 四开本作"I tike, who more bold." 牛津本及其他近代本照 Farmer 的意见作"Ay, Sir Tike; who more bold？"按 Tike = cur.

[17] paid，双关语，（一）付钱;（二）受惩罚 = punished。

[18] Doctor Faustus，中古学者，为取得二十四小时之魔术力量将其灵魂出卖给恶魔，Marlowe 有剧记其事。

[19] 瑞丁，Readins（= Readings）即 Reading，英国 Berkshire 一城市。梅顿海 Maidenhead 为 Berkshire 之一自治市镇。珂布鲁克 Colrbrook 为英国 Devonshire 之一地方自治区，在温莎之东四里。

第 五 幕

······<del>◦◦◦</del>······

第一景：袜带酒店中一室

孚斯塔夫与魁格莱太太上。

孚斯塔夫　请你别再啰嗦，去吧，我一定如约便是。这是第三次
　　　　　了，我希望单数是有好运道的。去吧！去。据说单数
　　　　　是神圣的[1]，无论是有关生辰、命运或死亡。去吧！
魁格莱太太　我要给你预备一条锁链，并且尽力给你弄一对角来。
孚斯塔夫　去吧！时间都浪费了。抬起你的头来，走吧。〔魁格
　　　　　莱太太下〕

福德上。

　　　　　怎样，布鲁克先生！布鲁克先生，事情今天夜里就
　　　　　可以见分晓，否则就永无办法了。你今天午夜到公

园去，在赫恩橡树左近，你可以看到奇怪的事。

福德　　　你告诉我你昨天和她有个约会，你去了吗?

孚斯塔夫　我去了，布鲁克先生，你要知道，去的时候像是一个可怜的老头子。可是离开她的时候，布鲁克先生，像是一个可怜的老太婆了。那个坏蛋福德，她的丈夫，有最善妒的魔鬼附身，布鲁克先生，我从未见过这样的疯狂。我要告诉你，他痛打了我一顿，我当时是妇女模样。如果我是男人装扮，布鲁克先生，就是巨人高赖阿兹拿着织工的线柱 [2]，我也不怕，因为我也晓得人生如梭 [3]。我现在很忙，和我一道去吧，我可以把一切经过告诉你，布鲁克先生。自从我小时候拔鹅毛 [4]、逃学、抽陀螺的时代以后，直到最近，还没有再挨过揍呢。跟了我去，我要告诉你这坏蛋福德的一些稀奇事，我今晚就要报复他，把他的老婆送到你的手里。跟我来。稀奇事就要发生了，布鲁克先生! 跟我来。〔同下〕

第二景：温莎公园

佩芝、沙娄与斯兰德上。

佩芝　　　来，来，在我们看到我们的小仙们的光亮以前，就

	藏在这堡垒的壕沟里吧。斯兰德,要记住我的女儿。
斯兰德	是的,那是一定的。我已经和她谈过,约定了彼此辨识的暗号。我看见穿白衣服的她,就喊"莫作声",她就喊"不要响"。这样我们彼此就认出来了。
沙娄	那也好,但是何必你喊"莫作声"或是她喊"不要响"呢?白衣服就足可使你认出她了。已经钟敲十点了。
佩芝	夜好黑,精灵和火亮宜在这时候出现。愿上天使我们的游戏成功!除了魔鬼之外,没人怀有恶意,我们看见谁头上有角便知道谁是魔鬼。我们走吧,跟我来。〔同下〕

第三景:温莎一街道

佩芝太太、福德太太与凯斯医生上。

佩芝太太	医生先生,我的女儿是穿绿袍。你看到时机到来,便拉她的手,走到牧师家去,快快把事办完。先到公园去吧,我们两个要一同去。
凯斯	我知道怎样做。再会。
佩芝太太	再会了。〔凯斯下〕我的丈夫看了孚斯塔夫受辱固然高兴,可是看到医生娶了我的女儿怕要大为光火。

那没有关系，宁可挨一场小小的骂，总比大大伤心要好一些。

福德太太　　安和她的一队小仙，还有威尔斯的魔鬼修，在哪里呢？

佩芝太太　　他们把光亮遮蔽，藏在赫恩橡树附近。等到孚斯塔夫和我们会面的时候，他们就立刻在黑暗中大放光明。

福德太太　　这一定要使他大为惊慌。

佩芝太太　　如果他不惊慌，我们就要讥笑他；如果他惊慌，他就更要处处受讥笑。

福德太太　　我们要好好地骗他一下。

佩芝太太　　对这种淫人和淫荡的举动，
　　　　　　骗他们一下不算对朋友不忠。

福德太太　　时间不早了，到橡树那边去，到橡树那边去！〔同下〕

第四景：温莎公园

化装的修·哀文斯爵士及其他扮作小仙的人们上。

哀文斯　　用脚尖跳，用脚尖跳，小仙们。来，记住你们的台词。要大胆，我请你们，跟我到坑里去，等我一发暗号，就照着我的吩咐做。来，来，用脚尖跳，用脚尖跳。

〔同下〕

第五景 公园中又一部分

孚斯塔夫化装为赫恩戴着鹿头上。

孚斯塔夫　温莎的钟已经敲了十二下，时间快到了。现在，淫
荡的天神们帮助我吧！周甫，你记得吧，你为了
你的欧罗巴曾经变为一头牛[5]，爱情给你头上装了
角。啊强有力的爱！有时候使畜牲变人，有时使人
变畜牲。朱匹特，你为了对丽达的爱变成为一只天
鹅。啊万能的爱！天神几乎差一点就成了一只笨鹅
哩！头一次为非作歹是以畜牲的形状出现，啊周甫，
好下贱的罪过！然后另一次为非作歹是变作为一只
鸟的样子，想想看，周甫，好卑鄙的罪过！天神都
有淫态，可怜的凡人可怎么办呢？至于我，我现在
是一只温莎的雄鹿，而且我想是森林中最肥的一只。
周甫，给我一个冷静的交配季节吧，否则谁能怪我
消瘦耗损呢？谁来了？我的母鹿？

福德太太与佩芝太太上。

福德太太	约翰爵士！是你在那边吗，我的鹿？我的公鹿？
孚斯塔夫	我的小黑尾巴的母鹿！让天上落红薯吧[6]，配着"绿袖"[7]的腔调打雷吧，从天上降小糖球[8]，落海冬青吧[9]。诱感尽管像暴风雨一般地袭来，我要在这里躲藏一下。〔拥抱她〕
福德太太	佩芝太太和我一同来了，爱人。
孚斯塔夫	像是一只偷来的鹿，把我切了吧，你们每人一条后臀。我要留下我的肋骨肉自己用，我的两肩给这森林管理人，我的两只角送给你们的两位丈夫。我像不像猎人，哈？我说话像不像猎人赫恩？唉，现在邱比得可以说是一个有良心的孩子了，他给我补偿了。以真正的鬼魂的身份，欢迎你们！〔内喧声〕
佩芝太太	哎呀！什么声音？
福德太太	上天饶恕我们的罪过吧！
孚斯塔夫	这是什么？
福德太太 ⎱ 佩芝太太 ⎰	走吧，走吧！〔她们逃去〕
孚斯塔夫	我想恶魔不愿我下地狱，生怕我这一身肥油会使地狱发生大火，否则他不会这样与我为难。

修·哀文斯爵士扮作山羊怪，皮斯多扮作扑克，安·佩芝扮作仙后，由她的兄弟及其他人众扮作小仙随侍，头上顶着蜡烛，上。

安·佩芝	黑的、灰的、绿的、白的，诸位精灵，

　　　　　　你们是月下的狂欢者，黑夜中的阴影，

　　　　　　你们是无父无母无忧无虑的神仙 [10]，

　　　　　　要尽你们的责任，显你们的能干。

　　　　　　传令的扑克，向诸位小仙通告。

皮斯多　　　众位小仙，听候点名，不要吵闹！

　　　　　　蟋蟀，你爬进温莎各家的烟囱，

　　　　　　看谁家火没有封好，炉没有扫净，

　　　　　　就把那婆娘拧得浑身青斑点点，

　　　　　　我们的仙后最不喜欢女人贪懒。

孚斯塔夫　　他们是精灵，和他们讲话便要丧命。

　　　　　　我闭眼躲起来，不可窥看他们的事情。〔伏地卧〕

哀文斯　　　毕德在哪里？你去找找看，

　　　　　　哪个姑娘在睡前祈祷三遍，

　　　　　　就让她在美梦中翱翔如意 [11]，

　　　　　　像婴儿般无忧无虑地酣然睡去。

　　　　　　但是有些人在睡前不知思过忏悔，

　　　　　　拧他们的臂、背、肩、腰和大腿小腿。

安·佩芝　　工作起来，工作起来！

　　　　　　巡查温莎堡垒，小鬼们，里里外外，

　　　　　　把好运道带给每一间房屋，

　　　　　　让这巨厦屹立，永不倾覆，

　　　　　　富丽堂皇，要恰如其分，

　　　　　　主人配得上大厦，大厦也配得上主人 [12]。

　　　　　　要揩拭武士们的特别座位 [13]，

　　　　　　涂抹上一些珍奇的香花香草的水 [14]：

  每个美丽的座位、勋章、顶饰，

  画着忠诚的勋纹，永垂万世！

  要在夜间歌唱，草原的小仙，

  像嘉德武士一般站成一个圆圈，

  造成一个绿色的图案，

  比整个的田野更肥沃更鲜艳，

  把"起邪念者可耻"[15]那句箴言

  用紫、蓝、白的花朵写在绿草中间。

  像武士们在膝盖下面佩有

  青玉、珍珠和灿烂的锦绣，

  小仙们用百花做他们书写的工具。

  去吧！分头去吧！不要忘了，

  在一点钟之前照例有一场舞蹈，

  环绕着猎人赫恩的橡树起舞。

哀文斯 请你们手牵着手，排好了队伍，

  二十只萤火虫做我们的灯笼，

  照耀着我们绕着大树跳跳蹦蹦。

  但是，且慢，我闻见尘世凡人的味道。

孚斯塔夫 上天保佑我，别让那个威尔斯的妖精看见我，否则

  他会把我变成为一块酪干[16]！

皮斯多 贱虫，你生下来就被邪魔迷住了。

安·佩芝 用火来试烧他的手指尖，

  如果他是纯洁的，火焰会退转，

  他不觉得痛。如果他惊惶，

  那就证明他的心地不良。

皮斯多　　　试验！来。

哀文斯　　　来，这木头可点得燃？〔用蜡烛烧他〕

孚斯塔夫　　啊，啊，啊！

安·佩芝　　坏人，坏人，心里面全是欲念！

　　　　　　小仙们，唱个歌儿把他笑骂，

　　　　　　一面跳舞一面按着拍子拧他。

歌

　　　　　呸，罪恶的妄想！

　　　　　呸，肉欲与淫荡！

　　　　　淫荡只是欲火，

　　　　　被邪念所点着，

　　　　　燃在心里，火焰升空，

　　　　　淫念吹着它们冉冉上升。

　　　　　拧他，小仙们，大家合作；

　　　　　拧他，因为他为非作恶；

　　　　　拧他，烫他，逼他团团转，

　　　　　直到烛火、星光、月亮，变成黑暗。

在歌唱时，众小仙拧孚斯塔夫。凯斯医生自一方来，偷去一个绿衣小仙；斯兰德自另一方来，偷去一个白衣小仙；樊顿来，偷去安·佩芝。内闻狩猎声。众小仙逃去。孚斯塔夫摘去鹿头，起立。佩芝、福德、佩芝太太与福德太太上，共同将孚斯塔夫抓住。

佩芝　　　　不，不要逃跑，我们现在已经捉到你了。除了假扮
　　　　　　猎人赫恩你就没有其他的办法了吗？

佩芝太太　　好了，我请你们不要再开玩笑了。好约翰爵士，你
　　　　　　现在可还喜欢温莎的女人吗？你看到这角了吗，丈
　　　　　　夫？这些角在森林里是不是比在城市里要合适些？

福德　　　　先生，现在究竟谁是忘八？布鲁克先生，孚斯塔夫
　　　　　　是个混蛋，混账忘八蛋。这就是他的角，布鲁克先
　　　　　　生。而且，布鲁克先生，他从福德那里没有享受到
　　　　　　什么，除了他的脏衣服筐子、棒子和必须要偿还的
　　　　　　二十镑钱，布鲁克先生。他的几匹马也给扣留了，
　　　　　　布鲁克先生。

福德太太　　约翰爵士，我们运气不好，我们永远不得相会。我
　　　　　　以后再也不把你当作我的情人看待，可是永远要把
　　　　　　你当作我的一只公鹿。

孚斯塔夫　　我现在开始觉得我是被你们戏弄得成为一条蠢驴了。

福德　　　　是的，也可以说是笨牛，这角便是证明。

孚斯塔夫　　这些难道不是小仙吗？我有三四次想到他们不是小
　　　　　　仙，不过我内心有亏，又猛然间吓昏了头，所以荒
　　　　　　谬的骗局汇合了固有的迷信，虽然有悖情理，我竟
　　　　　　把他们当作小仙了。现在你们看看一个聪明人怎样
　　　　　　地可以变成为傀儡，如果聪明被误用到错的地方！

哀文斯　　　约翰·孚斯塔夫爵士，要信奉上帝，戒除淫欲，小
　　　　　　仙们就不会拧你。

福德　　　　说得好，修小仙。

哀文斯　　　你的嫉妒心也要戒除。

福德	在你学好英语能向她求爱之前，我再也不会对我的妻加以怀疑了。
孚斯塔夫	难道我把我的脑子放在太阳底下晒干了，以至于无法防止这样荒谬的一个骗局？我受一只威尔斯山羊的摆布？我戴一顶小丑的绒布帽？我已经到了该被一块烤酪干给噎死的时候了。
哀文斯	酪干不好化成牛油，你的肚子全是牛油。
孚斯塔夫	什么"酪干""牛油"！你把英语做成了油炸饼，我来受你这样的人的挖苦？淫荡放纵到处过夜生活的人竟落到这步田地。
佩芝太太	唉，约翰爵士，虽然我们心里把什么妇道美德都撇在一边，毫不犹豫地敢于舍身下地狱，你以为魔鬼就能使你成为我们的喜爱的对象吗？
福德	就凭你这样的一个碎肉香肠？一只脓血口袋[17]？
佩芝太太	一具臃肿的尸身？
佩芝	又老、又凉、又干枯，满腔腐臭不堪的脏腑？
福德	像撒旦一般血口喷人的一个人？
佩芝	穷得像约伯？
福德	像他的老婆一般地奸坏？
哀文斯	喜欢寻花问柳，迷恋酒店，贪喝白葡萄酒、红葡萄酒、蜜酒，使酒骂座，瞪眼吵架？
孚斯塔夫	好吧，拿我做题目吧，你们占尽了优势。我算是栽筋斗了，我不能和那威尔斯侉子顶嘴了。我真是愚蠢到底，你们随便处置我吧。
福德	是的，先生，我们要带你到温莎，去见一位布鲁克

先生。你骗了他的钱，你本来答应给他拉皮条的。
我想你已经吃了不少苦头，可是你还得再受一番锐
利的苦痛，把那一笔钱还上。

福德太太 不，丈夫，这就算是对他的赔补。
放弃那笔钱，让我们和好如初。

福德 好，我们握手，终于宽恕了一切。

佩芝 要打起精神来，爵士，今夜我请你到我家里喝杯热
奶酒。我的妻方才取笑你，你也可以到我家里去取
笑她。告诉她，斯兰德先生已经和她的女儿结婚了。

佩芝太太 〔旁白〕有学问的人不这样想，如果安·佩芝是我的
女儿，此刻她已经是凯斯医生的太太了。

斯兰德上。

斯兰德 啊！啊！佩芝老大人！

佩芝 孩子，怎么啦！怎么啦，孩子！事情办好了没有？

斯兰德 办好！我要让格劳斯特的最上层社会人士都知道这
件事，否则我宁愿被吊死！

佩芝 什么事，孩子？

斯兰德 我到伊顿那里去和安·佩芝小姐结婚，而她竟是一
个粗笨的大小子：如果不是在礼拜堂里，我要揍他
一顿，或是他要揍我一顿。如果我没有把他当作了
安·佩芝，我才不费这个事！他是驿站站长那里的
一个男孩子。

佩芝 那么你必定是认错人了。

斯兰德 这还用你说？我把男孩当作了女孩，当然是认错了

人。如果我和他结了婚，虽然他是穿着女人的衣服，我还是不要他。

佩芝　唉，这是你自己糊涂。我没告诉你怎样根据她的服装来辨认我的女儿吗？

斯兰德　我看见她一身白衣服，就过去喊一声"莫作声"，她喊了一声"不要响"，按照安和我预先约定的做了。而她不是安，是驿站站长那里的一个男孩子。

衰文斯　耶稣！斯兰德先生，你没长眼睛竟去和男孩子结婚？

佩芝　啊我心里好难过，可怎么办呢？

佩芝太太　好乔治，别生气，我知道了你的主意，叫我的女儿改了绿衣服，现在她和医生到了教堂，在那里结婚了。

凯斯医生上。

凯斯　佩芝太太在哪里？我受骗了，我和一个男孩子结婚了。是个乡下人，是个男孩子，不是安·佩芝。岂有此理，我被骗了。

佩芝太太　怎么，你没有认出穿绿衣服的她吗？

凯斯　认出来啦，可是天哪，那是个男孩子。天哪，我要惊动全温莎的人士。〔同下〕

福德　这就怪了。谁娶到了安本人呢？

佩芝　我有点疑心了，樊顿先生来了。

樊顿与安·佩芝上。

	怎么样，樊顿先生！
安·佩芝	饶恕我，好爸爸！我的妈妈，饶恕我！
佩芝	小姐，你为什么没有和斯兰德先生去？
佩芝太太	小姐，你为什么没有和医生先生去？
樊顿	你们把她吓坏了，听我说出真相吧。你们要她嫁给她所不爱的人，那将是最不幸的婚姻。事实上，她和我早已订有婚约，现在更有把握什么也不能使我们分离。她所犯的过错是神圣的，这欺骗不能算是狡诈，也不能算是忤逆不孝，因为她的这一举动可以避免强迫婚姻所将给她带来的无数的罪孽的日子。
福德	不必惊慌，这是无可挽回的事：
	恋爱的事情自有天意安排，
	钱能买田，妻由命运来卖。
孚斯塔夫	我很高兴，虽然你们站定步位要射击我，你们的箭却未射中。
佩芝	好了，有什么办法呢——樊顿，愿上天给你愉快！
	避不开的事情只好逆来顺受。
孚斯塔夫	夜犬出动，各种的鹿都被追求。
佩芝太太	好啦，我也不再抱怨了。樊顿先生，愿上天给你许多许多幸福的日子！好丈夫，我们大家都回家去，在炉边谈论这一场笑话吧。约翰爵士，还有诸位。
福德	就这么办，约翰爵士，
	你对布鲁克先生的话还是有效，
	因为他今夜就要和福德太太去睡觉。〔同下〕

注 释

[1] 参看 Virgil：Ecl. viii 75 "Numero Deus impare gaudet." (the god delights in an odd number.)

[2] 高赖阿兹（Goliath），菲力斯丁族之巨人，为冲龄之大卫（David）所戮，此巨人力大无比，"他的枪杆就像是织工的线柱一般粗大。" (见《圣经》1 Samuel 17:7。) 线柱即织工织布时绕线所用之木柱，从前常使用整根的树干。

[3] 孚斯塔夫引用《圣经》句："My days are swifter than a weaver's shuttle, and are spent without hope." (Job 7:6)

[4] "拔鹅毛（plucked geese）是儿童淘气的行为之一。看拙作 *Shakespeare the Boy*, p. 132。" (Rolfe 注。)

[5] 天神周甫（Jove 即 Jupiter）常与人类进行恋爱。欧罗巴（Europa）是 Cadmus 之妹，周甫变成为一只雄牛，将她劫去。事见奥维德《变形记》ii, 833 ff.。丽达的故事见《奥迭赛》卷十一及《变形记》vi. 109 ff.。

[6] 红薯（sweet potatoes）据说可以使情欲旺盛。

[7] 参看第二幕注四。

[8] 小糖球（Kissing-comfits），食之可以在接吻时减少口臭。

[9] 海冬青（eringoes）即 sea-holly，初传入英国时与红薯同样地被认为具有春药作用。

[10] 原文 "You orphan heirs of fixed destiny" 费解。小仙是无父无母的，自然生出的，故曰 orphan。所谓 heirs of fixed destiny，应按照 White 的意见解释："The fairies, however, were not Destiny's heirs or children, but the inheritors of a fixed destiny. Freed from human vicissitudes and deprived

of human aspirations, a fixed destiny was the estate to which they were heirs, not the being to whom they succeeded."

[11] 牛津本作"Rein up the organs of her fantasy",原文是"Raise up the organs of her fantasy"。Raise 改 Rein 系由 Warburton 所提议,他以为原文应为"inflame her imagination with sensual ideas"之意,与上下文之意不符。其实不改也罢,Steevens 注作:"elevate her ideas above sensuality, exalt them to the noblest contemplation."Malone 的释义是:"Go you, and wherever you find a maid asleep that has thrice prayed to the Deity, though, in consequence of her innocence, she sleep as sound as an infant, elevate her fancy, and amuse her tranquil mind with some delightful vision."均可通。

[12] 主人指伊利沙白女王。

[13] 原文 chairs of order 指温莎之 St. George's Chapel 内特别为 the Knights of the Garter 而设之座位。

[14] 旧习惯桌椅等均可涂抹香水。Pliny 记载古罗马人亦有此习惯,云可驱禳邪魔。

[15] 法文"Honi soit qui mal y pense"(Shame be to him that thinks evil)是嘉德武士团的箴言,织在一条金丝袜带上。"嘉德"(Garter)是"袜带"之意。该武士团是英王爱德华三世于约一三四四年所建立,迄今为欧洲现存的武士团体之最古老最光荣者。据传说爱德华三世宫中有一天举行跳舞会,骚兹伯来侯爵夫人琼安乃当时著名美妇人,为国王所昵,舞时袜带落地,国王亲为之拾起,宫中人众大笑。国王斥责大众,谓不宜起邪念,并声言将使袜带成为最光荣之物。于是建立此一武士团,除国王自己以外,仅收二十五人,皆由对国家建有殊勋者担任之,有时亦包括若干其他国家之国王及亲王在内。在莎士比亚时代,

该团每年四月二十三日（圣乔治日）集会欢宴一次，翌日游行至圣乔治礼拜堂（在温莎堡垒区域内）。每一武士有一特别座位，上悬其旗帜。左腿膝下佩一特别蓝色袜带，上面织着箴言。

[16] 威尔斯人爱吃酪干，传为笑柄。

[17] 原文 a bag of flax，据威尔孙注，疑是 flux 之误，flux = a discharge of blood or other matter from the body。

无 事 自 扰

Much Ado About Nothing

序

一　版本

　　《无事自扰》(*Much Ado About Nothing*) 于一六○○年五月二十七日在书业公会登记，当时登记的四出戏，都是由莎士比亚所隶属的剧团所申请的，所以写明是 my lord Chamberlaine's menns plaies，《无事自扰》是其中的一剧。但是这四部戏都注明"暂缓出版"(to be staied) 的字样。同年八月二十三日，《无事自扰》又和《亨利四世上篇》同时由出版商 Andrew Wyse、William Aspley 具名登记，而且在这一次登记中首次写明作者莎士比亚的名字 (Written by master Shakespeare)。这是一个纸面的四开本，七十二页，印刷相当恶劣，定价六便士。这个四开本从来没有重印过。其标题页如下：

Much adoe about/Nothing./As it hath been sundrie times publikely/acted by the right honourable, the Lord/Chamberlaine his seruants./Written by William Shakespeare./London/Printed by V.S. for Andrew Wise, and/William Aspley./1600.

　　这个四开本显然是根据剧团的提词本印的，最有力的证据是在第四幕第二景竟用了两位演员的名字（William Kemp, Richard Cowley）代替了剧中人物道格伯来与佛杰士。

　　一六二三年出版的第一对折本莎氏全集里的《无事自扰》是根据四开本而加以校订的，但是四开本的错误还大体保留未动。第一对折本在校订上改进之处甚少，有些改动之处还不如原来的样子。第二幕第三景加入了一个人名，Jack Wilson，即是扮演巴尔萨泽唱歌的演员，这足以证明第一对折本所根据的四开本也是倒流入剧团里被用作提词的本子。第一对折本的一大改进是将全剧分幕。

二　写作年代

　　Francis Meres 所著 *Palladis Tamia : Wits Treasury* 刊于一五九八年，书中提起莎士比亚的六种喜剧六种悲剧，据云可与拉丁名家相颉颃，但是《无事自扰》不在其列。这说明《无事自扰》大概是作于一五九八（九月）之后。可是这里有一个疑问。所开六种喜剧，其中有一种是 *Love Labours Wonne*，我们知道莎士比亚的作品里并没有一部有这样的名称。批评家不断地在揣测，这可能是另一剧的别名，《无事自扰》也是被揣测的一个对象。就故事内容而论，也许 *All's Well* 或 *The Tempest* 比较适合些。当然，《无事自扰》之没有被包括在那六种喜剧之内并不能绝对地证明其写作一定是在一五九八年以后，因为 Meres 可能就悲喜剧各举六种，并无完全一一列举之意。

　　《无事自扰》之在书业公会登记是在一六〇〇年，五月一次，八月又一次，标题页上又写着"曾经多次公开上演"，所以其写作很可能在一五九九年之夏或秋。

剧本的文字与作风亦可证实此一推断为不误。此剧使用散文部分约占全剧三分之二，诗句之构造亦多"连行"与"双尾"（enjambement and double endings），故事穿插之手段亦臻纯熟老练之境界，在在均足以说明此剧决非学习阶段中之作品，必是莎士比亚的中年之作，写作年代列在《亨利五世》与《如愿》之间是大致可靠的。

三　故事来源

"一个情人受骗，误以为他的未婚妻不贞，因为看到了一个男人在他的未婚妻的闺房窗前。"—— 这便是这个故事的核心。类似这样的故事，在文学中数见不鲜，例如：

（一）纪元四百年左右希腊传奇 *Chaereas and Callirhoe*

（二）纪元一四〇〇年左右西班牙传奇 *Tirante el Blanco*

（三）一五一六年 Ariosto 的 *Orlando Furioso* 卷五

（四）一五九〇年 Spenser 的 *Faery Queen* 卷二第四章

上述三四两项，都是莎士比亚所熟悉的。但是《无事自扰》的主要故事来源是意大利小说家 Matteo Bandello（1480？—1562）的一篇小说（一五五四年）。这意大利文的小说于一五八二年有法文的意译本，见 Francois de Belleforest 编的 *Histoires Tragiques*。莎士比亚可能没有参照法文本，而是直接取材于意大利文本。这原本故事的纲要如下：

　　一二八二年西西里岛上发生大屠杀，以鸣晚钟为号，法国人四千名被杀害，阿拉冈王佩德娄受教皇命进驻该岛，在麦西拿设立朝廷。他的部下丁伯利欧（Timbreo di Cardona）见了本地老绅士李昂拿图（Lionato de' Lionati）之女芬尼西亚（Fenicia）而悦之。最初他拟以她为情妇，未成功，乃遣使和她父亲商议正式婚娶，遂订婚约。但丁伯利欧之战友吉龙都（Girondo）亦见此女而悦之，为防止其婚姻，乃串通一愚蠢青年，命他密告丁伯利欧谓芬尼西亚经常每星期中有三夜与其好友某幽会。丁伯利欧为求证起见，隐身于花园之中，果见前述之青年，偕一由吉龙都仆人化装之绅士，另一携带梯子之男人，于夜间走向李昂拿图邸寓，此假扮之情人由窗间进入芬尼西亚于昼间常去盘桓而夜间则无人居住之一室。丁伯利欧忍无可忍，遣介绍婚姻的朋友前去取消婚约。李昂拿图认为他悔婚是为了嫌其家贫，捏造故事以为口实。芬尼西亚闻讯昏厥者再，大家以为她已死去，于准备丧葬时复苏。当经决定送她到乡间叔父家中暂住，而丧葬照旧进行，作为她已物故。吉龙都开始悔祸，在教堂芬尼西亚墓前对丁伯利欧坦白忏悔，递出他的短刀，请求任意加以惩处。但是丁伯利欧宥恕了他，同赴李昂拿图家请罪，李昂拿图只是要求丁伯利欧于再想结婚时前去看他。丁伯利欧于哀悼一年之后果然再去访他，与芬尼西亚再度缔婚，时芬尼西亚年已十七，亭亭玉立，更为妩媚，丁伯利欧已不复辨认。婚礼于乡间叔父家中举行，新娘之身份遂被揭露，吉龙都亦与其妹贝尔菲欧欣然成婚，全体于欢乐情绪中回到麦西拿。

　　这便是希罗与克劳底欧的故事的蓝本。莎士比亚从 Ariosto 得到的最大的一点启示是，小姐的女侍之如何受贿买而化妆为小姐与人幽会。从 Spenser 得到的最大的一点启示是，冒充与小姐幽会的人是一个下流的马夫，其动机为嫉妒与天性之邪恶。

四　几点批评

　　莎士比亚善于改编旧的故事，以点铁成金的手段使粗糙的情节成为动人的戏剧。《无事自扰》是最好的一个例证，我们可以先看看他的经济的手法。原来的故事背景是从麦西拿到乡下，再从乡下回到城里，在时间上拖到一年以上，在情节上把不需要的"西西里晚钟"大屠杀事件也描述在内，这一切在莎士比亚手里都得到了修正。背景都集中在麦西拿的几个地点，时间紧缩到九天，而其中四天是空着的，五个不同的背景和五天的工夫就够了。在情节上把唐·佩德娄所刚刚结束的战事改为对唐·约翰的叛变的讨伐，这样既可造成凯旋后的欢乐的气氛，又可使那被宥的叛徒在戏里成为一个可理解的无事生非的小人。在剧中人物里有一个重要的删除，那便是李昂拿图的妻，亦即是希罗的母亲。四开本和对折本在第一幕第一景和第二幕第一景的"舞台指导"中都列入了她，而且在前一场合还写出她的名字叫 Imogen。可是她没有台词，并且以后也不再上台，显然是莎士比亚认为这是不必需的角色而终于予以删除了。有人指陈在莎士比亚的戏里很少有母女关系的描述，描述得比较深刻的是父女关系，很少女主角是有母亲的。

　　原来的故事的顶点是午夜幽会那一景。莎士比亚认为这一景难得很好的舞台效果，于是不在台上演出，改为口头描述，并且把教堂当众拒婚一场大肆渲染，成为全剧的高潮，其紧张可以媲美《威尼斯商人》中之法庭审判一景。这一景放在第四幕,以后便是照例的喜剧的收场了。

为了增加喜剧的气氛,莎士比亚增加了道格伯来与佛杰士这两个滑稽角色,伊利沙白时代的观众要求一出喜剧要有几个丑角插科打诨。这个故事中的人物全是意大利人,而这两个丑角是在英国就地取材的,因为只有在写实的手法处理下丑角才能格外地显得真实而亲切。道格伯来是丑角中的一个杰出者,虽然他对故事之进展并无多大的帮助,可是对于这部戏剧的成功却有甚大之贡献。他的职务类似警察,实际是属于民防组织近于保甲长之类,是英国民众所最熟悉的一个类型。他没有多少知识,不认识多少字,所以他出口便是错误,把"标准英语"(King's English)割裂得体无完肤,把法律上的名词随便乱用。这都能给观众以极大的娱乐。哈兹利特(Hazlitt: *Characters of Shakespeare's Plays*, p. 303)说:"此剧中之道格伯来与佛杰士乃措词错误与意义误解之最妙的例证,亦是官僚之装模作样毫无头脑之标准记录,无疑莎士比亚是从实际生活中描写下来的,二百年来此种情形已从国家之最低级官吏弥漫到最高级官吏群中去了。"这样说来,莎士比亚于滑稽的穿插中又给人以讽讯的联想了。

就故事论,剧中主要人物当然是希罗与克劳底欧,其悲欢离合构成全剧的骨干。但是单就人物而论,则此剧中人物之能最引人入胜者不是希罗与克劳底欧而是璧阿垂斯与班耐底克。这两个角色是莎士比亚的创造。一个是出身高贵的亭亭玉立的少女,有灵活的头脑与敏捷的口才,但是她太高傲不肯向人低头,尤其是不肯屈服在一个男人的手里;另一个是出身高贵的勇敢善战的男士,有灵活的头脑与敏捷的口才,但是他太高傲不肯在人面前服输,尤其是不肯在一个女人面前服输。一个因此而不肯嫁，一个因此而不愿娶。两个人都是在怕，怕的不是对方，怕的是自己，怕自己一时情不自禁而宣告投降。这两个内心良善而舌锋似剑的年轻人，遇在一起便各逞机锋互相讥诮了。这口舌之争，有时很精彩，有时很庸俗，胜利总是属于女的一方时居多。这种舌战也是莎士比亚当时观众所欣赏的，所谓 high comedy 者是。如果从这出戏里抽出了璧阿垂斯与班耐底克，那将是不可想象的事。他们的谈话的主题是婚姻，其中有些俏皮话在今日看来已失去不少的辛辣，但是仍不失为莎士比亚的最好的"喜剧的散文"。

《无事自扰》在莎士比亚全部作品里的地位是相当重要的。一八七九年四月二十三日（莎士比亚的生日）莎士比亚的家乡爱芬河上的斯特拉福新建立的"莎士比亚纪念剧院"行开幕典礼，演的就是这一出戏，主演璧阿垂斯的是 Lady Martin，她曾有精彩的记录（看佛奈斯本页三六〇—三六一）。

剧 中 人 物

唐·佩德娄（Don Pedro），阿拉冈亲王。

唐·约翰（Don John），他的私生的弟弟。

克劳底欧（Claudio），翡冷翠的一位青年贵族。

班耐底克（Benedick），帕丘阿的一位青年贵族。

李昂拿图（Leonato），麦西拿的总督。

安图尼欧（Antonio），他的哥哥。

巴尔萨泽（Balthasar），唐·佩德娄的仆人。

波拉奇欧（Borachio）┐
            ├ 唐·约翰的随从。
康拉德（Conrade） ┘

道格伯来（Dogberry），警官。

佛杰士（Verges），甲长。

修道士佛兰西斯（Friar Francis）。

一位教堂司事。

一位僮仆。

希罗（Hero），李昂拿图的女儿。

璧阿垂斯（Beatrice），李昂拿图的侄女。

玛格来特（Margaret）┐
            ├ 侍候希罗的侍女。
尔修拉（Ursula） ┘

信使，警卫队，随从及其他。

地 点

麦西拿。

第 一 幕

第一景：李昂拿图官邸之前

李昂拿图、希罗、璧阿垂斯及其他偕一信差上。

李昂拿图	这封信上说阿拉冈的唐·佩德娄今晚就要来到麦西拿。
信差	这个时候他已经很近了，我方才离开他的时候他还不到九里之遥。
李昂拿图	这次作战[1]你们损失了多少人？
信差	很少是有地位的，带有爵位的根本没有一个。
李昂拿图	战胜者带着全班人马回来，可以说是双倍的胜利，这信里说唐·佩德娄对于一位名叫克劳底欧的年轻翡冷翠人赏赍甚厚。
信差	这在他一方面是应得的，唐·佩德娄也是同样地不

	亏负他。他的表现超出了他的年龄所许可的界限，样子像一只羔羊，作起战来像一头狮子，他的行为不是我的语言所能描述于万一的。
李昂拿图	他有一个叔父 [2] 在麦西拿，听了会很高兴的。
信差	我已经给他送了信去，他好像是很高兴的样子，高兴得不能不用苦痛的样子来表示他的沉着。
李昂拿图	他真洒泪了吗？
信差	洒了很多泪。
李昂拿图	这乃是慈爱之自然流露。用泪洗的面孔才是最真实的面孔，喜极而泣比哭的时候私心窃喜要好多了！
璧阿垂斯	请问你仰刺先生 [3] 可从战场上回来了吗？
信差	我不晓得这样姓名的人，军队里有地位的人里没有这样的一个人。
李昂拿图	你问的是什么样的一个人，侄女？
希罗	我的妹妹的意思是指帕丘阿的班耐底克先生。
信差	哦！他回来了，和从前一般地兴致勃勃。
璧阿垂斯	他曾在麦西拿这里张贴揭帖，向爱神邱比得提议比赛射箭 [4]。我的伯父的弄臣看到此项挑战，挺身代表邱比得应战，向他提议比赛用射鸟的弹弓。请问你，他在这场战争中杀死了吃掉了多少人？先说他杀死了多少？因为我曾允诺把他所杀死的全都吃下去。
李昂拿图	真是的，侄女，你挖苦班耐底克先生太过了。他不会饶你的，我敢说。
信差	小姐，他在这次战事里有很好的表现。
璧阿垂斯	你有一堆腐肉，他帮忙吃下去了，他是个贪吃的人，

他的食量大得很。

信差　　　并且是一位好的战士，小姐。

璧阿垂斯　对一位小姐是好的战士，但是对于一位贵族他算得
　　　　　是什么呢？

信差　　　在贵族面前是一位贵族，在男子汉面前是男子汉，
　　　　　充满了荣誉的美德。

璧阿垂斯　真是这样的，他简直就是用东西填充起来的一个人，
　　　　　但是所用的是些什么填料——唉，我们都是凡人。

李昂拿图　你不可误会我的侄女所说的话，班耐底克先生和她
　　　　　之间总是爱开玩笑，两人一见面就斗嘴。

璧阿垂斯　哎呀！他斗嘴也是毫无所获。我们上次冲突，他的
　　　　　五项才智[5]就有四项跛行而去，现在这整个的人就
　　　　　剩有一项才智来主宰着了。所以如果他尚有足够的
　　　　　聪明使他知道取暖，就叫他认为这是他优于他的马
　　　　　之所在吧。因为作为一个理性的动物，这是他所存
　　　　　留的全部财富了。现在和他做伴的是谁？每个月他
　　　　　有一个新结拜的盟兄弟。

信差　　　那可能吗？

璧阿垂斯　当然很可能，他把友谊当作时髦的帽子一般看待，
　　　　　随着新的头改变式样。

信差　　　小姐，我看出这位先生是不在你的宠爱的名册里[6]。

璧阿垂斯　不在，如果他在名册里，我要把我的图书通通烧掉。
　　　　　但是，请问你，谁是他的伴侣？现在没有一个年轻
　　　　　的流氓陪他下地狱吗？

信差　　　他是常和高贵的克劳底欧在一起。

璧阿垂斯　　啊天哪！他会像是疾病一般地黏缚着他，他比疫疠还更容易传染上，一经传染便立刻要发狂。上帝帮助那高贵的克劳底欧吧！他如果传染上班耐底克，不花费一千镑怕不得治疗好。

信差　　我愿小心翼翼地和你维持友谊，小姐。

璧阿垂斯　　好呀，好朋友。

李昂拿图　　你是永远不会发狂的，侄女。

璧阿垂斯　　不会的，除非赶上一个炎热的正月。

信差　　唐·佩德娄来了。

　　唐·佩德娄、唐·约翰、克劳底欧、班耐底克、巴尔萨泽及其他上。

唐·佩德娄　　好李昂拿图先生，你是来迎接你的麻烦事。世间的时髦乃是避免损失，而你却迎上前来。

李昂拿图　　麻烦事从不以阁下这种姿态来到我的家，因为麻烦过去之后会有安慰的。而你若一旦离我而去，快乐便要告辞，剩下的只是哀愁。

唐·佩德娄　　你太情愿接受负担了。我想这是你的女儿了。

李昂拿图　　她的母亲曾屡次这样告诉我。

班耐底克　　先生，难道你有疑心而询问她吗？

李昂拿图　　班耐底克先生，非也，因为那时候你还是个孩子呢。

唐·佩德娄　　你挨了重重的一击，班耐底克。根据这句话我们可以想象你现在既已成年该是什么样的一个人。真的，这位小姐长得很像她的父亲。你该庆幸，小姐，你长得像一位体面的父亲。

班耐底克　如果李昂拿图先生是她的父亲，她无论如何也不会情愿在她的双肩上安放他的头，尽管她长得像他。

璧阿垂斯　我很诧异你总是这样谈下去，班耐底克先生，没有人听你。

班耐底克　什么！我的亲爱的傲慢小姐，你还健在呢？

璧阿垂斯　傲慢如何能死去呢，她有像班耐底克先生这样合适的食物供她吃用？礼貌本身也会变成傲慢，如果你来到她的跟前。

班耐底克　那么礼貌便是个叛徒。不过除了你之外所有的女人都爱我却是事实，我很希望我不是铁石心肠。因为，老实讲，我一个都不爱。

璧阿垂斯　这真是女人的幸运，否则就要有一个邪恶的追求者和她们捣乱。感谢上帝和我的冷血，在这一点上我和你的脾气是一样的。我宁愿听我的狗吠乌鸦，也不愿听一个男人对我发誓说爱我。

班耐底克　愿上帝使您永久保持这种心情，好使得某一位男士避免他的命中注定的被抓破脸。

璧阿垂斯　如果那张脸是像你的这样，抓破了也不见得就变成为更难看。

班耐底克　唉，你真是一位稀有的教练鹦鹉的人。

璧阿垂斯　像我这样说话的鸟总比像你那样说话的畜牲好些。

班耐底克　我愿我的马有你说话的速度，并且有同样的持续不疲的力量。看在上帝的面上，你保持你的作风，我不再多说了。

璧阿垂斯　你总是像一匹劣马似的一踢了事，我晓得你的老毛病。

唐·佩德娄　全部事实是如此[7]，李昂拿图。克劳底欧先生，班
　　　　　耐底克先生，我的好朋友李昂拿图邀请你们大家来。
　　　　　我告诉他我们至少可以勾留一个月，他诚恳地祈求
　　　　　我们多停留一些时候，我敢发誓他并非是虚套，是
　　　　　真心诚意。

李昂拿图　如果你发誓，你是不会背誓的。〔对唐·约翰〕让我
　　　　　来欢迎你吧，你已与令兄和解了，我该向你致敬。

唐·约翰　我谢谢你，我是不会说话的，但是我谢谢你。

李昂拿图　请您在前领路好吧?

唐·佩德娄　把您的手递给我，李昂拿图，我们一起走。〔除班耐
　　　　　底克与克劳底欧外，同下〕

克劳底欧　班耐底克，你注意到李昂拿图先生的女儿了吗?

班耐底克　我没注意，但是我看到她了。

克劳底欧　她不是一位贤淑的少女吗?

班耐底克　你是像一个诚实人一般地询问我的诚实无欺的意见
　　　　　呢，还是要我按照我的习惯发言，对于女性我是著
　　　　　名地残暴?

克劳底欧　不，我请你老老实实地讲出你的意见。

班耐底克　噫，老实讲，我认为她太矮不能给予高的赞美，太
　　　　　黑不能给予好的赞美，太小不能给予大的赞美。我
　　　　　只能这样称赞她，如果她是另外一副样子，她便是
　　　　　不漂亮，她如今有她那一副样子，可是我不喜欢她。

克劳底欧　你以为我在闹着玩，请你老实告诉我你是否喜欢她。

班耐底克　你这样打听她的行市，是否要买下她来?

克劳底欧	整个世界能买得起这样的珠宝吗?
班耐底克	当然可以，还可以买个盒子把它装进去呢。你说这话可是出自诚意，还是信口开河，只是告诉我们说邱比得善于搜寻野兔，伏尔堪是高手木匠[8]？喂，为了和你协调起见，你到底是个怎样的调调儿呢？
克劳底欧	据我的眼睛看，她乃是我从未见过的最甜蜜的女郎。
班耐底克	我看东西尚不需戴眼镜，我却一点也看不出这种情形来。她的那一位堂姐妹，若不是像凶神附身一般，比她美得多，有如五月初的天气之胜过十二月末。不过我希望你无意结婚吧?
克劳底欧	虽然我曾发誓不结婚，可是如果希罗愿做我的妻，我也就拿不定主意了。
班耐底克	真到了这种地步了吗? 世界上连一个不戴绿帽子的男人都没有吗[9]？我永远见不到一位六十岁的单身汉了吗?算了吧，真是的。如果你一定愿意把颈子伸到圈套里去，那么就在颈子上带着勒痕，礼拜天闷在家里叹气吧。看呀! 唐·佩德娄又回来找你了。

唐·佩德娄又上。

唐·佩德娄	你们有什么秘密的事，不随同到李昂拿图府上去?
班耐底克	我情愿等您逼我说出来。
唐·佩德娄	根据你的臣从义务，我命令你说。
班耐底克	你听着，克劳底欧伯爵，我可以像哑巴一样地守秘密，我愿意你也这样认为。但是提到了我的臣从义务，你听见了没有，提到了我的臣从义务，他陷入

恋爱了。和谁恋爱？这是您应该提出的问题。请听
他的回答是多么简短：和希罗相恋，李昂拿图的那个
短小的女儿。

克劳底欧	如果事实真是如此，他是应该这样说的。
班耐底克	和那老故事 [10] 所说的一样："不是如此，从前亦不是如此。但是老实讲愿上帝不准它如此。"
克劳底欧	如果我的情感于短期内不改变，愿上帝不准它变成为另外一种样子。
唐·佩德娄	阿门，如果你爱她，因为这位女郎是很值得爱的。
克劳底欧	你这样说乃是诈我。
唐·佩德娄	老实说，我说的是真话。
克劳底欧	老实讲，我说的也是真话。
班耐底克	老实说又老实讲，我说的也是真话。
克劳底欧	我觉得我是爱她。
唐·佩德娄	我知道她是值得爱。
班耐底克	我不觉得为什么要爱她，我也不知道为什么她是值得爱，这乃是我的铁定的意见，不是火所能烧熔掉的。就是把我烧死，我也会带着这意见而死。
唐·佩德娄	你总是这样地倔强乖谬，唐突美人。
克劳底欧	除了靠他的顽强意志，无法维护他的立场。
班耐底克	女人生我，我感谢她；女人育我，我同样地对她致最大的谢意。但是要在我头额上吹号角，或是在一条无形的皮带里挂起我的喇叭 [11]，请所有的女人原谅我吧。我既不愿苛责她们说她们会猜疑人，我干脆厚待自己，对任何人都不信任。结论就是 —— 说得

更漂亮些吧 —— 我将永久是个独身男子。

唐·佩德娄　在我死之前我将看到你为爱情而面色苍白。

班耐底克　为愤怒，为疾病，或是为饥饿，但不会为爱情。如果你能证实我曾经为爱情而憔悴，喝杯酒都不能使脸上转红，你可以用写歌谣的钢笔挖出我的眼睛，把我悬挂在妓馆门口，当作瞎眼邱比得的招牌。

唐·佩德娄　好啦，如果你有一天心回意转，你将成为大家的笑柄。

班耐底克　如果我变心，把我挂在一只笼子里，像是一只猫似的，然后射我[12]。谁射中我，大家就拍拍他的肩膀，称他为亚当[13]。

唐·佩德娄　好，让时间来考验吧：

"不久野牛也就套上轭了[14]"

班耐底克　野牛或者不免，但是如果聪明的班耐底克也会套上轭，你可以把牛角拔下来插在我的头额上。并且可以把我画在酒店招牌上，用书写"此处有良马出租"的那样大的字在我的招牌下面写"来看结婚男子班耐底克"。

克劳底欧　如果真发生这事，你一定会为了担心戴绿头巾而发狂。

唐·佩德娄　不，如果邱比得在威尼斯[15]尚未用完他的箭，你不久就会被射得发抖。

班耐底克　地震才能使我发抖哩[16]。

唐·佩德娄　好吧，经过相当时间你会冷静下来的。在目前，好班耐底克先生，请到李昂拿图府上去，请代我向他致意，告诉他晚饭时我必来奉陪，因为他已经做了

	大的准备。
班耐底克	我几乎可以自负地说，这一使命我是胜任愉快的，所以我把你交付给 ——
克劳底欧	上帝保佑，寄自敝寓，如果我有一栋房子 ——
唐·佩德娄	七月六日，你的挚友，班耐底克谨上[17]。
班耐底克	不，别开玩笑，别开玩笑。你们的信函的主文往往是鹑衣百结，而且缝得稀松。在继续讥笑这旧式的结尾套语之前，自己反省一下吧，告辞了。〔下〕
克劳底欧	我的主上，您可以助我一臂之力。
唐·佩德娄	听你吩咐，你只消说该怎样做，凡是于你有益之事，无论多么困难，当无不立刻听从。
克劳底欧	李昂拿图有儿子吗？
唐·佩德娄	除了希罗之外没有孩子了，她是他的唯一继承人。你是真爱她吗，克劳底欧？
克劳底欧	啊！我的主上，当你进行这一场刚刚完毕的战事之际，我是用军人的眼睛来看她，自管喜欢她，却有更粗野的事情要做，无暇把我的喜欢发展成为恋爱。现在我回来了，战争的念头已经勾销，一些温柔的愿望乘虚而入，不断地提醒我说，希罗是如何地美，我出征之前是如何地喜欢她。
唐·佩德娄	你很快地就会变成为一个恋爱中人，用无穷的絮语使得听者厌烦。如果你真爱美丽的希罗，要珍视这一段爱情，我去向她说明，向她的父亲说明，让你获得她。把这一场好事编造得这样曲折，是不是为了这个目的呢？

克劳底欧　　你是多么善于疗治相思，看他的外表就知道他的苦
　　　　　　楚！为了避免使得我的情爱过于唐突，我愿慢慢地
　　　　　　进行，显得从容一些。

唐·佩德娄　　窄流之上何必架宽桥？最大的恩惠便是满足一个人
　　　　　　的需要。要知道凡是有效用的便是适当的，现在也
　　　　　　不必多说，你既爱她，我就去设法使你满足。我知
　　　　　　道今晚我们要有化装舞会，我要化装作为是你，告
　　　　　　诉美丽的希罗我是克劳底欧，向她倾诉我的爱慕，
　　　　　　用强烈的情话迫使她不能不听。然后再把这问题向
　　　　　　她的父亲提出，结果是她将会属于你，让我们立刻
　　　　　　就实行。〔同下〕

第二景：李昂拿图邸中一室

　　　　　　　　李昂拿图与安图尼欧上，相遇。

李昂拿图　　怎样，哥哥！你的儿子在哪里？他备好乐队了吗？

安图尼欧　　他正忙着准备呢。但是，弟弟，我要告诉你梦想不
　　　　　　到的怪消息。

李昂拿图　　是好消息吗？

安图尼欧　　要看以后情节如何发展了，不过表面上看来很好。
　　　　　　王爷与克劳底欧，在我的花园里一条浓密遮覆的小

径上散步，被我的一个仆人偷听到他们的谈话。王
爷对克劳底欧说他爱我的侄女你的女儿，打算在今
晚跳舞时宣布。如果他被接受，他打算立刻把握时
机向你提出。

李昂拿图　　把这消息报告给你的人是不是个糊涂人？

安图尼欧　　好好的一个精明强干的人，我叫他来，你自己问他。

李昂拿图　　不，不，我们暂且把它当作为梦，等它实现再议。
但是我要告知我的女儿，以便在作答的时候有所准
备，如果这是真事。你去，去告诉她。〔数人在台
上穿过〕弟兄们，你们晓得该做些什么。啊！请你
原谅，朋友，你和我来，我需要你的帮忙。好弟兄，
忙中要小心呀。〔同下〕

第三景：李昂拿图邸中另一室

唐·约翰与康拉德上。

康拉德　　　怎么搞的，老爷！为什么这样过分地苦恼？

唐·约翰　　产生苦恼的缘由是太过分了，所以这苦恼也是没有
止境的。

康拉德　　　你应该听从理性。

唐·约翰　　听从了理性，又能得到什么慰藉呢？

康拉德　如果不能获得立刻的解救，至少得到忍受的耐心。

唐·约翰　我很诧异，你，据你自己说，是土星照命[18]，反倒
　　　　企图用一服说教的药来医治致命的伤。我不能隐藏
　　　　我的身份，我有悲苦的缘由，我便必须悲苦，别人
　　　　说笑话我也笑不出来。我有胃口的时候就吃，不等
　　　　待别人；我困了就睡，不管别人的事；我高兴就笑，
　　　　不去谄媚任何发脾气的人。

康拉德　是的，但是你在未能毫无拘束的时候，不可这样放
　　　　肆。你最近反叛你的哥哥，他重新和你言归于好。
　　　　既然是除了自行制造良好气氛之外你便无法在他的
　　　　恩宠里生根，那么你确有为你自己的收获而制造机
　　　　会之必要。

唐·约翰　我宁可在篱笆上做一株野蔷薇，也不肯在他的恩宠之
　　　　下做一朵玫瑰，受大家的鄙夷比强勉矜持以求人爱怜
　　　　要更合于我的性格。在这一方面，我虽然不能说是一
　　　　个油腔滑调的君子，不容否认我确是一个坦白无欺
　　　　的小人。给我戴上一只口罩表示信任我，给我系上
　　　　一根木橛表示给我自由，故此我决心偏不在笼子里
　　　　唱歌。如果我的嘴能自由活动，我要咬人；如果我
　　　　得到自由，我要做我高兴做的事。在到那时候以前，
　　　　让我维持现在的这个样子吧，不要令我改变。

康拉德　你不能利用你这不满的情绪吗?

唐·约翰　我完全加以利用了，因为可供我利用的只有它。谁
　　　　来啦?

波拉奇欧上。

有什么消息,波拉奇欧?

波拉奇欧 我从那大宴会来,王爷,你的哥哥,受李昂拿图的盛大的款待。我可以报告你在计划中的一项结婚的消息。

唐·约翰 可否根据它做一个开玩笑的计划呢?是个什么样的糊涂的人,竟要结婚而自找麻烦?

波拉奇欧 噫,他是你哥哥的左右手。

唐·约翰 谁?那顶高雅的克劳底欧吗?

波拉奇欧 正是他。

唐·约翰 真是一位漂亮的绅士!是谁,是谁!他看中的是谁?

波拉奇欧 哼,他看中了希罗,李昂拿图的女儿与继承者。

唐·约翰 真是一只早熟的三月鸡雏[19]!你怎样得到这消息的?

波拉奇欧 我是被雇用为熏香的人,正在熏一间霉湿的房子的时候,王爷和克劳底欧手携着手走了过来,谈着严重的事情。我躲在墙幕后面,听到他们商定由王爷向希罗求婚,到手之后再把她送给克劳底欧伯爵。

唐·约翰 来,来,我们到那里去,这件事可能有助于我的仇恨。那年轻得意的家伙害得我好苦,如果我能有法子给他一点挫折,我便十分庆幸。你是可靠的,并且愿意帮助我吧?

康拉德
波拉奇欧 } 一直到死,殿下。

唐·约翰　　我们到盛大的宴会去，我受冷落，他们格外高兴。但愿那厨子有我这样的居心！我们要不要亲自去看一下究竟怎样做？

波拉奇欧　　我们听您吩咐。〔同下〕

注释

[1] 此处所谓战事，按 Bandello 的故事，是指一二八二年复活节翌日在西西里岛上帕来摩（Palermo）地方以晚祷钟声为号而对法国人实行大屠杀之后的行动。剧中所谓战事则是泛指，不必特为考订，更不必寻绎其中有无影射时事。

[2] 这"叔父"在剧中似无必要，事实上亦未在台上出现，在小说里亦无此人物。据 George Sampson 注云："其所以提到这一叔父者，可能是用以解释在麦西拿有一翡冷翠人，并且他和一个西西里人家熟识，但更可能的是这是早期另一剧本的遗留下的痕迹。"

[3] "仰刺先生"原文 Signior Mountanto, 是斗剑术语，相当于拳术中所谓"upper cut"（即对准对方的下巴之猛力向上一击）。此处作为戏谑语。

[4] 向邱比得（Cupid，爱神）比赛射箭，盖谓班耐底克自作多情以为比邱比得更善赢得妇女之情爱与欢心。弄臣代表邱比得接受挑战，但弄臣在朝廷中不准使用长箭，只准使用射鸟之弹弓，故云。

[5] 五项才智（five wits）不是"五官"，是指记忆（Memory），幻想（fancy），判断（judgment），想象（imagination）与常识（Commonsense）。班耐底克所剩有的一项，不知何指，大概是最后一项。

[6]"宠爱的名册",原文"is not in your books",即现代英语所谓 in your good books,意为"受你宠爱"或"得你欢心"。此成语来源不明,尚无公认之解释。

[7]"全部事实是如此",此句意义不清。原文是"that is the sum of all, Leonato:"(四开本及对折本标点显然有误)。在班耐底克与璧阿垂斯斗嘴之际,唐·佩德娄与李昂拿图在一旁低声闲话,所谈的大概是有关王爷及其友人来访之事,此处突高声说"全部事实是如此",以结束其闲话,转而向班耐底克与克劳底欧宣布此一消息,故所谓"全部事实是如此",吾人当然不明其内涵也。

[8]伏尔堪(Vulcan)是司锻冶之神,当然不是"木匠"。犹之邱比得是瞎子,当然不会"搜寻野兔"。此即修辞学上所谓 antiphrasis(反语)。

[9]原文"Hath not the world one man but he will wear his cap with suspicion?"直译应为"世上有无一个人不被人疑其戴帽子乃是为了遮盖其额上之角?""额上生角"是讥讽妻有外遇的丈夫之语。男子结婚即有"额上生角"之可能,即有戴绿头巾之可能,故云。

[10]这老故事可能是一段童话,据一八二一年莎氏全集集注本(即 *Boswell's Malone*)的注解,Blakeway 曾提供下述的故事一则,可能莎士比亚幼时亦曾听说过,这故事是属于"青髯公"(Bluebeard)那一类型的,故事纲要如下:

玛丽夫人访浮克司先生于其寓邸,适不在,入其室见门上榜书"要大胆,要大胆,但不可太大胆",至其内室则骸骨横陈血渍模糊。从窗窥见浮克司先生正持刀胁一妇人回来,乃匆匆藏身楼梯下以避之。妇人不肯入内,手挽栏杆,乃抽刀断其腕,腕上尚戴有手镯,手落入玛丽夫人怀中,玛丽夫人骇极,乘机遁去。越数日玛丽夫人遇浮克司先生于宴会席中,宴后玛丽夫人述其奇遇,托辞为一噩梦,浮克司先生极力否认，不时地声言"不是这样的，从前也不是这样的，上帝不准它是这样的。"及玛丽夫人出示手及手镯时，始无辞以对，众宾客起而扑杀之。

这故事之前一部分及"要大胆……"一词，见斯宾塞《仙后》卷三第十一章第五十四节。

[11] 所谓"号角""喇叭"，均指妻不贞时丈夫头上所生之角而言。

[12] 昔俗以猫置笼中，悬起作为练习射箭时之靶的。

[13] 亚当系指英格兰北方边境之著名的三个强盗射手之一 Adam Bell，关于其事迹曾有歌谣刊于一五三六年，包括射中儿子头上的苹果的故事在内。但此处何以不称其姓独称其名，不可解。

[14] 此句引自 Thomas Kyd, *The Spanish Tragedy*（c. 1586），二幕一景："In time the savage bull sustaines the yoake." 而 Kyd 此句又系引自 Thomas Watson, *Hekatompathia* 中之第四十七首："In time the bull is brought & weare the yoake."

[15] 威尼斯在莎士比亚时代是娼妓之都，犹今日之巴黎。

[16] 箭（quiver），发抖（quake），地震（earthquake），三个字连续，取其音义近似，此为莎氏时代之文字游戏的风尚之一种，无法译出。

[17] 班耐底克说："我把你交付给……"（and so I commit you—）乃是无心地引用了正式书翰或献词之结尾套语，意谓交付上帝保佑，克劳底欧及唐·佩德娄不放松这一机会，立刻接上去把这套语补足。

[18] "土星照命"，原文 born under Saturn，按星相学凡在土星高照之下诞生者，其性格必定阴沉。

[19] 三月孵出的鸡雏，言其早熟之意。当系指希罗，因为她年纪很轻，Bandello 的故事中之 Fenicia 年仅十六。或谓系指克劳底欧，讥其胆大妄为，殊不类。

第 二 幕

第一景：李昂拿图邸中大厅

李昂拿图、安图尼欧、希罗、璧阿垂斯及其他上。

李昂拿图　　约翰伯爵没有在此地晚餐吗[1]？

安图尼欧　　我没看见他。

璧阿垂斯　　他是多么尖酸的样子！我每次看见他，总要引起一小时的胃气痛。

希罗　　　　他的性格是很郁闷的。

璧阿垂斯　　如果他是介于他自己与班耐底克之间的那么一个人，他便会成为极好的人。一个太像是个影子，一句话不说；另一个太像是娇生惯养的大少爷，永无休息地说话。

李昂拿图　　那么就是半个班耐底克先生的舌头在约翰伯爵的

嘴里，一半约翰伯爵的愁苦在班耐底克先生的
脸上——

璧阿垂斯　　再加上好的腿脚，伯父，袋里有的是钱，这样的一
个男人可以赢得世上任何女人，如果他能得到她的
好感。

李昂拿图　　我老实说，侄女，如果你说话这样尖刻，你将永远
嫁不到丈夫。

安图尼欧　　实在的，她是太凶了。

璧阿垂斯　　太凶是比凶还要厉害，在这一方面我将使上帝省却
他的礼物 [2]。因为据说"上帝使凶牛生短角" [3]，对
于太凶的牛便根本不令它生角了。

李昂拿图　　那么，你太凶了，上帝就不给你角了吗?

璧阿垂斯　　是的，如果他不给我一个丈夫。为了这一份福气，
我日夜地跪下祷求呢。天哪! 我不能忍受一个脸上
生胡子的丈夫，我还不如贴着毛毯睡呢 [4]。

李昂拿图　　你也许可以遇到一个不生胡须的丈夫。

璧阿垂斯　　要他做什么呢? 把我的衣服给他穿起，让他做我的
仆妇吗? 生胡子的便不复是一个青年，不生胡子的
又不够做一个男人。不复是青年的人，我不要;不够
男人气的人，他也不会被我看中。所以我宁愿受雇
于一个要狗熊的人，拿他六便士，牵着他的猴子下
地狱 [5]。

李昂拿图　　那么，你是要下地狱了?

璧阿垂斯　　不，只到地狱的大门。恶魔在那里迎接我，像个老
乌龟似的，头上有两个角，并且说:"回到天堂去，

璧阿垂斯，回到天堂去，这里不是你们处女来的地方。"于是我把我的猴子放下，立刻去找圣彼得去领我到天堂，他指点我单身男子们所坐的地方，在那里我们整天价快活地生活着。

安图尼欧　〔对希罗〕好啦，侄女，我相信你会听你父亲的话。

璧阿垂斯　是的，一定的，我的姐姐是应该请安行礼，说："父亲我听从您的意思。"——不过话虽如此，姐姐，他必须是个漂亮的人，否则就再请安行礼，说："父亲，你得听从我的意思。"

李昂拿图　好，侄女，我希望有一天你能找到一个适当的丈夫。

璧阿垂斯　不可能，除非上帝用泥土以外的材料造男人。一个女人要被一团尘土所支配，要把她的一生交付给一块烂泥巴，那岂不是太可怜了吗？不，伯父，我不肯。亚当的儿子们乃是我的弟兄辈，老实讲，与同族的人通婚我以为是罪过。

李昂拿图　女儿，记住我告诉你的话，如果王爷向你求婚，你知道应该如何回答。

璧阿垂斯　姐姐，毛病是出在音乐上。如果有人不按适当的节奏向你求婚，如果王爷纠缠得太紧，告诉他一切事情都要有节制[6]，这样在跳舞中就可把他回绝了。你听我说，希罗。求婚、结婚、后悔，恰似一曲苏格兰的轻快舞、一支庄严舞、一场五步舞。初次求婚是热烈而急促的，像是一曲苏格兰的轻快舞，同样地怪诞不经；结婚，则温文有礼，像一支庄严舞，充满了雍容的旧式的仪节；随后是后悔，踱着蹒跚步，変成五步舞，越跳越快，直到进入坟墓为止。

李昂拿图　　小姐，你了解得好透彻。

璧阿垂斯　　我的眼力不坏，伯父，在白昼我看得见礼拜堂。

李昂拿图　　宴乐的人们来了，弟弟，我们让开。

　　　　　　唐·佩德娄、克劳底欧、班耐底克、巴尔萨泽、唐·约翰、
　　　　　　波拉奇欧、玛格来特、尔修拉及其他上。

唐·佩德娄　小姐，你愿意和你的男友跳舞吗？

希罗　　　　只要你走得慢，样子好看，不说话，我就愿意陪你
　　　　　　跳跳，尤其是跳着离开你的时候。

唐·佩德娄　和我一起跳舞吗？

希罗　　　　我高兴的时候也许会这样说。

唐·佩德娄　你什么时候高兴这样说呢？

希罗　　　　当我喜欢你的相貌的时候，因为上帝不准一只琵琶
　　　　　　会像匣子一般丑 [7]！

唐·佩德娄　我的面具是菲勒蒙的屋顶，屋里面是周甫 [8]。

希罗　　　　那么你的面具上面应该铺上芳草。

唐·佩德娄　小声些，如果你谈情说爱 [9]。〔把她带到一边〕

巴尔萨泽　　好，我愿你是喜欢我的。

玛格来特　　为了你好，我并不愿如此，因为我有很多缺点。

巴尔萨泽　　哪一种缺点？

玛格来特　　我高声祷告。

巴尔萨泽　　我为了这个格外爱你，听者可以高呼"阿门"。

玛格来特　　愿上帝给我配上一个会跳舞的男人！

巴尔萨泽　　阿门！

玛格来特	跳舞过后愿上帝使他不要再见我！应声呀，教会书记[10]。
巴尔萨泽	不再说了，书记无话可说了。
尔修拉	我认识你，你是安图尼欧先生。
安图尼欧	老实讲，我不是。
尔修拉	看你摆头的样子就知道是你。
安图尼欧	说实话，我是模仿他。
尔修拉	你永远不能模仿他的毛病如是之逼真，除非你即是他本人。他的一双枯干的手就是这样子上上下下的，你就是他，你就是他。
安图尼欧	老实说，我不是。
尔修拉	算了，算了，你以为我就凭你的风趣的言谈还认不出是你吗？优点能瞒得过人吗？算了吧，哼，你就是他。优点总是全显露出来的，不必再多说了。
璧阿垂斯	你不肯对我讲是谁告诉你的吗？
班耐底克	不，请你原谅我。
璧阿垂斯	你也不肯告诉我你是谁吗？
班耐底克	现在还不能说。
璧阿垂斯	说我骄傲，说我的俏皮话都是从《笑话百篇》[11]里得来的。噫，说这话的必是班耐底克先生。
班耐底克	他是谁？
璧阿垂斯	我敢说你一定和他很熟。
班耐底克	我不认识他，请你相信我。
璧阿垂斯	他从来没有令你发笑吗？
班耐底克	请问他到底是什么人？

璧阿垂斯	嗨，他是王爷跟前说笑话的人，一个无聊的弄臣。他唯一的长处便是制造令人难以置信的谰言，除了一些浪荡子之外没有人喜欢和他交游。他的可喜之处不是他的机智，而是他的邪恶。因为他讨人喜欢同时又招人懊恼，于是大家笑他，可是又要打他。我敢说他一定是在归来的那一群军人里，我愿他来和我说话！
班耐底克	等我认识这位先生的时候，我要把你所说的话告诉他。
璧阿垂斯	务请这样办，务请这样办，他只能用比拟不伦的笑话讥嘲我一番。如果大家不理会他，不发笑，可能使他又陷于忧郁。一只松鸡翅膀可以省下了，因为那个傻瓜那一晚会吃不下饭的。〔内奏音乐声〕我们跟着领头的人去跳舞吧[12]。
班耐底克	做任何好事都需要如此。
璧阿垂斯	不，如果他们引导做坏事，在下次转身的时候我就脱离他们了。〔跳舞。除唐·约翰、波拉奇欧及克劳底欧外，均下〕
唐·约翰	我的哥哥一定是爱上希罗了，已经和她的父亲退到一旁，把这消息告诉他。女客们都跟了她去，只剩下一位戴面具的人。
波拉奇欧	那是克劳底欧，看那姿态我就知道是他。
唐·约翰	你不是班耐底克先生吗？
克劳底欧	你认识我，我就是他。
唐·约翰	先生，我哥哥和你是很亲近的。他现在爱上了希罗，

	我请你，劝他离开她。她和他的地位不相称，你可以老实地向他进一忠告。
克劳底欧	你怎么知道他爱她？
唐·约翰	我听到他向她海誓山盟。
波拉奇欧	我也听到了，他发誓说今晚就要娶她。
唐·约翰	来，我们去用一些茶点吧[13]。〔唐·约翰与波拉奇欧下〕
克劳底欧	我这样地用班耐底克的名义应答了，但是用克劳底欧的耳朵听到了这坏消息。那是一定的了，王爷为他自己求婚。除了爱情的事件以外，友谊在其他一切事情上都是可靠的。所以爱情中人应该用自己的舌头，每只眼睛要为自己办交涉，不可依赖别人。因为美貌是个妖魔，一接近其魔力，忠贞会化成情欲。这是随时都可以证明的事，而我竟没有疑虑到。所以再会吧，希罗！

班耐底克又上。

班耐底克	是克劳底欧伯爵吗？
克劳底欧	是的，正是。
班耐底克	来，和我一道去好吧？
克劳底欧	到哪里去？
班耐底克	就到最近的一株垂杨柳[14]，有关你自己的事，伯爵。你将怎样佩戴你的花圈？挂在你的颈上，像是放高利贷的人的金链子？或是挂在你的臂下，像是军官的肩带[15]？你必须选择一个姿势，因为王爷已经得

到了你的希罗。

克劳底欧　我愿他能从她那里得到快乐。

班耐底克　噫，这像是一位诚实的牛贩子说的话，他们卖牛时就是这样说。可是你曾想到王爷会这样对待你吗？

克劳底欧　我请你离开我。

班耐底克　喝！你简直是像瞎子一般乱打人，是那孩子偷了你的肉，而你却打柱子[16]。

克劳底欧　如果你不离开我，我要离开你了。

班耐底克　哎呀！可怜的受伤的鸟，他要爬进芦苇里去了。但是，璧阿垂斯小姐是应该认识我的，竟不认识我！说我是王爷的弄臣！哈！也许是因为我喜欢开玩笑，所以给我那样的名称。是的，但是这样的想法实在是委屈了我自己，我的名声并不这样坏。是璧阿垂斯的脾气太卑鄙刻毒，硬把她的意见作为是世人的意见，把我说得不堪入耳。好，我一定要设法报复。

唐·佩德娄又上。

唐·佩德娄　请问伯爵在什么地方？看见他没有？

班耐底克　老实说，我已经扮演了"造谣夫人"的角色[17]。我在此地发现了他，阴沉得像是猎场管理人住的茅舍一样。我告诉了他，据实告诉了他，您已经得到了这年轻女郎的情爱。我提议陪他找一株垂杨柳，给他编一个花冠，因为他失恋了。或是给他捆绑一个柳条鞭，因为他值得挨一顿抽打。

唐·佩德娄　抽打！他犯了什么错？

班耐底克	一个学童所犯的一项绝对的过失，找到一个鸟巢而得意忘形，指给他的伴侣看，于是被他偷去了。
唐·佩德娄	你以为信任也是过错吗？犯错的是那偷窃的人。
班耐底克	不过那鞭子和花冠都不能算是不该做，因为花冠他可以自己戴，鞭子可以送给你，我认为你偷了他的鸟巢。
唐·佩德娄	我只是叫鸟儿唱，然后物归原主。
班耐底克	如果所唱的和你所说的相符，我便认为你是诚实的。
唐·佩德娄	璧阿垂斯对你不满，和她跳舞的一位先生告诉她你说了许多关于她的坏话。
班耐底克	啊！她把我骂惨了，木石都无法忍受，只有一片绿叶的橡树都会要反唇相讥，我的假面具都愤恨得栩栩欲活回骂她几句。她以为我不是我自己，便对我说，我乃是王爷跟前说笑话的人，又说我是比开冻的天气还无聊。她用这样巧妙的讽刺层出不绝地加在我的头上，我好像是站在靶子旁边的一个人 [18]，全军都对着我射。她说话像刀子，每个字都刺人。如果她的呼吸是像她的语言一样地可怕，她附近无噍类矣，她的刻毒将远及于北斗。纵然把亚当未堕落前所拥有的一切都作为是她的妆奁，我也不要娶她。她会使赫鸠里斯给她纺毛线，哼，甚至使他敲断他的木棍去烧火哩 [19]。算了，不要谈她，你会发现她是衣冠齐整的凶恶的哀蒂女神 [20]。我愿哪一位学者 [21] 来降伏她，因为她若是留在此地，一个人住在地狱里会像是住在圣地一般地舒适安详，一般人

都要故意犯罪到地狱去了。一切的骚动、恐怖与扰乱，永远是跟随着她。

克劳底欧、璧阿垂斯、希罗与李昂拿图又上。

唐·佩德娄　看！她来了。

班耐底克　你可否命令我到天涯地角去做任何事？你派我到地球之另外半球上去做最琐细的差事，我都愿意去。我愿从亚洲之最远的地带给你取一根牙签，给你量一下普赖斯特·约翰的脚有多么长[22]，给你从大可汗的脸上扯一根胡须，到侏儒国[23]去给你作任何差遣，总比和这利爪的鹰谈三言两语要好一些。你没有什么事可派我吗？

唐·佩德娄　没有，除了希望你能陪伴我以外。

班耐底克　啊天哪，这是我所不爱的一道菜，我无法忍受我的"长舌小姐"。〔下〕

唐·佩德娄　来，小姐，来，你失掉了班耐底克先生的心。

璧阿垂斯　实在的，他曾经借给我一个时期，我给他出了利息，付出了双倍的心。真是的，有一回他曾用作弊的骰子赢得了我的心，所以您是可以说我失掉了它[24]。

唐·佩德娄　你已经打倒他了，小姐，你已经打倒他了。

璧阿垂斯　当然我不愿他把我放倒，否则我可能成为一群傻孩子的母亲。你让我去找克劳底欧伯爵，我已经把他带来了。

唐·佩德娄　喂，怎样啦，伯爵？你为什么忧愁？

克劳底欧　并没有忧愁，殿下。

唐·佩德娄	那么是怎么一回事？病了？
克劳底欧	也没有病。
璧阿垂斯	伯爵是既不忧愁，又没有病；既不快乐，又不健康。只是一位庄严的伯爵，庄严得像是一只橘子，并且脸上带着一点那妒忌的颜色[25]。
唐·佩德娄	实在的，小姐，你的描写很恰当。如果真是如此，其实他是想错了。唉，克劳底欧，我是用你的名义去求婚，美丽的希罗已经被赢得了。我已经向她父亲表白，并且他表示满意。请指定结婚日期吧，上帝给你快乐！
李昂拿图	伯爵，请把我的女儿娶去，还有我的财产陪送，是王爷做的媒，愿上帝来说一声"阿门"吧！
璧阿垂斯	说话呀，伯爵，到你该开口的时候了。
克劳底欧	沉默是快乐之最好的前驱者，如果我说得出有好多快乐，我便是快乐很少。小姐，你既属于我了，我也属于你。我把我自己奉献给你，并且对于这项交易非常满意。
璧阿垂斯	说话呀，姐姐。如果不能说话，用一吻塞住他的嘴，叫他也不要说话。
唐·佩德娄	老实说，小姐，你有一颗快乐的心。
璧阿垂斯	是的，殿下，我很感谢这颗心，它总是能躲开烦恼的袭击。我的姐姐贴着他的耳朵告诉他说，他是在她的心里了。
克劳底欧	她确实是这样说了，妹妹。
璧阿垂斯	我的天，又添了一位姻亲[26]！除了我之外，每人都

结婚了，而我把脸晒得黝黑[27]。我只好坐在一个角落里大声喊叫给我一个丈夫吧！

唐·佩德娄　璧阿垂斯小姐，我给你找一个。

璧阿垂斯　我愿意要一个您父亲所生的。您没有像您一样的兄弟吗？您的父亲生出极好的丈夫，只消一个女人能够得到他们。

唐·佩德娄　你愿意要我吗，小姐？

璧阿垂斯　不，殿下，除非我另有一个丈夫留着平常日子用。您是太值钱了，不好每天用。但是，我请求您，原谅我吧。我生来爱说笑话，没有什么意义。

唐·佩德娄　你沉默最使我难堪，欢天喜地的样子最适宜于你。因为，毫无疑问，你是在一个欢乐的时辰生出来的。

璧阿垂斯　不，绝不，殿下，我的母亲哭啦！不过当时有一颗星在跳荡[28]，我就是在那颗星高照之下诞生的。上帝给你们二位快乐！

李昂拿图　侄女，我和你谈过的事，你可否去照料一下？

璧阿垂斯　告辞了伯父。殿下请准我告辞。〔下〕

唐·佩德娄　我认为她真是一个活泼的讨人欢喜的小姐。

李昂拿图　她没有半点郁闷的性格，她从不悲哀，除非是在梦中。并且就是在梦中她也不悲哀，因为我曾听我的女儿说，她常梦到不快活的事，而醒来还是笑嘻嘻的。

唐·佩德娄　讲到一个丈夫的事她便不耐烦。

李昂拿图　啊！绝不是的，她冷讥热嘲地使所有求婚的人都撤销求婚了。

唐·佩德娄　她可以成为班耐底克的极好的妻子。

李昂拿图　啊天哪！如果他们结婚只消一星期，他们会因说话而发疯。

唐·佩德娄　克劳底欧伯爵，你打算什么时候到教堂去行礼？

克劳底欧　明天，殿下。情人未行婚礼之前，时间像是架着拐走路一般。

李昂拿图　要等到星期一，我的好女婿，距今整整一星期。要把一切事准备得称心如意，这时间还嫌太短促呢。

唐·佩德娄　等待这样久，你该摇头了。但是，我可以对你说，克劳底欧，我们的时间不会过得太沉闷的。在这期间内我要负起一项艰巨的任务，使班耐底克先生和璧阿垂斯互相地海誓山盟。我甚愿能促成他们的姻缘，我想我是可以成功的，如果你们三位肯照我的指示予以协助。

李昂拿图　殿下，我听你吩咐，纵然要我十夜不睡都可以。

克劳底欧　我也是的，殿下。

唐·佩德娄　还有你呢，温柔的希罗？

希罗　　　我愿做任何高雅的事，殿下，帮助我的妹妹得到一个好丈夫。

唐·佩德娄　班耐底克也不能算是我所认识的最坏的丈夫。我可以这样地称赞他:他出身高贵，行为果敢，名誉清白。我要教你如何地顺着你的妹妹行事，好让她与班耐底克发生恋爱。我，有你们两位帮助，自会摆布班耐底克。他纵有急智辩才，纵然仔细挑剔，也必会对璧阿垂斯发生恋爱。如果我们能做到这个，邱比得也算不得是一位善射的了。他的光荣将属于我们，我们才是真正的爱神。和我一同进去，我要把我的计划告诉你们。〔同下〕

第二景：李昂拿图邸中另一室

唐·约翰与波拉奇欧上。

唐·约翰　是这样的，克劳底欧伯爵是要娶李昂拿图的女儿。

波拉奇欧　是的，大人，但是我能破坏它。

唐·约翰　任何阻挠、任何挫衄、任何障碍，都可以治疗我的病。我厌恶他到了病的地步，任何与他的意旨相冲突的事都是合于我的意旨。你能如何破坏他的婚事呢？

波拉奇欧　不荣誉的方法，殿下。不过可以暗中进行，显着我也没有什么不名誉。

唐·约翰　简单地告诉我如何做。

波拉奇欧　我记得一年前告诉过你希罗侍女玛格来特是很喜欢我的。

唐·约翰　我记得。

波拉奇欧　我可以和她约定，在深更半夜任何时间，从她小姐的闺房里向外张望。

唐·约翰　　这其间可有什么生机，足以扼杀这一段婚姻呢?

波拉奇欧　　其毒害就要靠你来调制了。你去到你的哥哥王爷那里去，毫无隐瞒地告诉他，令声誉卓著的克劳底欧——你要大大地揄扬他的名誉——和一个像希罗那样的下贱娼妇结婚是有伤他的体面的。

唐·约翰　　我将提出什么证据来呢?

波拉奇欧　　有足够的证据去欺骗王爷，困扰克劳底欧，毁坏希罗，杀死李昂拿图。你还希望有别的效果吗?

唐·约翰　　只要能使他们难堪，我愿做任何事。

波拉奇欧　　那么，去，找一个适当的时候把唐·佩德娄和克劳底欧伯爵单独聚在一起，告诉他们你晓得希罗爱我。假装作对王爷及克劳底欧很热心的样子，作为是爱护你哥哥的名誉，因为媒是他做的，并且作为是爱护他的朋友的名誉，因为他可能被假的处女所骗，所以不能不如此这般地予以揭穿。若没有证明，他们是不会置信的。给他们提出证明，而且是充分可信的证明，他们可以亲见我站在她的闺房窗口，听我叫玛格来特为希罗，听玛格来特呼我为克劳底欧[29]。就在成婚的前一晚请他们来看这一场把戏，同时我要设法使得希罗不在场。要把希罗的不贞弄得像是真的一般，使猜疑变为实在，一切婚礼准备全部推翻。

唐·约翰　　这计划无论产生什么样的恶果，我准备要付诸实施。要小心去办理，你的报酬是一千块钱。

波拉奇欧　　只要你肯坚决地去指控，我必小心办理，不至有差池。

唐·约翰 我立刻去打听他们的结婚的日期。〔同下〕

第三景：李昂拿图的花园

班耐底克上。

班耐底克 来人呀！

一僮上。

僮仆 先生？

班耐底克 我的寝室窗前有一本书，给我拿到花园这里来。

僮仆 我已经在这里了，先生。

班耐底克 我晓得，但是我要你先离去，然后再回到这里来。
〔僮下〕我很觉得奇怪，一个人亲见另一个人因为用
全副精神进行恋爱而变成为傻头傻脑，居然于窃笑
别人的浅薄荒唐之后，自己也陷入恋爱，成为自己
的讥嘲的对象。这一个人便是克劳底欧。我记得他
从前以为除了大鼓与横笛之外便无音乐可言，如今
他宁愿听小鼓与短笛了[30]。我记得他从前可以步行
十里去看一副好的盔甲，如今他可以十夜不睡，设
计一件新衣服的式样。他一向说话是简截了当的，

像是一个朴实的人和军人的本色，如今他变成为一个咬文嚼字的人了。他说的话像是一桌光怪陆离的酒席，全是一些稀奇古怪的菜肴。我会不会也变得这样厉害，而还能用这两只眼睛看东西呢？我不敢说，我想不会的。可是我不敢确说，也许爱情会把我变成为一只蛤蜊。不过我敢发誓，在没有变成为蛤蜊之前，决不可能使我成为这样的傻瓜。一个女人长得漂亮，我不为所动；又一个女人生来聪明，我不为所动；又一个女人冰清玉洁，我还是不为所动。但是除非三种优点都集中在一个女人身上，没有一个女人能打动我的心。她必须是富有，那是一定的；要聪明，否则我不会要她；要贞洁，否则我永远不敢领教；要漂亮，否则我永远不会看她一眼；要温柔，否则她永远不要走近我；要高贵，否则就是天使我也不要娶[31]。要善于言谈，要精于音乐，头发要是上帝所欢喜的颜色[32]。哈！王爷及"爱情先生"[33]，我要躲在树林里去。〔退〕

唐·佩德娄、李昂拿图及克劳底欧由巴尔萨泽及奏乐者随上。

唐·佩德娄　来，我们听音乐吧？

克劳底欧　好的，殿下。这夜晚是何等地静，好像是有意地寂静以增加音乐的美妙！

唐·佩德娄　你看见班耐底克藏在什么地方了？

克劳底欧　啊！看见了，殿下。等音乐完毕之后，我们要令这隐身的狐狸得到他所应得的[34]。

唐·佩德娄　来，巴尔萨泽，我们要再听一遍那支歌曲。

巴尔萨泽　啊！我的好王爷，别令我这个破嗓子来糟蹋这好音乐到一遍以上。

唐·佩德娄　冒充不知道自己的优异之点正是卓越的证明。请你就唱吧，不要再等我求了。

巴尔萨泽　您谈到求的话，我只好唱了。因为许多求婚的人开始追求的时候都是认为她是不值得追求的，可是他还要追求，他还发誓说他在爱。

唐·佩德娄　不，请你唱吧。如果你还有更多的话要说，放在音乐里去说。

巴尔萨泽　在我的音乐开始之前请注意，我唱的歌里没有一个音调是值得注意的[35]。

唐·佩德娄　噫，他说的话简直就像是四分音符，一声声的怪好听，可是却空无所有！〔音乐〕

班耐底克　现在要听神圣的音乐了！他为之魂销了！羊肠会把人的灵魂勾出来，这是不是很怪[36]？好，还不如令我头上生角哩。

巴尔萨泽唱。

别再叹气，小姐们，别再叹气，
男人总是要欺骗。
我一脚在海里，一脚在陆地，
永远不会专一不变。
那么就别再长吁短叹，

　　　　　让他们去胡搅乱干。
　　　　　你自己要欢天喜地，
　　　　　把你的哀声要一变
　　　　　而为"嗨侬呢，侬呢"。

　　　　　别再唱歌，别再唱
　　　　　这样沉闷悲苦的歌。
　　　　　男人的虚诈总是这样，
　　　　　夏天叶子总是长得多。
　　　　　那么就别再长吁短叹，
　　　　　让他们去胡搅乱干。
　　　　　你自己要欢天喜地，
　　　　　把你的哀声要一变
　　　　　而为"嗨侬呢，侬呢"。

唐·佩德娄　　老实说，是很好的一支歌。

巴尔萨泽　　是很坏的一个唱手，殿下。

唐·佩德娄　　哈，不，不，实在不。你唱得很好，总不能不算是
　　　　　唱歌。

班耐底克　　〔旁白〕如果他是一条狗，这样地吼叫，他们会把他
　　　　　绞死的。我祷求上帝，他的坏嗓音可别是不祥之兆。
　　　　　我宁愿听夜鸦叫，无论它带来什么恶果。

唐·佩德娄　　是的，真是的，你听懂了吧，巴尔萨泽？我请你，
　　　　　给我们准备一些好音乐，因为明天晚上我们要在希
　　　　　罗小姐的闺房窗前奏起乐来。

巴尔萨泽	尽我所能地去准备最好的，殿下。
唐·佩德娄	务必这样办，再会了。〔巴尔萨泽及乐队下〕到这里来，李昂拿图。你今天对我讲的是什么，你的侄女和班耐底克先生在恋爱？
克劳底欧	啊！是的——〔对唐·佩德娄旁白〕潜行前进，潜行前进，鸟儿落在那里。〔高声〕我从未想到那位小姐会爱上任何男人。
李昂拿图	是呀，我也没想到。但是最奇怪的是，她竟会如此地热恋班耐底克先生，她在外表上好像是一向憎恶他的。
班耐底克	〔旁白〕这是可能的吗？情形会是这样的吗？
李昂拿图	真是的，殿下，我真不知道怎样说才好，她确是以狂热的心情爱他，简直令人难以想象。
唐·佩德娄	也许她是假装的呢。
克劳底欧	对了，很可能是。
李昂拿图	天哪！假装的！假装的情感从来没有这样酷似她所表达的真情。
唐·佩德娄	那么，她有什么具体的爱情的表现呢？
克劳底欧	〔旁白〕上好了钓饵，这鱼要上钩了。
李昂拿图	具体表现吗，殿下？她夜晚坐着发呆，〔向克劳底欧〕你听见我的女儿告诉过你了吗？
克劳底欧	她告诉过我，实在的。
唐·佩德娄	怎样的，怎样的，请说给我听？你使我很惊诧，我以为她的心是不会被任何爱情的攻击所摧毁。
李昂拿图	我敢发誓，确是不易被摧毁，尤其是抵抗班耐底克。

班耐底克	〔旁白〕这一番话若不是那白胡子家伙说的，我认为可能是骗局，那样道貌岸然的一个人不会暗藏狡诈。
克劳底欧	〔旁白〕他已经中计了，继续下去。
唐·佩德娄	她可曾把她的爱情向班耐底克表达过了吗？
李昂拿图	没有，她发誓永远不会的，这就是她的痛苦之所在了。
克劳底欧	真是这样的，你的女儿这样说："我一见到他就是冷讥热嘲，如今怎好写信说我爱他呢？"
李昂拿图	这是她开始给他写信时说的：她一夜之间要起床二十次，穿着睡衣坐在那里，一直等到写完一张大纸。我的女儿都告诉我了。
克劳底欧	你提起一张大纸，我想起你的女儿告诉我们的一个趣事。
李昂拿图	啊！是否当她写完，读一遍，发现满纸是班耐底克与璧阿垂斯？
克劳底欧	正是。
李昂拿图	啊！她把那封信撕成一千个小角子那样大的碎块，骂她自己，竟这样无耻，写信给一个她晓得将要轻蔑她的人。她说："我是以己度人，如果他写信给我，我会轻蔑他。是的，纵然我爱他，我也要轻蔑他。"
克劳底欧	她随后就跪在地上，哭了，抽噎，捶胸，抓头发，祈祷，诅咒，"啊甜蜜的班耐底克！上帝给我耐心吧！"
李昂拿图	她确是这样，我的女儿是这样说的。她兴奋得如此之精神恍惚，我的女儿有时真怕她一时情急伤害了

她自己，绝对是真的。

唐·佩德娄 最好有另外一个人把此事告知班耐底克，如果她自己不愿表白。

克劳底欧 有什么用处呢？他会讥笑一番，使得那可怜的小姐痛苦加深。

唐·佩德娄 如果他会这样，把他绞死将是一桩善行。她是极好的一位小姐，毫无疑问她是贞洁的。

克劳底欧 她并且是十分聪明。

唐·佩德娄 事事都聪明，除了爱班耐底克。

李昂拿图 啊！殿下，在这样纤弱的躯体里，智慧与感情交战，我们敢说什九是感情获胜。我很为她难过，我是有理由为她难过的，因为我是她的伯父与保护人。

唐·佩德娄 我但愿她把这一番深情寄托给我，我会放弃一切的顾虑，使她成为我自己的一半。请你把这话告诉班耐底克，听他怎么说。

李昂拿图 你以为这样办好吗？

克劳底欧 希罗以为她一定要死，因为她说如果他不爱她她是要死的，而且她要在表明她的爱之前去死，她宁可在他向她求婚时死，亦不愿减去她平素的乖戾之一分一毫。

唐·佩德娄 她这样做是对的，如果她献出了她的爱，很可能他要加以鄙夷。因为这个人——你是全晓得的——有傲慢的脾气。

克劳底欧 他是个很漂亮的人。

唐·佩德娄 他确是有很好的仪表。

克劳底欧	当着上帝面前说，我认为，很聪明。
唐·佩德娄	他确是表示出过一些类似智慧的辩才。
李昂拿图	并且我认为他是很勇敢的。
唐·佩德娄	像海克特一般[37]，我对你说。在处理争执上你可以说他是聪明的，因为他或者是极审慎地避免争执，或者是以最合基督徒身份的那种畏惧精神去从事争执。
李昂拿图	如果他真是敬畏上帝，他便必须与人无争。如果发生争执，他就应该以恐惧战栗的态度去进行争执了。
唐·佩德娄	他会这样做的，因为这个人虽然喜欢说粗俗的笑话，其实是敬畏上帝的。唉，我很为你的侄女难过。我们就去找班耐底克，把她的爱告诉他，好不好？
克劳底欧	永远不可告诉他，殿下。让她自己想想，日久也就淡忘了。
李昂拿图	不，那是不可能的，她自己的心先受不了。
唐·佩德娄	好，我们从你的女儿那里可以知道下文如何，目前且不去谈它。我很喜爱班耐底克，我愿他谦逊地反省一下，能有这样的一位小姐，自己是如何地不称。
李昂拿图	殿下，您走吧？饭预备好了[38]。
克劳底欧	〔旁白〕如果他听到我们这一番话而还不爱她，我永远不能信赖我的料事的本领。
唐·佩德娄	〔旁白〕给她也张开同样的一面网，必须由你的女儿和她的女侍去施行。这场玩笑的主旨是，双方各以为对方是热恋自己，而其实并无其事。我将要看到的将完全是一场哑剧，我们派她去请他进来吃饭吧。

〔唐·佩德娄，克劳底欧与李昂拿图同下〕

班耐底克　〔从林中走出〕这不是骗局，会谈是很严肃的。这事的真相，他们是从希罗那里得来的。他们好像是很怜悯这位小姐，好像是，她的爱情已一发而不可收。爱我！唉，这是必须要报答的。我听到了我所受的责难，他们说我要露出骄傲的样子，如果我发现爱情是从她那里来，他们又说她宁可死也不会露出爱情的任何迹象。我从未想到娶妻，我不可像是骄傲，听人说自己的短处而能据以改正的人们才是幸运的人。他们说这位小姐美，这是真的，我可以给他们作证。并且贞洁，果真如此，我也无法证明其非如此。并且除了爱我之外是很聪明，老实讲，不能因爱我便说她格外聪明，可是也不能算是她的愚蠢之一大证明，因为我会充分回答她的爱。我可能要受到一些奚落，因为我一向讥诮结婚。但是口味不是要变的吗？一个人年轻时爱吃肉，老年时便无法消受。俏皮话、机警语，以及脑筋里进出来的纸弹，便能阻止一个人去追求他的兴之所至吗？不，这世界必须要有人来住。我曾说我将独身至死，我没想到到了结婚的时候我还活着。璧阿垂斯来了，我对天发誓，她是一位漂亮小姐，我看出她是有一些对我钟情的样子。

璧阿垂斯上。

璧阿垂斯　并非出我本愿，我是奉派来请你进去吃饭。

班耐底克	美丽的璧阿垂斯，您太辛苦了，我其为感激。
璧阿垂斯	为赢得你的谢意，我并没有什么辛苦，你表示这一点谢意倒是很有一番辛苦。如果是辛苦，我根本就不会来了。
班耐底克	那么你来是很愉快的吗?
璧阿垂斯	是的，其愉快恰似举起尖刀来杀死一只呆鸟。你是不饿吧，先生，再会了。〔下〕
班耐底克	哈! "并非出我本愿，我是奉派来请你进去吃饭"，这话里有话。"为赢得你的感谢，我并没有什么辛苦，你表示这一点谢意倒是很有一番辛苦"，这就等于是说，"我为了你所受的任何辛苦都是像说声谢谢一样地轻松"。如果我不怜悯她，我是个坏蛋;如果我不爱她，我是个犹太人。我要去弄到一张她的肖像。〔下〕

注 释

[1] 显然地这位恨世者是改变了主意，未来参加宴会。但也许是剧本修订时留下的漏洞。

[2] 直译为"限制上帝的赋予"，意谓上帝既不令她嫁得丈夫，当然亦不可能令人有头上生角之虞。角亦是上帝之赠予也。

[3] 谚云"A curst cow hath short horns"，其意为"本性凶狠之牛则无伤人之利器，此乃上帝之安排也"。此处之角当然是双关语。

[4] 原文 lie in the woolen。紧贴着毛毯（blankets）睡，而不铺被单（sheet），其刺痒可想。

[5] 从前耍狗熊的人亦豢养猴子。"牵猴子下地狱"，系讽老处女之习语，可能是因为不出嫁的女人无养育孩子之劳，故被罚下地狱牵猴子。

[6] "不按适当的节奏向你求婚"，原文 you be not wooed in good time；"节制"，原文 measure。均是双关语。前者有"非其时""不按拍子"二义；后者有"节制""跳舞"二义。

[7] 宴乐者都戴着面具。唐·佩德娄戴的是一个丑的面具。

[8] 典出奥维德《变形记》（Ovid: *Metamorphoses*, viii, 632），莎士比亚一定读过此书之 Arthur Golding 的译本。译文是"The roofe thereof was thatched all with straw and fennish reede"。菲勒蒙（Philemon）与鲍奇斯（Baucis）是 Phrygia 的一对老农，住于一间破茅舍里，周甫与梅鸠里（Jove and Mercury）化装投奔他处均被拒，唯至此茅舍倍受款待。二神遂使茅舍变为庙堂，使这一对农人成为祭司。

[9] 此句与上文语气不衔接。Heath 认为应该是玛格来特所说的话。Furness 认为"你"不是指希罗言，是泛指一般人，此说似亦不允洽。

[10] 英国教会做礼拜时，牧师做祈祷，由书记应声呼"阿门"。

[11] *Hundred Merry Tales* 是一本笑话集，十六世纪时甚为流行，John Rastell 刊于一五二六年，为伊利沙白女王所喜读，内容浅薄无聊，且涉猥亵。

[12] 领头跳舞的人，舞蹈的规律相当繁复，故派有专人领导起舞。

[13] "茶点"，原文 banquet，指夜晚会所备之点心，即宵夜。时晚餐已过。

[14] 垂杨柳，是失恋的象征。因其枝条低垂，又名为哭柳，英国墓地多植此树。

[15] Wilson 教授注："你是要利用这机会向王爷提出升官发财的要求，以赔补你的损失，还是向他挑衅决斗呢？"

[16] 不知出自何典。但一五五四年有一篇西班牙的恶棍故事，Mendoza 著 *La Vida de Lazarillo de Tormes* 卷一有一段情节，与此处所述略有类似处。Lazarillo 窃其师父（老瞎乞丐）一段香肠，被发觉受重惩，乃利用其盲目使之猛力跃向一石柱，头碎而死。此故事于一五八六年被 David Rowlands 译为英文，曾刊行数版，可能为莎士比亚所熟悉。如来源果系此书，则用典显有歪曲。

[17] "造谣夫人"原文 Lady Fame，即是 Rumour，其服饰是遍身画满舌头，见《亨利四世》下篇之序幕。

[18] 长距离射箭，靶旁立一人，名为 marker，其任务为指示射者箭落何处。未射中靶之箭，最易伤及此守靶之人。

[19] 希腊神话，Lydia 女王 Omphale 貌美而有男性，曾使 Hercules 为奴役三年，使置身于女仆之列，为之纺毛线。

[20] 希腊神话，Ate 女神是制造纠纷摩擦之神，被上天的宙斯抓住头发掷到下界。"衣冠齐整"，言其被上天掷下时服装当然凌乱，此则甚为齐整也。

[21] 学者懂拉丁文，降伏魔怪之咒文是用拉丁文写的，故云。

[22] 普赖斯特·约翰（Prester John），是传说中的一位君主，在远东拥有一个信奉基督教的王朝。或谓 Prester 是 Presbyter 之缩写，意为 priest。或谓他是印度王，或谓他是阿比西尼亚王，甚至有人把他和西藏的大喇嘛联在一起，或联想到七世纪时流行于中国之大秦景教。

[23] "侏儒"（Pigmies），居住在印度边境，见荷马《伊利阿德》卷三。马可·波罗 & Mandeville 之游记均有记载。马可·波罗的游记是于一五七九年译成英文的。

[24] 这一段话显示璧阿垂斯与班耐底克似曾有过一段短暂的浪漫史，但如 Furness 所想，亦可能与较早的另一剧情有关。George Sampson（The Pitt Press Shakespeare）的解释似颇值得注意，他意译此段为：Yes, I have lost his heart indeed, for, taking advantage of his disguise, he opened his heart very freely, calling me disdainful, cheap-witted, and so forth; but I gave him his own back with interest, a double heart full of plain speaking for his single one, for he got twice as much as he gave. Once before he did the same sort of thing, in the same false way. You may well say I have lost his heart, for he is not likely to play this game again. 是把 heart 一字解为 opinion 不解为"欢心"，如此上下文亦可通。

[25]"庄严的伯爵"，原文 civil count 是双关语，civil，本义为"庄严的"，但与 Seville 同音，而 Seville orange 是一种又甜又酸的橘子。黄颜色代表妒忌。

[26] 原文"Good Lord, for alliance！"意义不明，可有两种解释。一是解为："上天也给我一段良缘吧！"另一解则以 alliance 为"a kinsman by marriage"（姻亲）之意，因其被呼为"妹妹"，故有此惊叹之语。今从后者。

[27] 伊利沙白时代之审美观念，肤色尚白皙，面目黝黑者则比较婚嫁无望。

[28] 据说在耶稣复活节那一天太阳跳舞。

[29] 这一段情节很难解释。Theobald 首先提出此处之 Claudio 乃是 Borachio 之误，应改正。这样修改，似可符合波拉奇欧原来的计划，使人以为希罗是在和他幽会。但是亦有可议之处，例如玛格来特便显得有参加阴谋之嫌了。玛格来特之情愿被呼为希罗，以及她之呼波拉奇欧为克劳底欧，可以被解释为非恶意的戏谑吗？有人指出，这一段是

一项证明，此剧或是仓促草成，或是改编旧剧而留下的纰漏。

[30] 大鼓与横笛（drum and fife）是军中乐器，小鼓与短笛（tabor and pipe）是舞蹈作乐的乐器。

[31] 原文"noble, or not I for an angel"，双关语。noble 与 angel 都是硬币名，前者值六先令八便士，后者值十先令。

[32] 当时有染发及戴假发之习尚，故云。

[33] 指克劳底欧。

[34] 原文"we'll fit the kid-fox with a pennyworth"句费解。四开本及第一对折本均如此。Warburton 首先提出 kid 可能是 hid 之误。以后许多编本均照改，牛津本则仍维持原文。今按 hid-fox 译为"隐身的狐狸"，因上文正好说到班耐底克之藏匿也。Wilson 释此句为：= take revenge upon him（for eavesdropping）。G. B. Harrison 注云："we'll give him something for his money." The kid-fox is a reference to the fable of the Kid and the Fox, told, for instance, in Spenser's *Shepherd's Calender*, V. The Kid thought itself clever, but was carried off by the fox.

似亦可通，但 kid 与 fox 二字连用，殊牵强，恐不可凭。

[35] note、notes、noting，双关语。一为"音调"，一为"注意"。

[36] 羊肠指弦乐器。班耐底克不喜音乐，故有此语。

[37] 海克特（Hector），Troy 王 Priam 之长子，骁勇善战，但在伊利沙白时代人的心目中是一个夸大狂暴的人物。

[38] 原文 dinner is ready。按照伊利沙白时代人的习惯，dinner 是在正午或稍早的时候开，这是一天的主餐，不是在晚间开。而照剧情现在是晚间，是莎士比亚的疏误。

第 三 幕

•••————◦◦◦————•••

第一景：李昂拿图的花园

希罗、玛格来特与尔修拉上。

希罗　　　好玛格来特，你跑到客厅去，在那里你会看见我的
　　　　　妹妹璧阿垂斯在和王爷与克劳底欧谈话。小声向她
　　　　　说，告诉她，我和尔修拉是在花园里散步，我们所
　　　　　谈的全是与她有关的。就说你偷听到我们的谈话，
　　　　　叫她躲进那密集的树林里，那里由太阳晒熟的忍冬
　　　　　花使阳光无法射入，好像是受王公恩宠的人们一般，
　　　　　妄自尊大，竟抵抗起当初栽培他们的权威。让她躲
　　　　　在那里听我们的谈话，这就是你的任务。要好好地
　　　　　去做，不要管我们。

玛格来特　我立刻就去使她到此地来。〔下〕

希罗	尔修拉，等璧阿垂斯来了的时候，我们在这条路上来回踱着，所谈的话必须是有关班耐底克的。我一提到他的名字，你就要揄扬他到男人从来不曾承受过的地步。我对你谈的将是班耐底克如何地倾倒于璧阿垂斯，小邱比得的巧妙的箭就是用这种材料制造成的，只是靠了流言伤人。

璧阿垂斯自后上。

	现在就开始，你看璧阿垂斯，像是一只野鸭子，擦着地急奔，来偷听我们的谈话。
尔修拉	钓鱼之最大的乐趣便是看着鱼用金桨划着银流，贪心地吞吃那险诈的饵。我们现在就是在钓璧阿垂斯，她现在正躲在忍冬丛里，不必为我在谈话中所扮演的角色而担心。
希罗	那么我们走近她那边，好让她的耳朵别抓不到我们为她安排下的虚伪而甜蜜的钓饵。〔走近树林〕 不，实在的，尔修拉她是太狂傲了，我知道她的脾气是像山岩上的野鹰一般地羞怯而粗犷。
尔修拉	但是你准知道班耐底克是这样全心地爱璧阿垂斯吗？
希罗	王爷和我新订婚的丈夫都这样说。
尔修拉	他们叫你把这事告诉她了吗，小姐？
希罗	他们是求我把这事告诉她，但是我劝他们，如果他们真是爱护班耐底克的话，最好让他自己和爱情决斗，不要教璧阿垂斯知道。
尔修拉	为什么你要这样做呢？难道这位先生不配享受像璧

阿垂斯那样的一个新娘吗?

希罗　啊爱神呀!我知道他是配享受一个男人所能获得的一切,但是大自然制造女人的心,从来没用过比璧阿垂斯的心所使用的更骄傲的材料。傲慢与轻蔑在她的眼里闪烁,看不起所见的一切,把自己的才智估计得太高,其他一切认为均不足道。她不能恋爱,亦不能接受感情的撩拨,她是过于自尊自大了。

尔修拉　是的,我亦这样想。所以叫她知道他的爱,那的确是不大好,她会要取笑的。

希罗　唉,你说得对。我从未见过一个男人,无论多么聪明,多么高贵,多么年轻,多么少有地漂亮,而她不把他说成为一文不值。如果脸色白晳,她就发誓说这男人应该是她的姐姐;如果是黑,那么便是,大自然画一个小丑洒上了一团墨渍;如果高大,便是一根长枪插上了一个怪枪头;如果矮小,便是一块没切好的玛瑙石;如果爱说话,那么就是个随风转动的风信旗;如果沉默不语,那么就是推转不动的一块木头。她就是这样地把每个人说得一无是处,绝不承认一个真实的好人所应得的赞美。

尔修拉　当然,当然,这样的吹毛求疵是不好的。

希罗　是不大好,像璧阿垂斯这样地古怪并且这样地出奇立异,绝不是好事。但是谁敢告诉她这话呢?如果我开口,她会把我嘲骂死。啊!她会笑得我无地自容,用俏皮话把我压死[1]。所以就叫班耐底克,像是覆盖了的火一般,在叹气声中闷损,从内部消耗

以尽吧。这样死法总比被人嘲骂而死好一些，被嘲
骂而死有如被人搔痒而死一般地难受。

尔修拉　　但是还是要告诉她，听听她怎样说。

希罗　　　不，我宁可去找班耐底克，劝他克制他的感情。老
实说，我要捏造一些善意的流言来玷污我的妹妹。
你不晓得一句坏话之能打消好感是何等有力呢。

尔修拉　　啊！不可这样冤枉你的妹妹。她不会那样地没有见
识——她是著名的辩才无疑——以至于拒绝像班耐
底克先生那样难得的男士。

希罗　　　他是意大利的唯一无二的好男子，除了我的亲爱的
克劳底欧以外。

尔修拉　　我说出我的意见，请你不要生气，小姐。班耐底克
先生，讲到仪表、姿态、谈吐、勇敢，在全意大利
是被公认为第一的。

希罗　　　是的，他的名声极好。

尔修拉　　在他没得到那名声之前，他的卓越的人品已赢得那
名声了。你是什么时候结婚，小姐？

希罗　　　唉，随时都可以，就算是明天吧[2]。来，进去，我
给你看看我的一些衣服，听取你的意见我明天穿哪
一件最好。

尔修拉　　她已经被黏缚了，我们已经捉到她了，小姐。

希罗　　　果真如此，爱情乃是机缘凑巧：
邱比得有时用箭射，有时用圈套。〔希罗与尔修拉
同下〕

璧阿垂斯　　〔走向前〕

耳朵怎样这样烧[3]？这果当真？

为了骄傲轻蔑而如此受人诅咒？

再会，狂傲！再会，女性自尊心！

狂傲的人没有好名声留在背后。

班耐底克，爱下去，我要报答你，

用你的柔情来驯服我的野性。

如果你真爱，我的情爱将鼓励你

用婚姻来加强我们俩的爱情。

因为别人都说你好，而我自己

也坚信那不是一些闲言闲语。〔下〕

第二景：李昂拿图邸一室

唐·佩德娄、克劳底欧、班耐底克与李昂拿图上。

唐·佩德娄　我只是等候你的婚礼完成，然后就到阿拉冈去。

克劳底欧　我陪你去，殿下，如果你准许我。

唐·佩德娄　不，这对于你的新婚太煞风景了，那等于是给孩子
　　　　　一件新衣服看而不准他穿。我只要班耐底克陪我，
　　　　　因为他这人从头顶到脚底全是快乐嬉戏。他曾两次
　　　　　或三次割断邱比得的弓弦[4]，那小刽子手不敢射他。
　　　　　他有像钟一般完好无缺的心，他的舌头便是钟舌，

因为他心里想什么嘴里就说什么。

班耐底克　诸位，我现在已远不如前了。

李昂拿图　我也是这样说，我以为你比以前态度严肃了。

克劳底欧　我希望他是在恋爱中。

唐·佩德娄　吊起他来，游手好闲的人！他这人没有一滴血性，不可能发生爱情。如果他态度严肃，他是缺钱。

班耐底克　我牙痛[5]。

唐·佩德娄　把它挖出来[6]。

班耐底克　把它吊起来[7]。

克劳底欧　你应该先吊后挖。

唐·佩德娄　什么！为了牙痛而叹气？

李昂拿图　只不过是一点寒气，或是一条牙虫？

班耐底克　唉，除了身受苦痛的人之外谁都忍得住那苦痛[8]。

克劳底欧　我还是认为他是在恋爱中。

唐·佩德娄　他倒是没有恋爱的迹象，除非是他喜欢各种奇怪的打扮。今天是荷兰人，明天是法国人，或同时是两国人；腰以下是德国人，又宽又大的裤子；胯以上是西班牙人，又宽又大的袍子[9]。他显然有此嗜好，除此以外他是不做情感的奴隶的，虽然你说像是在恋爱中。

克劳底欧　如果他不是和什么女人恋爱，那么这些大家熟悉的象征便是不可置信的了。他早晨刷帽子，这是什么兆头？

唐·佩德娄　有没有人看见他进理发店？

克劳底欧　没有，但是有人看见理发匠去找他了，他脸上的胡须已经拿去作填塞网球之用了。

李昂拿图　去掉胡须，他确是显着年轻多了。

唐·佩德娄　不，他还涂麝猫香哩，你们嗅不出他的气味吗？

克劳底欧　这就等于是说这年轻人是在恋爱中。

唐·佩德娄　最大的特征是他变得沉闷了。

克劳底欧　他几曾这样地常常洗脸[10]？

唐·佩德娄　对呀，还有擦粉？关于他的这一举动，我听到过大家的议论。

克劳底欧　不仅此也，还有他的戏谑的精神，如今也爬到琵琶弦里去了[11]，受着琴柱的控制。

唐·佩德娄　实在是，这是很有分量的证明。我们可以下一结论，他是在恋爱中。

克劳底欧　不仅此也，我还知道是谁在爱他呢。

唐·佩德娄　我很想知道是谁，我敢说一定是个不认识他的人。

克劳底欧　认识他，并且深知他的种种恶习。虽然如此，还是爱他爱得要死。

唐·佩德娄　她在埋葬的时候要脸朝上[12]。

班耐底克　这不是治牙痛的符箓[13]。老先生，请和我走过来，我倒是学会了八九个字的咒语，我要对你说，不可让这几个捣乱鬼听到。〔班耐底克与李昂拿图同下〕

唐·佩德娄　我敢以性命打赌，是把有关璧阿垂斯的事向他说明。

克劳底欧　一定是的。希罗与玛格来特一定已经把璧阿垂斯也摆布好了，现在这两只熊见面时不会互咬了。

唐·约翰上。

唐·约翰	哥哥殿下，上帝保佑你！
唐·佩德娄	晚安，弟弟。
唐·约翰	如果您有工夫，我愿和您谈谈。
唐·佩德娄	私谈吗？
唐·约翰	如果您愿意，不过克劳底欧伯爵可以听，因为我们要说的与他有关。
唐·佩德娄	什么事？
唐·约翰	〔向克劳底欧〕你是打算明天结婚吗？
唐·佩德娄	你晓得他是做如此打算的。
唐·约翰	当他晓得我所晓得的事，我就不晓得他是否还有那样的打算了。
克劳底欧	如果有什么阻碍，请你宣布出来。
唐·约翰	你也许以为我不爱你，这留在以后再说，根据我目前所要告诉你的，你可以对我作一较正确的判断。我的哥哥，他是对你很好的，诚心诚意地想促成你的婚事，可实在是白费了一番心！
唐·佩德娄	怎么，出了什么事？
唐·约翰	我是特来报告的，细情略过不表——大家对她的议论也太多了——这位小姐是不忠实的。
克劳底欧	谁？希罗？
唐·约翰	就是她:李昂拿图的希罗、你的希罗、每个人的希罗。
克劳底欧	不忠实？
唐·约翰	要描述她的邪恶，这个字眼儿是太好了一些，我可以说，她是比这更坏一些。你设想一个较坏的字眼儿，我可以套在她的头上。未得进一步的证据之前

不必胡思乱想，只消今晚和我一同去，你会看到就在她的新婚前夕她的闺房窗户有人进出。如果你仍然爱她，你就明天娶她，不过你若改变主张似乎更适合你的名誉哩。

克劳底欧　　这是可能的吗？

唐·佩德娄　　我不能想象。

唐·约翰　　如果你亲眼看到的也不可信，那么你作为不知道好了。你如果接受我的指导，我会给你看个够。等你看得更多一些，听得更多一些，你再采取步骤。

克劳底欧　　如果我今晚看见什么足以使我明天不和她结婚，就在我该和她举行婚礼的教堂大众面前，我要羞辱她。

唐·佩德娄　　我当初既然为你求婚赢得她的芳心，我也要帮助你来羞辱她。

唐·约翰　　在你们为我做证人之前，我也不愿再说她的坏话。且冷静下来，到晚上再说，自然会有结果。

唐·佩德娄　　啊，好日子变成这样不幸！

克劳底欧　　啊，好事多磨！

唐·约翰　　啊，祸事幸亏及时发现！你看到结果时你也要这样说。〔同下〕

第三景：一街道

道格伯来与佛杰士偕警卫队上。

道格伯来	你们是忠实可靠的人吗？
佛杰士	是的，否则他们的灵魂与肉体如果不能获救[14]，那实在是遗憾。
道格伯来	不，对于他们那是太好的惩罚了，如果他们既然被选为王爷的警卫而居然怀有忠心[15]。
佛杰士	好，吩咐他们的任务吧，道格伯来。
道格伯来	第一，你们以为谁是最不宜于[16]做警卫的？
警卫甲	休·欧特开克，先生，或是乔治·西珂耳，他们是能写能读的。
道格伯来	到这里来，西珂耳邻居。上帝给了你一个好名姓，做一个相貌漂亮的人，是靠运气，但是能写能读则是由于自然。
警卫乙	这两项，警官先生——
道格伯来	你都有，我晓得你要这样回答。好，讲到你的相貌，先生，唉，感谢上帝，不必夸耀了。至于你的能写能读，等到不需要这种本领的时候再显露吧。你在此地做警卫队员是一个最不机警的[17]最合适的人，所以你提灯笼。你的任务是：你了解[18]所有的流氓，你要用王爷的名义喝令任何人站住。
警卫[19]	如果他不站住，怎么办呢？
道格伯来	唉，那么，就不要理他，让他走。立刻把其余的警

　　　　　　　　卫人员集合起来，感谢上帝你们除了一个流氓。

佛杰士　　　　令他站住而他不站住，他就不算是王爷的臣民。

道格伯来　　　对的，除了王爷的臣民之外，他们是不要干涉任何人的。你们在街上亦不可吵闹，因为警卫人员而喧哗叫嚣乃是最可容忍 [20] 而且无法忍受的。

警卫乙　　　　我们宁可睡觉，也不会说话的，我们知道警卫的本分。

道格伯来　　　噫，你说话倒是像一个老练的顶安静的警卫员，因为我实在看不出睡觉有什么不对，只要当心你们的戟不要被人偷去。好，你们要检查所有的酒店，吩咐酒醉的人去上床睡觉。

警卫　　　　　如果他们不去睡呢？

道格伯来　　　那么，就不要理他们，等他们酒醒再说。如果他们不肯较有礼貌地回答你，你可以说他们根本不是你们所要干涉的人。

警卫　　　　　好吧，先生。

道格伯来　　　如果你遇到一个贼，根据你的职责，你可以疑心他不是一个好人。对于这种人，你越少和他发生关系，你越保持你的好人的名誉。

警卫乙　　　　我们知道他是一个贼，我们不要下手捉他吗？

道格伯来　　　当然，按照你们的职责，你们可以捉，可是摸沥青就要脏污了手 [21]。如果你捉到一个贼，最和平的处理方法便是叫他当面表演一下他的本领，从你们面前偷偷地溜走。

佛杰士　　　　你总是被人称为一个慈心的人，伙伴。

道格伯来	真是的，我不肯自主地吊死一条狗，更不会去吊死一个有一点诚实的人。
佛杰士	如果你夜里听到孩子哭，你必须喊醒奶妈，令她的孩子住声。
警卫乙	如果奶妈睡着了，听不见我们喊呢？
道格伯来	唉，那么，就一声不响地走，让孩子把她哭醒。因为一只母羊听不见她的小羔羊啼叫，对于一只小牛犊的吼叫也是永远不会应声的。
佛杰士	这是真的。
道格伯来	吩咐的话到此为止。你们警卫人员是代表王爷本人，如果你们夜间遇到王爷，你们可以拦阻他。
佛杰士	不，老天爷，我想，这我可办不了。
道格伯来	我可以用五先令对一先令和任何熟悉法律的人打赌，他是可以拦阻他的。当然，这需要王爷愿意才行。因为，实在讲，警卫人员不可开罪任何人，拦阻一个不愿被拦阻的人乃是开罪于人的事。
佛杰士	我的天，我觉得也是这样。
道格伯来	哈，哈，哈！好啦，诸位弟兄们，夜安。如果有什么重要事故发生，来喊我。你的同僚们的意见，你自己的意见，都要保持秘密 [22]，再会了。来，我的邻人。
警卫乙	好，弟兄们，我们已经听到了有关我们的任务的吩咐。我们就去坐在教堂大条凳上，坐到两点钟，然后全回去睡大觉。
道格伯来	还有一句话，诚实的邻居们。我请你们，注意李昂

　　拿图先生的家门口，因为明天那里举行婚礼，今夜
　　将有一场大热闹。再会，要提高警觉，我请你们。
　　〔道格伯来与佛杰士同下〕

　　波拉奇欧与康拉德上。

波拉奇欧	什么，康拉德！
警卫	〔旁白〕住声！别动。
波拉奇欧	我说，康拉德！
康拉德	我就在这里，就在你的肘边。
波拉奇欧	的确是，我的臂肘痒哩，我就想到后面跟着要有一块疤[23]。
康拉德	早晚我要回敬你一下，你现在有话请说。
波拉奇欧	且走到这房檐底下来，下起小雨来了，我要像是一个真的醉鬼一般[24]把一切都告诉你。
警卫	〔旁白〕有阴谋，弟兄们，且躲着别动。
波拉奇欧	我告诉你吧，我已经从唐·约翰那里赚到一千块钱。
康拉德	做一点坏事可能价钱这样贵吗？
波拉奇欧	你应该问，做一点坏事可能就这样富吗？因为富的坏人需要穷的坏人，穷的坏人可以开口要任何价钱。
康拉德	我很诧异。
波拉奇欧	这证明你没有经验。你知道一件背心、一顶帽子，或是一件袍子，其式样对于人是无关紧要的。
康拉德	是有关系的，那总归是服装呀。
波拉奇欧	我的意思是指式样。
康拉德	是的！式样总归是式样。

波拉奇欧	胡说！这等于是说傻子终归是傻子。但是你还看不出所谓时髦的式样是什么样的一个强盗，把人弄得怪模怪样？
警卫	〔旁白〕我认识那个怪模样的家伙[25]，这七年来他一直是个下流的强盗，他出出进进地像是一位绅士，我记得他的名字。
波拉奇欧	你没有听到人声吗？
康拉德	没有，是房上风信旗的声音。
波拉奇欧	我说，你还没看出这所谓时髦式样是何等害人的一个强盗吗？他使得由十四岁到三十五岁的年轻人团团转，转得多么头昏脑涨？有时候把他们的脸涂抹得稀脏像是法老王的士兵[26]；有时候又像是古老的教堂窗户上的贝尔神的祭司[27]；有时候又像是污脏虫蛀的壁幔上的刮光脸的赫鸠里斯[28]，裤裆像他手持的棍棒一般地粗壮。
康拉德	这一切我都看得出，而且我看出时髦式样比人穿破了更多的衣服。不过你自己是否也为时髦式样弄得头昏脑涨了呢，竟离题扯到了时髦式样的问题？
波拉奇欧	不是这样的。你要知道，我今晚已经向希罗小姐的女侍玛格来特求婚，把她当作是希罗小姐。她从小姐的窗口探出身来，向我说了一千声再会——我这故事讲得不好——我应该先告诉你：王爷，克劳底欧，还有我的主人，由我的主人唐·约翰预为安排派遣，在花园里远远地在望着这一场亲密的幽会。
康拉德	他们以为玛格来特是希罗？

波拉奇欧　　其中两位是这样想，王爷与克劳底欧，可是我的主人那恶魔却晓得那是玛格来特。一部分由于他的赌咒，使得他们信服了；一部分由于夜里昏黑，使他们受了欺骗；但是主要是由于我的恶行，证实了唐·约翰的毁谤的话，克劳底欧盛怒而去。他发誓说第二天早晨他要如约到教堂和她晤对，在那里当着大众面前把昨夜之事提出来羞辱她，让她得不到一个丈夫走回家去。

警卫甲　　我们以王爷的名义命令你，站住！

警卫乙　　喊起警官。我们发现了全国前所未闻的顶危险的一项阴谋诡计[29]。

警卫甲　　其中之一就是那个怪模样的人，我认得他，他耳畔垂着一绺头发[30]。

康拉德　　弟兄们，弟兄们！

警卫乙　　你若是能把怪模样的人捉住，你就可以发财啦。

康拉德　　弟兄们——

警卫甲　　不要说话，让我们服从[31]你跟我们一道走。

波拉奇欧　　我们可能是很好的一批货物，由这些人担保去赊[32]。

康拉德　　不一定是合算的生意哩，我告诉你说。来，我们要服从你。〔同下〕

第四景：李昂拿图邸中一室

希罗、玛格来特与尔修拉上。

希罗	好尔修拉，叫醒璧阿垂斯妹妹，请她起来吧。
尔修拉	我去，小姐。
希罗	请她到这里来。
尔修拉	好。〔下〕
玛格来特	真是的，我觉得你的另外一条皱领要好一些。
希罗	不，好麦格，我还是戴这一条。
玛格来特	真是没有那一条好，你妹妹也会这样说的。
希罗	我的妹妹是一个傻瓜，你是又一个，我只要戴这一条。
玛格来特	我很喜欢里面屋里的那个新的假发，如果那发色再稍微深一点。你的袍子是极为时髦，老实讲，我看见过大家交口称赞的米兰公爵夫人的袍子。
希罗	啊！那是好得不得了，他们说。
玛格来特	老实说，和你的比起来，只好算是卸妆后的便装袍。金线穿织的布料，开衩的袖子，镶银花边。窄袖到腕，宽袖披肩，缀着小米珠。大圆衬裙，装饰着闪亮的蓝箔。但是讲到式样之优雅大方，你的胜过她的十倍。
希罗	上帝让我穿着快乐吧！因为我的心情很沉重。
玛格来特	不久加上一个男人上去就更觉沉重。
希罗	胡说！你不怕羞吗？
玛格来特	羞什么，小姐？羞于说老实话吗？即使对于一个乞

丐而言，结婚不也是一件光荣的事吗？你的丈夫就是不结婚不也是很光荣的吗？我想你是要我说，"请原谅，我的意思是说一个丈夫。"如果实话是不容曲解的，我不会开罪任何人。我说"加上一个男人上去就更觉沉重"可有什么不对的地方吗？我想没有什么不对，如果是本人的丈夫本人的妻子。否则那便是轻薄，而不是沉重。你不信请问璧阿垂斯小姐，她来了。

璧阿垂斯上。

希罗	早安，妹妹。
璧阿垂斯	早安，亲爱的希罗。
希罗	噫，怎么啦！你说话的腔调像是生病了？
璧阿垂斯	我觉得我不合于别的腔调。
玛格来特	立刻来一支舞曲《薄情女》[33]，不要男音的叠句，你唱，我来跳。
璧阿垂斯	你也要轻佻一番！那么，如果你的丈夫有的是马房，也不会缺乏仓库[34]。
玛格来特	啊，那是不合理的结论！我一脚把它踢开。
璧阿垂斯	差不多五点钟了，姐姐，你该装扮起来了。真是的，我觉得好难过。唉，嗨！
玛格来特	叫鹰呢，喊马呢，还是想要嫁丈夫呢[35]？
璧阿垂斯	三件东西都是用一个字母开始的，H[36]。
玛格来特	唉，如果你不是改变了主意，北斗星都是不可靠的[37]。
璧阿垂斯	我真不懂，这傻瓜说的话是什么意思？

玛格来特	我也不懂，不过但愿上帝送给每个人以他们所欲望的东西！
希罗	这双手套是伯爵送给我的，香味极佳[38]。
璧阿垂斯	我的鼻子堵塞住了，姐姐，我不能嗅。
玛格来特	一位小姐，而被堵塞起来了！这伤风可倒伤得好。
璧阿垂斯	啊天哪，天哪！你什么时候成了说俏皮话的专家？
玛格来特	自从你停止说俏皮话时起，我的机智是不是使我显得极其漂亮？
璧阿垂斯	不大令人看得见，你该把它戴在你的帽子上。说真的，我不大舒服。
玛格来特	弄一点 Carduus Benedictus 水 [39] 敷在你的胸口上，这是对于头昏恶心之唯一有效的药。
希罗	你这句话可刺着她的心了。
璧阿垂斯	班耐底克特斯！为什么要说班耐底克特斯？你在这个班耐底克特斯一字里有点什么寓意。
玛格来特	寓意！不，我实话实说，没有任何隐藏的意思，我的意思干脆就是普通的"圣蓟"。也许你会以为我以为你是在恋爱中，不，上天作证，我不是那样的一个傻瓜，专想我一厢情愿的事，并且我也不愿去想我所能想的事。并且，老实讲，即使我拼命想，想到心脏衰弱的地步，我也不能想象你是在恋爱中，或者你能恋爱。班耐底克原来也正是这样的一个人，可是他现在也和大家一样是一个人了。他曾发誓永不结婚，可是现在呢，他顾不得自己的决心，吃得津津有味，没有怨言。你是否会改变主意，我不知

道。不过，我想你是和别的女人一样用你的眼睛看。

璧阿垂斯　你的话怎么这样滔滔不绝？

玛格来特　说得不快不慢，正合适。

尔修拉又上。

尔修拉　小姐，请退。王爷、伯爵、班耐底克先生、唐·约翰和全城的士绅都来了，迎你到教堂去。

希罗　帮我装扮起来，好妹妹、好麦格、好尔修拉。〔同下〕

第五景：李昂拿图邸中另一室

李昂拿图偕道格伯来与佛杰士上。

李昂拿图　有何见教，老乡？

道格伯来　真是的，先生，我要和你私下一谈，与你非常有关。

李昂拿图　请你简单说吧，你知道我现在很忙。

道格伯来　真是的，就是这么一回事，先生。

佛杰士　是的，实在就是这么一回事，先生。

李昂拿图　到底是什么事，我的好朋友？

道格伯来　佛杰士这个老好人，先生，说话有些不中肯。上了年纪啦，先生，他的头脑，唉，也不像是我所希望的那么迟钝。不过，老实讲，他是像两条眉毛中间打了烙印那样地诚实。

佛杰士　　　是的，我感谢上帝，凡是年老而又不比我更诚实的人，我都和他一般诚实。

道格伯来　　比较是臭的[40]，少说话，佛杰士老乡。

李昂拿图　　朋友们，你们是太絮聒了。

道格伯来　　您居然肯这么说，而我们只是小小的公爵手下的官员。但是老实说，以我个人而言，如果我是像一个皇帝一般地絮聒，我会甘心情愿把所有的絮聒都送给您。

李昂拿图　　把你的絮聒都送给我！哈？

道格伯来　　是的，纵然是再多一千磅。因为我听见大家都这样地对您感叹[41]，我虽然是个穷人，我也很高兴能听到。

佛杰士　　　我也是的。

李昂拿图　　我想知道你们究竟要说什么。

佛杰士　　　真是的，先生，今天夜里我们的守夜的人，请您原谅，找到了麦西拿恶性最大的一对流氓。

道格伯来　　是个老好人，先生，他总是有说不完的话。常言道，"年纪到了，智慧就走了[42]"，天哪！可真够瞧的！老实讲，你说得好，佛杰士。唉，上帝的安排没有错，如果两个人骑一匹马，总要有一个人骑在后面。是个老实人，真是的，先生。我敢赌咒说，凡是吃面包长大的，再没有比他更老实的了。不过我们要信仰上帝，一切的人并不都是一样的。哎呀！我的好邻居。

李昂拿图	真是的，他是远不如你。
道格伯来	都是上帝给的禀赋。
李昂拿图	我要走了。
道格伯来	有一句话说，先生。我们的守夜的人，先生，确实理解了两个幸运的[43]人，请您今天早晨审讯他们。
李昂拿图	你们自己去审吧，把结果报告给我。我现在很忙，你们也会看得出来的。
道格伯来	就这么办吧。
李昂拿图	在你们离去之前喝杯酒吧，再会。

一使者上。

使者	他们都在等候您把小姐送给她的丈夫。
李昂拿图	我就去，我已准备好了。〔李昂拿图及使者下〕
道格伯来	走，好伙伴，走。你到佛兰西斯·西珂耳那里去，请他带着笔和墨水壶到监牢去，我们要去审那两个人。
佛杰士	我们要审得清清楚楚。
道格伯来	我告诉你说，我们要很费一点脑筋，我要动一点脑筋逼得他们狼狈不堪[44]。去请那位会写字的人来写下我们的报告书，我们在监牢见面。〔同下〕

注释

[1] 对于拒不招供的犯人所施的一种刑罚，所谓 peine forte et dure，以

重物压腹上。

[2] 原文 Everyday, tomorrow，意义不清楚。Furness 注："如果希罗说，'每分钟、每小时、明天！'即不至引起误解矣。"其实尔修拉问得亦奇，她何以不知明日是小姐的吉期，而仍需要问？

[3] 俗谓背后被人议论则耳热。

[4] 言不受爱情的袭击，不堕入情网。

[5] 牙痛与爱情，昔人认为是人生之二大烦恼事。又谚云："爱情是牙痛的原因。"

[6] 原文 draw it，双关语，在此处是"拔牙"之意，但同时亦指昔时惩治叛逆所用之"绞杀、挖脏、肢解"酷刑中之"挖脏"。

[7] 原文 hang it，据 Wilson 注，有隐指理发店窗上悬挂腐牙之意。言腐牙应悬挂在窗上，以为招徕。理发匠兼理牙医。

[8] 四开本对折本原文均是"Well, every one cannot master a grief but he that has it"。是 Pope 倡改 cannot 为 can，今本均照改。其实不改亦可通，其意当为："患痛者方可忍痛，不患痛者无痛可忍，公等自不牙痛，空言何益？"

[9] 伊利沙白时代的英国士绅之喜欢外国服装式样（参看《威尼斯商人》一幕二景波西亚形容英格兰男爵语），常为受讽刺之资料。"或同时是两国人……袍子"一语，在对折本里是被删略的，因为当时的国王是哲姆斯一世，他即位后即与西班牙建立友谊，并且其女伊利沙白于一六一三年嫁给莱茵伯爵。此剧上演时保有此语，可能英王并未注意。

[10] 英国人从前不常洗脸，Erasmus 曾以为每天洗脸一次以上乃是无意义之事，这是无庸为讳的。有些注家以 wash 作理发店之 washes 解，殊无足取。

[11] 唱情歌时常由琵琶（lute）伴奏。

[12] 一般解释为"她要死在情人的怀抱里",紧接上句"要死"一语。但亦有人指陈,自杀者埋葬时脸恒朝下,此处所谓脸朝上,系谓她虽明知对方恶习而仍钟情至死,不得视为自杀,是死在对方之手,故葬时仍宜脸朝上云。可能莎氏原文兼含数义,故直译。

[13] 治牙痛的符咒,Scot: *Discoverie of Witchcraft*(1584)记载着一则,文曰:"O horse combs and sickles that have so many teeth, come heale me of my toothach." 又 Aubrey: *Miscellanies* 亦有一则,文曰:"Mars, hur, abursa, aburse : Jesu for Mary's sake, Take away Tooth-Ach."

[14] 原文 suffer salvation 是"获救"之意,实则应是 suffer damnation,"下地狱"的意思,故意用错字是从前喜剧中惯用的技巧之一,此种情趣无法翻译。姑译其误解。

[15] 原文 allegiance 义为"效忠",此处实在的意思是反面——treachery,"二心"。

[16] 原文 most desartless,"最不宜于",应该是 most deserving,"最适宜于"。

[17] 原文 senseless(不机警的),应是 sensible(机警的)。

[18] 原文 comprehend(了解),应是 apprehend(逮捕)。

[19] 四开本对折本均作 watch 而未写明是 first watch 或 second watch,共有八处皆是如此,有些编本一律改为 second watch,似亦可不必,不如存其原文。

[20] 原文 tolerable(可容忍的),应是 intolerable(不可容忍的)。

[21] 语出伪经 *Ecclesiasticus*, xiii, 1。"He that toucheth pitch shall be defiled therewith."

[22] 戏用英国大陪审团之宣誓的一部分,誓文是:"The King's counsel, your fellows', and your own, you shall observe and keep secret."

[23] "疤"，原文 scab，双关语，另一意义为一极端轻蔑语，Furness 注现今在罢工中不参加同人罢工者仍被呼为 scab 云。

[24] "像是一个真的醉鬼一般"，原文 "like a true drunkard"，按醉酒的人易吐露真言，同时波拉奇欧（Borachio）一字源于西班牙文之 borracho，义为"醉汉"。

[25] 原文 the Deformed 可能实有所指，莎氏时代的观众大概可以领悟，而吾人不知其典出何处。批评家纷纷揣测，F. G. Fleay（Introduction of Shakespeare Study）竟谓此一怪模样的人是指莎氏本人，认为与第三十七首十四行诗第三行有关，毋乃不伦。

[26] 可能指壁幔上一幅《法老王渡红海图》中的士兵。

[27] 贝尔神（God Bel），显然是指有关伪经 *Bel and the Dragon* 的故事。

[28] 赫鸠里斯（Hercules）的像通常是带胡子的，只有罗马的 Palazzo dei Conservatori 有一具铜像是刮光了脸的。有人认为可能系指《圣经》中的力士参孙（Samson），但参孙的武器不是 club，似不足采。

[29] 原文 lechery（淫行），应是 treachery（阴谋诡计）。

[30] 所谓 love-lock，伊利沙白及哲姆斯一世时，上流社会的一种时髦，男子于耳畔结发辫，系缎带，垂在左肩。但多少有些不高雅。

[31] 原文 obey（服从），应是 command（命令），或 persuade（劝告）。

[32] 原文 We are like to prove a goodly commodity, being taken up of these men's bills. 其中有一连串的双关语。Commodity，（一）交易;（二）货物。taken up，（一）逮捕;（二）赊欠。bills，（一）立约担保;（二）戟。

[33] "薄情女"（Light love）指一通俗舞曲，凡百余行，见 Chappell's *Popular Music of the Olden Time*, p.224，标题为 A very proper dittie : To the tune of lightie love。

[34] "仓库"（barns），双关语，另一意义为"孩子"（bairns），言其如

果不贞，将为其夫生许多私生子。

[35] 璧阿垂斯叹了一声"唉，嗨！"（Heigh-ho！）因此玛格来特就想到两件事，一是此乃喊马呼鹰之声，一是联想到一篇歌谣的标题：Heigh-ho for a husband, Or the willing Maid's wants made known。故云。

[36] 鹰（hawk），马（horse），丈夫（husband），都是用 H 开始的。H 读如 ache（苦痛）。昔时此字当作名词用时 ch 弱音，当作动词用时 ch 强音，有时且写成为 ake。英文中之 speech 与 speak 二字读音之分别即另一遗留之例证。

[37] 意为"如果你未放弃独身而想结婚，世界上便没有确切可靠的事物了。"北斗星是不移动的！永久是航行者的指标。换言之，"你必是想要结婚，确切无疑。"

[38] 手套是情人们常有的馈赠。熏香的手套是牛津伯爵于一五七四年自意大利传来的。

[39] 神圣蓟水，distilled Carduus Benedictus（= holy thistle）。

[40] "臭的"（odorous）是"可厌"（odious）之误。

[41] "感叹"（exclamation）是"赞扬"（acclamation）之误。

[42] 谚语"When the ale is in, wit is out"之改窜。

[43] "理解"（comprehended）是"捕捉"（apprehended）之误。"幸运的"（auspicious）是"可疑的"（suspicious）之误。

[44] 原文"Here's that shall drive some of them to a non-come"。说这句话时以手指头。所谓 non-come 可能是 non compos mentis 之略，意为"惊慌失措"，亦可能是 non-plus（窘困）之误。

第 四 幕

第一景：教堂内

唐·佩德娄、唐·约翰、李昂拿图、修道士佛兰西斯、
克劳底欧、班耐底克、希罗、璧阿垂斯及其他上。

李昂拿图	来，佛兰西斯修道士，要简单一些。只要简略的结婚仪式，以后再训示他们做夫妻的责任。
修道士	先生，你是到此地来和这位小姐行婚礼的吗?
克劳底欧	不是。
李昂拿图	来和她结婚的，修道士，你是来为她举行婚礼的。
修道士	小姐，你来到此地是和这位伯爵结婚的吗?
希罗	我是的。
修道士	如果你们两人之中任何一人内心觉得有点障碍，不该有此结合。我命令你们，以你们的名誉为誓，讲

出来。

克劳底欧　你觉得有什么障碍吗，希罗？

希罗　　　没有，先生。

修道士　　你有吗？伯爵？

李昂拿图　我敢代他作答，没有。

克劳底欧　啊！人们敢做的事！人们能做出的事！人们天天做
　　　　　出来而不自知其所做是什么的事！

班耐底克　怎么啦！感叹语？那么，有几种感叹语是在笑时发
　　　　　的，例如啊！哈！嘻！

克劳底欧　你且站开在一边，修道士。岳父，我请问你，你是
　　　　　不是心甘情愿地毫无勉强地把这位小姐你的女儿
　　　　　给我？

李昂拿图　就像上帝把她给我时那样心甘情愿。

克劳底欧　对于这样丰富而宝贵的礼物，我将何以为报呢？

唐·佩德娄　无法报答，除非你把她再送回去。

克劳底欧　好殿下，你教导了我一个最好的感恩之道。好，李
　　　　　昂拿图，你把她带回去吧，不要把这只烂橘子送给
　　　　　你的朋友，她的尊荣体面只是虚有其表。看呀，她
　　　　　在此地脸红了，多像是一个处女。啊！狡诈的罪恶
　　　　　蒙上了一层何等的天真的外表。那脸上的红晕不正
　　　　　是纯洁的美德的证据吗？看她的外表，你们见了她
　　　　　会不会都要说她是一位处女？但是她已经不是了，
　　　　　她已经尝试了床第上的淫乱的滋味。她的脸红是愧
　　　　　作，不是娇羞。

李昂拿图　你这是什么意思，先生？

克劳底欧	我不结婚了，决不能把我的灵魂和一个证实了的淫妇结合在一起。
李昂拿图	我的好先生，如果你，由你自行证实，曾利用她的年幼无知，夺去了她的贞操——
克劳底欧	我知道你要说什么，如果是我玷污了她，你就要说她已经把我当作丈夫，这样便可减轻她提前失身的罪过。不，李昂拿图，我从未说过放肆的话去引诱她，我只是像哥哥对妹妹一般表示过一番羞涩的诚意与适度的情爱。
希罗	难道我对你好像不是这样的吗？
克劳底欧	你好可恶！装模作样！我要写篇文章攻击它！你在我面前装作是在月里嫦娥一般，像未开的蓓蕾一样地纯洁。可是你比维娜斯还更热情，比饱餐淫荡的野兽还更恣肆。
希罗	您说话这样不着边际，是不是病了？
李昂拿图	王爷，您为什么不说一句话？
唐·佩德娄	我说什么呢？我已经失了体面，费了半天事令我的好朋友和一个娼妇结婚。
李昂拿图	你们真是这样说，还是我在做梦？
唐·约翰	先生，是这么说的，而且是真有其事。
班耐底克	这不像是结婚典礼。
希罗	真有其事！啊天哪！
克劳底欧	李昂拿图，我是不是站在此地？这位是不是王爷？这位是不是王爷的弟弟？这是不是希罗的脸？我们的眼睛是不是我们自己的？

李昂拿图	这全都是的,但是又当如何呢,先生?
克劳底欧	让我问你的女儿一句话,你运用你的做父亲的权力令她用实话回答我。
李昂拿图	你是我的孩子,你必须实话实说。
希罗	啊,上帝保护我!我受大家的逼迫!你们说这是什么样的问答呀?
克劳底欧	要你确实回答,姓甚名谁。
希罗	不是名叫希罗吗?谁能以任何公正的指责来玷污这个名字?
克劳底欧	老实讲吧,希罗能,希罗这个名字能抹煞希罗的贞操。昨天夜晚十二点与一点之间在你窗前和你说话的是谁?现在,如果你是一位闺女,回答这个问题。
希罗	在那个时候我没有和人谈话。
唐·佩德娄	噫,那么你便不是一位闺女了。李昂拿图,我很抱歉你必须听我说。我以名誉为誓,我自己、我的弟弟,还有这位伤心的伯爵,亲见她,听到她,在昨夜那个时候,和一个流氓在她的窗前谈话。那个流氓,不愧为一个顶大胆的恶汉,率直承认他们私通款曲已有一千次了。
唐·约翰	呸,呸!莫要提起他们,莫要谈论他们。无论用多么文雅的语言,提起他们便不能不带脏字。所以,漂亮的小姐,我很遗憾你太放肆了。
克劳底欧	啊希罗!你将是何等样的一个希罗,如果把你的外表的美丽的一半放在你内心的思想上面!但是再会吧,最恶劣、最美丽的人!再会,你这貌似忠贞而

心怀邪念的人！为了你我将封锁一切的爱情之门，
眼皮上将挂起猜疑，把一切的美丽的女人变成为有
害的，永远是个不祥之物。

李昂拿图　没有人给我一刀吗？〔希罗晕倒〕

璧阿垂斯　喂，怎么了，姐姐！你为什么倒下去了？

唐·约翰　来，我们走吧。这些事，如此地被揭发出来，使得
　　　　　她不能支持了。

〔唐·佩德娄、唐·约翰与克劳底欧下〕

班耐底克　小姐怎样了？

璧阿垂斯　死了，我想是！救命呀，伯父！希罗！喂，希罗！
　　　　　伯父！班耐底克先生！修道士！

李昂拿图　啊命运！不要撤回你的沉重的手，死是她的耻辱所
　　　　　能希求的最好的遮盖。

璧阿垂斯　怎样了，希罗姐姐？

修道士　你安心吧，小姐。

李昂拿图　你还往好处想吗？

修道士　是的，为什么她不该安心呢？

李昂拿图　为什么！噫，世上的一切不都是认为她是可耻的
　　　　　吗？她的赧颜所自承的丑事，她能否认吗？不要活
　　　　　了，希罗，不要再睁开眼睛。因为，如果我认为你
　　　　　不会很快地死去，如果我认为你的求生之念强于你
　　　　　的羞耻之心，那么我就要在痛骂你一顿之后把你杀
　　　　　死。我只有一个孩子，会因此而伤心吗？自然界的
　　　　　安排如此吝啬，我会不满吗？啊，有你一个已嫌太
　　　　　多了。为什么我要有一个孩子呢？为什么我一向都

欢喜你呢？为什么我没有在门口伸出慈善的手来收养一个乞丐的孩子呢，她如果有了这样的秽行，臭名四溢，我便可以说："这与我无关，这耻辱是来自一个无名的人？"但是，我自己的孩子，我所爱的、我所称赞的、我引以自傲的、我认为是自己的全部以至于她比我自己更是属于我自己的，唉，她——啊！她竟坠入一个墨水坑里，大海都嫌水少，无法把她洗涤干净；都嫌盐少，无法把她的腐坏的肉体腌藏起来。

班耐底克　先生，先生，且耐心些。我是深为震惊，不知说什么好了。

璧阿垂斯　啊！我敢以我的灵魂为誓，我的姐姐是受了诬蔑！

班耐底克　小姐，昨夜你是和她睡在一个床上的吗？

璧阿垂斯　不，的确不是。不过直到昨夜为止，这一年来我一直和她睡在一起。

李昂拿图　已经确定了，已经确定了！啊！那已经是铁案如山，无法推翻了。两位王爷会说谎吗？克劳底欧会说谎吗？他是那样地爱她，提起她的败德就眼泪汪汪的？把她带走！令她去死吧。

修道士　且听我说，我因为看着小姐，所以一直这样久保持沉默，听由命运摆布。我曾经看到她脸上泛起一千朵红云，又被一千个洁白的羞耻之念给带走，她的眼里好像是有一团火，要把这些人对她的贞操所加的诬蔑予以焚毁。尽管唤我为蠢材，不要信任我的学问或是我的阅历，阅历乃是经由长期经验以证实

	我的书本知识的。也不要信任我的这一把年纪、我的声望、我的职业、我的神学的造诣，如果这位小姐不是全然无辜受人诬陷。
李昂拿图	修道士，这是不可能的。你要晓得，她现在所剩下来的唯一的德行便是不要在罪过之上再加伪证，她并不否认。昭然若揭的事情你又何苦设法遮遮盖盖呢？
修道士	小姐，他们所指控你的那个人是谁？
希罗	指控的人应该知道，我不知道。如果我和任何生人来往超过了处女的分寸，让我永劫不得翻身！啊，我的父亲！如果你能证明有任何人在一个不适当的时间和我谈过话，或是昨天夜里我和任何人交谈，你尽可和我断绝父女关系，惩治我至死为止。
修道士	王爷几位必有很奇怪的误会。
班耐底克	其中两位是极其正直的人，如果他们在这件事上是有误会，主谋者必是那私生的约翰，他喜欢做构陷人的勾当。
李昂拿图	我不晓得。如果他们所说的关于她的话都是实在的，这两只手就要撕碎她；如果他们冤枉她，他们之中最骄傲的一个也要负完全责任。时间还没有把我的血耗干，年纪还没有吞掉我的神志，命运还没有夺去我的财富，我一生荒唐但是还没有失掉太多的朋友。他们会发现一旦把我招惹起来，我有的是体力和心计，我有的是财力和朋友，我要和他们周旋到底。
修道士	且慢，关于这件事你要听我的劝告。王爷们认为你

　　　　　　　　的女儿已经死在这里了，我们暂且把她藏起来，公
　　　　　　　　开宣布她已死亡，举办发丧的仪式，在你们家的
　　　　　　　　墓碑上挂起哀悼的诗篇，以及与葬仪有关的全部的
　　　　　　　　礼节。

李昂拿图　　　这样办有什么后果呢？这有什么用呢？

修道士　　　　噫，这件事好好地去办，会于她有利，能把毁谤变
　　　　　　　　成怜悯。这固然很好，而我出此奇计还不是为了这
　　　　　　　　个，我尚有更大的企图。她在被指控时当场死去，
　　　　　　　　我们必须这样主张，每个人听到都会对她哀伤、怜
　　　　　　　　悯、体谅。因为事实往往如此，对于我们所有的事
　　　　　　　　物我们在享用时不予重视，但是在没有的时候或失
　　　　　　　　掉它的时候，我们要夸大其价值，会发现在享用时
　　　　　　　　所不能发现的好处。克劳底欧的处境亦将如此，他
　　　　　　　　听说她是为他的几句话而死的时候，他将幻想她的
　　　　　　　　生时种种情形，生时的一颦一笑都将以格外可爱的
　　　　　　　　姿态出现，看起来比生时更为活力充沛，楚楚动人。
　　　　　　　　于是他就要哀悼了——如果他真曾掏心挖肝地爱
　　　　　　　　过——愿当初不曾这样指控她，无论他以为他所控
　　　　　　　　告的是多么确实。果然如此，此后的发展必将比我
　　　　　　　　所能想象的为更好。如果在其他方面不能如我所料，
　　　　　　　　则小姐的一死至少可以堵塞一般人的悠悠之口。如
　　　　　　　　果反应不佳，你可以把她藏起来——对于她的受伤
　　　　　　　　损的名誉这是最适当的——让她过一种隐居的修行
　　　　　　　　的生活，远离人们的视线、舌锋、怀想与伤害。

班耐底克　　　李昂拿图先生，你该听修道士的话。虽然你晓得我

对王爷与克劳底欧是亲密的，但是我以名誉为誓，关于这一件事我将采取秘密而公正的态度，犹如你的灵魂之对待你的身体一般。

李昂拿图　我现在悲伤过度了，顶细的一根绳子也可以牵着我走。

修道士　就这样决定，立刻动身，

　　　　奇怪的病要用奇怪的法子医。

　　　　来，小姐，死里求生。这次结婚

　　　　也许只是展期，不要着急。〔修道士、希罗与李昂拿图同下〕

班耐底克　璧阿垂斯小姐，你一直在哭吗？

璧阿垂斯　是的，我还要再哭半天呢。

班耐底克　这我倒不希望。

璧阿垂斯　你没有理由去希望，我是自动地哭。

班耐底克　我当然是相信你的姐姐是受了冤枉。

璧阿垂斯　啊！能为她洗冤的人该多么受我尊敬。

班耐底克　有什么方法可以表示这一点友谊呢？

璧阿垂斯　法子简单得很，就是没有这样的朋友。

班耐底克　一个普通的人不可以做吗？

璧阿垂斯　是一个人做的事，但不是你做的事。

班耐底克　全世界中我最爱的莫过于你，这是不是怪事？

璧阿垂斯　就和我所不懂的事一般地怪。这是如同要我说我所爱的莫过于你一样可能，不要相信我，可是我也没有说谎话。我没有承认什么，也没有否认什么。我很为我的姐姐难过。

班耐底克	我对着我的剑发誓 [1]，璧阿垂斯，你是爱我。
璧阿垂斯	别对剑发誓，再把它吃下去。
班耐底克	我要对剑发誓说你爱我，谁说我不爱你，我要他吃我的剑。
璧阿垂斯	你不食言吗?
班耐底克	没有任何调味汁可以帮助我食言。我坚决地说我爱你。
璧阿垂斯	那么，上帝饶恕我吧!
班耐底克	你犯了什么罪过，璧阿垂斯?
璧阿垂斯	你拦我说话，正是时候，我刚想要说我爱你。
班耐底克	用你全副心情去说吧。
璧阿垂斯	我全副心情爱你，没有心情再说话了。
班耐底克	好，你命令我为你做任何事。
璧阿垂斯	杀死克劳底欧。
班耐底克	哈! 把全世界给了我也办不到。
璧阿垂斯	你拒绝我等于是杀死我。再会。
班耐底克	且慢，亲爱的璧阿垂斯。
璧阿垂斯	我在此地，心已不在此地。你并无爱情，不，请你放我走吧。
班耐底克	璧阿垂斯——
璧阿垂斯	真的，我要走。
班耐底克	我们先要和好。
璧阿垂斯	你敢和我友好，而不敢和我的敌人打斗。
班耐底克	克劳底欧是你的敌人吗?
璧阿垂斯	他不是已经证明为穷凶极恶的坏人，诽谤、轻蔑、

污辱了我的家人了吗？啊！真愿我是个男人。什么！蒙骗她，等到他们行礼的时候，于是公开地指控，坦白地诽谤，无比的刻毒——啊天哪，但愿我是个男人！我要在市场里吃他的心。

班耐底克	听我说，璧阿垂斯——
璧阿垂斯	和窗口外的一个男人谈话！好荒谬的说法！
班耐底克	不，但是璧阿垂斯——
璧阿垂斯	亲爱的希罗！她受冤枉了，她被诽谤了，她被毁掉了。
班耐底克	璧——
璧阿垂斯	王爷和伯爵！可真是，好高贵的作证[2]。好一个伯爵，糖球伯爵[3]。一个甜心蜜语的殷勤男子，一定是！啊！为了他的缘故我愿是一个男人，或是有一个为了我的缘故而愿做一个男人的朋友！但是男子气概已融化成鞠躬请安了，勇敢变成为恭维话了，男人都变成了舌头，而且是说空话的舌头。能说一句谎再赌一句咒的人，他就被认为是和赫鸠里斯一般地勇敢。我不能由愿望而变成一个男人，所以我只得做一个怨愤而死的女人。
班耐底克	且慢，好璧阿垂斯。我举此手为誓，我爱你。
璧阿垂斯	为了赢得我的爱，除了举手发誓之外，在别的方面使用你的手吧。
班耐底克	你真从心灵深处认定克劳底欧伯爵是冤枉希罗的吗？
璧阿垂斯	是的，就和我是具有心灵一般地确实。

班耐底克　　够了！我答应你，我向他挑战。我要吻你的手，就离开你。我以此手为誓[4]，克劳底欧需要对我做一严重的交代。我是怎样的一个人，听候我的消息就知道了。去，安慰你的姐姐，我必须认定她是死了。好，再会吧。〔同下〕

第二景：监狱

道格伯来、佛杰士、教堂司事着长袍[5]；警卫及康拉德与波拉奇欧上。

道格伯来　　我们全体人员[6]都到齐了吗？

佛杰士　　　啊！给教堂司事拿一个凳子和一个坐垫。

教堂司事　　谁是犯有恶行者？

道格伯来　　噫，那就是我和我伙伴。

佛杰士　　　对了，那是一定的，我们是来受审的[7]。

教堂司事　　我们要审讯的犯人是谁？让他们走到警官面前来。

道格伯来　　对啦，让他们走到我的面前来。你名字叫什么，朋友？

波拉奇欧　　波拉奇欧。

道格伯来　　请写下波拉奇欧。你的呢，先生？

康拉德　　　我是一位绅士，先生，我的名字是康拉德。

道格伯来	写下绅士康拉德。先生们，你们都是给上帝服务的吗？
康拉德 波拉奇欧	是的，先生，我们希望如此。
道格伯来	写下他们希望给上帝服务，先写上帝，因为上帝不准若是上帝的名字不写在这两个恶棍的前面！先生们，你们比欺诈的恶汉好不了许多，业已证明，不久即将如此认定。你们如何为你们自己申辩？
康拉德	真是的，先生，我们要说我们不是恶汉。
道格伯来	好会巧辩的一个人，我要令他陷入圈套。你走过来，附在你耳边说一句话：先生，我对你说吧，据说你们是欺诈的恶汉。
波拉奇欧	先生，我对你说我们不是。
道格伯来	好，站在一边去。说真的，他们俩是口供一致。你写下没有，他们不是恶汉？
教堂司事	警官先生，你这不是审讯的方法，你需要传他们的控告人警卫来问话。
道格伯来	对，那是最好的办法。传警卫来。先生们，我用王爷的名义命令你们，控告这两个人。
警卫甲	这个人说，先生，王爷的弟弟唐·约翰是个坏人。
道格伯来	写下唐·约翰是个坏人。噫，这简直是造反，说王爷的弟弟是坏人。
波拉奇欧	警官先生——
道格伯来	请你别说话，我不喜欢你的样子，我告诉你。

教堂司事	你还听到他说什么别的了？
警卫乙	真的，他还说他从唐·约翰那里得到一千块钱，为的是诬告希罗小姐。
道格伯来	这简直是前所未有的公然抢劫。
佛杰士	是的，老实说，简直就是。
教堂司事	还说了什么？
警卫甲	还说克劳底欧伯爵有意要根据他的话当着大众羞辱希罗，不与她结婚。
道格伯来	啊坏蛋！为了这件事你要受诅咒到永久翻身[8]。
教堂司事	还有什么话？
警卫乙	此外没有了。
教堂司事	这是你们所不能否认的了。约翰王爷今天早晨秘密地逃走了，希罗果然如此这般地被控，如此这般地被拒绝结婚，悲恸之余，忽然死去了。警官先生，把这两个人给绑起来，送到李昂拿图府上去。我先走一步，把审讯的情形报告给他。〔下〕
道格伯来	来，把他们绑起来[9]。
佛杰士	绑起他们的手——
康拉德	滚开，空头大老倌！
道格伯来	上帝救命！司事哪里去了？请他写下王爷部下官吏被称为空头大老倌。来，绑起他们。你这可恶的坏蛋！
康拉德	走开！你是蠢驴，你是蠢驴。
道格伯来	你不尊重[10]我的地位？你不尊重我的年纪？我真愿他在此地写下我被称为蠢驴！但是，诸位，请记住

我是蠢驴。虽然没有写下来，可别忘记我是蠢驴。不，你这坏人，你说话太客气，会有人作证的。我是一个聪明人，并且，是一个官；并且，是一个有房产的人；并且，是在麦西拿不比任何人差的一个人。还有，我是一个懂法律的人。还有，我是一个颇为富有的人，当初曾经过好日子的人，有两件袍子及一切漂亮家私的人。把他带走。啊我愿被写下来我是一个蠢驴！〔同下〕

注 释

[1] 剑柄作十字形，以手抚剑柄发誓等于是对十字架发誓。

[2] "高贵的作证"，原文 a princely testimony，双关语。princely 有"王爷的"与"高贵的"二义。

[3] "好一个伯爵，糖球伯爵"，原文（据四开本）是 a goodly count，Count Comfect，但对折本删去第一个 count 及逗点，似不妥，今译本仍遵照四开本原文。很多注释家以为 count 与法文 conte（意为"虚构的故事"）同音，或音近似，疑其有双关之意义，似亦可不必。

[4] 璧阿垂斯的手，不是他自己的手。

[5] 黑色长袍，警员制服。

[6] "全体人员"应该是 whole assembly，原文道格伯来误为 whole dissembly（全部的伪装）。

[7] "我们是来受审的"，原文 we have the exhibition to examine 是 we

have the examination to exhibit 故意之误。照译。

[8] 原文 everlasting redemption 是 everlasting damnation（永久不得翻身）故意之误。照译。

[9] 原文 opinioned 是 pinioned（捆绑）故意之误。未照译。

[10] 原文 suspect（怀疑）是 respect（尊重）故意之误。未照译。

第 五 幕

第一景：李昂拿图邸前

李昂拿图与安图尼欧上。

安图尼欧　如果你这样子下去，你将害死你自己，并且这样地
帮助悲恸来害自己也不是聪明事。

李昂拿图　请你不要再劝我了，你的忠言落在我的耳里就像水
落在筛子里一般无益。不要劝我，谁也不要安慰我，
除非是他也受了与我同样的打击。给我找一个做父
亲的人，这样地爱他的孩子，对她的喜爱像我的一
般被毁灭，让他来对我讲忍耐的话吧。以我的苦恼
的长度与宽度来衡量他的苦恼，让他尝受我的一阵
阵的悲痛。我怎么忍受，让他也怎么忍受；我吃什么
苦，让他也吃什么苦，各种各样的苦。如果这样的

一个人还会捋须微笑，排遣哀愁，该呻吟的时候冷笑一声，用谚语遮掩心里的悲伤，秉烛夜游以麻醉厄运，那么把他带来见我，我要向他学习忍耐。但是没有这样的人，因为，兄弟，人们自己没有感受悲苦才劝慰别人。一旦自己尝试了悲苦的滋味，他们的劝告就变成了强烈的情感，在这以前他们会用格言疗治激愤，用一根银线束缚疯狂，用空话来迷惑痛楚。不，不，对于在悲哀的重载之下受苦的人，大家都觉得应该说些安慰的话，但是没有人在遭受同样际遇的时候能有那样镇定自持的力量。所以不必劝我了，我的悲哀比劝告叫喊的声音更大。

安图尼欧　这样说来孩子们和成年人没有什么分别了。

李昂拿图　我请你不要说了！我情愿是血肉之躯的凡人，从来没有过能耐心忍受牙痛的哲学家，无论他们是怎样地以超人自居，看不起偶然的意外与苦痛。

安图尼欧　不要把一切伤害都集中在你自己身上，让那些伤害你的人也吃一点苦头。

李昂拿图　你这话有理，对，我要这样做。我的内心告诉我希罗是被谎言所欺，这一点要让克劳底欧知道，王爷及一切诬蔑她的人也都要知道。

安图尼欧　王爷与克劳底欧都匆匆忙忙地来了。

　　　　唐·佩德娄与克劳底欧上。

唐·佩德娄　晚安，晚安。

克劳底欧　你们二位可都好。

唐·佩德娄	我们要匆匆地走了，李昂拿图。
李昂拿图	匆匆地，殿下！好，再会吧，殿下。你现在就要走——好吧，那也没有关系。
唐·佩德娄	不，不要和我们争执，老先生。
安图尼欧	如果他能用争执的方法获得申雪，恐怕有人要一败涂地哩。
克劳底欧	谁冤枉他了？
李昂拿图	嗳，就是你冤枉我了。你这骗子，你。不，用不着把手放在剑上，我不怕你。
克劳底欧	嗳，如果我的手使得你老先生害怕，我的手实在该死。老实讲，我的手放在剑上是无意的。
李昂拿图	算了吧，算了吧，年轻人！不要讥诮我，我说话并不像是一个昏聩糊涂的人，倚老卖老，夸说年轻时做过什么事，或是如果未老还要做什么事。要知道，克劳底欧，我当面对你说，你冤枉了我的清白的女儿和我。我不得不撇开我这一把年纪，拼着灰白的头发和衰朽的残躯，向你挑衅，分个你死我活。我说你冤枉了我的清白的女儿，你的诽谤伤透了她的心，她已入葬祖坟。啊！那祖坟里还没有埋葬过耻辱的事，除了被你所恶意诬陷的她的这一段冤屈！
克劳底欧	我的恶意诬陷！
李昂拿图	你的，克劳底欧。是你的，我说。
唐·佩德娄	你说的不对，老先生。
李昂拿图	殿下，殿下，虽然他雅擅剑击并且勤加练习，又正在年轻力壮，如果他敢，我可以在决斗中证明其

罪恶。

克劳底欧　　走开！我不和你打交道。

李昂拿图　　你能这样就把我打发了吗？你杀死了我的孩子。如
　　　　　　果你杀死我，孩子，你必须杀死一个堂堂的人。

安图尼欧　　他必须把我们两个都杀掉，两个都是堂堂的人。但
　　　　　　是那没有关系，让他先杀一个，把我弄到手，享受
　　　　　　我[1]，让他来和我交手。来。跟我来，孩子，来呀，
　　　　　　孩子先生，来，跟我来。孩子先生，我要打得你不
　　　　　　敢再夸你的剑法。我是君子，我决不食言。

李昂拿图　　老弟——

安图尼欧　　你不要发脾气。天知道我爱我的侄女，她是死了，
　　　　　　被一些小人诬陷而死，那一些小人一定不敢和一个
　　　　　　堂堂男子相斗，像我不敢抓一条蛇的舌头一般。孩
　　　　　　子、猴子、说大话的人、流氓、懦夫！

李昂拿图　　安图尼欧弟弟——

安图尼欧　　你尽管放心。怎么啦，你这人！我晓得他们，是的，
　　　　　　我晓得他们有多么重，小数到几分几毫我都知道，
　　　　　　好拌嘴的厚脸皮的追逐时髦的孩子们。说谎，欺骗，
　　　　　　愚弄，诽谤，诬蔑，歪歪斜斜地走路，露出一副讨
　　　　　　厌相，口吐半打狠字眼，说他们将如何伤害他们的
　　　　　　敌人，如果他们有这胆量，如此而已。

李昂拿图　　但是，安图尼欧老弟——

安图尼欧　　来，没有关系。你不要干预，让我处理这件事。

唐·佩德娄　　两位先生，我们不愿打搅你们。对于你的女儿之死，
　　　　　　我很为遗憾。但我以名誉为誓，对她所控各节都是

真实有据的。

李昂拿图　殿下，殿下——

唐·佩德娄　我不要再听你说了。

李昂拿图　不要? 来，弟弟，走吧。我决心要弄个明白——

安图尼欧　并且你会要弄个明白的，否则我们当中总要有人要吃一点苦头的。〔李昂拿图与安图尼欧同下〕

班耐底克上。

唐·佩德娄　看，看，我们去找的人来了。

克劳底欧　喂，先生，有什么消息?

班耐底克　您好，殿下。

唐·佩德娄　欢迎，先生，你来得几乎正是时候，几乎正好排解一场打斗。

克劳底欧　我们两个人的鼻子差一点被两个缺牙的老头子给咬掉。

唐·佩德娄　李昂拿图和他的弟弟。你猜怎么样? 如果我们打起来，我生怕我们是太年轻，打不过他们哩。

班耐底克　在一番不正当的争执里，必无真正的勇敢之可言。我是来找你们二位的。

克劳底欧　我们到处在找你，因为我们是极度地愁闷，很想排遣排遣。你可否使用你的口才?

班耐底克　在我的刀鞘里呢，要不要我拉出来?

唐·佩德娄　你的口才是挂在腰边的吗?

克劳底欧　从来没有人这样做，虽然有很多人是头脑不清的。我请你拉，就像我们请琴师拉一般 [2]，拉，给我们解闷。

唐·佩德娄　说老实话，他脸色苍白，你是病了，还是生气？

克劳底欧　怎么，提起精神来，人！忧愁能害死猫[3]，你有勇气可以杀死忧愁。

班耐底克　先生，如果你挺枪过来，我将迎战你的口才。我请你换个题目吧。

克劳底欧　那么，给他换一根枪杆吧，方才那一根已经横着折断了[4]。

唐·佩德娄　天哪，他的脸色更变得厉害了，我想他是真生气了。

克劳底欧　如果他是，他知道怎样转动他的腰带[5]。

班耐底克　我可否在你耳边说句话？

克劳底欧　上帝保佑我可别是向我挑衅！

班耐底克　〔向克劳底欧旁白〕你是个坏蛋，我不是说笑话。我要和你决斗来维护我这一句话，随便你用何方式，随便你使什么武器，随便你定什么时间。要令我满意，否则我要公开宣布你的怯懦。你杀死了一位温柔的小姐，为了她的死你要付出严重的代价。请回答我。

克劳底欧　好吧，如果我高兴，我一定奉陪就是。

唐·佩德娄　怎么，宴会，宴会？

克劳底欧　实在是，我很感谢他。他请我吃牛头和阉鸡，如果我切得不巧妙，可以说我的刀不中用。会不会还有木鸡？

班耐底克　先生，你的口才很不错，走得平平稳稳。

唐·佩德娄　我告诉你璧阿垂斯前两天怎样地估量你的口才吧。我说，你好有才。"是的。"她说，"好小有才。""不，"我说，"大才。""对了，"她说，"大大的蠢材。""不,"我说"是好的才。""一点也不错,"她说,"决不伤人。""不,"我说,"这位先生很聪明。""当然是,"她说,"一位自作聪明的先生。""不,"我说,"他通好几种语言。""这个我相信",她说,"因为他星期一晚对我发了一个誓要做一件事,星期二早晨他又发誓不做那件事了。他会两种语言,他会说双重的话。"她这样地说,足足有一小时,把你的特有的优点都给歪曲了,但是她最后却叹息一声说你是全意大利最美的男子。

克劳底欧　为了这个她大哭一场,并且说她不放在心上。

唐·佩德娄　不,她才放在心上哩。不过,虽然如此,如果她并不痛恨他,她会疼爱他。那老头子的女儿全都告诉我们了。

克劳底欧　全说了,全说了。还有,他在花园里藏着的时候,上帝看到他了[6]。

唐·佩德娄　但是什么时候我们才能把野牛角按在聪明的班耐底克头上呢?

克劳底欧　对了,并且用大写的字母在下面写着:"已婚男子班耐底克在此。"

班耐底克　再会吧,孩子,你知道我的意思了。现在我由你们在这里瞎扯,你们琢磨出一些讥讽的话,就像自夸勇敢的人们之砍损刀刃一般[7],其实并不能伤害任何人。殿下,对于您的优礼,我很感激,我必须向您告辞。您的弟弟那个私生子已从麦西拿逃走了,你们联合起来杀死了一位温柔无辜的小姐。至于那

一位面白无须的先生，他和我要决斗的。在那之前，
愿他平安。〔下〕

唐·佩德娄	他是认真的。
克劳底欧	十分认真，我敢说，对璧阿垂斯的爱是十分认真。
唐·佩德娄	他要和你决斗吗?
克劳底欧	极有诚意。
唐·佩德娄	一个人穿着短衣长袜而失去理性，是个多么有趣的东西哟[8]!
克劳底欧	和一个小丑[9]比起来他是个巨人，可是和他比起来一个小丑又是个有学问的人了。
唐·佩德娄	但是，别作声，让我想一下。振作起来，我的心，放严肃些!他没有说我的弟弟逃了吗?

道格伯来、佛杰士、警卫带康拉德与波拉奇欧上。

道格伯来	过来，你，如果法律不能制服你，法律的天秤将永远不再称量道理了[10]。哼，如果你当真是个该死的诽谤者，我们倒要注意防范你哩。
唐·佩德娄	怎么了!我弟弟的两个侍从被绑起来了!一个是，波拉奇欧!
克劳底欧	问一问他们犯了什么罪，殿下。
唐·佩德娄	官员们，这些人犯了什么罪?
道格伯来	唉，先生，他们造谣生事，并且，他们竟说假话;第二，他们毁坏人家的名誉;第六与最后，他们诬蔑了一位小姐;第三，他们为不正当的事作证。总而言之，他们是说谎的恶汉。

唐·佩德娄	第一，我问你他们做了什么事；第三，我问你他们犯了什么罪；第六与最后，他们为什么被捕。总而言之，你控告他们什么罪名？
克劳底欧	道理讲得很正确，而且是按照他自己的层次。老实讲，是一个意思穿上几套不同的衣服。
唐·佩德娄	你们是冒犯了什么人，你们二位，以至被绑起来不能不应讯？这一位警官太有学问，很难令人了解。你们犯了什么罪？
波拉奇欧	王爷在上，我简截了当地回答您吧。请听我说，让这位伯爵杀死我好了。我连您自己的眼睛也蒙骗了，您的智慧所不能发现的，这几个浅薄的愚人已经给暴露了。他们在夜间偷听到我对这个人述说你的弟弟唐·约翰如何地怂恿我诬蔑希罗小姐，你如何地被带到花园看到我向穿希罗衣服的玛格来特求爱，你在该和她成婚的时候如何地羞辱她。我的恶行他们已经记录在卷，我宁愿以死来证实我的罪状，也不愿再说一遍徒增惭愧。小姐已因我及我的主人的诬陷而死，简单说吧，我希冀的只是一个恶汉所应得的报酬。
唐·佩德娄	这一段话是不是像一把刀似的插进你的肉里？
克劳底欧	他说的时候我就像喝毒药一般。
唐·佩德娄	不过是我的弟弟鼓动你做这事的吗？
波拉奇欧	是的，他为了实行这件事还给了我很多钱。
唐·佩德娄	他是天生地诡计多端，他是为了这坏事而逃跑了。
克劳底欧	温柔的希罗！现在你的芳容又像是我初恋时一般美

妙地出现了。

道格伯来　来，把这些原告带走，这时节我们的教堂司事应该
　　　　　已经把这件事告诉了李昂拿图先生。你们二位，不
　　　　　要忘了在适当的时间地点指明我是一条驴[11]。

佛杰士　　李昂拿图先生来了，还有司事。

李昂拿图、安图尼欧及司事上。

李昂拿图　哪一个是恶汉？让我看一看他的眼睛，将来如果遇
　　　　　到像他这样的另外一个人，我可以躲避他。这几个
　　　　　人当中哪一个是他？

波拉奇欧　如果你要知道哪一个是害你的人，看看我好了。

李昂拿图　你就是用你的语言杀死我的无辜的孩子的奴才吗？

波拉奇欧　是的，就是我一人。

李昂拿图　不，不是这样的，你这坏人，你冤枉你自己了。这
　　　　　里站着一对体面人，第三个是逃跑了，他也参加了
　　　　　一份。我为了我的女儿的死，多谢你们二位大人，
　　　　　把这件事也和他们的丰功伟绩一同记载下来。如果
　　　　　你们肯想想看，这件事是做得好。

克劳底欧　我不知道如何请你忍耐，不过我必须说话。你自己
　　　　　选择报仇的方式，凡你所能想得出的惩治我的罪恶
　　　　　的刑罚，都加在我的身上好了，只是除了误会之外
　　　　　我并没有犯罪。

唐·佩德娄　我以灵魂为誓，我也没有。不过，为了满足这位老
　　　　　人，我愿忍受他所给我的任何严重的惩处。

李昂拿图　我不能命令你让我的女儿复活，那是不可能的。但

是请你们二位，通告麦西拿这里的人民我的女儿是死得清白的。如果你的爱还能诌出几句诗歌，给她的坟墓挂上几句赞词，对着她的尸骨吟唱，今天夜晚就去吟唱。明天早晨你到我家里来，你既不能做我的女婿，你可以做我的侄女婿。我的弟弟有一个女儿，和我的亡女长得几乎一模一样，她是我们两个的唯一的继承人[12]。把你欠她姐姐的还给她，我的仇恨也就消灭了。

克劳底欧　啊高贵的先生，你的过分宽大使我落泪了！我接受你的提议，以后可怜的克劳底欧全听你安排。

李昂拿图　那么我明天等候你来，今晚我告辞了。把这可恶的人带到玛格来特面前，我想她也是你弟弟买通的一个共犯。

波拉奇欧　不，我以我的灵魂为誓，她不是的。她和我谈话时她不知道她做的是什么事，以我所知她在任何事情上都是一向公正合理的。

道格伯来　还有一点，先生——诚然是没有见白纸黑字——这一个原告，这一个犯人，确曾喊我为驴。我请求您，在惩罚他的时候不要忘记这一点。再者，警卫还听到他们说起一个奇形怪状的人。他们说他耳朵上戴着一把钥匙，旁边悬着一把锁[13]，用上帝的名义借钱[14]，长久地这样做下去而永不归还，以至于人们的心肠变硬，不再为了上帝的缘故而借钱给人了。请你审问他关于这一点。

李昂拿图　我谢谢你的勤劳和辛苦。

道格伯来	您说话真是像一位虔诚感恩的青年，我为了您而赞美上帝。
李昂拿图	这是酬劳你的钱。
道格伯来	上帝保佑这个团体[15]！
李昂拿图	去吧，这犯人你不必再管了，我谢谢你。
道格伯来	我把这大坏蛋交给您了，请您亲自加以纠正，以儆戒其他的人。上帝保佑您！我愿您安好，上帝恢复您的健康！我诚悬地允许您离去，如果再能愉快地会面，上帝不准[16]！来，我的邻居。〔道格伯来与佛杰士下〕
李昂拿图	再会，诸位，明天早晨见。
安图尼欧	再会，诸位，我们明天奉候。
唐·佩德娄	我们一定来。
克劳底欧	今晚我们要哀悼希罗。〔唐·佩德娄与克劳底欧下〕
李昂拿图	〔向警卫〕把这几个人带走。我们要和玛格来特谈谈，她和这几个坏人是怎样认识的。〔同下〕

第二景：李昂拿图的花园

　　　　　　班耐底克与玛格来特上，相会。

班耐底克	我请求你，好玛格来特小姐，帮助我和璧阿垂斯见

	面谈谈话，我要好好报酬你。
玛格来特	那么你可以写一首十四行诗赞美我的美貌吗?
班耐底克	可以写得高不可攀，玛格来特，以至于没有一个活人能超越。因为，老实讲，你值得这样恭维。
玛格来特	没有一个人超越我! 噫，那么我永远是住在楼梯下了 [17] ?
班耐底克	你的口才是像猎狗的嘴一般快，一口就咬住了。
玛格来特	你的口才是像舞剑的人的剑一般钝，可以击中，而并不伤人。
班耐底克	是一个极有男子气概的口才，玛格来特，不会伤害女人的。所以我求你喊璧阿垂斯来，我向你抛下我的盾牌 [18]。
玛格来特	给我们刀剑，我们有我们自己的盾牌。
班耐底克	如果你使用盾牌，玛格来特，你一定要用螺丝装上那几个尖钉子 [19]，对于处女这是危险的武器。
玛格来特	好了，我去叫璧阿垂斯来见你，我想她是有腿的。
班耐底克	所以她会来。〔玛格来特下〕

爱情的神，

在天上坐，

他晓得我，他晓得我，

我该得的一份好可怜 [20]——

我的意思是说，在唱歌方面。但是在爱情方面，那善游泳的李安德 [21]，那头一个使用淫媒的脱爱勒斯 [22]，以及一切一切从前的花花公子，他们的名字在诗篇里面都是大名鼎鼎的。可是，他们从来没有像我这样在情场中翻滚过。真是的，我这经验无法用韵语来表现。我曾试过，我找不到一个字和 lady 押韵，除了 boby，这是个幼稚可笑的韵；用 born 和 scorn 押韵，这又是僻韵；用 fool 和 school 押韵，这又是模糊不清的韵，都是很难的韵脚。不行，我不是在文星高照之下诞生的，我也不会用绮丽的词句去求婚。

璧阿垂斯上。

亲爱的璧阿垂斯，我请你来你就愿意来吗?

璧阿垂斯　是的，先生，并且你要我走时我就走。

班耐底克　啊，到那时你再走呀!

璧阿垂斯　你已说出"到那时"了，现在我只好告辞了。不过，在我走前，我需要知道我为了要知道而才来的那一件事。那即是，你和克劳底欧之间已经发生了什么事?

班耐底克　只是恶声相向，所以我要和你亲嘴。

璧阿垂斯　恶声只是恶风，恶风只是恶气，恶气是讨人嫌的。所以我要走了不能让你亲嘴。

班耐底克　你把字的善意都给吓跑了，你太会说话了。但是我必须明白地告诉你，克劳底欧已经接到我的挑衅了，不久我就会接到他的通知，否则我就要宣布他是个懦夫。现在我请你告诉我，你当初看中了我的什么缺点而爱我的?

璧阿垂斯　为了所有的缺点，你真有本领把所有的缺点都能兼容并蓄，不容任何优点混迹进来。但是你当初看中了我的什么优点而对我忍心相爱呢？

班耐底克　"忍心相爱"，好名词！我真是忍心地爱，因为我爱你是有违初衷的。

璧阿垂斯　打击了你的本心，我想。唉呀，可怜的心！如果你为了我的缘故而打击了你的心，我也要为你的缘故而打击它，因为我永远不会爱我的朋友所恨的东西。

班耐底克　你和我是太聪明了，无法和平地相爱。

璧阿垂斯　你这样说却显不出你的聪明，二十个聪明人当中不会有一个自夸聪明的。

班耐底克　这是一个古老的、古老的谚语，璧阿垂斯，流行在睦邻的时代里。在如今这个时代，一个男人如果在死前不自己建起坟墓，于丧钟响寡妇哭之后也就不会再有多久被人记忆了。

璧阿垂斯　你以为可以被人记忆多么久？

班耐底克　是个问题，唉，一小时的钟响，一刻钟的流泪。所以聪明人最要紧的是——如果他的良心蛆虫先生[23]不出来作梗——把自己的优点大吹大擂，像我们所做的那样。这便是我之所以赞美我自己，我自己可以作证，我确是值得这样的赞美。现在请告诉我，你的姐姐怎样了？

璧阿垂斯　病得很重。

班耐底克　你自己呢？

璧阿垂斯　也病得很重。

班耐底克　伺候上帝，爱我，渐渐痊愈。我得要离开你了，因为有一个人匆匆地到这里来了。

尔修拉上。

尔修拉 小姐，你一定要到你伯父那里去。家里可真出了事啦，已经证明，希罗小姐是被诬陷，王爷和克劳底欧被人狠狠地欺骗了。全是唐·约翰一个人干的，他已经逃跑了，你要不要立刻就来？

璧阿垂斯 你要不要去听这消息，先生？

班耐底克 我要住在你的心里，死在你的怀里，葬在你的眼里。并且我要和你一起去到你的伯父家里。〔同下〕

第三景：教堂内

唐·佩德娄、克劳底欧及侍从等携奏乐者和蜡烛上。

克劳底欧 这是李昂拿图家的坟地吗？

一贵族 是的，大人。

克劳底欧 〔读一手卷〕

希罗安葬在这里，

是流言要了她的命。

死神为弥补她的委屈。

给她以不死的美名。

含羞而死的一个人，
死后永久光荣地生存。
把这个往那坟上挂，
我死后还可赞美她。
乐队，奏乐，唱你们的赞歌吧。

歌

请原谅，夜之女神[24]。
那些杀死你的纯洁侍者的人，
为了这，他们绕着她的墓游行，
唱出悲哀的歌声。
午夜，帮助我们呻吟，
帮助我们叹息苦哼，
哀伤地，哀伤地。
坟墓，吐出所有的死人，
等我们唱完这悲惨的歌声，
哀伤地，哀伤地。

克劳底欧　现在我对你的尸骨告辞了！
年年的我要来这样地哀悼。

唐·佩德娄　再会了，诸位，灭了你们的蜡烛。
狼已猎到食，看，那晨曦的亮光，
走在太阳的前面，已经在四处
用灰斑装点那打瞌睡的东方。
谢谢你们大家，都走吧，再会了。

克劳底欧　　　再会了，诸位，各走各的路吧。

唐·佩德娄　　　来，我们走吧，穿上衣裳，

　　　　　　　然后到李昂拿图的家里去。

克劳底欧　　　愿婚姻之神给我们较好的下场。

　　　　　　　别像这一个，令我们如此悲戚！〔同下〕

第四景：李昂拿图邸中一室

　　　　　　　李昂拿图、安图尼欧、班耐底克、璧阿垂斯、玛格来特、
　　　　　　　尔修拉、修道士佛兰西斯与希罗上。

修道士　　　　我没和你说她是清白无辜的吗？

李昂拿图　　　根据你已听到的误会而指控她的这位王爷与克劳底
　　　　　　　欧，也是清白无辜的。但是玛格来特是有一点过失，
　　　　　　　虽然就这事件之经过的实情而论，这好像也不是她
　　　　　　　甘心愿意做的。

安图尼欧　　　好啦，我很高兴一切的结果都这样好。

班耐底克　　　我也很高兴，否则根据誓约必须和年轻的克劳底欧
　　　　　　　算这笔账。

李昂拿图　　　好了，女儿，还有你们诸位小姐，请到另外一间屋
　　　　　　　里去，等我请你们的时候，戴着面具到这里来，王
　　　　　　　爷和克劳底欧答应在这时候来看我们。〔小姐们下〕

	你知道你的任务，弟弟。你必须是你的哥哥的女儿的父亲，把她嫁给年轻的克劳底欧。
安图尼欧	我一定摆出一副严肃的面孔去做。
班耐底克	修道士，我一定要求你帮忙，我想。
修道士	做什么，先生？
班耐底克	成全我，或是毁掉我，二者必居其一。李昂拿图先生，事实是，好先生，您的侄女对我垂青。
李昂拿图	那青眼是我的女儿借给她的，那是千真万确的。
班耐底克	我也以充满爱情的目光报答她。
李昂拿图	你那目光是从我，克劳底欧和王爷那里得来的。但是你意欲如何呢？
班耐底克	您的回答，先生，是谜一般地难懂。但是，我的意思，我的意思就是希望您能欣然同意，在今天就缔下美满的婚姻。这件事，好修道士，我要求你帮忙了。
李昂拿图	我很愿意使你如愿。
修道士	我也很愿帮忙。王爷和克劳底欧来了。

唐·佩德娄与克劳底欧及侍从等上。

唐·佩德娄	诸位早安。
李昂拿图	早安，王爷；早安，克劳底欧，我们在此恭候。你是不是今天还决意和我的弟弟的女儿结婚？
克劳底欧	我决不三心二意，虽然她是非洲的黑女人。
李昂拿图	喊她出来，弟弟，修道士已准备好了。〔安图尼欧下〕
唐·佩德娄	早安，班耐底克。噫，怎么回事，你竟摆出一张二月的面孔，全是严霜、风暴、阴霾？

克劳底欧　　　我想他是在思索着野牛呢。啐！你不用担心，我们
　　　　　　　要给你的角上镀金，使全欧罗巴都喜欢看你，
　　　　　　　恰似欧罗巴看周甫神那样高兴，
　　　　　　　当他摇身一变而为一只高贵的畜牲[25]。

班耐底克　　　牛周甫，先生，他叫的声音很清脆，
　　　　　　　这样一只怪牛和你父亲的母牛相交配。
　　　　　　　从这一段良缘生出了一只小牛犊，
　　　　　　　很像你，因为你叫的声音和他相符。

克劳底欧　　　你这样挖苦我我要报复你，现在还有别的事情要做。

　　　　　　安图尼欧偕戴面具的小姐们上。

　　　　　　哪一个是我该得到的小姐？

安图尼欧　　　这一个便是，我把她给了你。

克劳底欧　　　那么，她是我的了。亲爱的，让我看看你的脸。

李昂拿图　　　不，这你不可以，要等到你在修道士面前握了她的
　　　　　　　手发誓说娶她。

克劳底欧　　　把你的手给我，当着这位神圣的修道士面前，我是
　　　　　　　你的丈夫，如果你喜欢我。

希罗　　　　　我活着的时候，我是你的前妻；〔揭开面具〕你爱的
　　　　　　　时候，你是我的前夫。

克劳底欧　　　又一个希罗！

希罗　　　　　一点也不假，一个希罗已经受辱而死，但是我还活
　　　　　　　着，毫无疑问，我是一个处女。

唐·佩德娄　　就是从前的希罗！已死的希罗！

李昂拿图　　　她算是死了，殿下，只消她的耻辱还在活着。

修道士	这一切的惊讶我都可以解除，等到婚礼完毕之后，我会把美丽的希罗之死的经过完全讲给你们听。现在，且不必惊疑，让我们立刻到教堂去吧。
班耐底克	且慢，修道士。哪一个是璧阿垂斯？
璧阿垂斯	〔揭开面具〕我就是她。你要什么？
班耐底克	你不爱我吗？
璧阿垂斯	噎，不，不超过理智的范围。
班耐底克	那么，你的伯父、王爷和克劳底欧，是都被骗了，因为他们发誓说你是爱我的。
璧阿垂斯	你不爱我吗？
班耐底克	老实说，不，不超过理智的范围。
璧阿垂斯	那么，我的姐姐、玛格来特和尔修拉，是都被骗了，因为她们都发誓说你爱我。
班耐底克	他们发誓说你为了我几乎到病狂的地步。
璧阿垂斯	她们发誓说你为了我几乎到要死要活的地步。
班耐底克	根本没有这么一回事。那么，你不爱我？
璧阿垂斯	实在是，不，只是友谊的报答。
李昂拿图	算了吧，侄女，我准知道你是爱这位先生。
克劳底欧	我敢发誓他是爱她，因为这里有他亲笔写的一张纸，他自己撰出来的一首蹩脚诗，写给璧阿垂斯的。
希罗	这里又有一张纸，是我妹妹亲笔写的，从她的衣袋里偷到的，表示着她对班耐底克的爱。
班耐底克	奇迹！这里有我们的亲笔作为反驳我们的内心的证据。来，我要娶你。不过，我对天发誓，我娶你是出于怜悯。

璧阿垂斯	我不愿拒绝你，不过，我对这好天发誓，我是勉强答应你，一半是为了救你的命，因为我听说你害肺痨。
班耐底克	别说了！我要堵住你的嘴。〔吻她〕
唐·佩德娄	你好呀，已婚男子班耐底克？
班耐底克	我告诉你是怎么回事吧，王爷，成群的说俏皮话的人也不能说得我改变主张。你以为我会介意一篇讽刺或是一首嘲弄诗吗？不，一个人若是怕被俏皮话所打倒，他将永远不敢穿一件漂亮衣服。简单说吧，我既然打算结婚，别人说什么反对的话，我认为毫无关系。所以不要因为我曾反对结婚而讥笑我，因为人是脆弱善变的东西，这便是我的结论。至于你呢，克劳底欧，我曾想打你一顿。但是你既然要变成我的亲戚，我也不便伤害你，你要好好地爱我的姨姐。
克劳底欧	我本来很希望你拒绝璧阿垂斯，我好揍你一顿，令你放弃独身，变成一个不忠实的丈夫。毫无疑问地你会变成为一个不忠实的丈夫，如果我的姨妹不小心看守你。
班耐底克	好了，好了，我们是朋友。我们在结婚前跳舞吧，我们好散散心，我们的妻子也好松一口气。
李昂拿图	我们以后再跳舞吧。
班耐底克	一定要先跳舞，奏乐吧，乐队！王爷，你脸色很沉重，娶一个妻吧。娶一个妻吧，没有拐杖比顶上带牛角的更为令人肃然起敬。

一使者上。

使者　　　殿下，你的弟弟在逃亡中被捉到了，由武装的护卫押解到麦西拿了。

班耐底克　不要理会他，等到明天再说，我要为他想一个顶好的惩罚。奏起乐来，笛手们！〔跳舞，同下〕

注 释

[1]"把我弄到手，享受我"原文"Win me and wear me"，据说是谚语"Win it and wear it"之异文。平常是指赢得女子情爱时而言。Sampson（Pitt Press Sh.）注云："此谚语显然与行猎有关。你不能穿熊皮，除非你已赢得了它。"

[2]原文 draw，双关语，一是从鞘里"拉"出刀剑，一是从匣里"拉"出乐器，或用弦弓"拉"琴。

[3]谚语：Care'll kill a cat。

[4]长枪杆横着折断，表示使枪的技术笨拙，未能直刺对方之盾。

[5]原文"he knows how to turn his girdle"意义不明显，注释纷纭。按莎氏时代的习惯，佩剑照例是挂在右尻的后面。这里所谓转动腰带，当系指移动剑之位置以便拔剑。

[6]《创世记》第三章第八节："他们在午后听到上帝在乐园中走动。亚当及其妻便在乐园的林中藏了起来，躲避上帝不让他看到。"

[7]《亨利四世》中的孚斯塔夫则是一例，故意砍损刀刃以示曾经剧烈

战斗。

[8] 此处原文费解。穿短衣长袜是决斗时之装束，脱去外套（cloak）也。

[9] 原文 ape 应作 fool 解。

[10] "道理"（reasons）可能是"葡萄干"（raisins）故意之误。

[11] "原告""控告""指明"是"被告""禀告""证明"之误。

[12] 第一幕第二景第一行，明明说过安图尼欧是有一个儿子的。前后不符。

[13] 原文 lock，双关语，一是"锁"，一是 love-lock，"一绺悬在肩头的头发"。参看第三幕注 [30]。

[14] 指乞丐言。圣经《箴言篇》（Proverbs）十九章十七节："施舍给穷人的人即是借钱给上帝"。

[15] 原文"God save the foundation！"是乞丐接受施舍时对宗教团体所惯说的致谢语。此处之 foundation 似是 founder 的故意之误。

[16] "恢复健康"是"保持健康"之误。"允许您离去"是"允许我离去"之误。"上帝不准"是"上帝允准"之误。

[17] 楼梯下是仆人的居室。

[18] 抛下盾牌，表示投降自承失败之意。

[19] 圆形盾牌的中心有几个对外的尖钉，作刺敌之用，平时可以卸下，正式使用时用螺丝装上。

[20] 一首前几行，据说此歌作者为 William Elderton。

[21] 李安德（Leander）与希罗（Hero）相爱，中隔海峡，需游泳过海峡方得幽会。

[22] 脱爱勒斯（Troilus）与克莱西达（Cressida）相爱，系由克莱西达之叔 Pandarus 做媒撮合。故有 Pandar（淫媒）之引申语。

[23] 从前以蛆虫或蛇象征良心。典出《马可福音》第十一章四十八节。

[24]“夜之女神”即 Diana。

[25] 奥维德《变形记》(Ovid：*Metamorphoses*) 卷十一第十四寓言，记
周甫神因爱欧罗巴而化身为一只白牛，载欧罗巴渡海至克里特岛。(欧
罗巴是人名，但前一个欧罗巴是地名。)